〔宋〕秦觀　著
徐培均　箋注

# 淮海居士長短句箋注

選堂

上海古籍出版社

**圖書在版編目(CIP)數據**

淮海居士長短句箋注/(宋)秦觀著;徐培均箋注.
-上海: 上海古籍出版社, 2008.8 (2023.8重印)
(中國古典文學叢書)
ISBN 978-7-5325-5071-5

Ⅰ.淮… Ⅱ.①秦… ②徐… Ⅲ.宋詞-注釋 Ⅳ.
I222.844

中國版本圖書館CIP數據核字(2008)第133651號

**責任編輯：顧 佳**

中國古典文學叢書
**淮海居士长短句箋注**
[宋]秦 觀 著
徐培均 箋注
上 海 古 籍 出 版 社 出版、發行
(上海市閔行區號景路159弄1-5號A座5F 郵政編碼 201101)
(1)網址:www.guji.com.cn
(2)E-mail:gujil@guji.com.cn
(3)易文網網址:www.ewen.co
常州市金壇古籍印刷廠有限公司印刷
開本 850×1168 1/32 印張 12.5 插頁 7 字數 252,000
2008年8月第1版 2023年8月第9次印刷
印數:5,401-5,900
ISBN 978-7-5325-5071-5
I·2057 精裝定價:68.00元

秦觀像

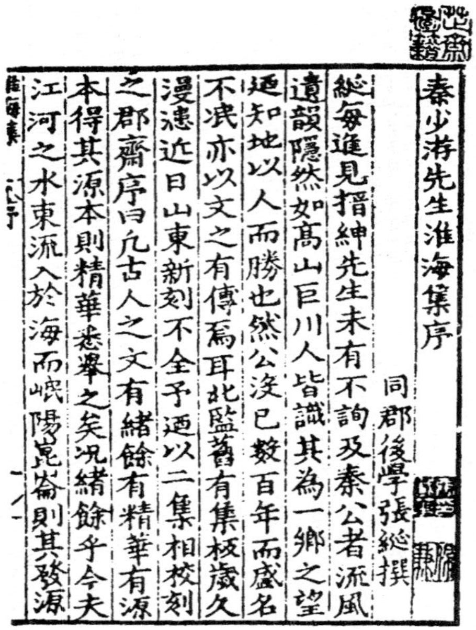
秦少游先生淮海集序

同郡後學張綖撰

縱每進見搢紳先生未有不詢及秦公者流風
遺韻隱然如高山巨川人皆識其為一鄉之望
迺知地以人而勝也然公沒已數百年而盛名
不泯亦以文之有傳焉耳北監舊有集板歲久
漫漶近日山東新刻不全予迺以二集相校刻
之郡齋序曰凡古人之文有緒餘有精華有源
本得其源本則精華悉舉之矣況緒餘乎今夫
江河之水東流入於海而崐陽崑崙則其發源

淮海集　序　一

吴湖帆藏宋乾道高郵軍學本

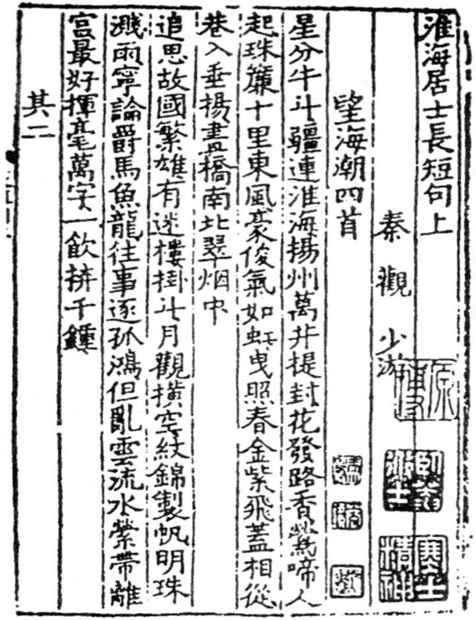
淮海居士長短句上

秦觀　少游

望海潮四首

星分牛斗疆連淮海揚州萬井提封花發路香鶯啼人
起珠簾十里東風豪俊氣如虹曳照春金紫飛蓋相從
巷入垂楊畫橋南北翠烟中
追思故國繁雄有迷樓掛斗月觀横空紋錦製帆明珠
濺雨寧論爵馬魚龍往事逐孤鴻但亂雲流水縈帶離
宮最好揮毫萬字一飲拚千鐘

其二

明嘉靖己亥張綖鄂州刻本

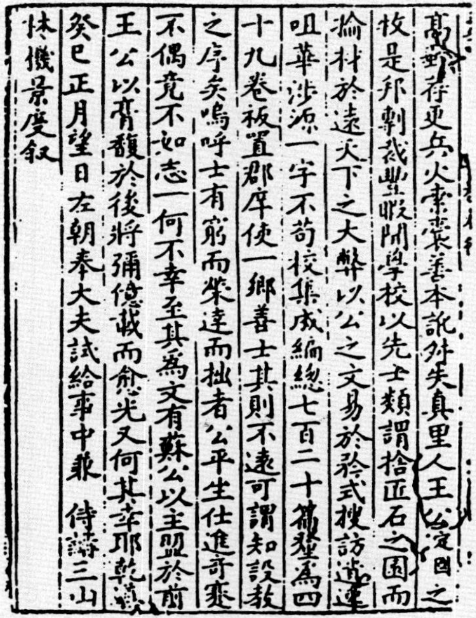
高郵荐更兵火索裘善本訛舛失真里人王公定國之
枚是邦剸裁暇閒學校以先士類謂捨匠石之園而
掄材於遠天下之大弊以公之文易於稽式搜訪遺逸
咀華涉源一字不苟校集成編總七百二十篇釐爲四
十九卷板置郡庠使一鄉善士其則不遠可謂知設教
之序矣嗚呼士有窮而榮達而拙者公平生仕進奇蹇
不偶竟不如志一何不幸至其爲文有蘇公以主盟於前
王公以齊顏於後將彌億載而愈光又何其幸耶乾道
癸巳正月望日左朝奉大夫試給事中兼　侍講三山
林機景度叙

日本内閣文庫藏宋乾道高郵軍學本（二）

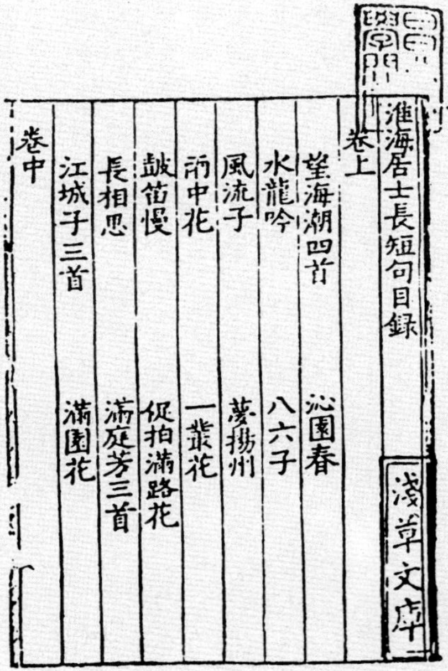
淮海居士長短句目録
卷上
望海潮四首　沁園春
水龍吟　八六子
風流子　夢揚州
雨中花　一叢花
皷笛慢　促拍滿路花
長相思　滿庭芳三首
江城子三首　滿園花
卷中


日本内閣文庫藏宋乾道高郵軍學本（一）

宋李伯時《西園雅集圖》元趙孟頫摹本，上撥阮者爲道士陳碧虛，對坐俯聽者爲秦少游。

# 前言

中華民族是一個具有優秀文化傳統的民族，自先秦以迄兩宋，中華文化發展到一個高峯。南宋理學大師朱熹就曾自豪地説：「國朝文明之盛，前世莫及。」〔一〕近人王國維也説：「故天水一朝人智之活動於文化之多方面，前之漢唐，後之元明，皆所不逮也。」〔二〕陳寅恪更加以精確的概括：「華夏民族之文化，歷數千載之演進，造極於趙宋之世。」〔三〕確實如此，趙宋一朝的文化，得到了全面的發展。就文學而言，散文中的唐宋八大家，宋代就占了六位。而别具一格的宋詩，又與唐詩分庭抗禮，各領風騷。特别是宋詞，更是一代文學之標志，與唐詩元曲，分别成爲中國文學史上三座里程碑。説到宋詞，人們自然會想到豪放與婉約兩大流派。明人張綖説：「詞體大略有二：一體婉約，一體豪放。蓋亦存乎其人，如秦少游之作，多是婉約，蘇子瞻之作，多是豪放。婉約者欲其詞情醖藉，豪放者欲其氣象恢弘。大抵詞體以婉約爲正，故東坡稱少游爲今之詞手，後山評東坡詞如教坊雷大使之舞雖極天下之工，要非本色。」〔四〕由此可見，蘇軾是豪放詞派的宗匠，秦觀是婉約詞派的傑出代表。

秦觀，字少游，一字太虚，别號淮海居士，揚州高郵（今屬江蘇）人。宋仁宗皇祐元年（一〇四九），他出生在一個中小地主的家庭裏。青少年時期，慷慨豪雋，强志盛氣，慕郭子儀、杜牧之爲人，決心「回幽夏之故墟，弔唐晉之遺人」〔五〕。殺敵疆場、收復故土的願望一時不能實現，便過了一個時期的漫游生活。三十歲前後，曾到歷陽（今安徽和縣）、徐州（今屬江蘇）、會稽（今浙江紹興）省親訪賢，探古攬勝。家居期間，時而「杜門却掃，日以文史自娱」；時復扁舟循邗溝而南，以適廣陵」〔六〕；有時也寄迹青樓，以他的詞作，「酬妙舞清歌」〔七〕。神宗元豐八年（一〇八五），秦觀三十七歲，考中進士，除定海主簿，未赴任，尋授蔡州教授。當年神宗去世，哲宗繼位。翌年改元元祐，主張變法的新黨代表人物王安石不久也病故。哲宗年幼，朝中大政，一切聽之於高太后。於是司馬光、吕公著等舊派人物當權。元祐二年（一〇八七），蘇軾以「賢良方正」薦秦觀於朝，不幸爲忌者所中，只得引疾回到蔡州。直到元祐五年五月，才以范純仁之薦，再次被召到京師，除太學博士，祕書省校對黄本書籍。元祐六年，又由博士遷正字，但在洛蜀兩黨的鬥争中，依附蜀黨的秦觀遭到洛黨賈易的攻擊，以行爲「不檢」罷去正字。過了二年，方始遷爲國史院編修，授宣德郎。在京三年，是秦觀一生中最爲得意的時期。他和黄庭堅、張耒、晁補之同游蘇軾之門，人稱「蘇門四學士」，而蘇軾「於四學士中最善少游」，對他的文章（包括詞）「未嘗不極口稱善」〔八〕。

高太后去世，政局有變。紹聖元年（一〇九四），哲宗親政，新黨重新上臺，舊黨遭到打擊。蘇軾被貶到惠州，再貶瓊州。秦觀也因「影附蘇軾」，出爲杭州通判，又因御史劉拯告他增損神宗實録，道貶處州，任監酒税的微職。紹聖三年，又以寫佛書被罪，貶至郴州（今屬湖南）。在郴州住了一年，奉詔編管横州（今廣西横縣），次年又自横州徙雷州（今廣東海康）。在「南土四時盡熱，愁人日夜俱長」〔九〕的境遇中，他預感到生命不會久長，爲自己作了挽詞。可是在元符三年（一一〇〇）五月，新接位的徽宗下了一道赦令，蘇軾自海南量移廉州，途經海康，和他見了一面。隨即他自己也被放還。當年八月十二日，醉臥藤州（今廣西藤縣）光華亭上，溘然長逝。終年五十二歲。

秦觀一生的道路坎坷曲折。他曾針對當時的内政、邊防，寫過不少策論，但政治上的抱負始終未能實現。後世稱他的策論「灼見一代之利害，建事揆策，與賈誼、陸贄争長」〔一〇〕。然而他的成就主要却在詩詞方面。現存淮海集中，有古近體詩四百多首。前期的詩風綺麗纖巧，被人目爲「如時女步春，終傷婉弱」〔一一〕。甚至被人戲稱之爲「小石調」〔一二〕、「女郎詩」〔一三〕。後期的詩，因仕途上迭經挫折，風格爲之一變，吕本中説：「少游過嶺後詩，嚴重高古，自成一家，與舊作不同。」〔一四〕然而總的説來，「少游詩似小詞」〔一五〕，他的詩名也爲詞名所掩。蘇門六君子之一的陳師道説：「今代詞手，惟秦七、黄九爾，唐諸人不逮也。」〔一六〕清紀昀等修四庫全書時也説：「觀詩格不及蘇黄，而詞則情韻兼勝，在蘇黄之上。」〔一七〕超過黄庭堅，這是事實；同蘇軾相比，只能説各有所長。從這些評價上，可看出秦觀詞地位之高。

秦觀詞以愛情爲題材的作品，約占今傳淮海詞的半數。有的詞爲應歌而作，多寫與少女或歌妓相悦相戀的感情，如望海潮（其四）、沁園春、一叢花、南歌子（贈陶心兒）、木蘭花（秋容老盡芙蓉院）；有的「將身世之感打并入豔情」〔一八〕，如滿庭芳（山抹微雲）、水龍吟、長相思、虞美人（高城望斷塵如霧、行行信馬横塘畔）、浣溪沙（漠漠輕寒上小樓、錦帳重重卷暮霞）。他的一部分詞作所寫的雖大多是歌妓，但從這些受到當時社會歧視和遺棄的婦女身上，也寄寓着詞人自己懷才不遇、政治上屢遭打擊的一腔憂怨。值得注意的是，這些愛情詞除了幾首格調不高以外，大部分思想比較健康，感情比較深摯，不像柳永多數作品那樣詞語塵下，情趣庸俗。如鵲橋仙：

纖雲弄巧，飛星傳恨，銀漢迢迢暗度。金風玉露一相逢，便勝却、人間無數。柔情似水，佳期如夢，忍顧鵲橋歸路。兩情若是久長時，又豈在、朝朝暮暮！

這首詞通過牛郎織女一年一度相逢的故事，歌頌了堅貞的愛情，揭示了一個正確的戀愛觀：愛情要經得起長久分離的考驗，只要彼此真誠相愛，即使終年天各一方，也比朝夕相伴的庸情俗趣可貴得多。明代沈際飛評曰：「（世人詠）七夕，往往以雙星會少離多爲恨，而此詞獨謂情長不在朝暮，化朽腐爲神奇！」〔一九〕確實，這種進步的戀愛觀，在古代作品中是少見的；即使在今天，也仍然具有一定的現實意義。

秦觀寫貶謫生涯的詞作，成就突出，在當時產生很大的影響。對這類作品，大體上可以理出一個順序：始則對京城懷有眷戀惜別之情；繼則回歸無望，漸趨傷感、沉鬱。他的江城子（其一）和風流子，可能作於離京之時。前者云：「西城楊柳弄春柔，動離憂，淚難收。猶記多情曾爲繫歸舟。……便做春江都是淚，流不盡，許多愁。」西城，指汴京西鄭門外金明池一帶，那是一個著名的皇家林園，每逢三月上巳，都人常去游覽。秦觀供職祕書省時也曾與友人在那裏宴集。如今身坐黨籍，在臨別的時刻怎能不感到留戀。後者云：「寸心亂，北隨雲黯黯，東逐水悠悠。」當係寫乘船離京前往貶所的心情：此時詞人北望都城，烏雲籠罩；東逐汴水，前路漫長。一懷愁緒，不覺油然而生。在處州時所作的千秋歲，感情更加深沉，不僅感到昔日的西池宴集已成幻影，而且覺得重回「日邊」的清夢，也縹緲難尋。最後不得不失望地悲吟：「春去也，飛紅萬點愁如海！」一石激起千重浪，此詞一出，前後得到七位詞人的賡和，形成貶謫詞創作的高潮。後來詞人一貶再貶，到達郴州前後，他的心彷彿破碎了一般：「瀟湘門外水平鋪，月寒征棹孤。……人人盡道斷腸初，那堪腸已無！」〔二〇〕「鄉夢斷，旅魂孤。崢嶸歲又除。衡陽猶有雁傳書，郴陽和雁無。」〔二一〕他在郴州旅舍所作的踏莎行一詞，更饒沉鬱之旨：

霧失樓臺，月迷津渡。桃源望斷無尋處。可堪孤館閉春寒，杜鵑聲裏斜陽暮。驛寄梅花，魚傳尺素，砌成此恨無重數。郴江幸自遶郴山，爲誰流下瀟湘去？

此詞哀怨無端，意蘊深沉，可稱千古絶唱。據説，「東坡絶愛其尾兩句，自書於扇曰：『少游已矣，雖萬人何贖！』」〔二二〕這種淒切蘊藉、不便明言的深意，唯有與他「同昇而並黜」的蘇軾能够理解，並在思想上產生「高山流水之悲」〔二三〕。一些人認爲「詞別是一家」，只能寫身邊瑣事，不能反映政治情懷，婉約派詞尤其如此。看了秦觀表現貶謫生活的詞作，這一觀點不是很值得商榷嗎？

除了愛情和貶謫方面的詞以外，秦觀的懷古、紀游之作，歌頌了祖國的大好河山和悠久歷史。他的紀夢、抒情之作，表現了浪漫主義的遐想和超脱世俗的情致。傳誦衆口的滿庭芳（山抹微雲）詞，描繪了暮冬時節的江南景色，含有濃郁的詩情畫意。在望海潮（其一）中，詞人懷着贊美的感情勾勒了揚州遼闊的疆域和美麗的景色，並對隋煬帝荒淫奢侈的行爲表示一定的批判。在望海潮（其二）中，詞人對蒼翠的秦望山、瀟灑的若耶溪、「千巖萬壑争流」的越州山水，發出由衷的贊頌，對范蠡、西施、蘭亭、梅市以及賀知章等古人遺蹟，表示無限的神往。在望海潮（其三）中，詞人將個人在黨争漩流中的升沉之感糅合在京洛名園的景物上，愈發促使人們對美好生活的熱愛。讀了這些作品，不禁使人聯想到柳永描寫杭州盛況的望海潮（東南形勝）詞，它們從各自的側面，反映了北宋時期都市繁榮的面貌，不僅具有文學價值，而且具有一定史料意義。

詞人的紀夢、抒情之作，幾乎貫串他的一生。早期的雨中花，充滿奇妙瑰麗的想像，表現了一種積極向上的浪漫色彩。以後隨着仕途的失意，他漸漸消極起來，在滿庭芳（紅蓼花繁）中已開始表現一種超塵出世的思想，特别是在政治上遭受打擊之後，他更感到人生無望，内心充溢着憂鬱和悲愁。他希望從痛苦中解脱出來，於是就用浪漫主義的手法抒寫自己的情懷，表面上似乎很曠達，骨子裏却更加痛苦。如謫横州時，他醉卧海棠叢間祝姓家，醒後作醉鄉春詞云：「社甕釀成微笑，半缺椰瓢共舀。覺傾倒，急投牀，醉鄉廣大人間小。」説明在現實生活中處處受到壓抑，唯有醉後忘却世事才感到舒暢自由。好事近（夢中作）下闋「醉卧古藤陰下，了不知南北」，更是在貌似虚無恬淡的辭句下隱藏着内心的無限痛苦，因此有人把它當作死於藤州的預兆[二四]。他的同門好友黄庭堅更爲理解他内心的奥祕，特地寫詩寄賀鑄以申悼念之情：「少游醉卧古藤下，誰與愁眉唱一杯？解道江南腸斷句，只今唯有賀方回。」

秦觀早期的詞「盛行於淮楚」，流播於青帘紅袖之間。到了汴京以後，他進一步受到歌唱藝術特別是瓦子藝人的影響，常常撰寫一些唱詞。調笑令十首，便屬這類作品。還有一些俚詞，如促拍滿路花、滿園花、河傳（其二）、浣溪沙（其四）、桃源憶故人以及品令二首，語言俚俗，風格粗獷，顯然是有意向民間文學學習的結果。

秦觀詞有很高的藝術成就，具體表現在以下幾個方面：

第一、他善於發揮詞的抒情特性，除了幾首懷古之作外，他的詞基本上不用故實，不發政論，只是「專主情致」〔二五〕。其抒情之深摯，爲詞史上所少見。前人把他與晏幾道並提，說是「淮海、小山，古之傷心人也。其淡語皆有味，淺語皆有致。求之兩宋詞人，實罕其匹」；「故所爲詞，寄慨身世，閑雅有情思，酒邊花下，一往而深」〔二六〕。由於他的詞飽含深沉濃摯的感情，因此往往產生一種沁人心脾的藝術感染力。

第二、他的詞蘊藉含蓄，寄情悠遠。乍看起來，秦觀詞多咏美人芳草，離愁別恨；然而其中却蘊含着無限深情遠意。清代陳廷焯說：「少游滿庭芳諸闋，大半被放後作，戀戀故國，不勝熱中，其用心不逮東坡之忠厚，而寄情之遠，措語之工，則各有千古。」〔二七〕周濟說：「少游意在含蓄，如花初胎，故少重筆。」〔二八〕說明他的詞義蘊言中，韻流弦外，具有言有盡而意無窮的餘味。他的詞的結句最富有這種特色，如「放花無語對斜暉，此恨誰知」〔二九〕，「回首，回首，繞岸夕陽疏柳」〔三〇〕，宛轉低回，意境悠遠，頗有游絲遏空、春水縈溪的藝術效果。

第三、他的詞音調和諧，韻味醇厚。宋代葉夢得曾經稱許説：「秦觀少游亦善爲樂府，語工而入律，知樂者謂之作家歌。」〔三一〕的確，他的詞平仄協調，音韻和諧，節奏鮮明，旋律優美，顯示出一種悦耳動聽的音樂美。試誦滿庭芳、浣溪沙、阮郎歸諸闋，未嘗不覺字字妥溜，抑揚有致，恍如一股感情的溪流在流動，在激蕩。由於他嫻於音律，因此也能自度新腔。康熙欽定詞譜於夢揚州調下注云：「宋秦觀自製詞，取詞中結句爲名。」〔三二〕他如醉鄉春、海棠春和金明池，也應是他的創調。

第四、秦觀詞的語言清新自然，明白曉暢，與所要表達的感情融合無間，達到形式和内容的和諧統一。對此前人評價極高。宋人蔡伯世説：「子瞻辭勝乎情，耆卿情勝乎辭，辭情相稱者，惟少游而已。」〔三三〕他在語言上之所以獲得如此高的成就，一方面是由於工於煉字，如「青箋嫩約」〔三四〕，以「嫩」字形容少男少女之間的約會，十分生動貼切。又如「山抹微雲，天連衰草」〔三五〕，其中「連」這個動詞，自然流麗，比世俗所推崇的雕琢痕迹很重的「黏」字，更能把大自然的美質形象地表現出來。另一方面是由於善於融化古人詩句，如「斜陽外，寒鴉萬點，流水繞孤村」〔三六〕，晁補之贊曰：「雖不識字人，亦知是天生好言語。」〔三七〕後兩句本之于隋煬帝詩，清賀貽孫説：「『寒鴉』『流水』，煬帝以五言劃爲兩景，少游用長短句錯落，與『斜陽外』三景合爲一景，遂如一幅佳圖。此乃點化之神。」〔三八〕説明秦觀在語言的繼承上非常富於創造性。秦觀前期作品繼承尊前、花間遺韻，時作豔語；然而「少游雖作豔語，終有品格」〔三九〕，比之前人，感情較爲健康。

秦觀詞遠紹南唐，近承晏柳，下開美成，前人從詞「當以婉約爲主」的傳統觀念出發，認爲它是

「詞家正音」〔四〇〕。雖然同是婉約，但秦觀却與其他諸家有異。劉熙載說：「叔原貴異，方回贍逸，耆卿細貼，少游清遠。四家詞趣各別，惟尚婉則同耳。」〔四一〕張炎對秦觀詞婉約的特點概括得尤爲準確，他說：「秦少游詞體制淡雅，氣骨不衰，清麗中不斷意脈，咀嚼無滓，久而知味。」〔四二〕我們如果將秦觀詞仔細玩索，是不難得出這個印象的。且舉浣溪沙一詞爲例：

漠漠輕寒上小樓，曉陰無賴似窮秋，澹烟流水畫屏幽。　自在飛花輕似夢，無邊絲雨細如愁，寶簾閑掛小銀鉤。

這首詞寫的是春愁，然而着墨不濃，只是用白描的手法將所處的氛圍加以渲染，就把一腔淡淡的哀愁變爲具體可感的藝術形象，形成一種清幽深遠的意境，讓人讀了感到淒清婉美，有如細嚼橄欖，回味無窮。

秦觀詞在思想内容上真實地顯現了他的個性和身世，並從側面反映了當時社會的政治鬥争，具有一定的認識意義；　在藝術上也有很多獨創的地方，值得我們今天借鑒。但也應看到，他的一些描寫愛情的詞作，尤其是俚詞，還有一些涉於狎媟的成分；　在一些懷古、紀夢和表現貶謫心情的詞作中，也往往黯然傷神，消極頹喪，缺乏鼓舞人心的力量。就藝術而言，也存在纖細柔弱的毛病，胡仔說：「少游詞雖婉美，然格力失之弱。」〔四三〕蘇軾亦以其詞的「氣格爲病」，曾經譏評說：「山抹微雲秦學士，露華倒影柳屯田。」〔四四〕另外他的詞也還不够深刻有力，清代賀裳說：「少游能曼聲以合律，寫景極淒婉動人，然形容處殊無刻肌入骨之言。」〔四五〕這些批評基本上是中肯的。

最後關於本書的校點作一些説明： 日本内閣文庫藏宋乾道高郵軍學本淮海居士長短句（簡稱乾道本）是迄今所見最完整的宋本，本書即以此爲底本，以吴湖帆藏本（簡稱吴本）、一九三〇年故宫博物院影印本（簡稱故宫本）。 吴本、故宫本並見於葉恭綽一九三〇年宋本兩種合印淮海居士長短句中）對校。 另以明嘉靖己亥張綖鄂州刻淮海集中之淮海長短句（簡稱張本）、明萬曆戊午李之藻高郵刻淮海後集之長短句（簡稱李本）、明末段斐君武林刻淮海後集之長短句（簡稱段本）、明末鄧章漢本淮海後集長短句（簡稱鄧本）、明末毛晉刻淮海詞（簡稱毛本）、清四庫全書寫本淮海詞（簡稱四庫本）、清康熙辛亥黄儀校本淮海居士長短句（簡稱黄本）、清道光辛巳高郵金長福淮海詞鈔（簡稱金本）、清道光丁酉王敬之高郵刻淮海集中之淮海詞（簡稱王本）、清同治癸酉秦元慶刻淮海後集之長短句（簡稱秦本）、近人朱祖謀彊村叢書本之淮海居士長短句（簡稱彊村本）。 以上諸本，曾參考葉氏兩宋本淮海詞經見各本字句異同表）以及宋黄昇唐宋諸賢絶妙詞選（簡稱花庵）、草堂詩餘（簡稱草堂）、清康熙欽定詞譜、萬樹詞律、朱彝尊詞綜、歷代詩餘等參校。 原有詞七十七首，悉依宋本編次，以保持原刊面目。 凡有異文，均出校記； 宋本個别錯字，亦予以校改。 此外，淮海居士長短句補遺，係網羅散失，原得詞三十四首，今經考辨，存十九首，失調名逸句四則、曲游春逸句三則，大體依時間編次。 淮海居士長短句存疑，計得詞七十八首，幾與前三卷等。 其中十五首，係從一九八五年版中釐出，保留原注，作爲第一，稱「箋注部分」； 另五十七首作爲第二，舊版曾據上海圖書館藏明汲古閣刻詞苑英華本秦張兩先生詩餘合璧中之少游詩餘收録，但未注出書名，今將原已作爲補遺的六首納入，仍稱少游詩餘，恢復原貌。還有失調名佚句一則，歸入「箋注部分」。

關於箋注，這裏須着重説明一下。清張德瀛詞徵卷一云：「元遺山論詩絶句云：『詩家總愛西昆好，獨恨無人作鄭箋。』然箋詩者尚多，箋詞者尤罕見。宋人如傅幹注坡詞，曹鴻注葉石林詞，曹杓注清真詞，皆不傳。周公謹絶妙好詞，查蓮坡、厲太鴻箋之。山中白雲詞，江賓谷箋之。餘未嘗有也。」在現代，龍榆生師有東坡樂府箋、夏承燾先生有姜白石詞編年校注、鄧廣銘先生有稼軒詞編年箋注，享譽詞林，允稱佳構。余效法前輩諸家，于一九八五年校注淮海居士長短句，迄今二十有三年，不敢稍懈，通過對淮海集詩文的箋注（上海古籍出版社一九九四年出版）及秦少游年譜長編（中華書局二〇〇二年出版）的撰寫，積有較多資料，對淮海詞的認識，也有所提高。此次重新修訂，一是對作品的年份，詳加考訂；二是對典實、辭語，作翔實的箋釋與徵引；三是以詞證詞，以便探尋詞這種特殊文體的特色和韵味；四是對傳記、序跋和總評各項作進一步的充實。筆者年事日高，漸趨昏眊，雖盡綿薄，唯恐力不從心，尚希讀者、專家多多匡正！

本書舊版承原日本大阪女子大學教授横山弘先生以宋乾道高郵軍學本之複印件見贈，又承復旦大學教授章培恒師、上海社會科學院文學研究所古典文學研究室主任龔炳蓀同志審閲部分稿件，此次修訂，復承上海古籍出版社有關領導及責任編輯嚴格把關，仁棣羅立剛教授又協助整理資料，在此一併致以謝忱。

業師龍榆生教授早年親授詞學，終生受益；此次研治淮海詞，復以先生生前編印之淮海居士長短句作爲參攷。書此數語，以志不忘。

徐培均　一九八二年國慶節前夕初稿
二〇〇八年元月二稿

**注**

〔一〕蘇軾服胡麻賦注，楚辭後語，楚辭集注三〇〇頁，上海古籍出版社一九七九年版。
〔二〕宋代之金石學，王國維遺書第五册靜安文集續編七〇頁，上海書店一九八三年版。
〔三〕鄧廣銘宋史職官志考證序，金明館叢稿二編二四五頁，上海古籍出版社一九八〇年版。
〔四〕詩餘圖譜凡例，北京圖書館藏明刊本。
〔五〕宋陳師道淮海居士字序。
〔六〕秦觀與李樂天簡。
〔七〕秦觀夢揚州詞。
〔八〕宋葉夢得避暑録話卷三。
〔九〕秦觀寧浦書事六首第三首。
〔一〇〕明張綖秦少游先生淮海集序。
〔一一〕宋魏慶之詩人玉屑卷二引敖陶孫臞翁詩評。
〔一二〕宋胡仔苕溪漁隱叢話前集卷五十引王直方詩話：「元祐中，諸公以上巳日會西池，王仲至有一詩，文潛和之最工，云：『翠浪有聲黄帽動，春風無力綵旗垂。』至秦少游即云：『簾幕千家錦繡垂。』仲至讀之，笑曰：『此語又待入小石調也。』」又宋湯衡張紫微雅詞序：「昔東坡見少游上巳游金明池詩有『簾幕千家錦繡垂』之句，曰：『學士又入小石調矣。』」

〔一三〕金元好問論詩絶句：「有情芍藥含春淚，無力薔薇臥晚枝。拈出退之山石句，始知渠是女郎詩。」

〔一四〕宋吕本中童蒙詩訓。

〔一五〕宋胡仔苕溪漁隱叢話前集卷四十二引王直方詩話。

〔一六〕宋陳師道後山詩話。

〔一七〕四庫全書總目提要卷一百五十四集部别集類七。

〔一八〕清周濟宋四家詞選。

〔一九〕草堂詩餘正集卷二。

〔二〇〕秦觀阮郎歸詞其三。

〔二一〕秦觀阮郎歸詞其四。

〔二二〕宋胡仔苕溪漁隱叢話前集卷五十引冷齋夜話。

〔二三〕清王士禛花草蒙拾。

〔二四〕明郎瑛七修類稿卷三十：「秦觀……嘗於夢中作好事近一詞（略），其後以事謫藤州，竟死於藤，此詞其讖乎？」

〔二五〕宋李清照詞論。

〔二六〕清馮煦蒿庵論詞。
〔二七〕清陳廷焯白雨齋詞話卷一。
〔二八〕清周濟宋四家詞選目録序論。
〔二九〕秦觀畫堂春。
〔三〇〕秦觀如夢令詞其三。
〔三一〕宋葉夢得避暑録話卷三。
〔三二〕康熙欽定詞譜卷二十六。
〔三三〕清朱彝尊詞綜卷六引。
〔三四〕秦觀望海潮詞其四。
〔三五〕秦觀滿庭芳詞。
〔三六〕同上。
〔三七〕魏慶之詩人玉屑卷二十一引。
〔三八〕詩筏。
〔三九〕王國維人間詞話。
〔四〇〕清胡薇元歲寒居詞話。
〔四一〕藝概詞曲概。
〔四二〕宋張炎詞源卷下。

〔四三〕宋胡仔苕溪漁隱叢話後集卷三十三。
〔四四〕宋葉夢得避暑録話卷三。
〔四五〕鰍水軒詞筌。

# 淮海居士長短句目録

## 淮海居士長短句卷下

**淮海居士長短句補遺**

## 淮海居士長短句存疑

### 一、箋注部分

**二、詞苑英華本少游詩餘**

# 淮海居士長短句卷上

## 望海潮四首〔一〕

星分牛斗〔二〕，疆連淮海〔三〕，揚州萬井提封〔四〕。花發路香，鶯啼人起，珠簾十里東風〔五〕。豪俊氣如虹〔六〕。曳照春金紫〔七〕，飛蓋相從〔八〕。巷入垂楊，畫橋南北翠烟中。

追思故國繁雄：有迷樓掛斗〔九〕，月觀橫空〔一〇〕。紋錦製帆〔一一〕，明珠濺雨〔一二〕，寧論爵馬魚龍〔一三〕！往事逐孤鴻〔一四〕。但亂雲流水，縈帶離宮〔一五〕。最好揮毫萬字，一飲拚千鍾〔一六〕。

**【校記】**

〔調〕明張綖嘉靖十八年鄂州刊淮海居士長短句（以下簡稱張本）、明毛晉汲古閣刻淮海詞（以下簡稱毛本）、明鄧章漢本淮海後集長短句（以下簡稱鄧本）、清康熙辛亥黄儀校本淮海居士長短句（以下簡稱黄本）、歷代詩餘卷八十五及道光辛巳金長福校本淮海詞鈔（以下簡稱金本）調下皆題作「廣陵懷古」。　〔珠簾〕張本、鄧本、毛本、黄本、金本作「朱簾」。　〔東風〕張本、鄧本、毛本、黄本、金本作「春風」。　〔孤鴻〕黄本作「歸鴻」。

**【箋注】**

〔一〕神宗元豐三年庚申（一〇八〇），少游與李樂天簡云：「自還家來，比會稽時人事差少。杜門却掃，日以文史自娛。時復扁舟循邗溝而南，以適廣陵。泛九曲池，訪隋氏陳迹，入大明寺，飲蜀井，上平山堂。折歐陽文忠所種柳，而誦其所賦詩，爲之喟然以嘆。遂登摘星寺。寺，迷樓故址也。……僕每登此，竊心悲而樂之。」可證此詞作於是年。

〔二〕星分句　星分，謂牛斗二星爲揚州之分星與分野。古代天文學説將天上十二星辰位置與地上郡國位置相對應。就天文言，謂之分星；就地理言，謂之分野。周禮春官保章氏：「以星土辨九州之地，所封封域皆有分星，以觀妖祥。」牛斗，指二十八宿中之牛宿與斗宿。史記天官書：「斗，江、湖，牽牛、婺女，揚州。」張守節正義引星經云：「南丹、牽牛，吴越之分野揚州。」嘉慶重修揚州府志引天元玉曆：「斗牛星紀：吴越，隸揚，負淮水。」

〔三〕淮海　書禹貢：「淮海惟揚州。」傳：「北據淮，南距海。」

〔四〕揚州句　揚州，治所在今江蘇揚州。井，古制八家爲井，引申爲家宅、鄉里。提封，漢書刑法志：「一同百里，提封萬井。」注引李奇：「提，舉也，舉四封之内也。」王先謙補注引王念孫：「廣雅曰：『提封，都凡也。』都凡者，猶今人言大凡、諸凡也。……都凡與提封一聲之轉，皆是大數之名。提封萬井，猶言通共萬井耳。」此謂揚州地區人口繁庶。

〔五〕珠簾句　杜牧贈别詩：「春風十里揚州路，捲上珠簾總不如。」

〔六〕氣如虹　狀人物之豪邁超俊。曹植七啓：「慷慨則氣成虹霓。」李賀高軒過詩：「入門下馬氣如虹。」語本史記魯仲連鄒陽列傳：「昔者荆軻慕燕丹之義，白虹貫日，太子畏之。」

〔七〕曳照句　曳，拖，如「曳裾」，引申爲穿戴。　金紫，原謂丞相、太尉、列侯等所佩之金印紫綬。史記蔡澤列傳：「懷黄金之印，結紫綬於要。」唐杜甫奉寄章十侍御詩：「淮海維揚一俊人，金章紫綬照青春。」此指達官貴人之華麗服飾。　韓偓與吴子華侍郎同年玉堂同直懷恩敍懇因成長句四韻兼呈諸同年詩：「聲名烜赫文章士，金紫雍容富貴身。」

〔八〕飛蓋　指急行中車輛。　蓋，車篷。　曹植公讌詩：「清夜遊西園，飛蓋相追隨。」

〔九〕迷樓　隋煬帝所築，故址在今揚州市西北觀音山。　大業拾遺記：「(煬)帝色荒愈熾，乃建迷樓，擇下俚稚女居之。」韓偓迷樓記：「凡役夫數萬，經歲而成。樓閣高下，軒窗掩映。幽房曲室，玉欄朱楯，互相連屬，回環四合，曲屋自通，千門萬户，上下金碧。……人誤入者，雖終日不能出。帝幸之，大喜，顧左右曰：『使真仙遊其中，亦當自迷也。可目之曰迷樓。』」宋時迷樓舊址有摘星寺。　少游與李樂天簡云：「其地最高，金陵、海門諸山，歷歷皆在履下。」

〔一〇〕月觀　觀閣名。　南史徐湛之傳：「廣陵舊有高樓，湛之更修整之，南望鍾山。城北有陂澤，水物豐盛，湛之更起風亭、月觀、吹臺、琴室。」大業拾遺記：「(煬)帝幸月觀，烟景清朗，中夜獨與蕭妃起臨前軒。」

〔一一〕紋錦製帆　以錦緞作船帆。　大業拾遺記：「煬帝幸江都，至汴，帝御龍舟，蕭妃乘鳳舸。錦帆綵纜，窮極侈靡。」李商隱隋宮詩：「玉璽不緣歸日角，錦帆應是到天涯。」

〔一二〕明珠濺雨　隋遺録：「煬帝命宫女灑明珠於龍舟上，以擬雨雹之聲。」

〔一三〕爵馬魚龍　指珍奇玩好。　南朝宋鮑照蕪城賦：「吴蔡齊秦之聲，魚龍爵馬之玩。」黄節補注：「漢書西域傳：作曼衍魚龍角觝之戲以觀視之。」案顔師古注：「魚龍者爲舍利之獸，先戲於庭極，畢，乃入殿前，激水化爲比目魚，跳躍漱水，作霧障目，畢，化成黄龍八丈，出水敖戲於庭，炫耀日光。」爵，通雀。

〔一四〕往事句　唐杜牧題安州浮雲寺寄湖州張郎中詩：「恨如春草多，事與孤鴻去。」

〔一五〕離宫　猶言行宫。通鑑隋紀四：「自長安至江都，置離宫四十餘所。」王觀揚州賦：「殘刻斷礎，燒昏草没，而牛羊牧放之所，憑陵而上下者，此前王之離宫别殿也。」可見宋時離宫已廢。

〔一六〕最好二句　歐陽修朝中措送劉仲原甫出守維揚詞：「文章太守，揮毫萬字，一飲千鍾。」　拚，舍棄，不顧惜。

**【彙評】**

俞陛雲唐五代兩宋詞選釋：　首言州郡之雄壯，提挈全篇。次言途中之富麗，人物之豪俊。次乃及游賞歸來。垂楊門巷，畫橋碧陰，言居處之姸華。層層寫出，如身到緑楊城郭。下闋言追懷煬帝時，其繁雄尤過於今日，迷樓朱障，極侈泰之娱。而物换星移，剩有亂雲流水，與唐人過隋宫詩「晚來風起花如雪，飛入宫牆不見人」，及「閃閃殘螢猶得意，夜深來往豆花叢」句，其感嘆相似。

龍榆生師蘇門四學士秦觀：　揚州自昔繁華，如少游望海潮所稱「花發路香，鶯啼人起，珠簾十里春風」，安得不使人沉醉？葉夢得稱少游詞「盛行於淮楚」，則揚州殆爲淮海詞流播管弦之發祥地。

## 其二〔一〕

秦峯蒼翠〔二〕，耶溪瀟灑〔三〕，千巖萬壑争流〔四〕。鴛瓦雉城〔五〕，譙門畫戟〔六〕，蓬萊燕閣三休〔七〕。天際識歸舟〔八〕。泛五湖煙月〔九〕，西子同遊〔一〇〕。茂草臺荒〔一一〕，苧蘿村冷起閑愁〔一二〕。

何人覽古凝眸？悵朱顔易失，翠被難留。梅市舊書〔一三〕，蘭亭古墨〔一四〕，依稀風韻生秋。狂客鑑湖頭〔一五〕。有百年臺沼，終日夷猶〔一六〕。最好金龜換酒〔一七〕，相與醉滄洲〔一八〕。

**【校記】**

〔其二〕張本、明李之藻萬曆高郵刻本（簡稱李本）、明末段斐君武陵刻本（簡稱段本）、毛本、四庫本、黄本、清王敬之道光高郵刻本（簡稱王本）、秦元慶同治家塾本（簡稱秦本）、金本調名均作「又」，歷代詩餘卷八十五調名作「前調」，以上調下俱題作「越州懷古」。

〔臺荒〕黄本、張本、李本、段本、鄧本、毛本、四庫本、詞律、王本、金本、秦本均作「荒臺」。案：「臺荒」與下句「村冷」爲對仗，應從宋本。

〔依稀〕宋本「稀」誤爲「俙」，據張本等改。

**【箋注】**

〔一〕據秦瀛淮海先生年譜（以下簡稱秦譜），元豐二年己未（一〇七九），少游「省大父承議公及叔父定於會稽。……乃東遊鑑湖，謁禹廟，憩蓬萊閣。是時，給事廣平程公闢領越州。先生相得歡甚，多登臨唱酬之什，作會稽唱和詩序、録寶林禪院事實，又作會稽懷古諸詞。」詞係作於是年夏秋之間。會稽，今浙江紹興。

〔二〕秦峯　即秦望山。輿地紀勝卷十：「秦望山在會稽東南四十里。」孔靈符會稽記：「秦望山在州城正南，爲衆山之傑，入境便見。……昔秦始皇登此，使李斯刻石，其碑見在。」

〔三〕耶溪句　耶溪，即若耶溪，在今紹興市東南若耶山下，注入鑑湖。一名浣紗溪，相傳爲西施浣紗處。瀟灑，清幽、舒暢。李白游水西簡鄭明府詩：「涼風日瀟灑，幽客時憩泊。」

〔四〕千巖句　世説新語言語：「顧長康從會稽還，人問山川之美。顧云：『千巖競秀，萬壑争流，草木蒙籠其上，若雲興霞蔚。』」

〔五〕鴛瓦句　鴛瓦，瓦之成偶者稱鴛鴦瓦。鄴中記：「鄴中銅雀臺皆鴛鴦瓦。」簡稱鴛瓦。唐王涯望禁門松雪詩：「依稀鴛瓦出，隱映鳳樓重。」雉城，即雉堞，城上的女牆。

〔六〕譙門　城門樓，用以瞭望敵情。漢書陳勝傳：「獨守丞與戰譙門中。」顔師古注：「門上爲高樓以望曰譙。」周祈名義考：「古者爲樓以望敵陣，兵列於其間，下爲門，上爲樓，或曰譙門，或曰譙樓。」

〔七〕蓬萊句　蓬萊燕閣，即蓬萊閣。會稽續志：「蓬萊閣在設廳之後卧龍山下，吴越(錢)鏐所建，淳熙元年其八世孫端禮重修。……後汪綱復修。綱自記歲月於柱云：『蓬萊閣，登臨之勝，甲於天下。』」燕，通宴。謂此閣供燕享、燕集也。三休，此形容蓬萊閣之高。賈誼新書退讓：「翟王使使至楚，楚王誇使者以章華之臺，臺甚高，三休乃至。」又，據咸淳臨安志，杭州玲瓏山上有三休亭，然此詞本詠會稽，邈不相涉。少游送蔡子驥用蔡子駿韻詩：「鏡水春生鴟尾銜，稽山日暮猿聲續。三休上與蓬萊接，登眺使人遺寵辱。」可證同寫一地。

〔八〕天際句　齊謝朓之宣城郡出新林浦向板橋詩：「天際識歸舟，雲中辨江樹。」此用其成句。

〔九〕五湖　指太湖。國語越語下：「戰於五湖。」韋昭注：「五湖，今太湖也。」水經注沔水注：「范蠡滅吳，返至五湖而辭越，斯乃太湖之兼攝通稱也。」程大昌演繁露卷九：「計然云，范蠡乘扁舟於五湖。」

〔一〇〕西子　即西施。據吳越春秋勾踐陰謀外傳記載，西施原爲苧蘿山鬻薪者之女。越王勾踐爲吳所敗，退守會稽。後得西施，飾以羅縠，教以容步，令范蠡獻之於吳王夫差。史記吳世家記吳王「既得西施，甚寵之，爲築姑蘇臺，高三百丈，游宴其上」。越絶書：「吳亡後，西施復歸范蠡，同泛五湖而去。」杜牧杜秋娘詩云：「西子下姑蘇，一舸逐鴟夷。」後人以爲指此而言。

〔一一〕臺荒　臺，指姑蘇臺，故址在今江蘇蘇州西南。史記淮南衡山傳謂伍員力諫夫差拒絶越國求和，不聽，遂曰：「臣今見麋鹿游姑蘇之臺也。」

〔一二〕苧蘿村　西施故里，在今浙江諸暨南門外五里，位於苧蘿山下。吳越春秋勾踐陰謀外傳：「國中得苧蘿山鬻薪之女曰西施、鄭旦。」後獻之吳王。

〔一三〕梅市　漢書梅福傳：「梅福，字子真，九江壽春人也。少學長安，明尚書、穀梁春秋，爲郡文學，補南昌尉。……時成帝任用王鳳。鳳專權擅朝，上書不納。至元始中，王莽顓政，福一朝棄妻子，去九江，至今傳以爲仙。其後，人有見福於會稽者，變名姓，爲吳市門卒云。」方勺泊宅編卷上：「西海梅福，自九江尉去隱，爲吳門卒。今山陰有梅市鄉，山曰梅山，即其地也。」舊書，指梅福所習之尚書、穀梁春秋等古籍。唐張籍送李評事遊越詩：「梅市人何在，蘭亭水尚流。」

〔一四〕蘭亭　在今浙江紹興西南二十七里。水經注浙江水注：「(鑑湖)湖口有亭，曰蘭亭，亦曰蘭上里。太守王羲之、謝安兄弟，數往造焉。」「蘭亭古墨」，指王羲之所書之蘭亭集序。少游書蘭亭叙後云：「右軍以穆帝永和九年三月三日，與太原孫統……等四十有一人，修祓禊於山陰之蘭亭，酒酣賦詩製序，用蠶繭紙、鼠鬚筆。書凡二十八行，三百二十四字。」

〔一五〕狂客句　狂客，指賀知章。舊唐書文苑賀知章傳：「知章晚年尤加縱誕，無復規檢，自號四明狂客。」鑑湖，即鏡湖，在浙江紹興。李白對酒憶賀監二首其二：「狂客歸四明，山陰道士迎。敕賜鏡湖水，爲君臺沼榮。」

〔一六〕夷猶　原意爲遲疑不進。楚辭九歌湘君：「君不行兮夷猶。」後引申爲容與徜徉，有逍遥義。張耒泊長平晚望詩云：「川穩夷猶棹，春歸杳靄天。」

〔一七〕金龜　唐代官員佩飾之一種。唐初五品以上佩魚袋，武后天授元年改佩龜，三品以上龜袋用金飾，稱金龜。孟棨本事詩高逸：「李太白初自蜀至京師，舍於逆旅。賀監知章聞其名，首訪之。既奇其姿，復請所爲文。出蜀道難以示之。讀未竟，稱歎者數四，號爲謫仙，解金龜換酒，與傾盡醉，期不間日，由是稱譽光赫。」

〔一八〕滄洲　猶言水濱，指隱者所居之地。南史張充傳：「飛竿釣渚，濯足滄洲。」南朝齊謝朓之宣城郡出新林浦白板橋詩：「既歡懷禄情，復協滄洲趣。」

**【彙評】**

明沈際飛草堂詩餘續集：入律。○詞爲故實拖疊所累。

清萬樹詞律卷十九：後段結語二句，前詞徐案：指「梅英疎淡」一首。上四下七，前後相同。此篇用上六下五，與前段各異。○案柳詞「東南形勝」一首，於「汎五湖」句，作「怒濤卷霜雪」；「有百年」句作「乘醉聽簫鼓」，句法不同，可以通用。然「聽」字應讀平聲。而「怒濤」句，「濤」平「卷」仄，終覺不順，恐原是「卷怒濤霜雪」而傳訛也。作者但照秦，則無失矣。……此調二十二句，其第一字除「汎」、「茂」、「悵」、「有」四字必仄，「翠」、「最」二字不拘，其餘俱要平字起，勿爲譜所誤。徐案：「汎」通「泛」。

## 其三〔一〕

梅英疎淡，冰澌溶洩〔二〕，東風暗換年華。金谷俊遊，銅駝巷陌〔三〕，新晴細履平沙。長記誤隨車〔四〕。正絮翻蝶舞，芳思交加。柳下桃蹊〔五〕，亂分春色到人家。西園夜飲鳴笳〔六〕。有華燈礙月，飛蓋妨花。蘭苑未空〔七〕，行人漸老，重來是事堪嗟〔八〕。煙暝酒旗斜。但倚樓極目，時見棲鴉〔九〕。無奈歸心，暗隨流水到天涯。

**【校記】**

〔其三〕張本、李本、段本、鄧本、毛本、四庫本、黃本、王本、金本、秦本均作「又」，歷代詩餘卷八十五作「前調」，調下俱題作「洛陽懷古」。

〔冰澌〕各宋本俱作「水澌」。案：他宋人詞多作「冰澌」，如柳永尾犯詞云：「野塘風暖，游魚觸動，冰澌微坼。」改從張、李、段、鄧、毛、金諸本。〔是事〕歷代詩餘、詞譜、詞律、詞綜作「事事」，非。

**【箋注】**

〔一〕據虞集西園雅集圖跋，西園爲王詵延蘇軾諸名士燕遊之所（詳後注）。王詵，字晉卿，尚英宗第二女魏國大長公主，爲駙馬都尉，「故第池籞，極其華縟」（宋史卷二百四十八）。劉克莊西園雅集圖跋云：「本朝戚畹，惟李端愿、王晉卿二駙馬，好文喜士。世傳孫巨源『三通鼓』、眉山公『金釵墜』之詞，想見一時風流蘊藉。未幾烏臺鞫詩案，賓主俱謫。」至元祐八年九月，高太后崩，哲宗親政，蘇軾等再次被謫。詞云「重來是事堪嗟」，蓋指是時西園之冷落而言。少游於翌年三月被遣離京，結句「無奈歸心，暗隨流水到天涯」，正是當時心情寫照。詞即作於此年（即哲宗紹聖元年，公元一〇九四年）。

〔二〕冰澌　流冰。後漢書王霸傳：「河水流澌，無船，不可濟。」花草粹編卷二載李子正梅苑減蘭十梅序：「花雖多品，梅最先春，始因暖律之潛催，正值冰澌之初泮。」

〔三〕金谷二句　水經穀水注：「金谷水出太白原，東南流，歷金谷，謂之金谷水。」金谷，古地名，在今河南省洛陽市東北。西晉石崇築園於此，賓客游宴其中，世稱金谷園。銅駝巷陌，太平御覽卷一五八引陸機洛陽記：「洛陽有銅駝街。漢鑄銅駝二枚，在宮南四會道相對。俗語曰：『金馬門外集衆賢，銅駝陌上集少年。』」尊前集劉禹錫楊柳枝：「金谷園中花亂飛，銅駝陌上好風吹。」

〔四〕誤隨車　韓愈嘲少年詩：「只知閑信馬，不覺誤隨車。」

〔五〕柳下桃蹊　史記李廣列傳：「諺曰：『桃李不言，下自成蹊。』」唐王涯遊春詞：「經過柳陌與桃蹊。」

〔六〕西園　指汴京王詵之花園。宋李伯時繪有西園雅集圖，元趙孟頫據以臨摹，載故宮周刊第十三册。圖下有元虞集跋云：「西園者，宋駙馬都尉王詵晉卿延東坡諸名士燕遊之所也。……燕集歲月無所考，西園亦莫究所在。即圖而觀，雲林泉石，翛然勝處也。傳衣冠十有四人，僧、道士各一人。」其十四人名姓一一列出，爲蘇軾、蘇轍、黄庭堅、秦觀、陳師道、張耒、李廌、晁補之、王詵、蔡天啓、李伯時、米芾、王仲至、劉巨濟。徐案：王文誥蘇文忠公詩編注集成總案卷二十八元祐二年六月：「集於王詵西園。」注引米元章西園雅集圖記云：「李伯時效唐小李將軍爲著色泉石雲物、草木花竹，皆絶妙動人。而人物秀發，各肖其形，自有林下風味，無一點塵埃氣……自東坡而下，凡十有六人，以文章議論、博學辯識、英辭妙墨、好古多聞、雄豪絶俗之資，高僧羽流之傑，卓然高致，名動四夷。後之覽者，不獨圖畫之可觀，亦足彷彿其人耳。」其中多出陳碧虚、鄭靖老二人。米元章（名芾）、李伯時（名公麟）皆與蘇軾、秦觀同時，其言可信。

〔七〕蘭苑　園林的美稱。謝靈運曇隆法師誄：「如彼蘭苑，風過氣絶。」此指西園。

〔八〕是事　張相詩詞曲語辭匯釋卷一：「猶云事事或凡事也。」柳永定風波詞：「自春來、慘緑愁紅，芳心是事可可。」

〔九〕棲鴉　蘇軾祈雪霧豬泉出城馬上作贈舒堯文：「朝隨白雲去，暮與棲鴉還。」

**【彙評】**

明李攀龍草堂詩餘雋卷四眉批：借桃花綴梅花，風光百媚。停杯騁望，有無限歸思隱約言先。

○評：自梅英吐、年華（换）説到春色亂分處，兼以華燈、飛蓋、酒旗，一寓目盡是旅客增怨，安得不歸思如流耶？

明沈際飛草堂詩餘正集卷五：春光滿楮，與梅無涉。

世經堂康熙十七年殘本詞綜卷六「梅英疎澹」調下批語：壯麗，非此不稱。此調懷古，「廣陵」、「越州」及「別意」一首，皆當録。

清萬樹詞律卷十九：「金谷」以下與後「蘭苑」以下同。「俊」字「未」字用去聲，是定格，歌至此要振得起，用不得平聲。觀自來宋金元名詞，無不用去。惟有石孝友一首用「摇」、「生」二字，乃是敗筆。其別作一首，即用「命」、「薦」二字矣。

清周濟宋四家詞選：兩兩相形，以整見勁。以兩「到」字作眼，點出「換」字精神。

清秦元慶本淮海後集長短句卷上「柳下」二句眉批：可人風味在此，語意殊絶。

清譚獻譚評詞辨：（長記誤隨車）頓宕。（「柳下」二句）旋斷仍連。（下闋）陳隋小賦縮本，填詞家不以唐人爲止境也。

清陳廷焯白雨齋詞話卷一：少游詞最深厚，最沉著，如「柳下桃蹊，亂分春色到人家」，思路幽絶，其妙令人不能思議。較「郴江幸自繞郴山，爲誰流下瀟湘去」之語，尤爲入妙。世人動訾秦七，真所謂井蛙謗海也。

俞陛雲唐五代兩宋詞選釋：前段紀昔日游觀之事。轉頭處「西園」三句，極寫燈火車騎之盛。惟其先用重筆，故重來感舊，倍覺淒清。後段真氣流轉，不下於廣陵懷古之作。

吴梅詞學通論第七章：他作如望海潮云：「柳下桃蹊，亂分春色到人家。西園夜飲鳴笳，有華燈礙月，飛蓋妨花。」……此等句皆思路沉著，極刻畫之工，非如蘇詞之縱筆直書也。唐圭璋唐宋詞簡釋：此首述遊蹤。情韻極勝。○（西園三句）煉字琢句，精美絶倫。信乎譚復堂稱其似陳隋小賦也。「蘭苑」以下，轉筆傷今，化密爲疎，又覺空靈蕩漾，餘韻不盡。○蓋少游純以温婉和平之音，蕩人心魄，與屯田、東坡之使氣者不同也。

## 其四

奴如飛絮，郎如流水，相沾便肯相隨。微月户庭，殘燈簾幕，忽忽共惜佳期〔一〕。纔話暫分攜。早抱人嬌咽，雙淚紅垂〔二〕。畫舸難停，翠幃輕別兩依依。　別來怎表相思？有分香帕子，合數松兒〔三〕。紅粉脆痕，青箋嫩約〔四〕，丁寧莫遣人知。成病也因誰？更自言秋杪，親去無疑。但恐生時注著，合有分于飛〔五〕。

【校記】

〔其四〕張本、李本、段本、鄧本、毛本、四庫本、黄本、金本、王本、秦本均作「又」，且調下題作「別意」。

【箋注】

〔一〕佳期　楚辭九歌湘夫人：「登白薠兮騁望，與佳期兮夕張。」王逸注：「佳，謂湘夫人也。」原謂與佳人約會，後指幽歡之日。唐李商隱代魏宫私贈詩：「來時西館阻佳期，去後漳河隔夢思。」

〔二〕雙淚紅垂　即紅淚雙垂。舊題王嘉拾遺記卷七載魏文帝時選良家子以入六宫，薛靈芸被選，「聞别父母，歔欷累日，淚下霑衣。至升車就路之時，以玉唾壺承淚，壺則紅色。既發常山，及至京師，壺中淚凝如血」。李賀蜀國弦詩：「誰家紅淚客，不忍過瞿塘。」

〔三〕别來三句　分香帕子，即香羅帕。宋何㮚虞美人：「分香帕子柔藍膩，欲去殷勤惠。」合數松兒，指成雙作對的松籽。二物皆别後寄贈，以表相思。明卓人月古今詞統謂「松兒、帕子，又見洪瑹永遇樂」。洪詞云：「合數松兒，分香帕子，總是牽情處。」

〔四〕紅粉二句　紅粉脆痕，義猶牛嶠菩薩蠻詞：「愁匀紅粉淚。」脆痕，指嬌嫩面龐上的淚痕。青箋，青色的信紙。古代蜀箋有十色，中有深青、淺青二種，稱青箋。嫩約，指約會之稚嫩。嫩，稚弱，嬌嫩。南朝梁鍾嶸詩品下「晉徵士戴逵」：「安道詩雖嫩弱，存清上之句。」宋郭若虚圖畫聞見録四：「筆墨差嫩。」

〔五〕于飛　比翼而飛，喻夫婦好合。詩大雅卷阿：「鳳凰于飛，翽翽其羽。」左傳莊公二十二年：「初，懿氏卜妻敬仲，其妻占之，曰：吉，是謂鳳凰于飛，和鳴鏘鏘，有嬀之後，將卜于姜。」

**【彙評】**

明徐渭評點段斐君刊本淮海集長短句卷上（以下簡稱徐渭評本）：（下闋眉批）尋常淺語，自是生情。

龍榆生師蘇門四學士秦觀：今集中專爲應歌之作，雜以俚語，一似柳永之所爲者，如望海潮「奴如飛絮……」，鼓笛慢「亂花叢裏曾攜手……」。前二闋寫離懷，語意較少游其他作品爲樸拙，如「成病也因誰」、「問呵，我如今怎向」，皆情深語淺，曲曲傳出兒女柔情。

# 沁園春〔一〕

宿靄迷空〔二〕，膩雲籠日〔三〕，晝景漸長。正蘭皋泥潤〔四〕，誰家燕喜〔五〕；蜜脾香少〔六〕，觸處蜂忙〔七〕。盡日無人簾幕掛，更風遞游絲時過牆〔八〕。微雨後，有桃愁杏怨，紅淚淋浪〔九〕。　風流寸心易感，但依依竚立，回盡柔腸〔一〇〕。念小奩瑶鑑，重勻絳蠟〔一一〕；玉籠金斗〔一二〕，時熨沉香〔一三〕。柳下相將遊冶處〔一四〕，便回首、青樓成異鄉〔一五〕。相憶事，縱蠻箋萬疊〔一六〕，難寫微茫〔一七〕。

**【校記】**

〔調〕張本、李本、段本、鄧本、毛本、四庫本、黄本、金本、秦本調下題作「春思」，王本題作「春」。沈本草堂別集題作「春思」。歷代詩餘卷九十一，調下題作「又」體。〔蘭皋泥潤〕詞譜作「蘭泥皋潤」，誤。〔小奩〕小，黄本注云：「琴趣作花，本集作小。」〔蠻箋〕詞譜作「鸞箋」，非。

**【箋注】**

〔一〕此首上闋寫春景，下闋寫春思。所謂「青樓成異鄉」，可能指在揚州時的冶遊生活，似作於熙寧、元豐間家居之時。

〔二〕宿靄　隔夜猶存的霧氣。唐韓愈秋雨聯句：「安得發商飆，廓然吹宿靄。」

〔三〕膩雲　濃厚的雲層。唐杜牧春日茶山病不飲酒因呈賓客詩：「山秀白雲膩，溪光紅粉鮮。」

〔四〕蘭皋　皋，水邊高地。楚辭離騷：「步余馬於蘭皋兮，馳椒丘且焉止息。」朱熹注：「澤曲曰皋，其中有蘭，故曰蘭皋。」

〔五〕誰家　張相詩詞曲語辭匯釋卷三：「誰家，估量辭，含有怎樣、怎能、爲甚麽、甚麽各意義。古人語簡，籠統使用。家即價也。……陳師道木蘭花詞：『誰家言語似黄鸝，深閉玉籠千萬怨。』言怎樣的相似或何其相似也。」少游詞意同此，言燕子銜蘭皋之泥何其喜悦也。

〔六〕蜜脾　蜜蜂營造連片蜂房，釀蜜其中，其形如脾，故名。宋王禹偁蜂記：「其釀蜜如脾，謂蜂脾。」李商隱閨情詩：「紅露花房白蜜脾，黄蜂紫蝶兩參差。」

〔七〕觸處　詩詞曲語辭匯釋卷六：「觸處，猶云到處或隨處也。白居易春盡日宴罷感事獨吟詩：『閑聽鶯語移時立，思逐楊花觸處飛。』」宋徽宗聲聲慢：「觸處笙歌鼎沸，香韉趁，雕輪隱隱春雷。」

〔八〕游絲　蜘蛛等昆蟲所吐之絲在空中游移。北周庾信春賦：「一叢香草足礙人，數尺游絲即横路。」宋歐陽修浣溪沙：「當路游絲縈醉客，隔花啼鳥唤行人。」

〔九〕紅淚淋浪　喻雨後桃杏上水珠不斷下滴。晉嵇康琴賦：「紛淋浪以流離，奂淫衍而優渥。」陶淵明感士不遇賦：「感哲人之無偶，淚淋浪以灑袂。」梅苑卷二無名氏驀山溪：「時被雨廉纖，瓊枝上，淚淋浪，似恨孤芳處。」

〔一〇〕回盡柔腸　漢司馬遷報任少卿書：「腸一日而九回。」唐柳宗元登柳州城樓寄漳汀封連四州刺史詩：「嶺樹重遮千里目，江流曲似九回腸。」

〔一一〕絳蠟　本謂紅燭。蘇軾次韻代留别詩：「絳蠟燒殘玉斝飛，離歌唱徹萬行啼。」此處疑指花粉一類化粧品。如唐白居易和微之春日投簡陽明洞天詩：「柳眼黄絲纇，花房絳蠟珠。」又宋謝逸南鄉子：「冰雪染胭脂，絳蠟香濃落日西。」皆其例。

〔一二〕玉籠句　玉籠，熏籠的美稱。　金斗，熨斗。蕭衍和徐録事見内人作臥具詩：「熨斗金塗色，簪管白牙纏。」

〔一三〕沉香　香木。亦名沉水香。太平御覽卷九八二引南州異物志：「沉水香出日南，欲取，當先砍壞，樹著地積久，外皮朽爛，其心至堅，置水則沉，名沉香。」唐李商隱效徐陵體贈更衣詩：「輕寒衣省夜，金斗熨沉香。」

〔一四〕相將　詩詞曲語辭匯釋：「相將，猶云相與或相共也。孟浩然春情詩：『已厭交歡憐枕席，相將游戲繞池臺。』令狐楚春游曲：『相將折楊柳，争取最長條。』李賀官街鼓詩：『幾回天上葬神仙，漏聲相將無斷絶。』王琦注：『將，猶隨也。』……秦觀沁園春詞：『柳下相將游冶處，便回首、青樓成異鄉。』皆其例也。」

〔一五〕青樓　魏曹植美女篇：「青樓臨大路，高門結重關。」指顯貴之家。梁劉邈萬山見采桑人詩：「倡妾不勝愁，結束下青樓。」始以青樓喻妓院。此指後者。

〔一六〕蠻箋　即蜀箋。元費著蜀箋譜：「謝公（師厚）有十色箋：深紅、粉紅、杏紅、明黄、深青、淺青、深緑、淺緑、銅緑、淺雲，即十色也。楊文公億談苑載韓浦寄弟詩云：『十樣蠻箋出益州，寄來新自浣花頭。』謝公箋出於此乎？」明陳耀文天中記：「唐中國紙未備，故唐人詩多用『蠻箋』字。」宋詞繼承唐詩，亦用此語。

〔一七〕微茫　渺茫。周邦彦慶宫春：「倦途休駕，淡烟裏，微茫見星。」

【彙評】

宋胡仔苕溪漁隱叢話後集卷三十三引藝苑雌黄：予又嘗讀李義山效徐陵體贈更衣云：「輕寒衣省夜，金斗熨沉香。」乃知少游詞「玉籠金斗，時熨沉香」，與夫「睡起熨沉香，玉腕不勝金斗」，其語亦有來歷處。

明沈際飛草堂詩餘別集卷四：委委佗佗，條條秩秩，未免有情難讀，讀難厭。

清萬樹詞律卷十九：「盡日」句，「柳下」句，俱七字。「更風遞」句，「便回首」句，俱八字。後段起句用仄，不叶韻。「但依依」句，五字；「回盡」句，四字，但與前詞同。徐案：前詞指陸游沁園春（野鶴孤飛）一首。

## 水龍吟〔一〕

小樓連遠横空，下窺繡轂雕鞍驟〔二〕。朱簾半捲，單衣初試，清明時候。破暖輕風，弄晴微雨〔三〕，欲無還有。賣花聲過盡〔四〕、斜陽院落，紅成陣，飛鴛甃〔五〕。　玉珮丁東别後，悵佳期、參差難又〔六〕。名韁利鎖〔七〕，天還知道，和天也瘦〔八〕。花下重門，柳邊深巷，不堪回首。念多情但有，當時皓月，向人依舊。

【校記】

〔調〕此首故宮本自「斜陽院落」至詞末補鈔。諸本調下均題作「贈妓婁東玉」。黄本「婁」作「樓」，注云：「宋本有此五字。」疑據宋本淮海琴趣。宋黄昇唐宋諸賢絶妙詞選（簡稱花庵）卷四調下注云：「寄營妓婁琬，琬字東玉，詞中藏其姓名與字在焉。」〔連遠〕張本、李本、段本、鄧本、毛本、四庫本、王本、金本、秦本作「連苑」。〔繡轂〕詞譜作「繡輦」，非。〔朱簾〕張本、李本、段本、毛本、四庫本、王本、金本、秦本、詞綜、詞譜作「疎簾」，黄本作「珠簾」。〔斜陽〕詞綜、詞譜作「垂楊」，增修箋注妙選草堂詩餘卷之上後集作「垂柳」，皆非。〔院落〕詞譜、花庵作「院宇」，非。

【箋注】

〔一〕苕溪漁隱叢話前集卷五〇引高齋詩話云：「少游在蔡州，與營妓婁琬字東玉者甚密，贈之詞云：『小樓連苑横空』，又云『玉佩丁東别後』者是也。」案少游於元豐八年乙丑（一〇八五）舉進士，元祐元年一〇八六丙寅調蔡州教授，至元祐五年庚午（一〇九〇），始入京供職祕書省，詞當作於此時。

〔二〕繡轂句　繡轂，華貴的車輛。　雕鞍，雕飾的馬鞍，也借以指馬。　唐王勃臨高臺詩：「銀鞍繡轂盛繁華，可憐今夜宿娼家」。韋莊清平樂：「玉勒雕鞍何處？」

〔三〕弄晴句　謂微雨欲無還有，似逗弄晴天。　蘇軾雪後到乾明寺遂宿詩：「日看鴉鵲弄新晴。」

〔四〕賣花聲　宋孟元老東京夢華録卷七：「是月季春，萬花爛漫，牡丹芍藥，棣棠木香，種種上市。賣花者以馬頭竹籃鋪排，歌叫之聲，清奇可聽。晴簾静院，曉幕高樓，宿酒未醒，好夢初覺，聞之莫不新愁易感，幽恨懸生，最一時之佳況。」

〔五〕鴛甃　謂用對稱之磚瓦砌成的井壁。易井：「井甃，無咎。」孔穎達疏引子夏傳曰：「甃，亦治也。以磚壘井，修井之壞，謂之甃。」此指井臺。

〔六〕參差　乃「差池」一音之轉，意猶蹉跎，謂與事乖違，錯過機會。白居易禽蟲十二章之一：「燕違戊己鵲避歲……一時一日不參差。」自注：「燕銜泥避戊己日，鵲巢口常避太歲，驗之皆信。」又薛能下第後春日長安寓居詩：「隔年空仰望，臨日又參差。」又參差，又錯過也。

〔七〕名韁利鎖　宋柳永夏雲峯詞：「向此免、名韁利鎖，虛費光陰。」

〔八〕和天也瘦　唐李賀金銅仙人辭漢歌：「天若有情天亦老。」爲此句所本。詩詞曲語辭匯釋卷一：「和，猶連也。秦觀……水龍吟詞：『名韁利鎖，天還知道，和天也瘦。』言連天亦不免當此苦況而消瘦，何況於人也。」　元無名氏集賢賓：「則我這相思病，訴與天聽，連天也瘦得伶仃。」即由此化來。

**【彙評】**

宋曾慥高齋詞話：秦少游在蔡州，與營妓婁琬字東玉者甚密，贈之詞云：「小樓連苑橫空。」又云「玉佩丁東別後」者是也。

宋俞文豹吹劍三録：東坡問少游別後有何作，少游舉「小樓連苑橫空，下窺繡轂雕鞍驟」。坡曰：「十三箇字只説得一箇人騎馬樓前過。」文豹亦謂公次沈立之韻：「試問別來愁幾許？春江萬斛若爲情。」十四字只是少游「愁如海」三字耳。作文亦如此。

宋曾季貍艇齋詩話：少游詞「小樓連苑橫空」，爲都下一妓姓樓名琬字東玉，詞中欲藏「樓琬」二字。然少游亦自有出處，張籍詩云：「妾家高樓連苑起。」

宋王楙野客叢書卷二十：又少游詞「天還知道，和天也瘦」之語，伊川先生聞之，以爲媟瀆上天。是則然矣。不知此語蓋祖李賀「天若有情天亦老」之意爾。

宋陳鵠西塘集耆舊續聞卷八：伊川嘗見秦少游詞「天還知道，和天也瘦」之句，乃曰：「高高在上，豈可以此瀆上帝？」又見晏叔原詞「夢魂慣得無拘檢，又踏楊花過謝橋」，乃曰：「此鬼語也！」蓋少游乃本李長吉「天若有情天亦老」之意，過於媟瀆。少游竟死於貶所，叔原壽亦不永，雖曰有數，亦口舌勸淫之過。

宋楊萬里誠齋詩話：客有自秦少游許來見東坡，坡問少游近有何詩句，客舉秦水龍吟詞云：「小樓連苑横空，下窺繡轂雕鞍驟。」坡笑云：「又連苑，又横空，又繡轂，又雕鞍，又驟，也勞攘。」坡亦有此詞云：「燕子樓空，佳人何在，空鎖樓中燕。」

宋劉克莊跋黄孝邁長短句：爲洛學者皆崇性理而抑藝文，詞尤藝文之下者也，昉於唐而盛於本朝。秦郎「和天也瘦」之句，脱换李賀語爾，而伊川有「褻瀆上穹」之誚。豈惟伊川者？秀上人罪魯直勸淫，馮當世願小晏損才補德，故雅人修士相約不爲。

古今詞話：少游自會稽入都，見東坡。……坡又問別作何詞，少游舉「小樓連苑横空，下窺繡轂雕鞍驟」。東坡曰：「十三箇字，只説得一箇人騎馬樓前過。」少游問公近作，乃舉「燕子樓空，佳人何在，空鎖樓中燕」。晁無咎曰：「只三句便説盡張建封事。」（見御選歷代詩餘詞話。又見花庵詞選卷二，字句稍異）

宋張炎詞源卷下：　大詞之料，可以斂爲小詞；　小詞之料，不可展爲大詞。　若爲大詞，必是一句之意，引而爲兩三句；　或引他意入來，捏合成章，必無一唱三歎。　如少游水龍吟云：　「小樓連苑横空，下窺繡轂雕鞍驟。」猶且不免爲東坡見誚。

明楊慎詞品卷一：　填詞平仄及斷句皆定數，而詞人語意所到，時有參差。　如秦少游水龍吟前段歇拍句云：　「紅成陣，飛鴛甃。」换頭落句云：　「念多情，但有當時皎月，照人依舊。」以詞意言，「當時皎月」作一句，「照人依舊」作一句。　以詞調拍眼，「但有當時」作一拍，「皎月照」作一拍，「人依舊」作一拍，是也。

明懺花盦叢書本草堂詩餘楊慎批語（以下簡稱楊慎批草堂）：　首句與换頭一句，俱隱妓名「樓東玉」三字，甚巧！　◯「天還知道，和天也瘦」二句，情極之語，纖軟特甚。

明王世貞弇州山人詞評：　詞内「人瘦也，比梅花瘦幾分」，又「天還知道，和天也瘦」，「莫道不銷魂，人比黄花瘦」，三「瘦」字俱妙。

明李攀龍草堂詩餘雋卷二眉批：　輕風微雨，寫出暮春景色，有見月而不見人之憾，問天天不知。◯評：　按景綴情，最有餘味。　謂筆能開花，信然。

明沈際飛草堂詩餘正集卷五：　天也瘦起來，安得生致？　少游自抉其心。

世經堂康熙十七年殘本詞綜卷六「小樓連苑横空」調下批語：　通體匀細輕倩，學者須從此門入，亦最不易到此境也。

清徐釚詞苑叢談卷三：（東坡）又問別作何詞，秦舉「小樓連苑横空，下窺繡轂雕鞍驟」。坡云：「十三箇字，只説得一箇人騎馬樓前過。」秦問先生近著，坡云亦有一詞説樓上事，乃舉「燕子樓空，佳人何在？空鎖樓中燕」。晁無咎在座云：「三句説盡張建封燕子樓一段事，奇哉！」

清沈雄古今詞話詞品上卷：秦少游水龍吟「小樓連苑横空」，隱妻東玉字；南柯子「一鉤殘月帶三星」，隱陶心兒字。何文縝虞美人「分香帕子柔藍膩，欲去殷勤惠」，隱惠柔字。興會所至，自不能已；大雅之作，政不必然。若黄山谷兩同心云「你共人女邊著子，争知我門裏擔心」，隱「好悶」兩字。總因「黄絹幼婦，外孫齏臼」八字作俑，而下流於「秋在人心上，心在門兒裏」，便開俚淺蹊徑。

又古今詞話詞品下卷：余閲章質夫「燕忙鶯懶芳殘」，與少游「小樓連苑横空」不異；但質夫下句「正堤上柳飛花墜」，東坡下句「也無人惜從教墜」，及「下窺繡轂雕鞍驟」，則又語意參差。又前段歇拍，三字句作兩句，如放翁之「争先占，新亭館」，不異少游；而質夫之「依前被，風扶起」，則又語意參差。……按（楊慎）詞品謂斷句皆有定數（見前，略）……余竊怪之。如東坡楊花詞，舊本於「細看來不是楊花」爲句，「點點是離人淚」爲句，頗覺其順。後閲諸作，如章質夫、陸放翁等詞，應作三句。乃知「細看來不是」爲句，「楊花點點」爲句，「是離人淚」爲句。今取以證之，大似上句不了，接在下句者，下句或分別作二句者。而詞品所定少游詞「皎月照」作一拍，「人依舊」作一拍，又大謬甚。余駁正之，當以「多情但有」爲句，「當時皎月」四字爲句，「照人依舊」爲句，是則合調耳。

清周亮工因樹屋書影卷三：程正叔見秦少游問：「『天知否，天還知道，和天也瘦』，是學士作耶？上穹尊嚴，安得易而侮之！」此等議論，煞是可笑。與其爲此等論，不如並此詞不入目，即入目亦置若未見。

清郭麐靈芬館詞話卷二：「小樓連苑横空」，無名字之夢也。有頭無尾，雖游戲筆墨，亦自有天然妙合之趣。

清沈祥龍論詞隨筆：詞當意餘於辭，不可辭餘於意。東坡謂少游「小樓連苑横空，下窺繡轂雕鞍驟」二句，只説得車馬樓下過耳，以其辭餘於意也。若意餘於辭，如東坡「燕子樓空，佳人何在，空鎖樓中燕」，用張建封事；白石「猶記那人，正睡裏，飛近蛾緑」，用壽陽事。皆爲玉田所稱，蓋辭簡而餘意悠然不盡也。

清陳廷焯詞則閑情集卷一：前後闋起處，醒。「樓東玉」三字，稍病纖巧。

王國維人間詞話：詞中忌用替代字。美成解語花之「桂華流瓦」，境界極妙，惜以「桂華」二字代「月」耳。夢窗以下，則用代字更多。其所以然者，非意不足，則語不妙也。蓋語妙則不必代，意足則不暇代。此少游之「小樓連苑」、「繡轂雕鞍」，所以爲東坡所譏也。

俞陛雲唐五代兩宋詞選釋：此詞上闋「破暖輕風」七句，雖純以輕婉之筆寫春景，而觀其下闋，則花香簾影中，有傷春人在也。

# 八六子〔一〕

倚危亭〔二〕，恨如芳草〔三〕，萋萋剗盡還生。念柳外青驄別後〔四〕，水邊紅袂分時〔五〕，愴然暗驚。　無端天與娉婷〔六〕。夜月一簾幽夢，春風十里柔情。怎奈向〔七〕、歡娛漸隨流水，素弦聲斷〔八〕，翠綃香減〔九〕；　那堪片片飛花弄晚，濛濛殘雨籠晴〔一〇〕。正銷凝〔一一〕，黃鸝又啼數聲。

**【校記】**

〔調〕此首故宮本補鈔。毛本調下題作「春怨」。　〔紅袂〕故宮本補鈔葉、李本、金本作「紅社」，誤。　〔愴然〕毛本作「悽然」，非。　〔怎奈向〕故宮本、李本、毛本、四庫本、詞律、王本、金本作「怎奈何」。詞律按：「詞譜『怎奈何』三字作『奈回首』。」徐案：清況周頤蕙風詞話卷二云：「淮海詞『怎奈向、歡娛漸隨流水』，今本『向』改『何』，非是。『怎奈向』，宋時方言，他宋人詞亦有用者。」又：此詞誤入侯文燦十名家詞本賀鑄東山詞，全宋詞本亦案云：「別誤入東山詞。」

**【箋注】**

〔一〕此詞作於元豐三年庚申（一〇八〇）。徐案：元豐二年歲暮，少游自會稽還家，不久有與李樂天簡云：「時復扁舟，循邗溝而南，以適廣陵。」詞乃自廣陵還里經邵伯斗野亭時回憶揚州戀人而作。

〔二〕危亭　位高而勢險之亭。葉夢得點絳脣紹興乙卯登絶頂小亭：「縹緲危亭，笑談獨在千峯上。」此指召伯埭（今江都縣邵伯鎮）斗野亭。是歲邑人孫覺莘老作題召伯斗野亭詩，少游和之云：「北眺桑梓國，悠然白雲生。南望古邗溝，滄波帶蕪城。」張琬亦有和詩云：「危亭下瞰野，層閣高連甍。起望斗與牛，淮海相奔傾。」可證危亭即指斗野亭。亭因處於牛斗二星分野處而得名，參見望海潮（星分牛斗）注。

〔三〕恨如芳草　李煜清平樂詞：「離恨恰如春草，更行更遠還生。」

〔四〕青驄　青白二色相間之馬，俗名菊花青。古詩孔雀東南飛：「躑躅青驄馬，流蘇金鏤鞍。」杜甫高都護驄馬行：「安西都護胡青驄，聲價欻然來向東。」宋晏幾道生查子：「金鞭美少年，去躍青驄馬。」

〔五〕紅袂　紅袖，指代佳人。白居易秦中吟五弦：「清歌且罷唱，紅袂亦停舞。」唐韋莊小重山：「羅衣濕，紅袂有啼痕。」

〔六〕無端句　謂意外得遇美人。無端，没來由。唐韓愈落花詩：「無端又被春風誤，吹落西家不得歸。」娉婷，美好。漢辛延年羽林郎：「不意金吾子，娉婷過我廬。」白居易昭君怨：「明妃風貌最娉婷，合在椒房應四星。」

〔七〕怎奈向　詩詞曲語辭匯釋卷三：「義猶云奈何也。有曰争奈向或怎奈向者。晏殊殢人嬌詞：『羅巾掩淚，任粉痕霑污，争奈向、千留萬留不住。』」

〔八〕素弦句　謂情侶間感情破裂。梁劉孝綽銅雀妓樂府：「危弦斷復續，妾心傷此時。」北周庾信思舊銘：「匣中弦絶，鄰人笛悲。」

〔九〕翠綃　指香羅帕。唐杜牧題池州弄水亭：「弄水亭前溪，颭灩翠綃舞。」

〔一〇〕那堪二句　「弄晚」與下句「籠晴」互文，意謂飛花殘雨在逗弄晚晴。

〔一一〕銷凝　詩詞曲語辭匯釋卷五：「銷凝，亦作消凝，爲『銷魂凝魂』之約辭。銷魂與凝魂，同爲出神之義。……陽春白雪六，趙白雲歸朝歡詞：『夜闌天静魂飛越，正銷凝，一庭秋意，烟水浸空闊。』銷凝字緊跟魂字而來，此足爲銷凝即銷魂、凝魂義之證。」又：「由銷魂義出，凡表示感慨傷神等之情感者爲一類。杜牧八六子詞歇拍云：『正銷魂，梧桐又移翠陰。』秦觀八六子詞效其體，歇拍云：『正銷凝，黄鸝又啼數聲。』則直以銷凝爲銷魂之替辭而用如同義也。」

**【彙評】**

宋胡仔苕溪漁隱叢話後集卷三十九：古今詞話以古人好詞世所共知者，易甲爲乙，稱其所作，仍隨其詞牽合爲説，殊無根蒂，皆不足信也。如秦少游……八六子「倚危亭，恨如芳草，萋萋剗盡還生」者，浣溪沙「脚上鞋兒四寸羅」者，二詞皆見淮海集；乃以八六子爲賀方回作，以浣溪沙爲涪翁作。……皆非也。

宋洪邁容齋四筆卷十三：秦少游八六子詞云：「片片飛花弄晚，濛濛殘雨籠晴。正銷凝，黄鸝又啼數聲。」語句清峭，爲名流推激。予家舊有建本蘭畹曲集，載杜牧之一詞，但記其末句云：「正銷魂，梧桐又移翠陰。」秦公蓋效之，似差不及也。徐案：蘭畹曲集今已佚。明毛晉汲古閣本尊前集載有杜牧八六子，詞云：「洞房深，畫屏燈照，山色凝翠沉沉。聽夜雨冷滴芭蕉，驚斷紅窗好夢，龍煙細飄繡衾。辭恩久歸長信，鳳帳蕭疏，椒殿閑扃。輦路苔侵。繡簾垂，遲遲漏傳丹禁。蕣華偷悴，翠鬟羞整，愁重望處金輿漸遠，何時綵仗重臨？正銷魂，梧桐又移翠陰。」

宋張侃拙軒詞話：秦淮海詞，古今絶唱，如八六子前數句云：「倚危亭，恨如芳草，萋萋剗盡還生。」讀之愈有味。又李漢老洞仙歌云：「一團嬌軟，是將春揉做，撩亂隨風到何處。」皆有腔調散語，非工於詞者不能到。毛友達可詩「草色如愁滾滾來」，用秦語。

宋張炎詞源卷下：「春草碧色，春水緑波。送君南浦，傷如之何！」矧情至於離，則哀怨必至。苟能調感愴於融會中，斯爲得矣。……秦少游八六子云（詞略），離情當如此作，全在情景交鍊，得言外意，有如「勸君更盡一杯酒，西出陽關無故人」，乃爲絶唱。

明陳霆渚山堂詞話卷一：少游八六子尾闋云：「正銷凝，黄鸝又啼數聲。」唐杜牧之一詞，其末云：「正銷魂，梧桐又移翠陰。」秦詞全用杜格。然秦首句云：「倚危亭，恨如芳草，萋萋剗盡還生。」二語妙甚，故非杜可及也。

明沈際飛草堂詩餘正集卷三：恨如剗草還生，愁如春絮相接：言愁，愁不可斷；言恨，恨不可已。○長短句偏入四六，何滿子之外復見此。

明楊慎批草堂詩餘：周美成詞「愁如春後絮，來相接」，與「恨如芳草，剗盡還生」，可謂極善形容。

明李攀龍草堂詩餘雋卷四眉批：别後分時，憶來情多。花弄晚，雨籠晴，又是一番景色一番愁。○評：全篇句句寫箇怨意，句句未曾露箇怨字，正是「詩可以怨」。

清萬樹詞律卷十三楊纘又一體評：此學秦體者，但「蜨棲」句，語氣當作四字，而「千林」二字屬下句者，秦則上句六字，下句四字也。……乃此調定格，聲響如此。秦之「愴然暗驚」、「又啼數聲」，杜之「細飄鳳衾」、「又移翠陰」，晁（補之）之「漏長夢侵」、「舊愁旋生」，無不相同。此等若誤，便失腔調。

清丁紹儀聽秋聲館詞話卷二：秦少游八六子云（詞略），與李濱詞云：「乍鷗邊，一番腴綠，流紅又怨蘋花。看晚吹，約晴歸路，夕陽分落漁家。輕雲半遮。縈情芳草無涯。還報舞香一曲，玉瓢幾許春華。正細柳輕烟，舊時坊陌，小桃朱户，去年人面，誰知此日重來繫馬，東風淡墨攲鴉。黯窗紗。人歸綠陰自斜。」字句平仄如一，惟李詞首句不起韻，第五句用韻，與秦稍異。詞律謂秦詞恐有訛處，未必然也。至秦詞「奈回首」作「怎奈向」，李詞「玉瓢」作「玉飄」，均係傳抄之誤。

清周濟宋四家詞選評起句「倚危亭」：神來之筆！

清黄蘇蓼園詞選：寄托耶？懷人耶？詞旨纏綿，音調淒惋如此。

清陳鋭裒碧齋詞話：若淮海八六子詞之「斷」、「晚」與「滅」，本不同部，必非韻協。

清陳廷焯詞則大雅集卷二：寄慨無端。

俞陛雲唐五代兩宋詞選釋：結句清婉，乃少游本色。起筆三句，獨用重筆，便能振起全篇。

唐圭璋唐宋詞簡釋：此首起處突兀，中間敍情委婉，末以景結，倍見含蓄。

龍榆生師蘇門四學士詞秦觀：如此闋徐案：指滿庭芳「山抹微雲」之「斜陽」三句，與八六子（詞略），其尤著者也。此類最爲少游出色當行之作。
繆鉞靈谿詞説論杜牧與秦觀八六子詞：到北宋中期，秦觀也作了一首八六子詞，雖然也多少承受了杜牧詞的影響，但是在藝術風格方面，却是青出於藍而勝於藍了。○他寫離情並不直説，而是融情於景，以景襯情，也就是説，把景物融於感情之中，把感情附托在景物之上，使感情更爲含蓄深邃。○從章法來説，忽而寫現實，忽而寫過去，交插錯綜，頗似近來電影中所用的藝術手法；從用筆來説，極爲輕靈，空際盤旋，不着重筆；從聲律來説，八六子這個詞調，音節舒緩，回旋宕折，適宜於表達淒楚幽咽之情，讀起來覺得如聽溪水從山巖中曲折流出的琤琮之音。

## 風流子〔一〕

東風吹碧草，年華換〔二〕，行客老滄洲〔三〕。見梅吐舊英，柳摇新緑；惱人春色〔四〕，還上枝頭。寸心亂，北隨雲黯黯，東逐水悠悠。斜日半山，暝烟兩岸；數聲横笛〔五〕，一葉扁舟〔六〕。青門同攜手〔七〕，前歡記〔八〕，渾似夢裏揚州〔九〕。誰念斷腸南陌〔一〇〕，回首西樓〔一一〕。算天長地久，有時有盡；奈何綿綿、此恨難休〔一二〕。擬待倩人説與，生怕人愁。

**【校記】**

〔調〕此首故宮本補鈔。花庵、毛本調下題作「初春」。歷代詩餘卷八十六，調下注云：「又一體，雙調，一百十字。亦名内家嬌。」　〔難休〕毛本、王本、彊村本作「無休」，誤。　〔人愁〕歷代詩餘、草堂、花庵作「伊愁」。「擬待倩人」，草堂注：「一作『擬得情人』。」非。

**【箋注】**

〔一〕此詞作於紹聖元年甲戌（一〇九四）由汴京貶往杭州之際。少游留別平闍黎詩末自注云：「紹聖元年，觀自國史編修官蒙恩除館閣校勘，通判杭州，道貶處州。」詞中「寸心亂」三句，寫詞人北望京國，只覺雲霧迷茫；東矚征程，又感道路修遠。逐客情懷，寄寓頗深。而「梅吐舊英，柳搖新緑」二句，又都寫春天景色，與詞人被貶之時相符，故可推定作於此時。

〔二〕東風二句　意猶前望海潮其三：「東風暗換年華。」

〔三〕行客　出門在外之人。南史夷貊傳下文身國：「土俗歡樂，物豐而賤，行客不齎糧。」唐李頎題綦毋校書別業詩：「行客暮帆遠，主人庭樹秋。」五代李珣巫山一段雲詞：「啼猿何必近孤舟，行客自多愁。」

〔四〕惱人春色　唐羅隱春日葉秀才曲江詩：「春色惱人遮不得，別愁如瘧避還來。」五代魏承班玉樓春詞：「一庭春色惱人來，滿地落花紅幾遍。」宋王安石夜直詩：「春色惱人眠不得，月移花影上闌干。」

〔五〕橫笛　竹笛，古稱橫吹，相對直吹者而言。宋沈括夢溪筆談樂律一：「或云漢武帝時丘仲始作笛，又云起於羌人。後漢馬融所賦長笛，空洞無底，剡其上孔。五孔，一孔出其背，正似今之尺八。李善爲之注云：『七孔，長一尺四寸。』此乃今之橫笛耳。太常鼓吹部中謂之橫吹，非融之所賦者。」太平御覽卷五八

○引樂纂：「梁胡歌云：『快馬不須鞭，拗折楊柳枝。下馬吹横笛，愁殺路傍兒。』」

〔六〕一葉扁舟　白氏六帖：「古者觀落葉以爲舟。」北周庾信哀江南賦：「吹落葉之扁舟，飄長風於上游。」宋蘇軾前赤壁賦：「駕一葉之扁舟，舉匏尊以相屬。」

〔七〕青門　漢時長安城門。三輔黄圖卷一：「長安城東出南頭第一門曰霸城門。民見門青色，名曰青城門，或曰青門。」此處借指汴京城門。

〔八〕前歡　南唐馮延巳鵲踏枝詞：「歷歷前歡無處説，關山何日休離别。」

〔九〕渾似句　渾似，全似。詩詞曲語辭匯釋卷二：「渾猶全也……劉過唐多令詞：『黄鶴斷磯頭，故人曾到不？舊江山渾是新愁。』渾是，全是也。盧祖皋江城子詞：『載酒買花年少事，渾不似，舊心情。』渾不似，全不似也。」夢裏揚州，語本杜牧遣懷詩：「十年一覺揚州夢，贏得青樓薄倖名。」少游有夢揚州詞，記在揚州冶遊生活，結云：「佳會阻，離情正亂，頻夢揚州。」

〔一〇〕南陌　南郊的道路。梁武帝河中之水歌：「洛陽女兒名莫愁，十三能織綺，十四采桑南陌頭。」唐盧照鄰長安古意：「北堂夜夜人如月，南陌朝朝騎似雲。」

〔一一〕西樓　梁庾肩吾奉和春夜應令：「天禽下北闕，織女入西樓。」

〔一二〕算天長四句　白居易長恨歌：「天長地久有時盡，此恨綿綿無絶期。」

**【彙評】**

明李攀龍草堂詩餘雋卷一眉批：人倚闌干，夜不能寐。時有盡，恨無休，自爾展轉百出。○評：觸景傷懷，言言新巧，不涉人間蹊徑。

明沈際飛草堂詩餘正集卷六：甚亂，東西南北，悉爲愁場。〇（結句）怕伊愁，是以欲説還休。曰「擬得情人」，不婉。

明陸雲龍翠娛閣評選行笈必攜詞菁卷一：「惱人春色，還上枝頭。寸心亂，北隨雲黯黯，東逐水悠悠」，譜出如許傷心處。

清黄蘇蓼園詞選：長恨歌：「天長地久有時盡，此恨綿綿無絶時（期）。」〇此必少游被謫後念京中舊友而作，托於懷所歡之辭也。情致濃深，聲調清越，回環雒誦，真能奕奕動人者矣。

俞陛雲唐五代兩宋詞選釋：「寸心亂」三句，極寫離愁之無限。以下「斜日」、「暝烟」四疊句，遂一氣奔赴，更覺力量深厚。下闋「天長地久」四句，雖點化樂天長恨歌，而以「倩人説與」句融納之，便運古入化，彌見情深。

## 夢揚州〔一〕

晚雲收。正柳塘、烟雨初休〔二〕。燕子未歸，惻惻輕寒如秋〔三〕。小欄外、東風軟〔四〕，透繡幃、花蜜香稠。江南遠，人何處？鷓鴣啼破春愁〔五〕。　長記曾陪燕遊。酬妙舞清歌，麗錦纏頭〔六〕。殢酒爲花〔七〕，十載因誰淹留〔八〕？醉鞭拂面歸來晚，望翠樓、簾捲金鉤。佳會阻，離情正亂，頻夢揚州。

【校記】

〔調〕此首故宮本補鈔。詞譜云：「此調只此一詞，無別首可校。」又云：「汲古閣本起結皆有脱誤，今依詞律訂正。」案：今通行汲古閣六十名家詞本，唯起首二句與詞譜有出入，結句無異。花庵及沈本草堂別集卷三題作「中春」。〔正柳塘、烟雨初休〕詞譜作「正柳塘花塢，烟雨初收」。〔小欄外〕詞譜、詞律均作「小闌干外」。花庵作「曲闌外」，非。〔花蜜〕詞譜作「陰密」，花庵及詞律、毛本、金本作「花密」。「密」與「稠」對舉，義較勝。〔人何處〕詞譜作「人今何處」。〔長記〕各宋本將此二字屬上闋之末，誤。從張本、金本改。〔爲花〕二字與下句「因誰」義複，疑誤，此與句内「殢酒」對舉，似應依故宮本補鈔葉、詞律及張、李、段、毛、王、金、秦諸本作「困花」爲是。

【箋注】

〔一〕據詞譜云：「宋秦觀自製詞，取詞中結句爲名。」此詞上闋寫繡幃中人對征人之思念，下闋抒征人之離情。案秦譜：元豐二年己未（一〇七九）正月十五日，少游將如越，「會蘇公自徐徙知湖州，遂與偕行，過無錫，游惠山……又會於松江，至吴興，泊西觀音院。」在泊吴興西觀音院詩中，少游云：「志士恥溝瀆，征夫念桑梓。攬衣軒楹間，嘯歌何窮已！」可見懷念桑梓之情，曾見之於吟嘯。則此詞之作，當於此時。

〔二〕柳塘　植有楊柳的池邊堤岸。唐嚴維酬劉員外見寄詩：「柳塘春水漫，花塢夕陽遲。」宋賀鑄踏莎行詞：「楊柳迴塘，鴛鴦別浦，緑萍漲斷蓮舟路。」

〔三〕惻惻　通側側，寒侵肌膚的感覺。唐韓愈秋懷詩：「秋氣日惻惻，秋空日凌凌。」韓偓寒食夜詩：「惻惻輕寒翦翦風，杏花飄雪小桃紅。」明楊慎升庵詩話卷五側寒：「唐詩『春寒側側掩重門』，王介甫『側側輕寒剪剪風」、許奕小詞『玉樓十二春寒側』、呂聖求詞『側寒斜雨』。『側寒』字，詞人常用之，不知所出。大意側不正也。『側寒』字甚新。」其詞品卷一釋之尤詳，謂「猶云峭寒爾」。

〔四〕東風軟　春風柔和。唐沈亞之春色滿皇州詩：「風軟游絲重，光融瑞氣浮。」温庭筠郭處士擊甌歌：「吾聞三十六宮花離離，軟風吹春星斗稀。」

〔五〕鷓鴣　崔豹古今注中鳥獸：「南山有鳥名鷓鴣，自呼其名，常向日而飛，畏霜露，早晚希出。」唐鄭谷席上貽歌者詩：「坐中亦有江南客，莫向春風唱鷓鴣。」以上二句，蓋由此化來。

〔六〕麗錦纏頭　太平御覽卷八一五引唐書：「舊俗賞歌舞人，以錦綵置之頭上，謂之纏頭。宴饗加惠，借以爲詞。」白居易琵琶行詩：「五陵年少争纏頭，一曲紅綃不知數。」

〔七〕殢酒　病酒，困於酒。韓偓有憶詩：「愁腸殢酒人千里。」

〔八〕十載句　化用杜牧遣懷詩：「十年一覺揚州夢。」自喻在揚州淹留之久。

**【彙評】**

明沈際飛草堂詩餘別集卷三：淮海詞定有一番姿態。

清謝章鋌賭棋山莊詞話卷十二：無名氏鞓紅云：「悄不管，桃紅杏淺。」「管」與「淺」叶。少游夢揚州云：「望翠樓，簾捲金鉤。」「樓」與「鉤」叶。此句法亦本毛詩秦風「吁嗟乎，不承權輿」，「乎」與「輿」叶也。……一句而兩韻，名曰短柱，極不易作。

清萬樹詞律卷十四：如此丰度，豈非大家傑作！乃爲傖父讀錯注錯，可嘆哉！「燕子」至「香稠」，與後「殢酒」至「金鉤」同。「燕子」「殢酒」，俱用去上，妙絶。「未」字「困」字用去聲，是定格。

蓋上面用去上，下面用平，此字非去聲不足以振起。況有此去（聲）字，則落下「輕寒如秋」與「因誰淹留」四個平聲字，方爲抑揚有調。不解此義，于「燕」、「殢」、「未」、「困」四字俱注「可平」，「寒」、「誰」二字俱注「可仄」，有此夢揚州乎？從「長記」起至「金鉤」，皆追想當時游讌之樂，爲酒所殢，爲花所困也。沈氏及圖譜以「困」作「爲」，全失意味。而沈氏又注云：「爲，一作困。」不惟平聲失調，而下即有「因誰」之「因」字，豈不一顧耶？

清杜文瀾詞律補注：按詞譜：「正柳塘烟雨初休」句，「柳塘」下有「花塢」二字；又「人何處」句，「人」字下有「今」字。詞緯、葉譜均同，應遵補。

## 雨中花〔一〕

指點虛無征路〔二〕，醉乘班虬〔三〕，遠訪西極〔四〕。正天風吹落，滿空寒白。玉女明星迎笑〔五〕，何苦自淹塵域？正火輪飛上〔六〕，霧捲烟開，洞觀金碧。重重觀閣，橫枕鼇峯〔七〕，水面倒銜蒼石。隨處有奇香幽火，杳然難測。好是蟠桃熟後〔八〕，阿環偷報消息〔九〕。任青天碧海〔一〇〕，一枝難遇，占取春色。

**【校記】**

〔調〕此首故宮本補鈔。毛本作「雨中花慢」。黃本云：「琴趣無『慢』字」。

〔指點〕毛本作「點指」，誤。

〔正天風〕故宫本、張本、李本、段本、鄧本、毛本、四庫本、王本、金本、秦本作「見天風」。案：「正」字與下句「正火輪飛上」字重，疑誤。　〔白、玉〕底本、故宫本、吴本、張本、李本、段本、鄧本、毛本、四庫本、金本、秦本皆合爲「皇」字，誤。依黄本、王本、彊村本以及歷代詩餘、詞譜改。黄蕘圃校云：「『皇』字應分作二字，『白』連上叶韻，『玉』連下『女』字爲文。」詞律卷七補注亦謂「原刻以『白玉』二字誤併爲『皇』字」。以上二説是。苕溪漁隱叢話前集卷五十引冷齋夜話作「滿空寒白，織女明星迎笑」，可證。　〔任青天碧海〕原作「在天碧海」，詞律卷七補注云：「又『在天碧海』句『天』字上空一字，淮海集作『任青天碧海』，均應改補。」近是，第未知所據何本。詞譜作「在青天碧海」。「在」，況周頤蕙風詞選校改云：應作「任」。據改。

**【箋注】**

〔一〕宋惠洪冷齋夜話云：「少游元豐初夢中作長短句曰：『指點虛無征路……』既覺，使侍兒歌之，蓋雨中花也。」案此詞雖寫夢境，然現實中亦有憑藉，似與金山有關。元豐三年庚申（一〇八〇），鮮于侁爲揚州守，邵彦瞻爲揚州從事。是歲蘇轍將赴高安，過高郵，與少游相從數日。蘇轍有陪彦瞻遊金山詩，詩云：「僧居厭山小，面面貼蒼石。」鮮于侁和詩有曰：「蓬萊三神山，横絶倚鼇背。鼇傾海水動，一峯失所在。飛來大江心，盤礴幾千載。化爲金僊居，龍象錯朱貝。」少游亦作詩相和，云：「忽蒙珠璧投，了與雲巒遇。幽光炯肝肺，爽氣森庭户。區中多滯念，方外饒奇趣。」諸詩與此詞之意境、藝術構思相仿，可定爲同時之作。

〔二〕虛無　虛無縹緲的境界。杜甫送孔巢父謝病歸遊江東兼呈李白詩：「蓬萊織女回雲車，指點虛無是征路。」此用其意。

〔三〕班虬　楚辭離騷：「駟玉虬以乘鷖兮，溘埃風余上征。」王逸注：「有角曰龍，無角曰虬。」洪興祖補注：「虬，龍類也，説文云龍之有角者。」二説有異，應從洪説。

〔四〕西極　西方極遠之地。楚辭離騷：「朝發軔於天津兮，夕余至乎西極。」洪興祖補注：「上林賦云：『左蒼梧，右西極。』注引爾雅：『西至於豳國爲西極。』又引淮南曰：『西方西極之山曰閶闔之門。』」徐案：此指神話中仙境。列子周穆王：「周穆王時，西極之國有化人來。」

〔五〕玉女句　玉女，文選張衡思玄賦：「載太華之玉女兮，召洛浦之宓妃。」劉良注：「玉女，太華神女。」明星：李白古風第十九首：「西上蓮花山，迢迢見明星，素手把芙蓉，虚步躡太清。」或謂明星玉女爲一人，太平廣記卷五十九引集仙録：「明星玉女者，居華山，服玉漿，白日昇天。」又李白西岳雲臺歌送丹丘子：「明星玉女備灑掃，麻姑搔背指爪輕。」

〔六〕火輪　指太陽。韓愈桃源圖詩：「夜半金鷄啁哳鳴，火輪飛上客心驚。」方世舉注引列子湯問：「日初出，大如車輪。」

〔七〕鼇峯　列子湯問：「渤海之東……有大壑焉……其中有五山。……而五山之根，無所連著，常隨波上下往還。……帝恐流於西極……使巨鼇十五舉首而戴之……五山始峙。」魏曹植遠遊詩：「靈鼇戴方丈，神物儼嵯峨，仙人翔其隅，玉女戲其阿。」此詞似受其影響。

〔八〕蟠桃　神話中的仙桃。海内十洲記：「東海有山名度索山，上有大桃樹，蟠曲三千里，曰蟠木。」漢武帝内傳謂七月七日，西王母降，以仙桃四顆與帝，桃甘且美，「帝食輒留其核。王母問帝，帝曰：『欲種之。』母曰：『此桃三千年一生實，中夏地薄，種之不生。』帝乃止。」

〔九〕阿環　傳説中的上元夫人。漢武帝内傳：「上元夫人，道君弟子也。元封元年七月七日，西王母降於漢宫，命侍女郭密香邀上元夫人同宴。」又云：「夫人答西王母信云：『阿環再拜，上問起居。』」李商隱曼倩辭：「如何漢殿穿針夜，又向窗中窺阿環？」此處以阿環比作西王母的信使。

〔一〇〕青天碧海　李商隱嫦娥詩：「嫦娥應悔偷靈藥，碧海青天夜夜心。」

**【彙評】**

清萬樹詞律卷七：此用仄聲韻，「虯」字即「虬」字。〇舊刻「見天風」八字句，余細玩之，「寒」字下應有一叶韻字而落去耳。此二句正同前辛詞徐案：指辛棄疾「舊雨常來」一首「幸山中」九字也。後段舊刻「在天碧海」，無理，余謂亦有一「青」字，此句五字，與前「正火輪」句同也。

## 一叢花〔一〕

年時今夜見師師〔二〕，雙頰酒紅滋〔三〕。疎簾半捲微燈外，露華上、烟裊涼颸〔四〕。簪髻亂拋，偎人不起，彈淚唱新詞。　佳期誰料久參差〔五〕？愁緒暗縈絲。想應妙舞清歌罷，又還對秋色嗟咨。惟有畫樓，當時明月〔六〕，兩處照相思。

**【校記】**

〔調〕此首故宫本補鈔。　〔年時〕詞律作「年來」，非。　〔想應〕段本、鄧本、秦本、詞律作「相應」，誤。

〔清歌罷〕故宫本脱「罷」字。詞律作「清歌夜」，非。　〔明月〕詞律作「皓月」。

**【箋注】**

〔一〕清徐釚詞苑叢談卷七引詞品拾遺云「秦少游贈汴城李師師生查子」，其詞姑存疑，然可證一叢花作於汴京。案續資治通鑑長編卷四六三：「元祐六年八月戊子朔……以趙君錫論秦觀疏付三省，劉摯私志其事云：『初，除觀爲正字，用君錫之薦。既而，賈易詆觀不檢之罪。同日君錫亦有章云：臣前薦觀，以其有文學；今始知薄於行，願寢前薦。』」所謂行爲「不檢」，「薄於行」，當指與歌妓來往。詞云「年時今夜」，又云「對秋色嗟咨」，當指事發之前，蓋爲元祐五年庚午（一〇九〇）八月中秋前後所作。

〔二〕年時句　年時，宋時方言，猶當年或那時。師師，當時名妓。李師師外傳：「李師師者，汴京東二廂永慶坊染局匠王寅之女也。……寅憐其女，乃爲捨身寶光寺。……爲佛弟子者，俗呼爲『師』，故名之曰師師。」張邦基墨莊漫録卷八：「政和間，李師師、崔念月二妓，名著一時。」案：少游在汴京，爲元祐年間，下距徽宗政和殆二十年，詞中之師師，絶非徽宗時李師師。又清吴衡照蓮子居詞話卷一：「張子野師師令，相傳爲贈李師師作。按子野天聖八年（一〇三〇）進士，見齊東野語。至熙寧六年（一〇七三），年八十五，見東坡集。熙寧十年，年八十九卒，見吴興志。自子野之卒，距政和、重和、宣和年間，又三十餘年，是子野不及見師師，何爲而爲是言乎？調名師師令，非因李師師也。」少游小子野六十一歲，所見當非子野時師師。考唐人孫棨北里志載平康妓早有李師師；而宋羅燁醉翁談録載「三妓挾柳耆卿作詞」一則，其中亦有一妓名張師師。據此可知唐宋時名師師者較常見，而少游所見當爲另一名師師之歌妓。

〔三〕紅滋　紅潤。宋陳師道菩薩蠻：「不用淚紅滋，年年歲歲期。」

〔四〕涼飔　涼風。南齊謝朓在郡臥病呈沈尚書：「珍簟清夏室，輕扇動涼飔。」

〔五〕參差　錯過。見前水龍吟注〔六〕。

〔六〕當時明月　晏幾道臨江仙詞：「當時明月在，曾照彩雲歸。」此處化用杜甫月夜「今夜鄜州月……雙照淚痕乾」詩意。

**【彙評】**

明楊慎詞品拾遺：李師師，汴京名妓。張子野爲製新詞，名師師令，略云：「蜀綵衣長勝未起，縱亂雲垂地。」「正值殘英和月墜，寄此情千里。」秦少游亦贈之詞云：「看遍潁川花，不似師師好。」後徽宗微行幸之，見宣和遺事。

清吴衡照蓮子居詞話卷二：考秦少游詞：「看遍潁川花，不似師師好。」又：「年來今夜見師師。」少游卒於紹聖間，是師師之生必在元祐初。東京夢華録：「李師師，汴京角妓，有俠氣，號飛將軍。」汴都平康記：「政和平康之盛，李師師、崔念月皆著名。李生門第尤峻。」宣和遺事：「師師舊婿武功郎賈奕，賦有南鄉子云云，由此貶瓊州，事與周美成相類。宣和六年，册師師爲明妃。」自元祐初，歷紹聖、元符、建中靖國、崇寧、大觀、政和、重和，至宣和六年，已三十餘年，師師年三十餘矣。宣和遺事言：「金兵至，明妃見廢，走湖湘，爲商人所得。」劉屏山詩：「輦轂繁華事可傷，師師垂老過湖湘。縷衣檀板無顔色，一曲當年動帝王。」與宣和遺事正合。汴都平康記謂：「靖康中，師師與同輩趙元奴及築球吹笛袁綯、武震例籍其家，李生流落來浙中，士大夫邀伎歌以聽焉。」浩然齋雅談又謂：「師師後入内，封瀛國夫人。」朱希真詩：「解唱陽關別調聲，前朝唯有李夫人。」即師師也。

清丁紹儀聽秋聲館詞話卷十七論李師師云：是其末路仳儺，與唐時泰娘絶相類，較明之王嬍、卞玉京，所遇尤不如。惟子野係宋仁宗時人，少游於哲宗初貶死藤州，均去徽宗時甚遠，豈宋有兩師師耶？

清沈雄古今詞話詞辨：張子野贈妓李師師云「香鈿寶珥……」，按東都遺事，李師師，汴京角妓，道君微行幸之。秦觀贈以生查子，周美成贈以蘭陵王是也。

## 鼓笛慢〔一〕

亂花叢裏曾攜手〔二〕，窮豔景，迷歡賞〔三〕。到如今誰把，雕鞍鎖定〔四〕，阻遊人來往？好夢隨春遠，從前事、不堪思想。念香閨正杳，佳歡未偶，難留戀，空惆悵。永夜嬋娟未滿〔五〕，嘆玉樓、幾時重上〔六〕？那堪萬里，却尋歸路，指陽關孤唱〔七〕。苦恨東流水，桃源路、欲回雙槳〔八〕。仗何人細與，丁寧問呵，我如今怎向〔九〕？

【校記】

〔調〕此首故宫本上闋係補鈔。歷代詩餘卷八十四，調下注曰：「又一體，雙調，一百六字。」詞譜調作「水龍吟」，注曰：「此添字水龍吟也，又兼攤破句法……若刪去添字，便與諸家無異矣。」徐案：此調與前水龍吟對照，字數句式，多有不同，當爲另一體，而以鼓與笛爲伴奏者也。

【箋注】

〔一〕白雨齋詞話卷一：「少游滿庭芳諸闋，大半被放後作。戀戀故國，不勝熱中。」以此數語解此詞，似更確切。「那堪萬里」，指遠謫郴州。「桃源路欲回雙槳」，猶之踏莎行詞所云「桃源望斷無尋處」。此詞之作，當在紹聖四年丁丑（一〇九七）之後。

〔二〕亂花　繁花。白居易錢塘湖春行詩：「亂花漸欲迷人眼，淺草纔能没馬蹄。」

〔三〕歡賞　歡樂游賞。李白觀獵詩：「不知白日暮，歡賞夜方歸。」

〔四〕雕鞍鎖定　謂竭力挽留。宋柳永定風波詞：「恨薄情一去，音書無箇。早知恁麽，悔當初，不把雕鞍鎖。」

〔五〕嬋娟　孟郊嬋娟篇：「花嬋娟，泛春泉；竹嬋娟，籠曉烟；妓嬋娟，不長妍；月嬋娟，真可憐。」此處指明月，如蘇軾水調歌頭（明月幾時有）詞：「但願人長久，千里共嬋娟。」

〔六〕玉樓　指女子所居之樓。唐温庭筠菩薩蠻詞：「玉樓明月長相憶，柳絲裊娜春無力。」宋晏幾道生查子詞：「牽繫玉樓人，翠被春寒夜。」

〔七〕陽關　即陽關曲，古代送别時所唱，以唐代王維送元二使安西詩爲歌辭，詩云：「渭城朝雨浥輕塵，客舍青青柳色新。勸君更盡一杯酒，西出陽關無故人。」

〔八〕桃源路　梁吴均續齊諧記：「漢永平中，剡縣有劉晨、阮肇，入天台山採藥，迷失道路。糧盡，望山頭有桃，取食。下山得澗水飲之，見一杯流出，中有胡麻飯屑。二人相謂曰：「此去人家不遠矣。」因過水，行二里，又度一山。出大溪，見二女絕色，喚劉阮姓名，曰：「郎來何晚也？」因過其家，鋪設非人世所有。二人就女止宿，行夫婦之禮。住半年，天氣常如二三月時。聽猿鳥哀鳴，求歸甚切。女曰：「罪根未滅，使君等如此。」遂從洞口去。自入山至歸，已歷七代子孫矣。欲還女家，尋山路不獲。徐案：此詞云「桃源路、欲回雙槳」，似用陶淵明桃花源記故實。陶文云：「晉太元中，武陵人，捕魚爲業，緣溪行，忘路之遠近，忽逢桃花林……林盡水源，便得一山，山有小口，仿佛若有光，便捨船從口入。」又云：「既出，得其船，便扶向路，處處志之。」後回船，「尋向所志，不復得路」。詞意與此頗相近。

〔九〕怎向　同「争向」。詩詞曲語辭匯釋卷三：「争向，猶云怎奈或奈何也。」宋柳永過澗歇近：「怎向心緒，近日厭厭長似病。」

**【彙評】**

清萬樹詞律卷八：「如今誰把」至「未偶」，與後「那堪萬里」至「問呵」相同，但前多一「到」字耳。舊譜注「鎖」字斷句，誤。觀「阻遊人」以下，與後「指陽關」以下，無一字平上去入不合。「阻」字「指」字，乃一字領句也。奈何亂注乎！「呵」字上聲，正與前「偶」字同，而譜乃認作平聲，可嘆。獨不見朱希真滿路花以「呵」字煞尾，叶「火」「裏」等韻耶？

又：按長卿、聖求俱有鼓笛慢詞，及詞林萬選載張仲宗一首，查俱係水龍吟。想因起句及前結略似，故訛刻耳。

又：按詞譜以此詞歸入水龍吟調，注云：「此添字水龍吟兼攤破句法，採入以備一體。」

龍榆生師蘇門四學士詞：前二闋（指本篇及望海潮其四）寫離懷，語意較少游其他作品爲樸拙，如「成病也因誰」、「問呵，我如今怎向」，皆情深語淺，曲曲傳出兒女柔情。

## 促拍滿路花

露顆添花色〔一〕，月彩投窗隙〔二〕。春思如中酒〔三〕，恨無力。洞房咫尺〔四〕，曾寄青鸞翼〔五〕。雲散無蹤跡。羅帳薰殘，夢回無處尋覓。　輕紅膩白〔六〕，步步薰蘭澤〔七〕。約腕金環重〔八〕，宜裝飾。未知安否？一向無消息〔九〕。不似尋常憶。憶後教人，片時存濟不得〔一〇〕。

**【校記】**

〔調〕黃本注曰：「琴趣作『促拍』。」詞律作「滿路花」，下注：「可加『促拍』二字。」徐案：欽定詞譜卷二十：「此調有平韻仄韻二體。平韻者，始自柳永樂章集，注仙呂調。仄韻者，始自秦觀。或名滿路花，無『促拍』二字。秦觀詞，一名滿園花。」秦觀滿園花起句爲「一向沉吟久」，與此調異，見本卷末，詞譜誤。萬樹詞律卷十二：此調名滿路花，是。〔窗隙〕彊村本作「霜隙」，誤。〔薰殘〕明嘉靖本陳耀文花草粹編作「春殘」，誤。

**【箋注】**

〔一〕露顆　露珠。五代無名氏菩薩蠻：「牡丹含露真珠顆。」柳永甘草子：「亂灑衰荷，顆顆真珠雨。」

〔二〕月彩　月光。唐虞世南奉和御制月夜觀星示百僚詩：「早秋炎景暮，初弦月彩新。」

〔三〕中酒　醉酒。唐杜牧睦州四韻詩：「殘春杜陵客，中酒落花前。」

〔四〕洞房　原指深邃的內室。楚辭招魂：「姱容修態，絙洞房些。」注：「洞，深也。」後稱婚房。唐朱慶餘近試上張水部詩：「洞房昨夜停紅燭，待曉堂前拜舅姑。」

〔五〕青鸞翼　喻書信。青鸞，似鳳。洽聞記：「光武時有大鳥，高五尺，五色舉備而多青。詔問百僚，咸以爲鳳。太史令蔡衡對曰：『凡像鳳者有五，多赤色者鳳，多青色者鸞。此青者乃鸞，非鳳也。』」又稱青鳥。山海經大荒西經：「西有王母之山……有三青鳥，赤首黑目。」郭璞注：「皆西王母所使也。」後因稱傳信的使者爲「青鳥」或「青鸞」。唐曹鄴梅妃傳：「温泉不到，憶拾翠之舊游；長門深閉，嗟青鸞之信修。」

〔六〕輕紅膩白　謂脂粉。

〔七〕蘭澤　文選宋玉神女賦：「沐蘭澤，含若芳。」李善注：「以蘭浸油澤以塗頭。」

〔八〕約腕金環　手鐲。魏曹植美女篇：「攘袖見素手，皓腕約金環。」

〔九〕一向　詩詞曲語辭匯釋卷三：「一向，指示時間之辭；有指多時者，有指暫時者。秦觀促拍滿路花詞：『未知安否，一向無消息。』此猶云『許久』。」

〔一〇〕存濟　詩詞曲語辭匯釋卷五：「存濟，安頓或措置之義。秦觀促拍滿路花：『未知安否，一向無消息。不似尋常憶。憶後教人，片時存濟不得。』此意云身心安頓不得也。」

**【彙評】**

清萬樹詞律卷十二：前起句用韻，平仄各異。後起句亦用韻，俱與前詞不同。「思」字去聲，

「中」字「如」字，讀乃平仄平平仄，與後「約腕」句合，與周（邦彦）、方（千里）詞異也。譜圖因周詞遂注「思可平，中可仄」，不知用周體則依周、用秦體則依秦，不可互從。「恨」字還宜用平爲是。「恨無力」，恐亦誤耳。

## 長相思〔一〕

鐵甕城高〔二〕，蒜山渡闊〔三〕，干雲十二層樓〔四〕。開尊待月，掩箔披風，依然燈火揚州。綺陌南頭〔五〕，記歌名宛轉〔六〕，鄉號温柔〔七〕。曲檻俯清流，想花陰、誰繫蘭舟〔八〕？念凄絶秦弦〔九〕，感深荆賦〔一〇〕，相望幾許凝愁〔一一〕。勤勤裁尺素，奈雙魚、難渡瓜洲〔一二〕。曉鑑堪羞〔一三〕，潘鬢點、吴霜漸稠〔一四〕。幸于飛、鴛鴦未老，不應同是悲秋〔一五〕。

**【校記】**

〔調〕長相思多爲短調小令，此爲長調，歷代詩餘卷七十一調下注云：「又一體，雙調，一百字。」欽定詞譜不載，而見於萬樹詞律。此詞作者有二説。詞律卷二長相思又一體楊無咎「急雨回風」詞末注云：「逃禪自注此詞，乃用賀方回韻。而淮海『鐵甕城高』一首，與此韻脚相同。想揚州懷古，秦賀同作也。」此爲一説。朱孝臧彊村叢書本賀鑄東山詞收此詞，案曰：「原本注云：此詞又見秦淮海詞，作長相思。按楊補之（無咎）有次賀方回韻，此詞爲賀作無疑，秦詞誤收入。」此爲另一說。關鍵在於版本。案清王鵬運四印齋所刻詞收有賀鑄詞二種，一曰東山寓聲樂府，自云「此本由毛鈔録出」；一曰東山寓聲樂府補鈔，乃據錢塘王氏惠庵輯本收入；然兩本皆未録此詞。王鵬運於補鈔末題識云：「方回北宋名家，其填詞與少游、子野相上下，顧淮海、安陸完書具在，獨東山一集銷沈剥蝕，僅而獲存，又復帝虎焉。」可見東山詞殘缺訛誤甚多。彊村治學固屬嚴謹，亦難作無米之炊。其東山詞所據版本，據唐圭璋詞學論叢二考證一四〇頁云：「彊村叢書本，東山詞上一卷，用瞿氏殘宋本賀方回詞；二卷用鮑鈔本，去其重者八首，共得二百八十五首。」此首當不在殘宋本内，而見於鮑鈔本。鮑鈔本出於清人鮑廷博之手，當不如宋刊之可信。比之少游淮海居士長短句之刻於宋孝宗乾道癸巳(一一七三)，且一字不缺，已不可同日而語。故唐圭璋先生下斷語曰：「案此首秦觀詞，見淮海詞，用賀方回韻。楊補之亦有次賀方回韻。惟今本東山詞殘缺不完，原韻竟佚而不見也。」(見詞學論叢二考證三四八頁)今從之。〔蒜山〕詞律卷二：「但此詞第二句是『蒜山渡闊』，『蒜』、『渡』二字作去聲，甚妙，正與楊詞『淡』、『障』二字合，詞匯乃作『金山』，金字乃平聲，一字之訛，相去河漢矣。」〔綺陌〕賀詞作「繡陌」。〔荆賦〕王本誤作「荆璞」。對照結句「悲秋」，應以「荆賦」爲是。〔勤勤〕賀詞作「殷勤」。〔曉鑑〕賀詞作「曉鏡」。〔潘鬢點〕詞譜作「潘鬢短」，非。〔不應句〕詞匯、王本無此句，而於「幸于飛」下作「鴛鴦未老綢繆」；毛本作「鴛鴦未老否」，俱非。鄧本、金本脱「應同是悲秋」五字。

**【箋注】**

〔一〕此詞上闋描述往昔歡娱，記憶猶新；下闋「感深荆賦」，託諷九辯。而九辯中有「坎壈兮，貧士失職而志不平；廓落兮，羈旅而無友生」之句，似與詞人之坎坷遭遇相合。徐案：少游於熙寧九年訪湖州李公擇，經鎮江(見拙著秦少游年譜長編，下同)，元豐二年夏四月乘蘇軾官船如越省大父承議公，途經潤州，大風留金山兩日；元豐七年八月十九日與滕元發等會蘇軾於金山，十月復來，作宿金山、金山晚眺二詩，可見對鎮江形勝至爲熟悉。此詞至遲作於元豐七年(一〇八三)之秋。

〔二〕鐵甕　鎮江(今屬江蘇)古城名。鎮江府志：「子城，吴大帝所築，内外甃以甓，號鐵甕城。圖經言：古號鐵甕城者，以其堅固如金城也。」宋程大昌演繁露卷十三云：「潤州城古號鐵甕，人但知其取喻以堅而已，然甕形深狹，取以喻城，似爲非類。乾道辛卯，予過潤，蔡子平置燕於江亭，亭據郡治前山絶頂，而顧子城，雉堞緣岡，彎環四合。其中州治諸廨在焉。圓深之形，正如卓甕。予始知喻以爲甕者，指子城也。」子城指附屬於大城之内城。

〔三〕蒜山　一統志：「蒜山在鎮江府治西三里西津渡口，北臨大江，無峯嶺，山多澤蒜，故名。或謂周瑜、孔明會此，計破曹操，人謂其多算，因亦名蒜山。」讀史方輿紀要：「宋慶曆中疏蒜山漕渠達江。舊志云：山寬廣可容萬人，宋元間淪入於江，今西津渡口水中孤峯是也。」

〔四〕干雲　上觸雲霄，極言其高。漢司馬相如子虛賦：「其山則交錯糾紛，上干青雲。」

〔五〕綺陌　指縱横交錯的道路。梁簡文帝登烽火樓詩：「萬邑王畿曠，三條綺陌平。」唐元稹羨醉詩：「綺陌高樓競醉眠，共期憔悴不相憐。」

〔六〕歌名宛轉　指宛轉歌，一名神女宛轉歌。郭茂倩樂府詩集卷六十琴曲歌辭四載晉劉妙容宛轉歌二首，有句云：「歌宛轉，宛轉淒以哀。願爲星與漢，光影共徘徊。」

〔七〕鄉號温柔　即温柔鄉。舊題漢伶玄飛燕外傳：「是夜，后進合德，帝大悦，以輔屬體，無所不靡，謂爲温柔鄉。謂樊嫕曰：『吾老是鄉矣，不能效武皇帝更求白雲鄉也。』」

〔八〕蘭舟　即木蘭舟。任昉述異記卷下：「木蘭川在潯陽江中，多木蘭樹。昔吳王闔閭植木蘭於此，用構宮殿也。七里洲中有魯班刻木蘭爲舟，舟至今在洲中。詩家云木蘭舟，出於此。」唐馬戴楚江懷古詩：「猿啼洞庭樹，人在木蘭舟。」宋晏幾道鷓鴣天詞：「守得蓮開結伴游，約開萍葉上蘭舟。」

〔九〕秦弦　即秦箏，古代弦樂器。相傳爲秦蒙恬所造。岑參秦箏歌送外甥蕭正歸京詩：「汝不聞秦箏聲最苦，五色纏弦十三柱。」

〔一〇〕荆賦　指楚辭。楚，古稱爲荆。聯繫結句「悲秋」，知此指宋玉九辯。

〔一一〕凝愁　詩詞曲語辭匯釋卷五：「凝，爲一往情深專注不已之義，猶今所云『發痴』、『發怔』、『出神』、『失魂』也。……柳永八聲甘州詞：『爭知我，倚闌干處，正恁凝愁。』」

〔一二〕勤勤二句　尺素，指書信；古代以生絹作書，故名。古樂府飲馬長城窟行：「客從遠方來，遺我雙鯉魚。呼兒烹鯉魚，中有尺素書。」瓜洲：在今江蘇揚州南四十里長江邊。隔岸與鎮江相對。唐張祜題金陵渡詩：「潮落夜江斜月裏，兩三星火是瓜州。」瓜州即瓜洲。

〔一三〕曉鑑　即曉鏡。唐李商隱無題詩：「曉鏡但愁雲鬢改，夜吟應覺月光寒。」

〔一四〕潘鬢句　潘鬢，文選潘岳秋興賦序：「余春秋三十有二，始見二毛。」李善注引杜預曰：「二毛，頭白有二色也。」其賦曰：「斑鬢髮以承弁兮。」後因以潘鬢指頭髮斑白。唐趙嘏春盡獨遊慈恩寺南池詩：「秦城馬上半年客，潘鬢水邊今日愁。」吳霜，唐李賀還自會稽歌詩：「吳霜點歸鬢，身與塘蒲晚。」

〔一五〕悲秋　宋玉九辯：「悲哉，秋之爲氣也！蕭瑟兮，草木搖落而變衰。」

【彙評】

明徐渭評本卷上首句眉批： 出調高爽，不尚纖麗，詞家正聲。

清萬樹詞律卷二楊無咎同調詞末附注： 逃禪自注此詞，乃用賀方回韻。而淮海「鐵甕城高」一首，與此韻脚相同。想揚州懷古，秦、賀同作也。秦尾句汲古閣刻作「鴛鴦未老」，不誤也。詞匯刻「鴛鴦未老綢繆」爲是。但此詞第二句是「蒜山渡闊」，「蒜」、「渡」二字作去聲，甚妙，正與楊詞「淡」、「障」二字合，詞匯乃作「金山」，「金」字平聲，一字之訛，相去河漢矣。

## 滿庭芳三首〔一〕

山抹微雲，天連衰草，畫角聲斷譙門〔二〕。暫停征棹〔三〕，聊共引離罇〔四〕。多少蓬萊舊事，空回首、煙靄紛紛。斜陽外，寒鴉萬點，流水遶孤村〔五〕。銷魂〔六〕，當此際，香囊暗解，羅帶輕分〔七〕。謾贏得青樓〔八〕，薄倖名存。此去何時見也？襟袖上、空惹啼痕。傷情處，高城望斷〔九〕，燈火已黄昏。

【校記】

〔調〕花庵調下題作「晚景」。 〔天連〕毛本、王本作「天黏」。毛本詞末附注云： 「天黏衰草，今本改『黏』作

『連』，非也。韓文：『洞庭漫汗，黏天無壁。』張祜詩：『草色黏天鶗鴂恨。』山谷詩：『遠水黏天吞釣舟。』邵博詩：『平浪勢黏天。』趙文昇詞：『玉關芳草黏天碧。』嚴次山詞：『黏雲紅影傷千古。』葉夢得詞：『浪黏天，蒲桃漲緑。』劉行簡詞：『山翠欲黏天。』劉叔安詞：『暮烟細草黏天遠。』『黏』字極工，且有出處。若作『連天』，是小兒之語也。」徐案：此附注蓋引自楊慎詞品卷三，其中唯邵博詩中闕上句「老灘聲殷地」，嚴次山詞中「紅影」原作「江影」，餘盡同。又淮海集卷六有與子瞻會松江得浪字詩，云：「離離雲抹山，窅窅天黏浪。」此爲少游自作，足證詞中有作「天黏」之可能。然「黏」字嫌雕琢，「連」字較自然，當從宋刻作「連」字爲是。〔引離鐏〕花庵、段本、黄本、秦本、歷代詩餘作「飲離尊」，非。〔萬點〕張本、李本、段本、毛本、四庫本、王本、秦本、彊村本均作「數點」。〔青樓〕歷代詩餘作「秦樓」，非。〔空惹〕毛本作「空染」。張本、鄧本、金本詞末附註：「晁云：『斜陽外』三句，雖不識字人，亦知爲天生好言語。」

**【箋注】**

〔一〕苕溪漁隱叢話後集卷三十三引藝苑雌黄云：「程公闢守會稽，少游客焉，館之蓬萊閣。一日，席上有所悦，自爾眷眷不能忘情，因賦長短句，所謂『多少蓬萊舊事，空回首、烟靄紛紛』是也。」少游於元豐二年己未（一〇七九）五月如越，省大父承議公及叔父秦定，與郡守程公闢（師孟）相得甚歡。其謝程公闢啓云：「從游八月，大爲北客之美談；酬唱百篇，永作東吳之盛事。」別程公闢給事詩又云：「裘敝黑貂霜正急，書傳黄犬歲將窮。」可見他離越時已屆歲暮，與詞中「衰草」「寒鴉」等景象恰相符合。該詩復云「月下清歌盛小叢」，「迴首蓬萊夢寐中」，則可證詞中所謂「蓬萊舊事」者，乃與一歌妓之戀情也。盛小叢係唐時越地歌妓，少游借指「席上有所悦」之人。故知此詞作于元豐二年歲暮。蓬萊閣，見前望海潮其二注〔七〕。

〔二〕畫角句　畫角，古管樂器，出自西羌。形如竹筒，本細末大，以竹木或皮革製成，亦有銅製者，外施彩繪，故名。發聲哀厲高亢，軍中多用之，以警昏曉，振士氣。見文獻通考卷一四四樂四。唐高適送渾將軍出塞詩：「城頭畫角三四聲，匣裏寶刀晝夜鳴。」譙門，見前望海潮其二注〔六〕。

〔三〕征棹　指行舟。棹，船槳。北周庾信應令詩：「浦喧征棹發，亭空送客還。」

〔四〕引　俞平伯唐宋詞選釋：「引有延長牽連義，引酒即連續地喝酒。『共引離樽』，言餞行時舉杯相屬。杜甫夜晏左氏莊：『看劍引杯長。』」

〔五〕寒鴉二句　宋葉夢得避暑録話卷二引隋煬帝詩：「寒鴉千萬點，流水繞孤村。」（全隋詩卷一引宋蔡絛鐵圍山叢談作：「寒鴉飛數點，流水遶孤村。」）

〔六〕銷魂　江淹別賦：「黯然銷魂者，唯別而已矣！」

〔七〕香囊二句　香囊，盛香料的袋子。古詩孔雀東南飛：「紅羅複斗帳，四角垂香囊。」常用以佩人身。世説新語假譎：「謝遏年少時，好著紫羅香囊，垂覆手。」東漢繁欽定情詩：「何以致叩叩？香囊繫肘後。」賀鑄薄倖：「待翡翠屏開，芙蓉帳掩，與把香囊解。」羅帶，古代男女定情之物，亦用以表示婚配。唐韋莊清平樂詞其二：「惆悵香閨漸老，羅帶悔結同心。」「暗解」「輕分」，均指與所悦之人離別。

〔八〕謾贏得二句　化用杜牧遣懷詩：「十年一覺揚州夢，贏得青樓薄倖名。」謾，通漫。詩詞曲語辭匯釋卷二：「漫，本爲漫不經意之漫，爲聊且意或亂意；轉變而爲徒義或空義。……姜夔玲瓏四犯詞：『文章信美知何用，謾贏得天涯羈旅。』」與此詞義相近。

〔九〕高城句　唐歐陽詹初發太原途中寄太原所思詩：「高城已不見，況復城中人。」

【彙評】

宋葉夢得避暑録話卷三：秦少游亦善爲樂府，語工而入律，知樂者謂之作家歌，元豐間盛行於淮楚。「寒鴉千萬點，流水繞孤村」，本隋煬帝詩也，少游取以爲滿庭芳詞，而首言「山抹微雲，天黏衰草」，尤爲當時所傳。蘇子瞻於四學士中最善少游，故他文未嘗不極口稱善，豈特樂府？然猶以氣格爲病，故嘗戲云：「山抹微雲秦學士，露華倒影柳屯田。」「露華倒影」，柳永破陣子語也。

宋黄昇花庵詞選卷二蘇子瞻永遇樂夜登燕子樓夢盼盼因作此詞附注：秦少游自會稽入京，見東坡。坡曰：「久别當作文甚勝，都下盛唱公『山抹微雲』之詞。」秦遜謝。坡遽云：「不意别後，公卻學柳七作詞。」秦答曰：「某雖無識，亦不至是。先生之言，無乃過乎？」坡云：「『銷魂當此際』，非柳詞句法乎？」秦慚服。然已流傳，不復可改矣。徐案：又見高齋詩話。

宋胡仔苕溪漁隱叢話後集卷三十三引藝苑雌黄：其詞極爲東坡所稱道，取其首句，呼之爲「山抹微雲」君。中間有「寒鴉萬點，流水遶孤村」之句，人皆以爲少游自造此語，殊不知亦有所本。予在臨安，見平江梅知録云：「隋煬帝詩云：『寒鴉千萬點，流水遶孤村。』少游用此語也。」

宋魏慶之詩人玉屑卷二十一引晁無咎評：近世以來作者，皆不及秦少游。如「斜陽外，寒鴉數點，流水遶孤村」。雖不識字，亦知是天生好言語。

宋蔡絛鐵圍山叢談卷四：范内翰祖禹作唐鑑，名重天下，坐黨錮事久之。其幼子温，字元實，與吾善。……温嘗預貴人家會。貴人有侍兒，善歌秦少游長短句，坐間略不顧温；温亦謹，不敢吐一語。及酒酣歡洽，侍兒者始問：「此郎何人耶？」溫遽起，叉手而對曰：「某乃『山抹微雲』女婿也。」聞者多絶倒。

宋吴曾能改齋漫録卷十六：杭之西湖，有一倅閑唱少游滿庭芳，偶然誤舉一韻云：「畫角聲斷斜陽。」妓琴操在側云：「『畫角聲斷譙門』，非『斜陽』也。」倅因戲之曰：「爾可改韻否？」琴即改作「陽」字韻云：「山抹微雲，天連衰草，畫角聲斷斜陽。暫停征棹，聊共飲離觴。多少蓬萊舊侶，頻回首、煙靄茫茫。孤村裏，寒鴉萬點，流水遶低牆。魂傷，當此際，輕分羅帶，暗解香囊。漫贏得青樓，薄倖名狂。此去何時見也，襟袖上空有餘香。傷心處，高城望斷，燈火已昏黄。」東坡聞而稱賞之。

明王世貞藝苑卮言：「寒鴉千萬點，流水遶孤村。」隋煬詩也；「寒鴉數點，流水遶孤村。」少游詞也。語雖蹈襲，然入詞尤是當家。

明董其昌跋少游滿庭芳詞：偶披淮海集，書「寒鴉數點，流水繞孤村」，不意乃作情語，亦閑情賦之流也。（録自清嘉慶二年師亮采編印秦郵帖卷三董其昌手迹）

明楊慎詞品卷三：范元實，范祖禹之子，秦少游婿也，學詩於山谷，作詩眼一書。爲人凝重，嘗在歌舞之席，終日不言。妓有問之曰：「公亦解詞曲否？」笑答曰：「吾乃山抹微雲女婿也。」可見當時盛唱此詞。

世經堂康熙十七年殘本詞綜卷六「晚色雲開」調下批語：只用平澹意寫法，卻酸酸楚楚。「寒鴉」二句，雖用隋煬帝句，恰當自然，真色見矣。

明李攀龍草堂詩餘雋卷四眉批：回首處斜陽遠眺，情何殷也！傷情處黄昏獨坐，情難遣矣！

○評：少游敍舊事有寒鴉流水之語，已令人賞目賞心。至下襟袖啼痕，只爲秦樓薄倖，情思迫切。坡公最愛此詞。

明卓人月古今詞統卷十二：「寒鴉」二句，朱希真又化作小詞云：「看到水如雲，送盡鴉成點。」

清徐釚詞苑叢談卷三：按「山抹微雲」，少游客會稽，席上有所悦，所賦滿庭芳詞也。

清朱彝尊詞綜發凡：「山抹微雲秦學士」，「露華倒影柳屯田」，「曉風殘月柳三變」，「滴粉搓酥左與言」，一句之工，形諸口號。當日風尚所存，甄藻自爾不爽。

清賀貽孫詩筏評「斜陽外」三句：余謂此語在隋煬帝詩中，只屬平常，入少游詞特爲妙絶。蓋少游之妙，在「斜陽外」三字，見聞空幻。又「寒鴉」、「流水」，煬帝以五言劃爲兩景，少游用長短句錯落，與「斜陽外」三景合爲一景，遂如一幅佳圖。此乃點化之神。必如此，乃可用古語耳。

清沈祥龍論詞隨筆：詩重發端，惟詞亦然，長調尤重。有單起之調，貴突兀籠罩，如東坡「大江東去」；有對起之調，貴從容整鍊，如少游「山抹微雲，天黏衰草」是。

清許昂霄詞綜偶評：滿庭芳：「空回首、煙靄紛紛」，四字引起下文。○自起至換頭數語，俱是追敍，玩結處自明。

清周濟宋四家詞選：將身世之感，打并入豔情，又是一法。○（下闋）君子因小人而斥。

清譚獻譚評詞辨：淮海在北宋，如唐之劉文房。○下闋不假雕琢，水到渠成，非平鈍者所能藉口。

清吴衡照蓮子居詞話卷一：詞有襲前人語而得名者，雖大家不免，如方回「梅子黄時雨」，耆卿「楊柳岸、曉風殘月」，少游「寒鴉數點，流水遶孤村」，幼安「是他春帶愁來，春歸何處，却不解、帶將愁去」等句。惟善於調度，正不以有藍本爲嫌。

清鄧廷楨雙硯齋詞話：秦淮海爲蘇門四客之一，滿庭芳一曲，唱遍歌樓。

清黄蘇蓼園詞選：沈（際飛）曰：「人之情，至少游而極。結句『已』字，情波幾疊。」

清張宗橚詞林紀事卷六引鈕玉樵云：少游詞「山抹微雲，天黏衰草」，其用意在「抹」字、「黏」字。況庾闡賦：「浪勢黏天。」張祜詩：「草色黏天鶗鴂恨。」俱有來歷。俗以「黏」作「連」，益信其謬。

清陳廷焯白雨齋詞話卷一：少游滿庭芳諸闋，大半被放後作。戀戀故國，不勝熱中。其用心不逮東坡之忠厚，而寄情之遠，措語之工，則各有千古。

又卷六：宋人如「紅杏尚書」、「賀梅子」、「張三影」、「山抹微雲秦學士」、「露華倒影柳屯田」、「曉風殘月柳三變」、「滴粉搓酥左與言」之類，皆以一語之工，傾倒一世。宋與柳、左無論矣，獨惜張、秦、賀三家，不乏傑作，而傳誦者轉以次乘，豈白雪、陽春，竟無和者與？爲之三歎。

又詞則大雅集卷二：詩情畫景，情詞雙絶。此詞之作，其在坐貶後乎？

俞陛雲唐五代兩宋詞選釋：起三句寫涼秋風物，一片蕭颯之音，已隱含離思。四、五兩句敘明停鞭餞别，此後若接寫别離，便落恒徑。作者用拓宕之筆追懷往事，局勢振起，且不涉兒女語，而托之蓬島烟雲，尤見超逸。「斜陽外」三句，傳神綿渺，向推雋詠（永）。下闋純敘離情。結筆返棹歸來，登城遥望征帆，已隔數重烟浦，闌珊燈火，只益人悲耳。

陳寅恪柳如是别傳第三章論陳子龍滿庭芳和少游送别：不知淮海「山抹微雲」原詞，雖題作「晚景」，實是别妓。蓋不僅從語意得知，即秦詞「高城望斷，燈火已黄昏」之結語，用唐歐陽詹别太原妓申氏姊妹之典，更爲可證也。

龍榆生師蘇門四學士秦觀：而滿庭芳「山抹微雲」篇，即作客於會稽時……其傷離念遠之作，類此者甚多；而其技術之精進，則在「情景交煉，得言外意」。

## 其二〔一〕

紅蓼花繁〔二〕，黄蘆葉亂，夜深玉露初零。霽天空闊，雲淡楚江清〔三〕。獨棹孤篷小艇，悠悠過、煙渚沙汀〔四〕。金鈎細，絲綸慢捲，牽動一潭星〔五〕。　時時，横短笛，清風皓月，相與忘形〔六〕。任人笑生涯，泛梗飄萍〔七〕。飲罷不妨醉臥，塵勞事、有耳誰聽〔八〕？江風静，日高未起，枕上酒微醒。

**【校記】**

〔其二〕張本、李本、段本、毛本、四庫本、黄本、鄧本、金本、王本、秦本作「又」。增修箋注妙選羣英草堂詩餘卷下誤列張子野名下，調下題「漁舟」。　〔孤篷〕原誤作「孤蓬」，據張本、毛本改。

**【箋注】**

〔一〕少游龍井題名記曰：「元豐二年中秋後一日，余自吳興過杭，東還會稽，龍井辯才法師以書邀余入山。比出郭，已日夕，航湖至普寧，遇道人參寥。問龍井所遺籃輿，則曰以不時至矣。是夕，天宇開霽，林間月明，可數毛髮。」所云季節、時間、天光月色，頗與詞境相似。而超塵出俗之思想感情，想亦受辯才、參寥諸僧影響。據此，詞似作於此時。

〔二〕紅蓼　草名，多生於水邊，紅花，呈穗狀花序。宋朱弁曲洧舊聞卷四：「紅蓼，即詩所謂遊龍也，俗呼水紅。江東人別澤蓼呼之爲火蓼。」唐李郢晚泊松江驛詩：「片帆孤客晚夷猶，紅蓼花前水驛秋。」

〔三〕楚江　泛指楚地（長江中下游地區）之水。李白望天門山：「天門中斷楚江開，碧水東流至此回。」

〔四〕煙渚句　煙渚，霧中小洲。唐孟浩然宿建德江：「移舟泊煙渚，日暮客愁新。」沙汀，水邊沙灘。梁江淹靈丘竹賦：「鬱春華於石岸，絶夏彩於沙汀。」

〔五〕金鈎三句　舊題王嘉拾遺記前漢下：「（宣）帝常以季秋之月，泛蘅雲鷁之舟，窮晷係夜，鈎於臺下，以香金爲鈎，縞絲爲綸，丹鯉爲餌，鈎得白蛟。」

〔六〕忘形　不拘形迹。莊子讓王：「故養志者忘形，養形者忘利，致道者忘心矣。」

〔七〕泛梗飄萍　喻行蹤飄泊不定。杜甫寄臨邑弟詩：「吾衰同泛梗。」徐夤別詩：「酒盡欲終問後期，泛萍浮梗不勝悲。」時少游漫游於湖州、杭州、會稽一帶，故曰「生涯泛梗飄萍」。

〔八〕塵勞事　謂擾亂身心的俗事。塵勞，佛家語。金剛經：「有大智慧光明，出離塵勞。」維摩經義記：「煩惱坌污，名之爲塵；說能勞亂，以爲勞。」圓覺經疏鈔：「塵是六塵，勞謂勞倦。由塵成勞，故名塵勞。」蘇軾觀臺詩：「塵勞付白骨，寂照起黃庭。」

【彙評】

明李攀龍草堂詩餘雋卷四眉批：一絲牽動一潭星，驚人語也。眠風醉月漁家樂，洵不可諼。

○評：值秋宵之景，駕一葉扁舟於鳧渚鷗汀之中，瀟灑脫塵，有囂囂然自得之意。

清陳廷焯詞則大雅集卷二評「金鉤」三句：驚絕。

## 其三〔一〕

碧水驚秋〔二〕，黃雲凝暮，敗葉零亂空階。洞房人靜〔三〕，斜月照徘徊〔四〕。又是重陽近也〔五〕！幾處處、砧杵聲催〔六〕。西窗下，風搖翠竹，疑是故人來〔七〕。傷懷，增悵望〔八〕，新懽易失，往事難猜。問籬邊黃菊，知爲誰開〔九〕？謾道愁須殢酒，酒未醒、愁已先回〔一〇〕。憑欄久，金波漸轉〔一一〕，白露點蒼苔。

【校記】

〔其三〕張本、李本、段本、鄧本、毛本、四庫本、黄本、王本、金本、秦本皆作「又」。花庵調下題作「秋思」。

〔驚秋〕花庵、王本作「澄秋」，非。　〔西窗下〕花庵作「重簾外」，非。　〔傷懷〕花庵作「情懷」，非。　〔增悵望〕毛本、花庵作「憎悵望」，誤。

【箋注】

〔一〕此詞云「幾處處、砧杵聲催」，又云「問籬邊黄菊，知爲誰開」，抒寫思歸情懷；又所謂「新懽易失」，疑指長沙義妓（詳見卷中木蘭花詞注〔一〕）。蓼園詞選謂「應是在謫時作」，當在紹聖四年（一〇九七）謫居郴州時作。

〔二〕驚秋　驚悉秋天已到，多指早秋。唐杜牧早秋客舍詩：「風吹一片葉，萬物已驚秋。」

〔三〕洞房　指深邃的内室，見前促拍滿路花注〔四〕。

〔四〕斜月句　謂月影徘徊不定。李白月下獨酌：「我歌月徘徊，我舞影零亂。」

〔五〕重陽　農曆九月初九。又稱九日、重九。藝文類聚卷四曹丕與鍾繇書：「歲往月來，忽復九月九日。九爲陽數，而日月並應，俗嘉其名，以爲宜於長久，故以享宴高會。」徐案：宋人多重重陽，孟元老東京夢華録卷八云：「九月重陽，都下賞菊有數種……無處無之，酒家皆以菊花縛成洞户。都人多出郊外登高。」陳元靚歲時廣記卷三十四引皇朝歲時記：「重九日，賜臣下糕酒，大率如社日，但插以菊花。」

〔六〕砧杵　搗衣石與搗衣棒。南朝宋謝惠連擣衣詩：「檐高砧響發，楹長杵聲哀。」樂府詩集卷四四子夜四時歌秋歌：「佳人理寒服，萬結砧杵勞。」

〔七〕西窗下三句　唐李益竹窗聞風寄苗發司空曙詩：「微風驚暮至，臨牖思悠哉。開門復動竹，疑是故人來。」益以是知名。唐蔣防霍小玉傳：「母謂（小玉）曰：汝嘗愛念『開簾風動竹，疑是故人來』，即此十郎詩也。」十郎，指李益。

〔八〕悵望　悵然想望。南齊謝脁新亭渚別范零陵雲詩：「停驂我悵望，輟棹子夷猶。」杜甫詠懷古迹之二：「悵望千秋一灑淚，蕭條異代不同時。」

〔九〕問籬邊二句　喻思念故園心情。晉陶潛飲酒詩第五：「採菊東籬下，悠然見南山。」杜甫秋興八首：「叢菊兩開他日淚，扁舟一繫故園心。」

〔一〇〕謾道三句　宋沈邈剔銀燈詞：「酒未到，愁腸還醒。」與此意相近。　殢酒，爲酒所困，見前夢揚州注〔七〕。

〔一一〕金波　狀月光浮動，亦以指月。漢書禮樂志：「月穆穆以金波。」顔師古注：「言月光穆穆，若金之波流也。」宋蘇軾洞仙歌詞：「金波淡，玉繩低轉。」

**【彙評】**

明李攀龍草堂詩餘雋卷四眉批：待月迎風，情懷如訴。酒堪破愁，真愁非酒能破。○評：托意高遠，措詞灑脱，而一種秋思，都爲故人。展轉誦者，當領之言先。

明沈際飛草堂詩餘正集卷三：（上闋）經少游手隨分鋪寫，定爾閑雅高適。○（「謾道」三句）此意道過矣，縈人不休。

世經堂康熙十七年殘本詞綜卷六「晚色雲開」調下批語：少游此調滿庭芳「碧水驚秋」有云：

「漫道愁須殢酒，酒未醒、愁已先回。」佳句也。

清黄蘇蓼園詞選：亦應是在謫時作。「風摇」二句，寫得藴藉，非故人也，風也，能弗黯然？「酒未醒、愁先回」，意亦曲而能達。結句清遠。

## 江城子三首〔一〕

西城楊柳弄春柔〔二〕，動離憂，淚難收。猶記多情曾爲繫歸舟〔三〕。碧野朱橋當日事〔四〕，人不見，水空流。　韶華不爲少年留〔五〕，恨悠悠，幾時休？飛絮落花時候一登樓〔六〕。便做春江都是淚〔七〕，流不盡，許多愁。

【校記】

〔調〕此首故宮本「樓」字以下補鈔。毛本調下無「三首」二字。花庵調下題作「春别」。〔淚難收〕黄本作「淚雙收」。鄧本、金本、故宮本詞末附注云：「詞人佳句，多是翻案古人語。如淮海此詞『便做春江都是淚，流不盡，許多愁』，可謂警句，雖用李密數隋檄語，亦自李後主『問君都有幾多愁？恰似一江春水向東流』變化。名家如此類者，不可枚舉，亦一法也。」張本、李本、段本、四庫本、秦本詞末附注同。

【箋注】

〔一〕詞云「西城楊柳」，當指汴京順天門外。宋晁端禮水龍吟詞（倦游京洛風塵）：「記南樓醉裏，西城歌闋，都不管，人春困。」又稱西池。宋晁叔用臨江仙：「憶昔西池池上飲，年年多少歡娛。」少游千秋歲：「憶昔西池會，鵷鷺同飛蓋。」因其地有金明池，故稱。宋孟元老東京夢華録卷七謂金明池「池之東岸，臨水近牆，皆垂楊」。明李濂汴京遺蹟志卷八謂「金明池在城西鄭門外西北。」少游於紹聖元年甲戌（一〇九四）春三月，坐黨籍，出爲杭州通判。詞云「飛絮落花時候一登樓」，又云「動離憂，淚難收」，時與事皆相合。詞蓋作於此時。

〔二〕弄春柔　宋王雱眼兒媚詞：「楊柳絲絲弄輕柔，烟縷織成愁。」徐案：沈祖棻唐人七絶詩淺釋釋張旭山行留客「山光物態弄春暉」云：「這一『弄』字非常精采，它將一切山光物態在春天的陽光之下所特別顯現出來的活潑的生機、生動的風姿都鮮明地描繪出來了。在張旭以後，如于良史春山夜月：『弄花香滿衣』，宋張先天仙子：『雲破月來花弄影』，都以此字爲人推重。這個『弄』字，當然含得有嬉弄、撫弄、玩弄之意在内，但又非這些意思所能包括。」

〔三〕猶記句　疑指元祐七年西城宴集之事。淮海集卷九：「西城宴集，元祐七年三月上巳，詔賜館閣花酒，以中澣日游金明池、瓊林苑，又會於國夫人園。會者二十有六人。」可作旁證。以楊柳喻人多情，古人常用之。唐劉禹錫楊柳枝詞：「長安陌上無窮樹，惟有垂楊管別離。」宋晏幾道梁州令詞：「南樓楊柳多情緒，不繫行人住。人情却似飛絮，悠揚便逐春風去。」宋楊濟翁蝶戀花詞：「弱柳繫船都不住，爲君愁絶聽鳴艣。」，皆其例。

〔四〕碧野朱橋　記金明池景色。東京夢華録卷七：「（水殿）西去數百步，乃仙橋，南北約數百步，橋面三虹，朱漆欄楯，下排雁柱，中央隆起，謂之駱駝虹，若飛虹之狀。」

〔五〕韶華　韶光，指青春年華。唐李賀嘲少年詩：「莫道韶華鎮常在，髮白面皺專相待。」

〔六〕飛絮落花　花間集張泌江城子詞：「飛絮落花時節近清明。」

〔七〕便做　詩詞曲語辭匯釋卷一：「做，猶使也，以應用於假設口氣時爲多。……秦觀江城子詞：『便做春江都是淚，流不盡，許多愁。』朱淑真蝶戀花詞：『滿目山川聞杜宇，便做無情，莫也愁人意。』……凡云便做，皆猶云便使或就使也。」

**【彙評】**

明楊慎批草堂：此結語又從坡公結語轉出，更進一步。徐案：坡公結語指蘇軾江城子別徐州詞：「欲寄相思千點淚，流不到，楚江東。」

明李攀龍草堂詩餘雋卷二眉批：只爲人不見，轉一番思。種種景，種種情，如怨如訴。○評：碧野朱橋，正是離別之處。飛絮落花言其景，春江二句言其情也。

明沈際飛草堂詩餘正集卷二：前結似謝，後結似蘇，易其名，幾不能辨。李後主「問君能有幾多愁？恰似一江春水向東流」，少游翻之，文人之心，濬於不竭。

清陳廷焯詞則大雅集卷二：「飛絮」九字淒咽。以下盡情發洩，却終未道破。

俞陛雲唐五代兩宋詞選釋：結尾二句，與李後主之「恰似一江春水向東流」、徐師川之「門外重重疊疊山，遮不斷，愁來路」，皆言愁之極致。

龍榆生師蘇門四學士秦觀：其小令得花間、尊前遺韻者，如江城子「西城楊柳弄春柔」、浣溪沙

「漠漠輕寒上小樓」，并有深婉不迫之趣。

## 其二〔一〕

南來飛燕北歸鴻〔二〕，偶相逢，慘愁容。緑鬢朱顔重見兩衰翁〔三〕。別後悠悠君莫問，無限事，不言中。小槽春酒滴珠紅〔四〕，莫怱怱，滿金鍾。飲散落花流水各西東〔五〕。後會不知何處是？煙浪遠，暮雲重〔六〕。

**【校記】**

〔其二〕此首故宫本補鈔。張本、李本、段本、鄧本、毛本、四庫本、黄本、王本、金本、秦本作「又」。全宋詞案：「此首別又誤入曾慥本東坡詞拾遺。」〔煙浪遠〕王本作「煙淡遠」，非。

**【箋注】**

〔一〕揆諸詞意，蓋哲宗元符三年庚辰（一一〇〇）在雷州時所作。是歲正月，哲宗崩，徽宗即位，五月下赦令，遷臣多内徙。東坡量移廉州，六月二十五日過雷州，與少游相會。少游出自作挽詞，東坡撫其背曰：「某嘗憂逝，未盡此理，今復何言？某亦嘗自爲誌墓文，封付從者，不使過子知也。」此詞云「重見兩衰翁」，蓋指二人之重逢，時東坡年六十四，少游亦五十二，屢竄南荒，容顏易老，故以爲喻。

〔二〕南來句　南來燕，作者自喻。北歸鴻，喻東坡自瓊州北還。玉臺新詠卷九東飛伯勞歌：「東飛伯勞西飛燕。」陳江總東飛伯勞歌：「南飛烏鵲北飛鴻。」此處蓋仿其意。

〔三〕緑鬢句　喻久別重逢。　緑鬢朱顔，謂年少時。　玉臺新詠卷六吴均和蕭洗馬子顯古意：「緑鬢愁中減，紅顔啼裏滅。」唐高適逢謝偃詩：「紅顔爲別久，白髮始相逢。」詞意似之。

〔四〕小槽句　李賀將進酒詩：「琉璃鍾，琥珀濃，小槽酒滴真珠紅。」苕溪漁隱叢話前集卷二十一：「江南人家造紅酒，色味兩絶。李賀將進酒云：『小槽酒滴真珠紅』，蓋謂此也。」

〔五〕落花流水　宋柳永雪梅香詞：「雅態妍姿正歡洽，落花流水忽西東。」

〔六〕暮雲　杜甫春日憶李白詩：「渭北春天樹，江東日暮雲。」喻友人關山遠隔。以上二句似從柳永雨霖鈴詞「念去去千里烟波，暮靄沉沉楚天闊」化來。

【彙評】

清陳廷焯詞則別調集卷一：亦疎落，亦沈鬱。

## 其三

棗花金釧約柔荑〔一〕，昔曾攜，事難期。咫尺玉顔和淚鎖春閨〔二〕。恰似小園桃與李，雖同處，不同枝。　玉笙初度顫鸞篦〔三〕，落花飛，爲誰吹？月冷風高此恨只天知。任是行人無定處，重相見，是何時？

**【校記】**

〔其三〕此首故宫本補鈔。張本、李本、段本、鄧本、毛本、四庫本、黄本、王本、金本、秦本作「又」。〔春閨〕故宫本、張本、李本、段本、毛本、四庫本、王本、秦本作「金閨」，非。〔顫鸞篦〕故宫本作「鶡鸞篦」，「鶡」字誤。

**【箋注】**

〔一〕棗花金釧句　棗花金釧，鏤刻棗花的金鐲。釧，一名條脱，俗稱鐲。徐賢妃賦得北方有佳人：「腕摇金釧雪，步轉玉環鳴。」宋文同采蓮曲：「羅袖捲起金釧光，輕摇撼脆敲短芒。」柔荑，指茅草嫩芽，喻女子之手。詩衛風碩人：「手如柔荑，膚如凝脂。」

〔二〕咫尺句　玉顔，戰國宋玉神女賦：「貌豐盈以莊姝兮，苞温潤之玉顔。」唐王昌齡長信宫詩：「玉顔不及寒鴉色，猶帶昭陽日影來。」春閨，唐陳陶隴西行：「可憐無定河邊骨，猶是春閨夢裏人。」

〔三〕玉笙句　玉笙，笙之美稱。宋書樂志：「漢章帝時，零陵文學奚景於舜祠得笙，白玉管，後世易以竹。」唐儲光羲題太玄觀詩：「行即翳若木，坐即吹玉笙。」古代歌妓常以笙伴奏。花間集皇甫松夢江南詞：「夢見秣陵惆悵事，桃花柳絮滿江城，雙髻坐吹笙。」鸞篦，唐李賀秦宫詩：「鸞篦奪得不還人，醉臥氍毹滿堂月。」王琦注：「篦，所以去髮垢，以竹爲之，侈者易犀象、瑇瑁之類。鸞篦，篦以鸞形象之也。」有時亦以金鳳爲飾。温庭筠思帝鄉詞：「回面共人閑語，戰篦金鳳斜。」戰篦，即顫篦。據此，可知爲女子頭上裝飾品。全句意謂一開始吹笙，因爲過於激動，頭上的鸞篦也微微顫抖。

## 滿園花〔一〕

一向沉吟久〔二〕，淚珠盈襟袖。我當初不合苦撋就〔三〕，慣縱得軟頑〔四〕，見底心先有〔五〕。行待癡心守，甚捻着脈子〔六〕，倒把人來僝僽〔七〕。近日來非常羅皂醜〔八〕，佛也須眉皺。怎掩得衆人口？待收了孛羅，罷了從來斗〔九〕。從今後，休道共我，夢見也、不能得勾〔一〇〕。

**【校記】**

〔調〕此首故宮本補鈔。

**【箋注】**

〔一〕此詞以俚語寫情人之間嘔氣，似受汴京勾欄藝人影響。蓋作於元祐五年至八年（一〇九〇——一〇九三）供職祕書省期間。

〔二〕一向句　一向，詩詞曲語辭匯釋卷三：「一向，猶云一味或一意也。……秦觀滿園花詞：『一向沉吟久，淚珠盈襟袖。』『一向沉吟』，猶云一意沉吟也。」　沉吟，深思。三國曹操短歌行：「但爲君故，沉吟至今。」後漢書曹爽傳：「晝夜精研，沉吟專思。」

〔三〕撋就　宋時方言。詩詞曲語辭匯釋卷五：「撋就，猶云遷就或温存也。……秦觀滿園花詞：『我當初不合苦撋就，慣縱得軟頑，見底心先有。』『苦撋就』，猶云太遷就也。」黃庭堅歸田樂詞：「是人驚怪，冤我忒撋就。」

〔四〕慣縱句　慣縱，縱容、放任，即過於寵愛之意。元曲選武漢臣老生兒雜劇第二折：「從小裏慣了孩兒也。」又冤家債主第一折：「慣的這厮千自由，百自在。」軟頑，猶撒嬌。軟，柔和；頑，嬉鬧。宋陳造田家謡：「小婦初嫁當少寬，令伴阿姑頑過日。」自注：「房謂嬉爲頑。」

〔五〕見底　見什麽。詩詞曲語辭匯釋卷一：「底，猶何也；甚也。讀曲歌：『月没星不亮，持底明儂緒。』言持何物也。」

〔六〕捻着脈子　醫生用手給病人切脈。這裏借指握着手臂。

〔七〕僝僽　詩詞曲語辭匯釋卷五：「僝僽，猶云嘔氣或駡詈也。黃庭堅憶帝京詞：『恐那人知後，鎮把你來僝僽。』猶云把你來駡詈也。秦觀滿園花詞：『行待癡心守，甚捻著脈子，倒把人來僝僽。』義同上。」

〔八〕羅皂　同羅唣、囉唣，謂糾纏不休、攪擾。元曲選楊顯之瀟湘雨雜劇第四折：「且不要囉唣……待我唱與你聽。」水滸傳第五十一回：「孩兒快放了手，休要羅唣！」

〔九〕待收了二句　意爲從此罷休。孛羅，圓形竹籃，一稱孛籃、蒲籃。斗，量器，容十升。元石子章八聲甘州套：「收了孛籃罷了斗，那些兒自羞。」元曲選陳州糶米雜劇第二折煞尾：「只要肥了私囊，也不管民間瘦，敢着他收了蒲籃罷了斗。」以上所引元曲，皆沿襲宋代口語。

〔一〇〕不能得勾　不能够。勾，通够。

【彙評】

明沈際飛草堂詩餘別集卷三：語不經，却津津然。○方言硬用之，即累正氣。

明徐渭評本卷上「我不合」數句眉批：渾似元人雜劇口吻。

明卓人月古今詞統卷一一：鄙野不經之談，偏饒雅韻。

清萬樹詞律卷十二：此調既與前調徐案：指方千里滿路花「鶯飛翠柳搖」一首牌名相似，而句法亦多相合。前段竟同，只多一「慣」字與「甚」字耳。後段稍異，然「佛也」句、「罷了」句及結處二句，俱與前調仿佛。故以附於滿路花之後，而一枝花尤爲吻合，故並類列焉。

清劉體仁七頌堂詞繹：柳七最尖鋭，時有俳狎，故子瞻以是呵少游。若山谷亦不免，如「我不合太撋就」類，下此則蒜酪體也。

清沈謙填詞雜説：秦少游「一向沉吟久」，大類山谷歸田樂引，鏟盡浮詞，直抒本色，而淺人常以雕繪傲之。此等詞極難作，然亦不可多作。

龍榆生師蘇門四學士秦觀：悔不當初，恨極乃結以咀咒。

# 淮海居士長短句卷中

## 迎春樂〔一〕

菖蒲葉葉知多少〔二〕，惟有箇、蜂兒妙。雨晴紅粉齊開了，露一點、嬌黄小〔三〕。　早是被、曉風力暴〔四〕，更春共、斜陽俱老。怎得香香深處，作箇蜂兒抱〔五〕？

**【校記】**

〔調〕此首故宫本、吴本皆補鈔。故宫本、張本、李本、段本、鄧本、四庫本、金本、秦本列於上卷之末，吴本、彊村本列中卷之首。毛本、黄本、王本不分卷。

〔香香〕故宫本、吴本、張本、李本、段本、鄧本、毛本、四庫本、王本、金本、秦本均作「花香」，並有詞末附注云：「花香，原作香香，恐是當時語。」

**【箋注】**

〔一〕此詞格調不高，疑爲少時作品。

〔二〕菖蒲　草名，有數種。明李時珍本草綱目云：「生於池澤，蒲葉肥，根高二三尺者，泥菖蒲白菖也；生於溪澗，蒲葉瘦，根高二三尺者，水菖蒲溪蓀也；生於水石之間，葉有劍脊，瘦根密節高尺餘者，石菖蒲也。」

〔三〕嬌黄　指蜜蜂，色黄而小，故云。梅苑卷五趙明發好事近蠟梅詞：「不愛豔妝濃粉，借嬌黄一抹。」

〔四〕曉風力暴　詩邶風終風：「終風且暴。」傳：「暴，疾也。」疏：「釋天云：『日出而風曰暴。』孫炎曰：『陰雲不興而大風暴起，然則爲風之暴疾。』故云疾也。」

〔五〕蜂兒抱　韓偓殘春旅舍詩：「樹頭蜂抱花鬚落，池面魚吹柳絮行。」

**【彙評】**

明沈際飛草堂詩餘别集卷一：巧妙微透，不厭百回讀。

清彭孫遹金粟詞話：柳耆卿「卻傍金籠教鸚鵡，念粉郎言語」，花間之麗句也。辛稼軒「驀然回首，那人卻在燈火闌珊處」，秦周之佳境也。少游「怎得香香深處，作箇蜂兒抱」，亦近似柳七語矣。

清陳廷焯白雨齋詞話卷八：讀古人詞，貴取其精華，遺其糟粕。且如少游之詞，幾奪温韋之席，而亦未嘗無纖麗之語。讀淮海集，取其大者、高者可矣。若徒賞其「怎得香香深處，作箇蜂兒抱」等句（此語彭羨門亦賞之，以爲近似柳七語。尊柳抑秦，匪獨不知秦，並不知柳，可發大噱），則與山谷之「女邊著子，門里安心」，其鄙俚纖俗，相去亦不遠矣。少游真面目何由見乎？

清沈雄古今詞話詞品卷下：諛媚之極，變爲穢褻。秦少游「怎得香香深處，作箇蜂兒抱」，柳耆卿「願得嬭嬭蘭心蕙性，枕前言下，表余深意」，所以「銷魂當此際」，來蘇長公之誚也。

# 鵲橋仙

纖雲弄巧〔一〕，飛星傳恨〔二〕，銀漢迢迢暗度〔三〕。金風玉露一相逢，便勝却、人間無數〔四〕。　柔情似水〔五〕，佳期如夢，忍顧鵲橋歸路〔六〕。兩情若是久長時，又豈在、朝朝暮暮〔七〕。

**【校記】**

〔調〕此首故宫本、吴本皆補鈔。草堂詩餘調下題作「七夕」。　〔傳恨〕李本、故宫本誤作「傅恨」。

**【箋注】**

〔一〕纖雲句　纖雲，纖細的雲絲。晉傅玄雜詩三首：「纖雲時彷彿，渥露沾我裳。」　弄巧，謂弄成巧妙的花樣。秋雲多變幻，俗稱「巧雲」。此處暗喻七夕。舊時七夕有乞巧的風俗。唐徐堅初學記卷四引宗懔荆楚歲時記：「七夕婦女結彩縷，穿七孔針，或以金銀鍮石爲針，陳瓜果於庭中以乞巧。有喜子網於瓜上，則以爲得。」鍮石，黄銅也。宋時此風尤盛。東京夢華録卷八：「至初六日七日晚，貴家多結綵樓於庭，謂之乞巧樓。鋪陳磨喝樂、瓜果、酒炙、筆硯、針綫。或兒童裁詩，女郎呈巧，焚香列拜，謂之乞巧。婦女望月穿針。或以小蜘蛛安合子内，次日看之，若網圓正，謂之得巧。」

〔二〕飛星句　飛星，流星。漢書天文志：「(陽朔)四年閏月庚午，飛星大如缶，出西南，入斗下。」飛星傳恨，流星飛越銀河，似爲牛郎織女傳達離恨。宋歐陽修漁家傲咏七夕云：「別恨長長歡計短，疏鐘促漏真堪怨。」宋晏幾道蝶戀花詞：「路隔銀河猶可惜，世間離恨何年罷！」皆此類也。

〔三〕銀漢句　銀漢，即銀河。白氏六帖：「天河謂之銀漢，亦曰銀河。」南朝宋鮑照夜聽伎詩：「夜來坐幾時，銀漢傾露落。」唐温庭筠七夕詩：「金風入樹千門夜，銀漢横空萬象秋。」　暗度，謂牛郎、織女渡過銀河。度，通「渡」。傳説每年七夕牛郎織女渡河相會。南朝梁吴均續齊諧記：「桂陽成武丁有仙道，常在人間，忽謂其弟曰：『七月七日，織女當渡河，諸仙悉還宫，吾向已被召，不得暫停，與爾別矣。』弟問曰：『織女何事渡河？兄當何還？』答曰：『織女暫詣牽牛，一去後三千年當還。』明旦果失武丁所在。世人至今猶云：七月七日織女嫁牽牛。」唐權德輿七夕詩：「今日雲軿度鵲橋，應非脈脈與迢迢。」

〔四〕金風二句　金風，秋風。文選張景陽雜詩之三：「金風扇素節，丹霞啓陰期。」注：「西方爲秋而主金，故秋風曰金風也。」　玉露，晶瑩的露珠。南朝陳徐陵爲護軍長史王質移文：「比金風已勁，玉露方圓，宜及窮秋，幸逾高塞。」唐李商隱辛未七夕詩：「由來碧落銀河畔，可要金風玉露時。」歐陽修七夕詩：「莫云天上稀相見，猶勝人間去不回。」歐詩爲此二句所本。又晁端禮緑頭鴨：「玉露初零，金風未凜，一年無似此佳時。」

〔五〕柔情句　語本宋寇準夜度娘：「柔情不斷如春水。」

〔六〕忍顧句　忍顧，怎忍回顧。韓鄂歲華紀麗卷三引風俗通：「織女七夕當渡河，使鵲爲橋。相傳七日鵲首無故皆髠，因爲梁以渡織女故也。」李商隱七夕詩：「鸞扇斜分鳳幄開，星橋横過鵲飛迴。」宋晏幾道蝶戀花：「喜鵲橋成催鳳駕。天爲歡遲，乞與初涼夜。」陳師道菩薩蠻詞：「銀潢清淺填烏鵲。」又云：「河橋知有路，不解留郎住。」亦「忍顧」之意。

〔七〕朝朝暮暮　宋玉高唐賦：「妾在巫山之陽，高丘之阻，旦爲朝雲，暮爲行雨，朝朝暮暮，陽臺之下。」此言時時刻刻相會。

【彙評】

明李攀龍草堂詩餘雋卷三眉批：相逢勝人間，會心之語。兩情不在朝暮，破格之談。七夕歌以雙星會少別多爲恨，獨少游此詞謂「兩情若是久長」二句，最能醒人心目。

明卓人月古今詞統卷八：（末句）數見不鮮，説得極是。

明沈際飛草堂詩餘正集卷二：七夕以雙星會少別多爲恨，獨謂情長不在朝暮，化臭腐爲神奇。

徐案：四印齋本詩餘王鵬運按語與此同，末加一句：「寧不醒人心目！」

清黄蘇蓼園詞選：按七夕歌以雙星會少別多爲恨，少游此詞謂兩情若是久長，不在朝朝暮暮，所謂化臭腐爲神奇。凡詠古題，須獨出新裁，此固一定之論。少游以坐黨（籍）被謫，思君臣際會之難，因託雙星以寫意；而慕君之念，婉惻纏綿，令人意遠矣。

俞陛雲唐五代兩宋詞選釋：夏閏庵云：「七夕詞最難作，宋人賦此者，佳作極少，惟少游一首可觀。晏小山蝶戀花賦七夕尤佳。」

吴梅詞學通論第七章概論二秦觀：鵲橋仙云：「兩情若是久長時，又豈在朝朝暮暮。」千秋歲云：「春去也，飛紅萬點愁如海。」浣溪沙云：「自在飛花輕似夢，無邊絲雨細如愁。」此等句，皆思路沉着，極刻畫之工，非如蘇詞之縱筆直書也。北宋詞家以縝密之思，得遒勁之致者，惟方回與少游耳。

## 菩薩蠻

蟲聲泣露驚秋枕，羅幃淚濕鴛鴦錦〔一〕。獨臥玉肌涼，殘更與恨長。　陰風翻翠幔〔二〕，雨澀燈花暗。畢竟不成眠〔三〕，鴉啼金井寒〔四〕。

【校記】

〔調〕此首故宮本、吴本皆補鈔。草堂詩餘調下題作「閨怨」，花庵題作「秋思」。　〔蟲聲〕故宮本、吴本、王本俱作「蛩聲」，非。　〔翠幔〕原作「翠幌」，「幔」與「暗」，依律當叶韵。據故宮本、張本、李本、段本、毛本、四庫本、王本、秦本、彊村本改。吴本作「翠幙」，誤。

【箋注】

〔一〕鴛鴦錦　綉有鴛鴦圖案的錦被。花間集卷四牛嶠菩薩蠻詞：「玉樓冰簟鴛鴦錦，粉融香汗流山枕。」柳永玉女摇仙佩詞：「今生斷不孤鴛被。」

〔二〕陰風句　陰風，冷風也。或謂冬風，纂要：「冬風曰陰風，嚴風、哀風。」然與此詞不合。　翠幔，緑色帳幕。柳永甘草子（秋盡）：「動翠幕，曉寒猶嫩。」

〔三〕畢竟句　柳永憶帝京詞其三：「畢竟不成眠，一夜長如歲。」

〔四〕鴉啼句　唐李賀河南府試十二月樂詞九月：「雞人罷唱曉瓏璁，鴉啼金井下疏桐。」金井，施以雕欄的水井。

【彙評】

明徐渭評本卷中眉批：語少情多。

明李攀龍草堂詩餘雋卷二眉批：惟其恨長，是以眠爲不成。○評：點綴處最是針門一綫，洵是天孫妙手！

明卓人月古今詞統卷五：「畢竟」二字，寫盡一夜之輾轉。

明陸雲龍詞菁卷二眉批：苦境。

清徐釚詞苑叢談卷二引毛先舒云：予讀有宋諸公作，雖雅號名家，篇盈什百，若秦觀秋閨，「幔」「暗」累押；仲淹懷舊，「外」「淚」莫辨。……故知當時便已縱逸，徒以世無通韻之人，故傳謁迄今，莫能彈射。

俞陛雲唐五代兩宋詞選釋：清麗爲鄰，且餘韻不盡，頗近五代詞意。

## 減字木蘭花〔一〕

天涯舊恨，獨自凄涼人不問。欲見回腸〔二〕，斷盡金爐小篆香〔三〕。　黛蛾長斂〔四〕，任是東風吹不展。困倚危樓，過盡飛鴻字字愁〔五〕。

**【校記】**

〔調〕此首故宮本、吴本皆補鈔。〔斷盡金爐〕詞綜作「斷續熏爐」，非。〔黛蛾〕底本誤作「黛娥」，據故宮本、吴本、張本改。〔東風〕黄本、彊村本作「春風」。〔吹不展〕吴本及故宮本、張、李、段、毛、四庫、秦諸本作「吹不轉」，誤。

**【箋注】**

〔一〕此首寫離恨至深，首句云「天涯舊恨，獨自淒涼人不問」，下闋云「困倚危樓，過盡飛鴻字字愁」，恐是被放至湖南所作。其時似在紹聖三年丙子（一〇九六）。

〔二〕回腸　狀思慮極爲愁苦。司馬遷報任安書：「腸一日而九回。」杜甫秋日夔州咏懷寄鄭監詩：「弔影夔州僻，回腸杜曲煎。」

〔三〕篆香　即盤香。宋洪芻香譜：「近世尚奇者作香，篆其文，準十二辰，分一百刻，凡燃一晝夜而已。」以上二句以篆香狀回腸，借喻斷腸之苦。

〔四〕黛蛾　事文類聚：「漢宮人掃青黛蛾眉。」唐温庭筠感舊陳情五十韻獻淮南李僕射詩：「黛蛾陳二八，珠履列三千。」黛，青黑色顏料，用以畫眉。蛾，蠶蛾觸鬚細長而曲，借以形容女子之眉。詩衛風碩人：「螓首蛾眉。」

〔五〕飛鴻句　鴻雁成羣飛行，常排列成「一」字或「人」字，征人見而思歸，故曰「字字愁」。唐趙嘏寒塘詩：「鄉心正無限，一雁過南樓。」

【彙評】

俞陛雲唐五代兩宋詞選釋：「回腸」二句及「黛蛾」二句，尋常之意，以曲折之筆寫出，便生新致。結句含蘊有情。

## 木蘭花〔一〕

秋容老盡芙蓉院〔二〕，草上霜花勻似剪〔三〕。西樓促坐酒杯深〔四〕，風壓繡簾香不捲。玉纖慵整銀箏雁〔五〕，紅袖時籠金鴨暖〔六〕。歲華一任委西風，獨有春紅留醉臉〔七〕。

【校記】

〔調〕此首吳本補鈔。毛本作「玉樓春」。沈本草堂續集題作「秋景」。

〔秋容〕沈本草堂作「秋光」，非。

【箋注】

〔一〕此首似紹聖三年丙子（一〇九六）作於長沙。宋洪邁夷堅志己集云：「長沙義妓者，不知其姓氏，善謳，尤喜秦少游樂府，得一篇，輒手筆口哦不置。久之，少游坐鈎黨南遷，道經長沙，訪潭土風俗、妓籍中可與言者。或舉妓，遂往訪。……媪出設位，坐少游於堂。妓冠帔立堂下，北面拜。少游起且避，媪掖之坐以受拜。已，乃張筵飲，虚左席，示不敢抗。母子左右侍。觴酒一行，率歌少游詞一闋以侑之。飲卒甚歡，比夜乃罷。」後洪邁於容齋四筆中雖否認此事，然純屬推理，未可成立。且據容齋四筆云，當時常州教授鍾將之係得其説於李結，並爲作傳，故知絶非虚構。此詞所寫，在時間、景物、情境諸方面，頗與長沙義妓事相合，當作於是時。又永樂大典卷二〇三五三「席」字韻載此詞，調下題作「席上書懷事」，似與此事有關。

〔二〕芙蓉　指木芙蓉，秋季開花，湖南一帶多栽培。唐譚用之秋宿湘江遇雨詩：「秋風萬里芙蓉國，暮雨千家薜荔村。」

〔三〕草上句　唐李賀北中寒詩：「霜花草上大如錢，揮刀不入迷濛天。」

〔四〕促坐　迫近而坐。史記淳于髡傳：「日暮酒闌，合尊促坐。」宋李元膺浣溪沙詞：「玳筵促坐客從容。」

〔五〕銀箏雁　箏，古樂器，其上弦柱斜列如雁行，並以銀爲飾。李商隱昨日詩：「十三弦柱雁行斜。」

〔六〕金鴨　謂鴨形銅香爐。香譜：「香獸，塗金爲狻猊、麒麟、鳧鴨之狀，空中以燃香，使煙自口出，以爲玩好。」此處蓋指取暖手爐，較小，可籠於袖中。

〔七〕春紅　指酒後紅暈。春，謂酒。杜甫撥悶詩：「聞道雲安麴米春，才傾一盞即醺人。」

**【彙評】**

明沈際飛草堂詩餘續集：有詩云：「醉臉雖紅不是春」，兩存之。

明卓人月古今詞統卷八：張迂公「短髮愁催白，衰顔酒借紅」，本此。

清陳廷焯詞則閑情集卷一：頑豔中有及時行樂之感。

## 畫堂春〔一〕

落紅鋪徑水平池，弄晴小雨霏霏〔二〕。杏園憔悴杜鵑啼〔三〕，無奈春歸。　柳外畫樓獨上，憑闌手撚花枝〔四〕。放花無語對斜暉，此恨誰知？

**【校記】**

〔調〕此首吴本補鈔。四印齋本陳鍾秀校刊草堂詩餘誤爲徐師川作。　〔鋪徑〕花庵作「堆徑」，誤。　〔霏霏〕花庵作「霏微」，誤。　〔杏園〕詞譜作「杏花」，非。　〔手撚〕「撚」原作「橪」，誤，依張本改。

**【箋注】**

〔一〕少游於元豐五年壬戌（一〇八二）應禮部試，罷歸，過南都新亭，有詩寄王子發，中云：「娟娟殘月照波翻，習習暖風吹鳥哢。……柳枝芳草恨連天，暮雨朝雲同昨夢。」與此詞節序、感情相合。觀「杏園憔悴杜鵑啼，無奈春歸」句，知爲應試不中而寄寓怨憤之作。姑繫此詞於是年暮春。

〔二〕弄晴　謂乍雨乍晴。弄，戲弄、作弄。參見卷上江城子（西城楊柳弄春柔）注〔二〕。

〔三〕杏園　地名，故址在今陝西西安市郊大雁塔南。秦時爲宜春下苑地。唐時與慈恩寺南北相值，在曲江池西南，爲新進士游宴之地。秦中歲時記：「進士杏花園初會謂之探花宴，以少俊二人爲探花使，遍游名園，若他人先折得名花，則二使皆有罰。」唐劉滄及第後宴曲江詩云：「及第新春選勝遊，杏園初宴曲江頭。」「杏園憔悴」，有落第意。宋時以杏園借指瓊林苑。呂祖謙宋文鑑卷二載楊侃皇畿賦：「彼池之南，有苑何大。既瓊林而是名，亦玉輦而是待；其或折桂天庭，花開鳳城，則必有聞喜之新宴，掩杏園之舊名。于是連鑣上苑，列席廣庭，蓋我朝之盛事，爲士流之殊榮。」

〔四〕手撚花枝　古人以爲表示愁苦無聊之動作，唐宋詞中常用之。如馮延巳謁金門詞：「閑引鴛鴦香徑里，手撚紅杏蕊。」撚，以手指持物。

**【彙評】**

宋胡仔苕溪漁隱叢話後集卷三十三：苕溪漁隱曰：（少游）小詞云：「落紅鋪徑水平池，弄晴小雨霏霏。杏園憔悴杜鵑啼，無奈春歸。」用小杜詩「莫怪杏園憔悴去，滿城多少插花人」。

明楊慎批草堂評末句：不知心恨誰？

明李攀龍草堂詩餘雋卷四眉批：春歸無奈，深情可掬。誰知此恨，何等幽思！○評：寫出閨怨，真情俱在，末語迫真。

明沈際飛草堂詩餘正集卷一評末句：此恨亦知不得。

清沈謙填詞雜説：填詞結句，或以動蕩見奇，或以迷離稱雋，著一實語，敗矣。康伯可：「正是銷魂時候也，撩亂花飛。」晏叔原：「紫騮認得舊游踪，嘶過畫橋東畔路。」秦少游：「放花無語對斜暉，此恨誰知？」深得此法。

清黄蘇蓼園詞選：按一篇主意只是時已過而世少知己耳，説來自娟秀無匹。末二句尤爲切摯。花之香，比君子德之芳也，所以撚者以此，所以無語而對斜暉者以此。既無人知，惟自愛自解而已。語意含蓄，清氣遠出。

## 千秋歲〔一〕

水邊沙外，城郭春寒退。花影亂，鶯聲碎〔二〕。飄零疎酒盞，離別寬衣帶〔三〕。人不見，碧雲暮合空相對〔四〕。

憶昔西池會，鵷鷺同飛蓋〔五〕。攜手處，今誰在？日邊清夢斷〔六〕，鏡裏朱顏改〔七〕。春去也，飛紅萬點愁如海〔八〕。

**【校記】**

〔調〕此首吴本補鈔。毛本調下題作「謫虔州日作」。「虔」當爲「處」之誤。花庵題作「少游謫處州日作」，並注曰：「今郡治有鶯花亭，蓋因此詞而取名。」　〔水邊〕詞譜、歷代詩餘、草堂作「柳邊」。　〔春寒〕詞譜、草堂作「輕寒」。　〔鵷鷺〕詞譜、草堂、花庵作「鴛鷺」，非。　〔飛紅〕詞譜、歷代詩餘、草堂、花庵作「落紅」，非。

**【箋注】**

〔一〕此詞創作時間向有二説。一云作於謫處州日，如毛本及絶妙詞選。宋范成大石湖集鶯花亭詩序：「秦少游『水邊沙外』之詞，蓋在括蒼監徵時所作。」（處州近括蒼山，亦名括州）明楊慎詞品卷三言之尤詳，謂「秦少游謫處州日，作千秋歲詞，有『花影亂，鶯聲碎』之句。後人慕之，建鶯花亭。陸放翁有詩云：『沙上春風柳十圍，綠陰依舊語黃鸝。故應留與行人恨，不見秦郎半醉時。』」如作於處州，則爲紹聖三年丙子（一〇九六）春天。據秦譜，是時少游「嘗游府治南園，作千秋歲詞」。另一説以爲作於衡陽。宋曾敏行獨醒雜志卷五：「少游謫古藤，意忽忽不樂，過衡陽，孔毅甫爲守，與之厚，延留，待遇有加。一日飲於郡齋，少游作千秋歲詞。毅甫覽至『鏡裏朱顏改』之句，遽驚曰：『少游盛年，何爲言語悲愴如此？』遂賡其韻以解之。居數日別去。毅甫送之於郊，復相語終日；歸謂所親曰：『秦少游氣貌，大不類平時，殆不久於世矣。』未幾，果卒。」能改齋漫録卷十七列舉孔毅甫、蘇東坡、黃山谷次秦少游韻詞以證，言之鑿鑿，似屬可信。然詞中所寫，乃係春景，據秦譜，少游乃於紹聖三年丙子（一〇九六）歲暮抵郴州，其經過衡陽，至少在秋天，於詞境殊不合。此詞似應紹聖三年春作於處州，至衡陽遇孔毅甫飲於郡齋，始録示耳。此詞既出，和者甚衆，計有蘇軾、黃庭堅、孔平仲（毅甫）、李之儀、僧惠洪（以上爲北宋，皆少游師友）、王之道、丘崈（以上爲南宋），而丘崈則和了三首。他們對少游或表示慰誨，或致以悼念，形成了遷謫詞的高潮。唱和人數之多，與同時代賀鑄的青玉案（橫塘路）不相上下。

〔二〕花影二句　唐杜荀鶴春宮怨詩：「風暖鳥聲碎，日高花影重。」「花影亂」之「亂」字謂花之繁茂也。白居易錢塘湖春行詩「亂花漸欲迷人眼」，即此意。

〔三〕離別句　古詩十九首之一：「相去日已遠，衣帶日已緩。」詞意似之，故沈際飛評云：「似漢魏人詩。」又宋柳永鳳棲梧詞：「衣帶漸寬終不悔，爲伊消得人憔悴。」義相近。

〔四〕人不見二句　梁江淹擬休上人怨別詩：「日暮碧雲合，佳人殊未來。」

〔五〕憶昔二句　能改齋漫録卷十七：「少游詞云：『憶昔西池會，鵷鷺同飛蓋。』亦爲在京師與毅甫同在於朝，叙其爲金明池之游耳。今越州、處州皆指西池在彼，蓋未知其本源而云也。」徐案：金明池，即西池，汴京遺蹟志卷八：「金明池在城西鄭門外西北，周迴九里餘。」詳見卷上江城子（西城楊柳弄春柔）注〔二〕。鵷鷺，謂朝官之行列，因其整齊有序如鵷與鷺也。隋書音樂志：「懷黄綰白，鵷鷺成行。」唐岑參初至西虢官舍南池呈左右省及南宫諸故人詩：「豈思鵷鷺行，素多江湖意。」僧齊己寄鄭谷郎中：「幾夢中朝事，依依鵷鷺行。」詞意尤近之。此二句蓋指元祐七年三月中澣「西城宴集」，參見卷上江城子（西城楊柳弄春柔）注〔二〕。

〔六〕日邊　指帝都。世説新語夙惠：「晉明帝數歲，坐元帝膝上。有人從長安來……因問明帝：『汝意謂長安何如日遠？』答曰：『日遠，不聞人從日邊來，居然可知。』明日，集羣臣宴會，告以此意，更重問之，乃答曰：『日近。』元帝失色曰：『爾何故異昨日之言邪？』答曰：『舉目見日，不見長安。』」後以日邊指帝都。李白行路難詩其一：「閑來垂釣碧溪上，忽復乘舟夢日邊。」王琦注引宋書：「伊摯將應湯命，夢乘船過日月之旁。」

〔七〕朱顔　指青春年華。李煜虞美人詞：「雕闌玉砌應猶在，只是朱顔改。」

〔八〕春去二句　梅苑卷六田爲江神子慢詞：「落盡庭花春去也。」

**【彙評】**

宋陳師道後山詩話：王斿，平甫之子，嘗云：「今語例襲陳言，但能轉移耳。世稱秦詞『愁如海』爲新奇，不知李國主已云：『問君能有幾多愁，恰似一江春水向東流。』但以『江』爲『海』耳。」

宋范成大次韻徐子禮提舉鶯花亭詩序：秦少游「水邊沙外」之詞，蓋在括蒼監徵時所作。予至郡，徐子禮提舉按部來過，勸予作小亭，記少游舊事，又取詞中語，名之曰鶯花，賦詩六絶而去。明年亭成，次韻寄之。詩曰：「瀨長石出水平堤，城郭西頭舊小溪。游子斷魂招不得，秋來春草更萋萋。」「愁邊逢酒却成憎，衣帶寬來不自勝。煙水蒼茫沙外路，東風何處掛枯藤？」「壚下三年世路窮，蟻封盤馬竟難工。千山雖隔日邊夢，猶到平陽池館中。」「文章光焰照金閨，豈是遭逢乏聖時？縱有百身那可贖，琳瑯空見萬篇垂。」「山碧重重四打圍，煩將舊恨訪黄鸝。纈林霜後黄鸝少，須是愁紅萬點時。」「古藤陰下醉中休，誰與低眉唱此愁？團扇他年書好句，平生知己識儋州。」

宋吴曾能改齋漫録卷十七：秦少游所作千秋歲詞，予嘗見諸公唱和親筆，乃知在衡陽時作也。少游云：「至衡陽，呈孔毅甫使君。」其詞云云，今更不載。毅甫本云：「次韻少游見贈。」其詞云：「春風湖外，紅杏花初退。孤館静，愁腸碎。淚餘痕在枕，别久香銷帶。新睡起，小園戲蝶飛成對。　惆悵誰人會？隨處聊傾蓋。情暫遣，心何在？錦書消息斷，玉漏花陰改。遲日暮，仙山杳杳空雲海。」其後東坡在儋耳，姪孫蘇元老因趙秀才還自京師，以少游、毅甫所贈酬者寄之。東坡乃次韻，録示元老，且云：「便見其超然自得、不改其度之意。」其詞云：「島邊天外，未老身先退。珠淚濺，丹衷碎。聲摇蒼玉佩，色重黄金帶。一萬里，斜陽正與長安對。　道遠誰云會？罪大天能蓋。君命重，臣節在。新恩猶可覬，舊學終難改。吾已矣！乘桴且恁浮於海。」豫章題云：「少游得謫，嘗夢中作詞云：『醉卧古藤陰下，了不知南北。』竟以元符庚辰死於藤州光華亭上。崇寧甲申，庭堅竄宜州，道過衡陽，覽其遺墨，始追和其千秋歲。」詞云：「苑邊花外，記得同朝退。飛騎軋，鳴珂碎。齊歌雲遶扇，趙舞風回帶。嚴鼓斷，杯盤狼藉猶相對。灑淚誰能會？醉卧藤陰蓋。人已去，詞空在。兔園高宴悄，虎觀英游改。重感慨，波濤萬頃珠沉海。」晁無咎集中嘗載此詞而非是也。少游詞云：「憶昔西池會，鵷鷺同飛蓋。」亦爲在京師與毅甫同在於朝，叙其爲金明池之游耳。今越州、處州皆指西池在彼，蓋未知其本源而云也。

宋胡仔苕溪漁隱叢話前集卷五十引冷齋夜話：少游小詞奇麗，想見其神情在絳闕、道山之間。詞曰……（略）余兄思禹使余賦崔徽頭子詞，因次韻曰：「半身屏外，睡覺唇紅退。春思亂，芳心碎。空餘簪髻玉，不見流蘇帶。試與問：今人秀韻誰宜對？湘浦曾同會，手弭青羅蓋。疑是夢，巾（原誤作「中」）猶在。十分春易盡，一點情難改。多少事，都隨恨遠連雲海。」

又同卷引後山詩話：王斿平甫之子，嘗云：今語例襲陳言，但能轉移耳。世稱秦詞「愁如海」爲新奇，不知李國主（明鈔本作「李後主」）已云「問君能有幾多愁？恰似一江春水向東流」。但以「江」爲「海」耳。

又後集卷三十三引復齋漫録：山谷守當塗日，郭功甫寓焉，日過山谷論文。一日，山谷云少游千秋歲詞，歎其句意之善，欲和之而「海」字難押。功甫連舉數「海」字，若「孔北海」之類。山谷頗厭，未有以卻之。次日，功甫又過山谷，問焉。山谷答曰：「昨晚偶尋得一『海』字韻。」功甫問其所以。山谷云：「羞殺人也爺娘海。」自是功甫不論文於山谷矣。蓋山谷用俚語以卻之。

又後集卷三十九：苕溪漁隱曰：古今詞話以古人好詞，世所共知者，易甲爲乙，稱其所作，仍隨其詞牽合爲説，殊無根蒂，皆不足信也。如秦少游千秋歲「水邊沙外，城郭春寒退」，末云「春去也，飛紅萬點愁如海」者，山谷嘗歎其句意之善，欲知之而以「海」字難押。陳無已言此詞用李後主「問君那有幾多愁，恰似一江春水向東流」，但以「江」爲「海」耳。洪覺範嘗和此詞，題崔徽真子云：「多少事，都隨恨遠連雲海。」晁無咎亦和此詞弔少游云：「重感慨，驚濤自卷珠沉海。」觀諸公所云，則此詞少游作明甚，乃以爲任世德所作。……皆非也。

宋曾季貍艇齋詩話：秦少游詞云：「春去也，落紅萬點愁如海。」今人多能歌此詞。方少游作此詞時，傳至余家丞相。丞相曰：「秦七必不久於世，豈有『愁如海』而可存乎？」已而少游果下世。少游第七，故云秦七。

又：少游「水邊沙外，城郭春寒退」詞，爲張芸叟作。有簡與芸叟云：「古者以代勞歌，此真所謂勞歌。」

宋陳郁藏一話腴甲集卷上：太白云：「請君試問東流水，別意與之誰短長？」江南李後主云：「問君還有幾多愁，恰似一江春水向東流。」略加融點，已覺精采。至寇萊公則謂「愁情不斷如春水」，少游云「落紅萬點愁如海」，青出於藍而勝於藍矣。

宋俞文豹吹劍録：李頎詩：「請量東海水，看取淺深愁。」李後主詞：「問君還有幾多愁，恰似一江春水向東流。」秦少游則三字盡之，曰：「落紅萬點愁如海。」而語益工。劉改之多景樓詩：「江流千古英雄淚，山掩諸公富貴羞。」一空前作矣。

宋劉克莊後村詩話續集卷一：秦少游嘗謫處州，後人摘「柳邊沙外」詞中語爲鶯花亭，題咏甚多。惟芮處士一絶云：「人言多技亦多窮，隨意文章要底工？淮海秦郎天下士，一生懷抱百憂中。」

宋羅大經鶴林玉露乙編卷一：詩家有以山喻愁者。杜少陵云：「憂端如山來，澒洞不可掇。」趙嘏云：「夕陽樓上山重疊，未抵春愁一倍多。」是也。有以水喻愁者，李頎云：「請量東海水，看取淺深愁。」李後主云：「問君都有幾多愁，恰似一江春水向東流。」秦少游云：「落紅萬點愁如海。」是也。賀方回云：「試問閑愁都幾許？一川煙草，滿城風絮，梅子黄時雨。」蓋以三者比愁之多也，尤爲新奇，兼興中有比，意味更長。

宋王楙野客叢書卷二十：後山詩話載：王平甫子斿謂秦少游「愁如海」之句，出於江南李後主「問君能有幾多愁，恰似一江春水向東流」之意。僕謂李後主之意又有所自，樂天詩曰：「欲識愁多少，高於灩澦堆。」劉禹錫詩曰：「蜀江春水拍山流……水流無限似儂愁。」得非祖此乎？則知好處前人皆已道過，後人但翻而用之耳。

明楊慎詞品卷二：秦少游謫處州日，作千秋歲詞，有「花影亂，鶯聲碎」之句，後人慕之，建鶯花亭。陸放翁有詩云：「沙上春風柳十圍，緑陰依舊語黄鸝。故應留與行人恨，不見秦郎半醉時。」

明沈際飛草堂詩餘正集卷二：「飄零疏酒盞」兩句，是漢魏人詩。○直用「一江春水向東流」

意而以「海」易「江」，裁長作短，人自莫覺。王平甫之子云：「今語例襲陳言，但能轉移」，太難爲作者。

清先著詞潔卷二：秦少游千秋歲後結「春去也」三字，要占勝前面，許多攢簇，在此收煞。「落紅萬點愁如海」，此七字銜接得力，異樣出精采。

清黄蘇蓼園詞選：按此乃少游謫虔州思京中友人而作也。起從虔州寫起，自寫情懷落寞也。「人不見」，即指京中友，故下闋直接「憶昔」四句。「日邊」，比京師也。「夢斷」、「顔改」、「愁如海」，俱自歎也。

清馮金伯詞苑粹編卷十九引毛氏唐宋詞韻互通説：宋秦太虚千秋歲用「隊」韻，辛稼軒沁園春用「灰」韻，皆渾用唐韻。由是觀之，唐詞亦可用宋韻，宋詞亦可用唐韻，自不必過判區畛耳。

清沈祥龍論詞隨筆：詞雖濃麗而乏趣味者，以其但知作情景兩分語，不知作景中有情，情中有景語耳。「雨打梨花深閉門」、「落紅萬點愁如海」，皆情景雙繪，故稱好句，而趣味無窮。

清沈雄古今詞話詞辨下卷：詞品曰：少游謫虔州日，作千秋歲云：「柳邊花外，城郭輕寒退。花影亂，鶯聲碎。飄零疏酒盞，離别寬衣帶。人不見，碧雲暮合空相對。」後人慕其「花影亂，鶯聲碎」句，建鶯花亭。覺範誦之，謂少游奇麗，歌詠之，想見其神情在絳闕、蓬壺之間。

俞陛雲唐五代兩宋詞選釋：夏閏庵云：「此詞以『愁如海』一語生色，全體皆振，乃所謂警句也。如玉田所舉諸句，能似此者甚罕。」少游殁於藤州，山谷過其地，追和此調以弔之。

龍榆生師研究詞學之商榷聲調之學：即在宋諸賢中，如秦觀之千秋歲（詞略），其聲情之悲抑，讀者稍加領會，即可得其「弦外之音」。其黄庭堅、李之儀、孔平仲諸家和詞（見歷代詩餘），亦皆哀怨。則千秋歲曲之爲悲調，可以推知。……細案此調之聲情悲抑在於叶韻甚密，而所叶之韻又爲「厲而舉」之上聲，與「清而遠」之去聲。其聲韻既促，又於不叶韻之句，亦不用一平聲字於句尾以調劑之，既失其雍和之聲，乃宜於悲抑之作。

## 踏莎行〔一〕

霧失樓臺，月迷津渡〔二〕，桃源望斷無尋處〔三〕。可堪孤館閉春寒〔四〕，杜鵑聲裏斜陽暮〔五〕。　驛寄梅花〔六〕，魚傳尺素〔七〕，砌成此恨無重數〔八〕。郴江幸自繞郴山〔九〕，爲誰流下瀟湘去〔一〇〕！

**【校記】**

〔調〕此首故宫本「山」字以下補鈔。吴本全篇補鈔。毛本、詞綜調下題作「郴州旅舍」。花庵調下注云：「東坡絶愛尾兩句。」故宫本有詞末附註：「坡翁絶愛此詞尾兩句，自書於扇云：『少游已矣，雖萬人何贖！』釋天隱注三體唐詩，謂此兩句實自『沅湘日夜東流去，不爲愁人住少時』變化。然邶之『毖彼泉水，亦流於淇』，已有此意。秦公蓋出諸此。又王直方詩話載黄山谷惜此詞『斜陽暮』意重，欲易之，未得其字。今郴志遂作『斜陽度』。愚謂此亦何害而病其重也，李太白『睠彼落日暮』，即『斜陽暮』也；劉禹錫『烏衣巷口夕陽斜』，杜工部『山木蒼蒼落日曛』，皆此意。别如韓文公紀夢詩『中有一人壯非少』，石鼓歌『安置妥帖平不頗』之類尤多，豈可謂之重耶？山谷當無此言；即誠出山谷，亦一時之言，未足爲定論也。」張本、李本、段本、鄧本、毛本、四庫本、金本、秦本詞末附注同此，唯毛本删去「亦一時之言」。

【箋注】

〔一〕據續資治通鑑長編補遺卷十四，紹聖四年丁丑（一〇九七）：「二月，郴州編管秦觀，移横州編管。」詔書到達之日，當在三月以後，此時少游作踏莎行，寫貶謫後心情。參見拙著秦少游年譜長編卷六。

〔二〕月迷津渡　謂月色昏暗，看不清渡口。「迷」與上句「失」字互文。津渡，即渡口。漢書趙充國傳：「有詔將八校尉與驍騎都尉、金城太守，合疏捕山間虜，通轉道津渡。」唐賈島送李餘及第歸蜀詩：「津渡逢清夜，途程盡翠微。」

〔三〕桃源　語出陶淵明桃花源記。桃源，漢臨沅縣地，屬武陵郡，隋唐時爲武陵縣，宋乾德中析置桃源縣，以其地有桃花源而得名，在今湖南常德西，今屬張家界市。此句寫「避世仙境」之不可得，并非實指。

〔四〕可堪句　可堪，那堪，哪裏禁受得住。詩詞曲語辭匯釋卷一「可（八）」：「可，猶豈也；那也……李商隱春日寄懷詩：『縱使有花兼有月，可堪無酒又無人。』可堪，那堪也。賀鑄清平樂詞：『楚城滿目春華，可堪游子思家。』義同上。」孤館，指郴州旅舍。

〔五〕杜鵑　一名杜宇、子規、鶗鴂、催歸，鳴聲凄厲，似「不如歸去」，易動離愁。唐白居易琵琶行：「其間旦暮聞何物，杜鵑啼血猿哀鳴。」又崔塗春夕詩：「胡蝶夢中家萬里，杜鵑枝上月三更。」

〔六〕驛寄梅花　漢劉向説苑：「越使諸發執一枝梅遺梁王，梁王之臣韓子曰：『惡有一枝梅乃遺列國之君乎！』」荆州記：「吴陸凱與范曄善，自江南寄梅花詣長安與曄，並贈詩曰：『折梅逢驛使，寄與隴頭人。江南無所有，聊贈一枝春。』」

〔七〕魚傳尺素　見卷上長相思（鐵甕城高）注〔一二〕。

〔八〕無重數　即無數重，因押韻而倒裝。

〔九〕郴江句　郴江，即郴水。讀史方輿紀要謂郴水在「州東一里，一名郴江，源發黄岑山，北流經此……下流會耒水及白豹水入湘江。」　幸自，詩詞曲語辭匯釋卷二：「幸，猶本也；正也。……幸自，本自也。」韓愈楸樹詩：「幸自枝條能樹立，可煩蘿蔓作交加。」温庭筠楊柳詩：「春來幸自長如綫，可惜牽纏蕩子心。」

〔一〇〕瀟湘　湘水在湖南零陵縣西與瀟水合流，稱瀟湘。以上二句似唐杜審言渡湘江詩：「獨憐京國人南去，不似湘江水北流。」而更爲婉曲含蓄。

**【彙評】**

宋黄庭堅山谷題跋：右少游發郴州回横州，顧有所屬而作，語意極似劉夢得楚蜀間詩也。

宋胡仔苕溪漁隱叢話前集卷五十引冷齋夜話：少游到郴州，作長短句云：「霧失樓臺……」（詞略）東坡絶愛其尾兩句，自書於扇，曰：「少游已矣，雖萬人何贖！」

又同卷引范元實詩眼：或問余：「東坡有言：『詩至於杜子美，天下之能事畢矣。』老杜之前，人固未有如老杜，後世安知無過老杜者？」余曰：「如『一片花飛減却春』，若詠落花，則語意皆盡。所以古人既未到，決知後人更無好語。如畫馬詩云：『玉花却在御榻上，榻上庭前屹相向。』則曹將軍能事與造化之功，皆不可以有加矣。至其他吟詠人情，模寫景物，皆如是也。」老杜謝嚴武詩云：「雨映行宮辱贈詩。」山谷云：「只此『雨映』兩字，寫出一時景物，此句便雅健。」余然後曉句中當無虛字。後誦淮海小詞云：「杜鵑聲裏斜陽暮。」公曰：「此詞高絶！但既云『斜陽』，又云『暮』，則重出也。」欲改「斜陽」作「簾櫳」，余曰：「既言『孤館閉春寒』，似無簾櫳。」公曰：「亭傳雖未必有簾櫳，有亦無害。」余曰：「此詞本寫牢落之狀。若曰『簾櫳』，恐損初意。」先生曰：「極難得好字，當徐思之。」然余因此曉句法不當重疊。

宋張端義貴耳集卷下：詩話謂「斜陽暮」語近重疊，或改「簾櫳暮」；既是「孤館閉春寒」，安得見所謂「簾櫳」？二説皆非。嘗見少游真本乃「斜陽樹」，後避廟諱，故改定耳。

宋周煇清波雜志卷九：秦少游發郴州，反顧有所屬，其詞曰：「霧失樓臺……（略）」山谷云：「語意極似劉夢得楚蜀間語。」「淚濕闌干花著露，愁到眉峯碧聚。此恨平分取，更無言語空相覷。

斷雨殘雲無意緒，寂寞朝朝暮暮。今夜山深處，斷魂分付潮回去。」毛澤民元祐間罷杭州法曹，至富陽所作贈別詞也，因是受知東坡。語盡而意不盡，意盡而情不盡，何酷似少游也！

宋張侃拙軒詞話：前輩論王羲之之作修禊叙徐案：即蘭亭序，不合用「絲竹管弦」。黄太史謂秦少游踏莎行末句「杜鵑聲裏斜陽暮」，不合用「斜陽」又用「暮」。此固點檢曲盡。孟氏亦有「鷄豚狗彘」之語，又云「豚」，又云「彘」，未免一物兩用。

宋何士信草堂詩餘：黄山谷以此詞「斜陽暮」爲重出，欲改「斜陽」爲「簾櫳」。余以「斜陽」屬日，「暮」屬時，未爲重複。坡公「回首斜陽暮」、周美成云「雁背斜陽紅欲暮」可證。

宋王楙野客叢書卷二十：詩眼載前輩有病少游「杜鵑聲裏斜陽暮」之句，謂「斜陽暮」似覺意重。僕謂不然，此句讀之，於理無礙。謝莊詩曰：「夕天際晚氣，輕霞澄暮陰。」一聯之中，三見晚意，尤爲重疊。梁元帝詩：「斜景落高春。」既言「斜景」，復言「高春」，豈不爲贅？古人爲詩，正不如是之泥。觀當時米元章所書此詞，乃是「杜鵑聲裏斜陽曙」，非「暮」字也。得非避廟諱而改爲「暮」乎？

元黄溍日損齋筆記：寶祐間，外舅王君仲芳隨宦至郴陽，親見其石刻，乃「杜鵑聲裏斜陽樹」。一時傳録者以「樹」字與英宗廟諱同音，故易以「暮」耳。

明楊慎詞品卷三：秦少游踏莎行「杜鵑聲裏斜陽暮」，極爲東坡所賞，而後人病其「斜陽暮」爲重複，非也。見斜陽而知日暮，非複也；猶韋應物詩：「須臾風暖朝日暾。」既曰「朝日」，又曰「暾」，當亦爲宋人所譏矣。此非知詩者。古詩「明月皎夜光」，「明」、「皎」、「光」，非複乎？李商隱詩「日向花間留返照」，皆然。又唐詩：「青山萬里一孤舟。」又：「滄溟千萬里，日夜一孤舟。」宋人亦言「一孤舟」爲複，而唐人累用之，不以爲複也。

明楊慎批草堂：古人有謂「斜陽暮」三字重出，然因「斜陽」而知日暮，豈得爲重出乎？末二句與「衡陽猶有雁傳書，郴陽和雁無」同意。

明王世貞弇州山人詞評：「平蕪盡處是青山，行人更在青山外」，「郴江幸自遶郴山，爲誰流下瀟湘去」，此淡語之有情者也。

明張綖鄂州刻淮海居士長短句詞末附注：坡翁絶愛此詞尾二句，自書於扇曰：「少游已矣，雖萬人何贖！」釋天隱注三體唐詩，謂此二句實自「沅湘日夜東流去，不爲愁人住少時」變化。然邶之「毖彼泉水，亦流於淇」，已有此意，秦公蓋出諸此。又王直方詩話載黄山谷惜此詞「斜陽暮」意重，欲易之未得其字；今郴志遂作「斜陽度」。愚謂此亦何害而病其重也，劉禹錫「烏衣巷口夕陽斜」、杜工部「山木蒼蒼落日曛」，皆此意。別如韓文公「安置妥帖平不頗」之類尤多，豈可亦謂之重耶？山谷當無此言。即誠出山谷，亦一時之言，未足爲定論也。

明俞仲茅爰園詞話：周長卿(元)曰：古人好詞，即一字未易彈，亦未易改。子瞻「緑水人家遶」，別本「遶」作「曉」，爲古今詞話所賞。愚謂「遶」字雖平，然是實境，「曉」字無歸著，試通詠全章便見。少游「斜陽暮」，後人妄肆譏評，託名山谷，淮海集辨之詳矣。又有人親在郴州見石刻是「斜陽樹」，「樹」字甚佳，猶未若「暮」字。

明沈際飛草堂詩餘正集卷一：少游坐黨籍，安置郴州，謂郴江與山相守，而不能不流，自喻最悽切。

清王士禛花草蒙拾：「郴江幸自遶郴山，爲誰流向瀟湘去。」千古絶唱。秦殁後，坡公常書此於扇，云：「少游已矣，雖萬人何贖！」高山流水之悲，千載而下，令人腹痛！

清沈雄古今詞話詞話卷上：詞品曰：「少游踏莎行，爲郴州旅舍作也。」黄山谷曰：「此詞高絶，但斜陽暮爲重出。」欲改「斜陽」爲「簾櫳」。范元實曰：「只看『孤館閉春寒』，似無簾櫳。」山谷曰：「亭傳雖未必有，有亦無礙。」范曰：「詞本摹寫牢落之狀，若曰『簾櫳』，恐損初意。」今郴州志竟改作「斜陽度」，余以「斜」屬日，「暮」屬時，不爲累，何必改也。東坡「回首斜陽暮」，美成「雁背斜陽紅欲暮」，可法也。

又古今詞話詞辨卷上：古今詞話云：「霧失樓臺……」（略）少游踏莎行也。東坡獨愛其尾兩句。及聞其死，東坡曰：「少游已矣，雖萬人何贖！」黄山谷曰：「絕似劉賓客楚蜀間語。」

清趙翼陔餘叢考卷四十一：「缺月掛疏桐，漏斷人初静。誰見幽人獨往來？縹緲孤鴻影。驚起却回頭，有恨無人省。揀盡寒枝不肯棲，寂寞沙洲冷。」此東坡詞也。野客叢書記坡至惠州，居白鶴觀，其鄰温都監者，有女年十六，聞東坡至，欲嫁焉。坡夜吟咏，則其女徘徊窗外。坡後見之，正呼主説爲媒，適有海南之行，遂止。其女旋卒。坡回，聞之，乃作此詞以記當日情事也。又秦少游南遷，有妓生平酷愛秦學士詞，至是知其爲少游，請於母，願託以終身。少游贈詞，所謂「郴江幸自遶郴山，爲誰流向瀟湘去」者也。念時事嚴切，不敢偕往貶所。及少游卒於藤，喪還，將上長沙，妓前一夕得諸夢，即逆於途，祭畢，歸而自縊。按二公之南，皆逐客，且暮年矣，而諸女甘爲之死，可見二公才名震爍一時；且當時風尚，女子皆知愛才也。

清吴衡照蓮子居詞話卷二：秦少游姬人邊朝華極慧麗，恐礙學道，賦詩遣之，白傅所謂「春隨樊素一時歸」也。未幾南遷過長沙，有妓生平酷慕少游詞，至是託終身焉。少游有「郴江幸自遶郴山，爲誰流下瀟湘去」云云，繾綣甚至。豈情之所屬，遽忘其前後之矛盾哉？藉令朝華聞之，又何以爲情？及少游卒於藤，喪還，妓自縊以殉。此女固出婁琬、陶心兒上矣。

清宋翔鳳樂府餘論：（以「斜陽暮」）分屬日、時，則尚欠明晰。説文：「莫，日且冥也，從日在草中。」今作暮者俗。是「斜陽」爲日斜時，「暮」爲日入時；言自日昃至暮，杜鵑之聲，亦云苦矣。山谷未解「暮」字，遂生轇轕。

清徐釚詞苑叢談卷三：秦少游踏莎行云……（詞略）東坡絶愛尾二句，余謂不如「杜鵑聲裏斜陽暮」，尤堪腸斷。

清鄧廷楨雙硯齋詞話：紹聖元年，紹述議起，東坡貶黄州，尋謫惠州，子由、魯直相繼罷去，少游亦坐此南遷，作踏莎行云……（詞略）東坡讀之嘆曰：「吾負斯人！」蓋古人師友之際，久要不忘如此。

清黄蘇蓼園詞選：按少游坐黨籍，安置郴州，前一闋是寫在郴望想玉堂天上，如桃源不可尋，而自己意緒無聊也。次闋言書難達意，自己同郴水自遶郴山，不能下瀟湘以向北流也。語意淒切，亦自蘊藉，玩味不盡。「霧失」、「月迷」，總是被讒寫照。

王國維人間詞話：有有我之境，有無我之境。「淚眼問花花不語，亂紅飛過秋千去」、「可堪孤館閉春寒，杜鵑聲裏斜陽暮」，有我之境也。「采菊東籬下，悠然見南山」、「寒波淡淡起，白鳥悠悠下」，無我之境也。有我之境，以我觀物，故物皆著我之色彩。無我之境，以物觀物，故不知何者爲我，何者爲物。

又：境界有大小，然不以是而分高下。「細雨魚兒出，微風燕子斜」，何遽不若「落日照大旗，馬鳴風蕭蕭」；「寶簾閑挂小銀鉤」，何遽不若「霧失樓臺，月迷津渡」也！

又：少游詞境最爲淒婉，至「可堪孤館閉春寒，杜鵑聲裏斜陽暮」，則變而爲淒厲矣。東坡賞其後二語，猶爲皮相。

又：「風雨如晦，鷄鳴不已。」「山峻高以蔽日兮，下幽晦以多雨；霰雪紛其無垠兮，雲霏霏而承宇。」「樹樹皆秋色，山山盡落暉。」「可堪孤館閉春寒，杜鵑聲裏斜陽暮。」氣象皆相似。

陳匪石宋詞舉評此詞：蓋自寫羈愁，造境既佳，造語尤雋永有味，實從晏氏父子出者。釋天隱云：末二句從「沅湘日夜東流去，不爲愁人住少時」變化而出。徐按：少游江城子結拍曰：「便做春江都是淚，流不盡，許多愁。」虞美人結拍曰：「争奈無情江水不西流。」阮郎歸結拍曰：「衡陽猶有雁傳書，郴陽和雁無。」同一心境，同一妙句，而江城子、虞美人清新，阮郎歸老辣，惟此詞超脱渾厚，宜東坡愛不忍釋也。

唐圭璋唐宋詞簡釋：此首寫羈旅，哀怨欲絶。起寫旅途景色，已有歸路茫茫之感。「可堪」兩句，景中見情，精深高妙。所處者「孤館」，所感者「春寒」，所聞者「鵑聲」，所見者「斜陽」，有一於此，已令人生愁，況并集一時乎！不言愁而愁自難堪矣。

龍榆生師蘇門四學士詞秦觀：作者千回百折之詞心，始充分表現於行間字裏，不辨是血是淚，……蓋少游至此，已掃盡綺羅薌澤之結習，一變而爲愴惻悲苦之音矣。

## 蝶戀花

曉日窺軒雙燕語，似與佳人，共惜春將暮。屈指豔陽都幾許〔一〕，可無時霎閑風雨〔二〕。流水落花無問處〔三〕，只有飛雲，冉冉來還去。持酒勸雲雲且住，憑君礙斷春歸路〔四〕。

【校記】

〔調〕此首故宫本、吴本皆補鈔。沈本草堂續集題作「春情」。〔閑風雨〕吴本及故宫本作「間風雨」，誤。

【箋注】

〔一〕都　算來。唐白居易解蘇州自喜詩：「身兼妻子都三口，鶴與琴書共一船。」宋柳永鶴沖天詞：「青春都一餉，忍把浮名，换了淺斟低唱。」宋僧仲殊夏雲峯詞：「都幾日陰沈，連宵慵困，起來韶華都盡。」

〔二〕時霎　即霎時，依詞律倒裝。

〔三〕流水落花　南唐李煜浪淘沙詞：「流水落花春去也，天上人間。」此句「無問處」，即無法問春之去處。

〔四〕持酒二句　宋張先天仙子詞：「水調數聲持酒聽，午醉醒來愁未醒。送春春去幾時回？臨晚鏡，傷流景。」此二句亦問春、傷春之意，唯借勸雲以表達之，尤爲婉曲耳。蘇軾亦嘗用此手法，其虞美人云：「持杯遥勸天邊月，願月圓無缺。持杯復更勸花枝，且願花枝常在莫離披。」

**【彙評】**

明沈際飛草堂詩餘續集：（起句）刻削。（結句）鑿空奇語。

明錢允治類編箋釋續選草堂詩餘卷上：閑風閑雨，固不如浮雲之礙高樓也。

明卓人月古今詞統卷九：（末二句）鑿空奇語。周美成「憑斷雲、留取西樓殘月」，似之。

## 一落索

楊花終日空飛舞，奈久長難駐。海潮雖是暫時來，却有箇堪憑處〔一〕。紫府碧雲爲路〔二〕，好相將歸去〔三〕。肯如薄倖五更風〔四〕，不解與花爲主。

**【校記】**

〔調〕此首故宫本、吴本皆補鈔。〔空飛舞〕故宫本、李本、四庫本、王本作「飛空舞」，誤。詞律拾遺、毛本脱「空」字。案依詞律首句多一「空」字，當係又一體，與黄庭堅「誰道秋來煙景素」一首同。

**【箋注】**

〔一〕海潮二句　李益江南曲：「嫁得瞿塘賈，朝朝誤妾期。早知潮有信，嫁與弄潮兒。」尊前集白居易浪淘沙詞：「借問江潮與海水，何似君情與妾心。相恨不如潮有信，相思始覺海非深。」此用其意，謂潮來有信，人會無憑。

〔二〕紫府　指仙宫。抱朴子祛惑：「項曼都學仙，十年而歸，曰：『在山精思，有仙人來迎；及到天上，先過紫府，金牀玉几，晃晃昱昱，真貴處也！』」唐駱賓王送王明府參選詩：「振衣遊紫府，飛蓋背青田。」參見拙著淮海集箋注卷六精思箋注。

〔三〕相將　詩詞曲語辭匯釋卷三：「相將，猶云相與或相共也。孟浩然春情詩：『已厭交歡憐枕席，相將游戲繞池臺。』令狐楚春游曲：『相將折楊柳，爭取最長條。』李賀官街鼓詩：『幾回天上葬神仙，漏聲相將無斷絶。』王琦注：『將，猶隨也。』」又李清照打馬賦：「老矣誰能志千里，但願相將過淮水。」皆相與義。

〔四〕肯如　宋楊萬里聞一二故人相繼而逝詩：「我福肯如郭，我德敢望顔？」詩詞曲語辭匯釋卷二：「肯如，豈如也，言豈如郭汾陽之福也。」此處意猶無奈。

## 醜奴兒〔一〕

夜來酒醒清無夢，愁倚闌干。露滴輕寒，雨打芙蓉淚不乾〔二〕。　佳人別後音塵悄〔三〕，瘦盡難拚〔四〕。明月無端，已過紅樓十二間〔五〕。

**【校記】**

〔調〕此首故宫本、吴本皆補鈔。毛本作「採桑子」，調下注云：「元刻醜奴兒。」宋本山谷琴趣外編卷三亦載此詞，注云：「此詞，或者爲秦少游所作，而公集中亦載，以是姑兩存之。」　〔雨打〕宋紹熙間謝雩修本淮海詞作

「兩行」，誤。　〔十二間〕故宮本作「十二閒」，誤。

【箋注】

〔一〕此首寫月夜離愁，疑作於早期。

〔二〕芙蓉　荷花，借喻面容。白居易長恨歌：「芙蓉如面柳如眉，對此如何不淚垂。」

〔三〕音塵　消息。謝莊月賦：「美人邁兮音塵闕，隔千里兮共明月。」花間集韋莊清平樂詞：「春愁南陌，故國音塵隔。」

〔四〕瘦盡句　謂別後因相思而瘦損，然猶難擯棄此念也。拚，舍棄。宋時俗語。柳永晝夜樂詞：「早知恁地難拚，悔不當時留住。」

〔五〕明月二句　謂明月無情，匆匆過去。無端，無因，没來由，埋怨之辭。楚辭宋玉九辯：「蹇充倔而無端兮，泊莽莽而無垠。」注：「媒理繼絶，無因緣也。」引申爲無緣無故。唐李商隱爲有詩：「無端嫁得金龜婿，辜負香衾事早朝。」紅樓十二間，十二樓本爲神仙住所，漢書郊祀志：「方士有言黄帝時爲五城十二樓，以候神人，名曰迎年。」應劭注：「昆侖玄圃五城十二樓，仙人之所常居。」此喻紅樓之宏麗。

【彙評】

明長湖外史輯沈際飛參閲續編草堂詩餘：「瘦盡難拚」，切情。忽有此境，不是語言文字。

類編箋釋續選草堂詩餘卷上：芙蓉經雨，清淚如滴，離恨可知。

# 南鄉子〔一〕

妙手寫徽真，水剪雙眸點絳脣〔二〕。疑是昔年窺宋玉，東鄰，只露牆頭一半身〔三〕。

往事已酸辛，誰記當年翠黛顰？盡道有些堪恨處〔四〕，無情，任是無情也動人〔五〕。

【校記】

〔調〕此首故宮本補鈔，吴本唯「任是無情也動人」七字爲宋版，餘補鈔。

【箋注】

〔一〕此首係題崔徽半身像。據王文誥蘇文忠公詩編注集成卷十六，蘇軾元豐元年（一〇七八）知徐州時，作有章質夫寄惠崔徽真，詩云：「玉釵半脱雲垂耳，亭亭芙蓉在秋水。」宋施元之注：「元微之崔徽傳云：蒲女也，裴敬中使蒲，徽一見動情，不能忍。敬中使回，徽以不得從爲恨。久之，成疾，寫真以寄裴，且曰：『崔徽一旦不及畫中人矣！』元微之作崔徽歌，世有伊州曲，蓋採其歌成之也。」真，畫像也。所謂崔徽傳，實爲元稹崔徽歌之序。此序元氏長慶集不載，見全唐詩卷四二三，施注稍有出入，本書卷下調笑令十首崔徽全文徵引，可以參看。又蘇軾在徐州作有百步洪，其二起句云「佳人未肯回秋波」，施注亦引元微之崔徽歌云：「眼明正似琉璃瓶，心蕩秋水橫波清。」（此二句全唐詩已佚）皆可證此時蘇軾確實收到章質夫所寄崔徽之畫像。此像非徽自寫，乃託丘夏所作，見元稹序。考是歲夏四月，少游謁東坡於徐州，盤桓甚久，當於此時得睹崔徽之像，因而賦此詞。參見拙著秦少游年譜長編上册卷二。又與少游同時而稍後之覺範(僧惠洪)有和少游千秋歲以題崔徽真字，上闋云：「半身屏外，睡覺唇紅退。春思亂，芳心碎。試與問，今人秀韻誰與對？」亦描繪像上崔徽之形象，可參看。

〔二〕水剪雙眸 李賀唐兒歌：「一雙瞳人翦秋水。」瞳人，即眸子。蓋崔徽之像傳神阿堵盡在眉眼，故元稹有「眼明」「秋水」之喻，而東坡亦稱之曰：「亭亭芙蓉在秋水」、「佳人未肯回秋波。」

〔三〕疑是三句 宋玉登徒子好色賦：「天下之佳人，莫若楚國。楚國之麗者，莫若臣里。臣里之美者，莫若東家之子：增之一分則太長，減之一分則太短；著粉則太白，施朱則太赤；眉如翠羽，肌如白雪；嫣然一笑，惑陽城，迷下蔡。然此女登牆窺臣三年，至今未許也。」

〔四〕盡道句：盡道，儘管是。詩詞曲語辭匯釋卷四：「道，猶是也。」堪恨處，指戀人裴敬中由蒲州使還，崔徽以「不得從爲恨」，參見注〔一〕。

〔五〕任是句 唐羅隱牡丹詩：「若教解語能傾國，任是無情也動人。」此指崔徽對裴敬中的痴情。

## 醉桃源〔一〕

碧天如水月如眉〔二〕，城頭銀漏遲〔三〕。緑波風動畫船移，嬌羞初見時。銀燭暗，翠簾垂，芳心兩自知。楚臺魂斷曉雲飛，幽懽難再期〔四〕。

【校記】

〔調〕調下原注：「以阮郎歸歌之亦可。」此首故宮本補鈔，調下附注云：「即阮郎歸。」張本、李本、秦本同。毛本調下附注云：「元刻醜奴兒。」四庫本附注云：「即醜奴兒。」徐案：以上二注皆誤。醜奴兒乃採桑子。此調乃阮郎歸也。

【箋注】

〔一〕此首寫初次幽會時之豔情，似早年作於揚州以應歌。

〔二〕碧天句　唐温庭筠瑶瑟怨：「冰簟銀床夢不成，碧天如水夜雲輕。」宋謝逸千秋歲：「人散後，一鈎淡月天如水。」詞境似之。

〔三〕城頭句　城頭，似指揚州城頭。　銀漏，古代計時器，亦名「漏壺」、「玉漏」，多以銅製，凡四隻，上下疊置。最上者貯水，逐次下滴。第四隻中置一直立浮標，上刻十二時辰，視水位漸次升高之位置，可知時刻。

〔四〕楚臺二句　楚臺，楚王臺。宋玉高唐賦序：「昔者楚襄王與宋玉游於雲夢之臺，望高唐之觀，其上有雲氣，崪兮直上，忽兮改容，須臾之間，變化無窮。王問玉曰：『此何氣也？』玉對曰：『所謂朝雲者也。』王曰：『何謂朝雲？』玉曰：『昔者先生嘗游高唐，怠而晝寢，夢見一婦人曰：「妾巫山之女也，爲高唐之客，聞君過高唐，願薦枕席。」王因幸之。去而辭曰：「妾在巫山之陽，高丘之阻，旦爲朝雲，暮爲行雨，朝朝暮暮，陽臺之下。」旦朝視之，如言。』」曉雲，即朝雲。以上二句謂幽會後與情侶分離，後會無期。

# 河傳二首〔一〕

亂花飛絮，又望空鬭合〔二〕，離人愁苦。那更夜來，一霎薄情風雨。暗掩將，春色去。籬枯壁盡因誰做〔三〕？若說相思，佛也眉兒聚〔四〕。莫怪爲伊，底死縈腸惹肚〔五〕。爲没教，人恨處。

【校記】

〔調〕此首故宫本補鈔。

【箋注】

〔一〕淮海集卷十一有留別平闍黎詩一首，云：「緣盡山城且不歸，此生相見了無期。保持異日蓮花上，重說如今結社時。」篇末自注云：「紹聖元年，觀自國史編修官蒙恩除館閣校勘，通判杭州，道貶處州，管庫三年，以不職罷。將自青田以歸，因往山寺中，修懺日書絕句於住僧房壁。」在少游修懺於處州法海寺期間，朝廷遣使承望風指，候刺過失，卒無所得。遂以謁告寫佛書爲罪，再次削秩徙郴州。詞云「佛也眉兒聚」，可能與山寺有關。又云「那更夜來，一霎薄情風雨。暗掩將，春色去」，蓋喻情勢突變，境遇更爲險惡之意。據此，此詞似作於紹聖三年丙子（一〇九六）暮春。

〔二〕亂花二句　亂花，指漫天飛舞之落花。　望空，向空中。　鬭合，猶拼湊合攏。詩詞曲語辭匯釋卷二：

「鬬，猶湊也；　拼也；　合（入聲）也。合如合藥、合金之合。李賀梁臺古意詩：『臺前鬥玉作蛟龍，緑粉掃天愁露濕。』王琦注：『木石鑲榫合縫之處謂之鬬。』……史介翁菩薩蠻詞：『柳絲輕颺黄金縷，織成一片紗窗雨。鬬合做春愁，困慵熏玉篝。』」并引此詞爲證。

〔三〕籬枯壁盡　謂籬壁間物已經枯盡。世説新語排調：「桓玄素輕桓崖。崖在京下有好桃，玄連就求之，遂不得佳者。玄與殷仲文書以爲嗤笑曰：『德之休明，肅慎貢其楛矢；如其不爾，籬壁間物亦不可得也。』」後世遂以「籬壁間物」謂家園中花木及所産之物。李漢老漢宮春詞：「雪打風吹，正籬枯壁盡，却有寒梅。」

〔四〕眉兒聚　即皺眉。此句以佛爲喻，狀相思之苦。宋毛滂惜分飛詞：「淚濕闌干花著露，愁到眉峯碧聚。」

〔五〕底死　通抵死。詩詞曲語辭匯釋卷一：「抵死，……亦猶云終究或老是也。……亦作底死。柳永滿江紅詞：『不會得都來些子事，甚恁底死難拚棄。』此終究義。」

## 其二

恨眉醉眼，甚輕輕覷著〔一〕，神魂迷亂。常記那回，小曲闌干西畔。鬢雲鬆，羅襪剗〔二〕。丁香笑吐嬌無限〔三〕，語軟聲低，道我何曾慣〔四〕。雲雨未諧〔五〕，早被東風吹散。悶損人，天不管。

【校記】

〔其二〕此首故宮本補鈔。張本、李本、段本、毛本、四庫本、黄本、王本、秦本俱作「又」。　〔覷著〕詞律卷六作「戲著」，誤。　〔悶損〕王本作「瘦殺」。

【箋注】

〔一〕甚　詩詞曲語辭匯釋卷二：「甚，猶是也；　正也；　真也。詞中每用以領句，與甚麼之甚作怎字、何字義者異。……楊樵雲滿庭芳詞詠影：『甚徘徊窺鏡，交翼鸞文。』甚徘徊云云，猶云是徘徊云云也。」

〔二〕羅襪剗　僅穿襪子履地行走。剗，只、僅。詩詞曲語辭匯釋卷四：「剗，猶只也。……李後主菩薩蠻詞：『剗襪下香階，手提金縷鞋。』惟其提鞋於手中，則著襪而行，故曰剗襪也，言只有襪也。」歐陽修南鄉子詞：「遺下弓弓小綉鞋，剗襪重來。」

〔三〕丁香　又名鷄舌香，其花蕾與果實，曬乾後有辛郁香味。宋沈括夢溪筆談藥議：「三省故事：郎官日含鷄舌香，欲其奏事對答，其氣芬芳。」南唐李煜一斛珠詞：「向人微露丁香顆，一曲清歌，暫引櫻桃破。」丁香喻舌，櫻桃喻口。

〔四〕語軟　語音柔美。雲謡集雜曲子無名氏傾盃樂詞：「觀艶質，語軟言輕。」宋史達祖雙雙燕詠燕詞：「還相雕梁藻井，又軟語商量不定。」

〔五〕雲雨未諧　謂幽歡未洽。意猶柳永曲玉管詞：「暗想當初，有多少幽歡佳會，豈知聚散無期，翻成雨恨雲愁。」參見卷中醉桃源注〔四〕。

【彙評】

宋黄庭堅河傳序：　有士大夫家歌秦少游「瘦殺人，天不管」之曲，以好字易瘦字，戲爲之作。

詞云：「心情老懶。對歌對舞，猶是當時眼。巧笑靚妝，近我衰容華鬢。似扶著，賣卜算。思量好箇當年見。催酒催更，只怕歸期短。飲散燈稀，背鎖落花深院。好殺人，天不管。」

清萬樹詞律卷六：按山谷亦有此調，尾句「好殺人，天不管」。自注云：「因少游詞，戲以『好』字易『瘦』字。」是此秦詞尾句，該是「瘦殺人」矣。「那」字「未」字，去聲起調，黄用「燈」字，不及也。又前「甚輕輕」下九字，黄作「對歌對舞、猶是當時眼」，與秦異。

清李調元雨村詞話卷一：萬氏詞律河傳詞末句云：「悶損人，天不管。」山谷和秦尾句云：「好殺人，天不管。」自注云：「因少游詞，戲以『好』字易『瘦』字。」是秦詞應作「瘦殺人」。今刊本皆作「悶損人」，蓋未見山谷詞也。然巧拙亦於此一字見之，黄九不敵秦七，亦是一證。

## 浣溪沙五首

漠漠輕寒上小樓〔一〕，曉陰無賴似窮秋〔二〕，澹煙流水畫屏幽。　自在飛花輕似夢，無邊絲雨細如愁，寶簾閑掛小銀鈎〔三〕。

**【校記】**

〔調〕故宫本補鈔。毛本調下附注：「此首或刻歐陽永叔。」黄本勾去此附注。　〔似窮秋〕彊村本作「是窮秋」，非。

【箋注】

〔一〕漠漠　廣漠無聲貌。荀子解蔽：「聽漠漠以爲哅哅。」楊倞注：「漠漠，無聲也。」唐韓愈同水部張員外曲江春游詩：「漠漠輕陰晚自開，青天白日映樓臺。」宋謝逸踏莎行：「輕寒漠漠侵鴛被。」似本此。

〔二〕曉陰句　無賴，猶無奈。三國志華佗傳：「彭城夫人夜之厠，蠆螫其手，呻呼無賴。」轉爲煩擾、憎惡之語。梁徐陵烏栖曲：「唯憎無賴汝南鷄，天河未落猶争啼。」　窮秋，晚秋。梁鮑照代白紵曲：「窮秋九月荷葉黄，北風驅雁天雨霜。」又庾信秋日詩：「蒼茫望落景，羈旅對窮秋。」

〔三〕寶簾句　樂府雅詞卷下曹元寵鷓鴣天詞：「千門不敢垂簾看，總上銀鈎等駕來。」相比則不如此詞之雅淡。

【彙評】

明沈際飛續編草堂詩餘：「窮秋」句，鄙。錢功父曰「佳」，可見功父於此道茫然。後疊精研，奪南唐席。

世經堂康熙十七年殘本詞綜卷六「漠漠輕寒上小樓」調下批語：「自在」二句，何減「無可奈何花落去」二句。似花間。

清陳廷焯詞則大雅集卷二：宛轉幽怨，温韋嫡派。

梁令嫻藝蘅館詞選「自在」二句眉批：家大人徐案：指梁啓超云：「奇語！」

王國維人間詞話：境界有大小，不以是而分優劣。「細雨魚兒出，微風燕子斜」，何遽不若「落日照大旗，馬鳴風蕭蕭」？「寶簾閑挂小銀鈎」，何遽不若「霧失樓臺，月迷津渡」也？

俞陛雲唐五代兩宋詞選釋：清婉而有餘韻，是其擅長處。此調凡五首，此首最勝。

吴梅詞學通論第七章概論二北宋人詞略：浣溪沙云：「自在飛花輕似夢，無邊絲雨細如愁。」此等句皆思路沉着，非如蘇詞之振筆直書也。北宋詞家以縝密之思，得遒煉之致者，惟方回與少游耳。

唐圭璋唐宋詞簡釋：此首，景中見情，輕靈異常。上片起言登樓，次怨曉陰，末述幽境。下片兩對句，寫花輕雨細，境更微妙。「寶簾」句，唤醒全篇。蓋有此一句，則簾外之愁境與簾内之愁人，皆分明矣。

龍榆生師蘇門四學士秦觀：而後闋徐案：指此篇尤饒弦外之音，讀之令人黯然難以爲懷，所謂「融情景於一家，會句意於兩得」者。北宋諸賢，除晏小山、賀方回，未易仿佛其境界。

沈祖棻宋詞賞析：過片一聯，正面形容春愁。它將細微的景物與幽渺的感情極爲巧妙而和諧地結合在一起，使難以捕捉的抽象的夢與愁成爲可以接觸的具體形象。……他不説夢似飛花，愁如絲雨，而説飛花似夢，絲雨如愁，也同樣很新奇。

## 其二

香靨凝羞一笑開，柳腰如醉暖相挨〔一〕，日長春困下樓臺。照水有情聊整鬢〔二〕，倚欄無緒更兜鞋〔三〕，眼邊牽繫懶歸來。

【校記】

〔其二〕此首吳本、故宮本皆補鈔。張本、段本、鄧本、李本、毛本、四庫本、黄本、王本、金本、秦本皆作「又」。毛本調下附注：「亦刻歐陽永叔。」黄本鈎去此附注。〔春困〕毛本作「人困」，非。〔牽繫〕吳本、故宮本、張本、李本、段本、鄧本、毛本、王本、金本、秦本及四庫本均作「牽恨」，誤。

【箋注】

〔一〕香靨句　宋柳永擊梧桐詞：「香靨深深，姿姿媚媚，雅格奇容天與。」又：促拍滿路花：「香靨融春雪，翠鬢嚲秋烟，楚腰纖細正笄年。」

〔二〕照水句　五代皇甫松天仙子：「躑躅花開紅照水。」樂府雅詞卷中舒信道菩薩蠻次張秉道韻詞：「照水花枝短。」又葉少藴鷓鴣天十二月二十一日同許幹譽賞梅詞：「不怕微霜點玉肌，恨無流水照冰姿。」此則用以照人，皆富於情韻。

〔三〕兜鞋　鞋後跟脱落，以手拔起。宋向子諲鷓鴣天詞：「垂玉筯，下香階，憑肩小語更兜鞋。」呂渭老思佳客詞：「微開笑語兜鞋急，遠有燈光掠鬢遲。」頗似此詞。

【彙評】

明沈際飛續編草堂詩餘：上句妙在「照水」，下句妙在「兜鞋」，即令閨人自模，恐未到。

清賀貽孫詩筏：詩語可入填詞，如詩中「楓落吳江冷」、「思發在花前」、「天若有情天亦老」等句，填詞屢用之，愈覺其新。獨填詞語無一字可入詩料，雖用意稍同，而造語迥異。如梁邵陵王綸見姬人詩：「却扇承枝影，舒衫受落花」，與秦少游詞「照水有情聊整鬢，倚欄無語更兜鞋」，同一意致。然邵陵語可入填詞，少游語絶不可以入詩，賞鑒家自知之。

## 其三

霜縞同心翠黛連〔一〕，紅綃四角綴金錢〔二〕，惱人香爇是龍涎〔三〕。　枕上忽收疑是夢，燈前重看不成眠〔四〕，又還一段惡因緣。

**【校記】**

〔其三〕此首故宫本、吴本皆補鈔。張本、李本、段本、鄧本、毛本、四庫本、黄本、王本、金本、秦本作「又」。

**【箋注】**

〔一〕霜縞句　霜，素白色。縞，未經染色的生絹。此處疑指紗厨（帳子）。同心，同心結，用以象徵堅貞的愛情。梁武帝有所思：「腰中雙綺帶，夢爲同心結。」

〔二〕紅綃句　古詩孔雀東南飛：「紅羅複斗帳，四角垂香囊。」詞意似之。

〔三〕惱人句　香爇，即燃香。龍涎，名貴香料。宋張世南游宦紀聞卷七：「諸香中，龍涎最貴重，廣州市直，每兩不下百千，次等亦五六十千，係蕃中禁榷之物，出大食國。近海傍常有雲氣罩山間，即知有龍睡其下。或半載，或二三載，土人更相守視。俟雲散，則知龍已去，往觀必得龍涎，或五七兩，或十餘兩。……予嘗叩泉廣合香人，云：龍涎入香，能收斂腦麝氣，雖經數十年，香味仍在。」徐案：龍涎實爲香鯨腸胃病態分泌物，類似結石，從鯨體内排出，漂浮於海面或沖至岸上，然後爲人所得。

〔四〕枕上二句　杜甫羌村詩：「夜闌更秉燭，相對如夢寐。」晏幾道鷓鴣天詞：「今宵賸把銀釭照，猶恐相逢是夢中。」詞境似之。

## 其四

脚上鞋兒四寸羅，脣邊朱粉一櫻多〔一〕，見人無語但回波〔二〕。　料得有心憐宋玉〔三〕，只應無奈楚襄何〔四〕，今生有分共伊麽？

**【校記】**

〔其四〕此首吴本、故宫本皆補鈔。張本、李本、段本、鄧本、毛本、四庫本、黄本、王本、金本、秦本作「又」。徐案：唐圭璋詞學論叢二考證三五八頁云：「案此山谷詞，見藝苑雌黄。有本事謂黄魯直過瀘，瀘帥命寵姬盼盼侑觴，魯直贈以浣溪沙云云。又青泥蓮花記引古今詞話，亦謂此詞乃魯直過瀘南贈盼盼作。惟又見秦觀淮海集，或流傳之誤也。」徐案：淮海集刊於宋孝宗乾道九年癸巳(一一七三)，此本國内早佚，現存日本内閣文庫，唐老似未見此本，僅以古今詞話、藝苑雌黄，恐不足據。今馬興榮、祝振玉校注山谷詞(宋詞別集叢刊)校以宋乾道刊類編增廣黄先生大全文集及四部叢刊影宋本山谷琴趣外編，皆無此詞；唯於補遺中據古今詞話收之，益證作黄詞之可疑，當以少游作爲是。參見以下「彙評」胡仔語。

【箋注】

〔一〕一櫻多　謂脣略大於櫻桃。本事詩事感二：「白居易姬人樊素善歌，妓人小蠻善舞，嘗爲詩曰：『櫻桃樊素口，楊柳小蠻腰。』」

〔二〕回波　回眸。波，秋波，喻女性眼光。

〔三〕宋玉　戰國楚辭賦家，或説是屈原弟子，曾事楚頃襄王爲大夫。

〔四〕楚襄　即楚頃襄王。宋玉神女賦：「楚襄王與宋玉遊於雲夢之浦，使玉賦高唐之事。其夜王寢，果夢與神女遇，其狀甚麗。」李商隱席上贈人詩：「料得也應憐宋玉，只應無奈楚襄王。」以上二句本此。

【彙評】

趙萬里校輯宋金元人詞引楊偍古今詞話：涪翁過瀘南，瀘帥留府會，有官妓盼盼，性頗聰慧，帥嘗寵之。涪翁贈浣溪沙曰：「脚上鞋兒四寸羅，脣邊朱麝一櫻多。……（略）」盼盼拜謝，涪翁令唱詞侑觴。盼盼唱惜花容曰：「少年看花雙鬢緑，走馬章臺管弦逐。而今老更惜花深，終日看花看不足。座中美女顔如玉。爲我一歌金縷曲。歸時壓得帽簷攲，頭上春風紅簌簌。」涪翁大喜。

宋胡仔苕溪漁隱叢話後集卷三十九：古今詞話以古人好詞世所共知者，易甲爲乙，稱其所作，仍隨其詞牽合爲説，殊無根蒂，皆不足信也。……又八六子「倚危亭，恨如芳草，萋萋剗盡還生」者，浣溪沙「脚上鞋兒四寸羅」者，二詞皆見淮海集。乃以八六子爲賀方回作，以浣溪沙爲涪翁作……皆非也。

## 其五

錦帳重重捲暮霞，屏風曲曲鬭紅牙〔一〕，恨人何事苦離家。　枕上夢魂飛不去，覺來紅日又西斜，滿庭芳草襯殘花〔二〕。

### 【校記】

〔其五〕此首吳本、故宫本皆補鈔。張本、李本、段本、鄧本、毛本、四庫本、黄本、王本、金本、秦本皆作「又」。毛本調下附注：「或刻張子野。」非是。故宫本詞末附注云：「前段用元微之天台詩意，後段婉約有味，尾句尤含蓄深思。」張本、李本、段本、鄧本、四庫本、金本、秦本同。

### 【箋注】

〔一〕鬭紅牙　鬭，詩詞曲語辭匯釋卷二：「鬭，猶湊也；拼也；……秦觀浣溪沙詞：『錦帳重重卷暮霞，屏風曲曲鬭紅牙。』亦拼湊義。」紅牙，樂器名，即拍板，亦名牙板、檀板，因其色紅，故名。宋史錢俶傳：「太平興國三年，俶貢紅牙樂器二十二事。」

〔二〕滿庭句　唐吳融廢宅詩：「幾樹好花閑白晝，滿庭芳草易黄昏。」

### 【彙評】

明徐渭評本眉批：好在景中有情。

清黄蘇蓼園詞選：沈際飛曰：「前人詩『夢魂不知處，飛過大江西』，此云『飛不去』，絶好翻用法。」按：「重重」「曲曲」，寫得柔情旖旎，方唤得下句「何事」字起；即第二闋「飛不去」，亦從此生出。寫閨情至此，意致濃深，大雅不俗。

## 如夢令五首

門外鴉啼楊柳〔一〕，春色著人如酒〔二〕。睡起熨沉香，玉腕不勝金斗〔三〕。消瘦，消瘦，還是褪花時候〔四〕。

**【校記】**

〔調〕此首吴本、故宫本皆補鈔。毛本作「憶仙姿」，調下附注云：「舊刻如夢令五闋，今增入二闋。」案所增者首句分别爲「門外緑陰千頃」「鶯嘴啄花紅溜」。〔鴉啼〕歷代詩餘作「鶯啼」，誤。

**【箋注】**

〔一〕門外句　李白楊叛兒詩：「何許最關人？烏啼白門柳。」李賀河南府試十二月樂詞九月：「鷄人唱罷曉瓏璁，鴉啼金井下疏桐。」

〔二〕春色句　唐李羣玉感春詩：「春情不可狀，艷艷令人醉。」詞意似之。著人，襲人。詩詞曲語辭匯釋卷三：「着，猶中也；襲也；惹或迷也。……賀鑄浣溪沙詞：『連夜斷無行雨夢，隔年猶有着人香。』此所云着人，猶云惹人或迷人也。秦觀如夢令詞云：『門外鴉啼楊柳，春色着人如酒。』李之儀謝池春詞：『着人滋味，真箇濃如酒。』……義均同上。」着，通著。

〔三〕睡起二句：言其嬌慵無力，提不起壓沉香的熨斗。

〔四〕褪花　指花之萎謝褪色。宋蘇軾蝶戀花詞：「花褪殘紅青杏小。」

【彙評】

宋胡仔苕溪漁隱叢話後集卷三十三：予又嘗讀李義山效徐陵體贈更衣云：「輕寒衣省夜，金斗熨沉香。」乃知少游詞「玉籠金斗，時熨沉香」，與夫「睡起熨沉香，玉腕不勝金斗」，其語亦有來歷處，乃知名人必無杜撰語。

明沈際飛續編草堂詩餘：憨怯甚。○末句止而得行，洩而得蓄。

清陳廷焯詞則大雅集卷二：起伏照應，六章如一章，仿佛飛卿菩薩蠻遺意。徐案：詞則另附「鶯嘴啄花紅溜」一章，故云「六章」。

## 其二〔一〕

遙夜沉沉如水，風緊驛亭深閉〔二〕。夢破鼠窺燈〔三〕，霜送曉寒侵被。無寐，無寐，門外馬嘶人起。

【校記】

〔其二〕此首吴本、故宫本皆補鈔。張本、李本、段本、鄧本、毛本、四庫本、黄本、王本、金本、秦本作「又」。沈本詩餘卷一題作「冬景」。〔遥夜〕沈本作「冬夜」，非。〔沉沉〕王本、詞綜、詞律、歷代詩餘均作「月明」，非。

【箋注】

〔一〕紹聖三年丙子（一〇九六），少游自處州再貶，冬季至郴陽道中，曾題一古寺壁，詩中有「飢鼠相追壞壁中」之句，與詞境頗相似；爾後詞人於郴州旅舍，又作踏莎行詞。此首亦寫驛亭苦況，當作於是年冬。

〔二〕驛亭　古代設於官道旁供官員和差役住宿、换馬的館舍。

〔三〕鼠窺燈　謂飢鼠欲偷吃燈盞中豆油。少游題郴陽道中一古寺壁詩其二：「哀歌巫女隔祠叢，飢鼠相追壞壁中。」宋辛棄疾清平樂獨宿博山王氏庵詞：「繞床飢鼠，蝙蝠翻燈舞。」情景皆相似。

【彙評】

清萬樹詞律卷二：「無寐」叠上二字（可仄）。趙長卿作第四句，「目斷行雲凝竚」下，即用「凝竚，凝竚」。雖亦有此格，然不多，不宜從也。

清杜文瀾詞律補注：按宋蘇軾詞注：此曲本唐莊宗製，名憶仙姿，嫌其名不雅，故改爲如夢令。蓋因此詞中有「如夢，如夢」疊句。萬氏未收莊宗原作，失校。

清陳廷焯詞則大雅集卷二：此章離别。

## 其三

幽夢怱怱破後，粧粉亂痕霑袖〔一〕。遥想酒醒來，無奈玉銷花瘦〔二〕。回首，回首，遶岸夕陽疎柳。

【校記】

〔其三〕此首吴本、故宫本皆補鈔。張本、李本、段本、鄧本、毛本、四庫本、黄本、王本、金本、秦本作「又」。

〔亂痕〕毛本作「亂紅」，非。

【箋注】

〔一〕粧粉句　唐白居易琵琶行：「夜深忽夢少年事，夢啼粧淚紅闌干。」詞境似之。

〔二〕玉銷花瘦　形容女子消瘦。唐韓偓思歸樂詩：「淚滴珠難盡，容殊玉易銷。」

【彙評】

明沈際飛草堂詩餘續集：「怱怱破」三字真，「玉銷花瘦」四字警。末句不可倒作首句，思之思之。

類編箋釋續選草堂詩餘卷上：「玉銷花瘦」句，語新奇。

明陸雲龍詞菁卷二眉批：奇麗。

清陳廷焯詞則大雅集卷二：（此章）別後。○（結句）映起句「門外鵶啼楊柳」。徐案：起句指第一首起句。

## 其四〔一〕

樓外殘陽紅滿，春入柳條將半。桃李不禁風，回首落英無限。腸斷，腸斷〔二〕，人共楚天俱遠〔三〕。

**【校記】**

〔其四〕此首吴本補鈔。張本、李本、段本、鄧本、毛本、四庫本、黄本、王本、金本、秦本作「又」。毛本調下附注：「或刻晏叔原。」沈本詩餘誤作晏叔原（晏幾道）詞。

**【箋注】**

〔一〕觀「人共楚天俱遠」句，似爲紹聖四年丁丑（一〇九七）春貶郴州時所作。

〔二〕腸斷　形容悲傷至極。世説新語黜免：「桓公入蜀，至三峽中，部伍中有得猿子者，其母緣岸哀號，行百餘里不去，遂跳上船，至便即絶。破視其腹中，腸皆寸寸斷。」曹操蒿里行：「生民百遺一，念之斷人腸。」宋柳永採蓮令：「無言有淚，斷腸怎忍回顧！」

〔三〕楚天　泛指南方的天空。柳永雨霖鈴詞：「念去去千里煙波，暮靄沉沉楚天闊。」

【彙評】

明李攀龍草堂詩餘雋卷四眉批：對景傷春，於此詞盡見矣。○評：因陽春景色而思故人心情，人遠而思更遠矣。

## 其五〔一〕

池上春歸何處？滿目落花飛絮。孤館悄無人，夢斷月堤歸路。無緒，無緒，簾外五更風雨〔二〕。

【校記】

〔其五〕此首吴本補鈔。張本、李本、段本、鄧本、毛本、四庫本、黄本、王本、金本、秦本作「又」。毛本調下附注：「或刻周美成。」

【箋注】

〔一〕觀詞中「孤館」二句，疑作於郴州。紹聖四年丁丑（一〇九七）春暮，少游在郴州旅舍作踏莎行詞，有句云「可堪孤館閉春寒，杜鵑聲裏斜陽暮」。同是「孤館」，同爲「春歸」時刻，同寫思歸情懷，此詞蓋作於同時。

〔二〕簾外句　歐陽修浪淘沙詞：「簾外五更風，吹夢無踪。」（一作李清照詞）

【彙評】

明楊慎批草堂：孤館聽雨，較洞房雨聲，自是不勝情之詞，一喜一悲。

明李攀龍草堂詩餘雋卷二眉批：難爲人語，自有可語之人在。○評：深情厚意，言有盡而味自無窮。

清陳廷焯詞則大雅集卷二：上章春半，此章春暮。

俞陛雲唐五代兩宋詞選釋：此五首細審之，當是一事，皆紀遊之作。第一首總述春暮懷人，次首追叙欲别之時，馬嘶人起，言送别也。三首繞岸夕陽，言别後也。四首楚天人遠，言遠去也。與集中南歌子詞由曉别而遠去次第寫出，大致相似，但此分爲數首耳。五首句最工。結處「緑楊俱瘦」，與首章春暮懷人前後相應。徐案：「緑楊俱瘦」，爲另一首，起句爲「鶯嘴啄花紅溜」，見補遺。

## 阮郎歸四首

褪花新緑漸團枝，撲人風絮飛。鞦韆未拆水平堤，落紅成地衣〔一〕。遊蝶困，乳鶯啼，怨春春怎知。日長早被酒禁持〔二〕，那堪更别離！

【校記】

〔調〕此首吳本補鈔。張本、鄧本、金本調下有「四首」二字。花庵調下題作「春晚」。〔褪花〕原作「退花」，非。據吴本、張本、李本、段本、鄧本、毛本、四庫本、黄本、王本、金本、秦本改。〔未拆〕吴本、秦本作「未折」，王本作「未坼」，均誤。〔落紅〕黄本、彊村本作「落花」，非。〔怎知〕花庵作「不知」，非。

**【箋注】**

〔一〕地衣　地毯。南唐李煜浣溪沙詞：「紅錦地衣隨步皺，佳人舞點金釵溜。」此以喻落花之厚積。宋辛棄疾粉蝶兒和晉臣賦落花詞：「甚無情便下得雨僝風僽，向園林鋪作地衣紅縐。」

〔二〕禁持　擺佈。辛棄疾鷓鴣天詞：「一夜清霜變鬢絲，怕愁剛把酒禁持。」詩詞曲語辭匯釋卷二：「此擺佈義，猶云硬將酒來擺佈愁懷也。姜夔浣溪沙詞：『打頭風浪惡禁持。』言風浪是惡擺佈也。周密柳梢青詞次韻梅詞：『萬雪千霜，禁持不過，玉雪生光。』言霜雪擺佈不得梅花也。」

**【彙評】**

明陸雲龍詞菁卷一：出語新媚，亦復幽奇。

## 其二〔一〕

宫腰裊裊翠鬟鬆〔二〕，夜堂深處逢。無端銀燭殞秋風，靈犀得暗通〔三〕。　身有恨，恨無窮，星河沉曉空〔四〕。隴頭流水各西東〔五〕，佳期如夢中。

**【校記】**

〔其二〕此首吴本補鈔。張本、李本、段本、鄧本、毛本、四庫本、黄本、王本、金本作「又」。草堂詩餘續集調作「清平樂」，題作「幽會」，誤。　〔身有恨〕吴本、張本、李本、段本、鄧本、毛本、四庫本、王本、金本、秦本作「更有限」，非。彊村本作「身有限」，與下句「恨無窮」對仗，於義爲勝。

## 【箋注】

〔一〕此首寫艷情，與御街行情境頗相似，似作於同時。詳見補遺御街行詞注〔一〕。

〔二〕宫腰　細腰。墨子兼愛：「昔者楚靈王好士細腰，靈王之臣皆以一飯爲節，脅息然後帶，扶墻然後起。」又韓非子二柄：「楚靈王好細腰，而國中多餓人。」唐李商隱碧瓦詩：「無雙漢殿鬢，第一楚宫腰。」宋柳永木蘭花柳枝詞：「楚王空待學風流，餓損宫腰終不似。」

〔三〕靈犀　神州異物志：「犀有神異，表靈以角，因名靈犀也。」唐李商隱無題詩：「身無彩鳳雙飛翼，心有靈犀一點通。」

〔四〕星河　即銀河。太平御覽卷一七七引劉義慶幽明録：「海中有金臺，出水百丈，結構巧麗，窮極神功，横岩雲渚，竦曜星河。」南齊書張融傳海賦：「湍轉則日月似驚，浪動而星河如覆。」唐杜甫閣夜詩：「五更鼓角聲悲壯，三峽星河影動摇。」宋李清照漁家傲詞：「天接雲濤連海霧，星河欲轉千帆舞。」

〔五〕隴頭流水　古樂府隴頭歌辭：「隴頭流水，流離山下。念吾一身，飄然曠野。」此喻分離。

## 【彙評】

明沈際飛續編草堂詩餘：中冓之言，不可道也；所可道也，言之醜也。

草堂詩餘續集：恐未必「無端」。〇「殞」字好。

清賀裳皺水軒詞筌：南唐主語馮延巳曰：「『風乍起，吹皺一池春水』，何與卿事？」馮曰：

「未若『細雨夢回鷄塞遠，小樓吹徹玉笙寒』，不可使聞於鄰國。」然細看詞意，含蓄尚多。至少游「無端銀燭殞秋風，靈犀得暗通」、「相看有似夢初回，只恐又拋人去幾時來」，則竟爲蔓草之偕臧、頓丘之執別，一一自供矣。詞雖小技，亦見世風之升降，沿流則易，遡洄則難，一入其中，勢不自禁。徐案：蔓草，指詩經國風野有蔓草，有句云：「有美一人，婉如清揚，邂逅相遇，與子偕臧。」頓丘，詩經氓：「送子涉淇，至於頓丘，匪我愆期，子無良媒。」皆寫愛情也。

清鄒祇謨遠志齋詞衷：詞筌云：詞至少游「無端銀燭殞秋風」之類，而蔓草頓丘，不惟極意形容，兼亦直認無諱，數語可謂樂而不淫。

## 其三〔一〕

瀟湘門外水平鋪〔二〕，月寒征棹孤。紅粧飲罷少踟躕，有人偷向隅〔三〕。　揮玉筯〔四〕，灑真珠，梨花春雨餘〔五〕。人人盡道斷腸初〔六〕，那堪腸已無！

**【校記】**

〔其三〕此首吳本補鈔。張本、李本、段本、鄧本、毛本、四庫本、黃本、王本、金本、秦本均作「又」。　〔已無〕吳本、張本、李本、段本、鄧本、毛本、四庫本、王本、金本、秦本作「也無」。

**【箋注】**

〔一〕紹聖三年丙子（一〇九六），少游自處州貶徙郴州，途經湖南長沙，詞蓋作于是時。疑寫與長沙義妓分別時情懷。

〔二〕瀟湘門：指古代長沙之城門。

〔三〕向隅　漢劉向説苑貴德：「今有滿堂飲酒者，有一人獨索然向隅而泣，則一堂之人皆不樂矣。」

〔四〕玉筯　喻女子眼淚。梁劉孝威獨不見詩：「誰憐雙玉筯，流面復流襟。」

〔五〕梨花句　唐白居易長恨歌：「玉容寂寞淚闌干，梨花一枝春帶雨。」

〔六〕人人句　人人，指戀人。詩詞曲語辭匯釋卷六：「人人，對於所暱者之稱，多指彼美而言。歐陽修蝶戀花詞：『翠被雙盤金縷鳳，意得前春，有箇人人共。』黄庭堅少年心詞：『似合歡桃核，真堪人恨，心兒裏有兩箇人人。』……玩上各證，知以情語、膩語爲多也。」　斷腸，見本卷如夢令其四注〔二〕。

**【彙評】**

明沈際飛續編草堂詩餘：「玉筯」、「真珠」，覺疊；得「梨花雨餘」句，疊正妙。及云「腸已無」，如新笋發林，高出林上。

明楊慎批草堂：此等情緒，煞甚傷心。秦七太深刻矣！

## 其四〔一〕

湘天風雨破寒初〔二〕，深沉庭院虛。麗譙吹罷小單于〔三〕，迢迢清夜徂〔四〕。鄉夢斷，旅魂孤，峥嶸歲又除。衡陽猶有雁傳書，郴陽和雁無〔五〕。

**【校記】**

〔其四〕此首吴本補鈔。張本、李本、段本、鄧本、毛本、四庫本、黄本、王本、金本、秦本作「又」。花庵調下題作「旅況」。又見張子野詞卷一。徐案：唐圭璋宋詞四考謂「此首秦少游詞，宋本淮海詞有之。彊村本子野詞誤收。」〔深沉〕毛本作「深深」。草堂、詞綜均作「燈殘」，非。〔吹罷〕草堂、花庵均作「吹徹」，非。〔鄉夢斷〕草堂作「人意遠」，非。〔旅魂〕草堂、詞綜作「旅情」，非。

**【箋注】**

〔一〕哲宗紹聖四年丁丑（一〇九七），少游貶居郴州，親朋音訊久疏，故詞中云：「衡陽猶有雁傳書，郴陽和雁無。」據「峥嶸歲又除」句，詞蓋作于此年除夕。

〔二〕湘天　泛指今湖南一帶。郴州屬湘地，故云。

〔三〕麗譙句　麗譙，莊子徐无鬼：「君亦必無盛鶴列於麗譙之間。」郭象注：「麗譙，高樓也。」明楊慎升庵外集：「城門名麗譙者，麗如魚麗之麗，力支切；譙即譙阿之譙。今都門出入者，守門人成列而呼喝之，亦是古制。」後指譙樓，即城門上的更鼓樓。　小單于，宋郭茂倩樂府詩集卷二十四：「按唐大角曲有大單于、小單于等曲，今其聲猶有存者。」唐李益聽曉角詩：「無數塞鴻飛不度，秋風卷入小單于。」宋吳億燭影搖紅上晁共道詞：「樓雪初銷，麗譙吹罷單于晚。」

〔四〕清夜徂　杜甫倦夜詩：「萬事干戈裏，空悲清夜徂。」徂，往也。

〔五〕衡陽二句　衡陽，今湖南衡陽。宋陸佃埤雅釋鳥：「鴻雁南翔，不過衡山。蓋南地極燠，雁望衡山而止，惡熱故也。」　雁傳書，漢書蘇武傳：「昭帝即位數年，匈奴與漢和親，漢求武等。匈奴詭言武死。後漢使復至匈奴，常惠請其守者與俱，得夜見漢使，具自陳道，教使者謂單于言：『天子射上林中，得雁，足有繫帛書，言武等在某澤中。』使者大喜，如惠語以讓單于。單于視左右而驚，謝漢使曰：『武等實在。』」杜甫舟出江陵南浦奉寄鄭少尹詩：「衡陽雁影徂。」　和雁無，詩詞曲語辭匯釋卷一：「和，猶連也。秦觀阮郎歸詞：『衡陽猶有雁傳書，郴陽和雁無。』言連傳書之雁亦無有也。」徐案：王水照自選集元祐黨人貶謫心態的縮影——論秦觀千秋歲及蘇軾等和韻詞云：「從郴州至横州，當時必須先北上至衡州，然後南循湘水，入廣西境，至桂州興安，由靈渠順灕水下梧州，復由潯江鬱水至横州。」考察少游由郴貶横之路綫至悉，亦可證衡陽在郴陽之北，少游離家愈遠矣。

**【彙評】**

明沈際飛草堂詩餘正集卷一：　衡郴皆楚湘地，故曰湘。　傷心！

唐圭璋唐宋詞簡釋：　此首述旅况，亦極淒惋。上片，起言風雨生愁，次言孤館空虛。「麗譙」兩句，言角聲吹徹，人亦不能寐。下片，「鄉夢」三句，抒懷鄉懷人之情。「歲又除」，嘆旅外之久，不得便歸也。「衡陽」兩句，更傷無雁傳書，愁愈難釋。小山云：「夢魂縱有也成虛，那堪和夢無。」與此各極其妙。

龍榆生師蘇門四學士秦觀：四十九歲在郴州，作阮郎歸「湘天風雨破寒初」及踏莎行「霧失樓臺」，作者千回百折之詞心，始充分表現於行間字裏，不辨是血是淚。

## 滿庭芳三首〔一〕

北苑研膏〔二〕，方圭圓璧〔三〕，萬里名動京關。碎身粉骨〔四〕，功合上凌烟〔五〕。尊俎風流戰勝〔六〕，降春睡〔七〕、開拓愁邊〔八〕。纖纖捧〔九〕，香泉濺乳〔一〇〕，金縷鷓鴣斑〔一一〕。相如方病酒〔一二〕，一觴一詠，賓有羣賢〔一三〕。便扶起燈前，醉玉頹山〔一四〕。搜攬胸中萬卷，還傾動、三峽詞源〔一五〕。歸來晚，文君未寢，相對小粧殘。

**【校記】**

〔一〕此首吴本補鈔。吴本、張本、李本、段本、鄧本、毛本、四庫本、王本、金本、秦本調下有「三首」二字，并題作「詠茶」。毛本次於同調「碧水驚秋」一首之後，題下附注：「或刻黄山谷。」王本詞末附注云：「又見山谷集，小異。」徐案：宋刊山谷琴趣外編卷一有此首，所謂「小異」者：「北苑研膏」，作「北苑春風」；「香泉濺乳」，作「研膏濺乳」；「賓有羣賢」，作「賓友羣賢」；「便扶起燈前」，作「爲扶起燈前」；「相對小粧殘」，作「相對小窗前」。

餘均同此首。山谷另有滿庭芳茶詞，首句云：「北苑龍團」，餘如「萬里名動京關」、「纖纖捧」、「金縷鷓鴣斑」、「相如方病酒」、「醉玉頽山」、「歸來晚，文君未寢」等句，亦與秦詞相同。蓋因二首極類似，故誤秦詞爲黄詞耳。

〔圓璧〕三宋本誤作「壁」，從張本、毛本、彊村本改。　〔賓有〕毛本作「賓友」。　〔便扶起〕李本、段本、鄧本、四庫本、王本、金本、秦本作「半扶起」，毛本作「爲扶起」，黄本作「半便扶起」，俱誤。　〔搜攬〕李本、毛本、四庫本、黄本、王本、金本、彊村本作「搜攪」，義較勝。

【箋注】

〔一〕此首詠茶，似元祐間作於汴京。北苑茶係貢品，而「金縷鷓鴣斑」云云，亦爲皇帝致祭南郊後分賜之物（詳後注）。少游供職祕書省期間，嘗有進南郊慶成詩并表，雖不一定獲享分賜之茶，然亦不妨發之於吟咏。又少游有茶詩：「上客集堂葵，圓月探奩盝。玉鼎注漫流，金碾響文竹。侵尋發美鬯，猗狔生乳粟。」與詞之上闋相近，蓋爲同時之作。

〔二〕北苑句　北苑，古産茶地，宋時爲皇家茶園，在今福建建甌縣東。苕溪漁隱叢話前集卷四十六：「北苑在富沙之北，隸建安縣，去城二十五里。北苑乃龍焙，每歲造貢茶之處。……其實北苑茶山，乃鳳凰山也。北苑土色膏腴，山宜植茶。」又云：「壬午之春，余赴官閩中漕幕，遂得至北苑觀造貢茶。其最精即水芽，細如針，用御泉水研造。社前已嘗，貢餘每片計工直四萬錢，分試其色如乳。」研膏，茶名。能改齋漫録卷十五引畫墁録：「貞元中，常衮爲建州刺史，始蒸焙而研之，謂之研膏茶。」宋楊億談苑：「又有研膏茶，即龍品也。」

〔三〕方圭圓璧　宋時茶餅多製爲方形或圓形，故詩人多以圭、璧喻之。黄庭堅以小龍團及半挺贈無咎並詩用前韻爲戲：「我持玄圭與蒼璧，以暗投人渠不識。」

〔四〕碎身粉骨　指茶葉被研成碎末。宋時沏茶，先行研碎，故云。黄庭堅奉同六舅尚書咏茶碾煎烹三首其一：「碎身粉骨方餘味，莫厭聲喧萬壑雷。」

〔五〕凌烟　指古代繪有功臣畫像的凌烟閣。庾信周柱國大將軍紇干弘神道碑：「天子畫凌烟之閣，言念舊臣；出平樂之宫，實思賢傅。」此因茶之碎身粉骨而聯想到凌烟閣，借以稱贊茶之功績。

〔六〕尊俎　指酒或筵席。禮記樂記：「鋪筵席，陳尊俎。」國策齊策五：「此臣之所謂比之堂上，禽將户内，拔城於尊俎之間，折衝席上者也。」晋張協雜詩十首之七：「折衝尊俎間，制勝在兩楹。」此處謂茶能解酒。

〔七〕降春睡　茶能使人興奮，降服春困。博物志：「飲真茶，令人少眠睡。」

〔八〕開拓愁邊　茶能消愁。晋劉琨與兄子羣書：「吾患體中煩悶，恒仰真茶，汝可信致之。」唐盧仝走筆謝孟諫議寄新茶詩：「一椀喉吻潤，兩椀破孤悶。三椀搜枯腸，唯有文字五千卷。四椀發輕汗，平生不平事，盡向毛孔散……」所謂「破孤悶」、「不平事」云云，即「開拓愁邊」也。

〔九〕纖纖捧　美人纖手捧茶。古詩十九首：「娥娥紅粉粧，纖纖出素手。」古人飲茶，常有美女侍候。黄庭堅阮郎歸詞：「雪浪淺，露花圓，捧甌春筍寒。」陳師道滿庭芳詞：「綺窗纖手，一縷破雙團。」謝逸武陵春：「捧碗纖纖春筍瘦，乳霧泛冰甆。」宋無名氏西江月詞：「冰甆金縷勝琉璃，春筍捧來纖細。」

〔一〇〕香泉句　唐陸羽茶經：「山水上，江水中，井水下。其山水，揀乳泉石漫流者上。」上饒縣志稱陸羽泉「其水似井而傍山，色白味甘，是爲乳泉」。唐皮日休煮茶詩：「香泉一合乳，煎作連珠沸。」濺乳，謂烹茶時碗面上浮起之泡沫。蘇軾西江月詞：「湯發雲腴釅白，盞浮花乳輕圓。」又李之儀滿庭芳：「龍團細碾，雪乳浮甌。」樂府雅詞拾遺卷下無名氏臨江仙詞：「促坐重燃絳蠟，香泉細瀉銀瓶。」

〔一一〕金縷句　金縷，謂茶餅包裝之華貴。歐陽修歸田録卷二：「茶之品，莫貴於龍鳳，謂之團茶，凡八餅重一斤。慶曆中蔡君謨爲福建路轉運使，始造小片龍茶以進，其品絶精，謂之小團，凡二十餅重一斤，其價直金二兩。然金可有，而茶不可得，每因南郊致齋，中書、樞密院各賜一餅，四人分之。宫人往往縷金花於其上，蓋其貴重如此。」鷓鴣斑，謂沏茶後碗面呈現之斑點。陳蹇叔送新茶詩：「鷓斑椀面雲縈字。」

〔一二〕相如句　相如，即司馬相如，字長卿，西漢辭賦家，蜀郡成都（今屬四川）人。西京雜記卷二：「司馬相如初與卓文君還成都，居貧愁懣，以所著鷫鸘裘就市人陽昌貰酒，與文君爲歡。既而文君抱頸而泣曰：『我平生富足，今乃以衣裘貰酒！』遂相與謀於成都賣酒。相如親著犢鼻褌滌器，以恥王孫。王孫果以爲病，乃厚給文君。……長卿素有消渴疾（今名糖尿病），及還成都，悦文君之色，遂以發痼疾，乃作美人賦，欲以自刺，而終不能改，卒以此疾至死。」病酒，因酒而病，古人以爲消渴疾因酒致病，故云。李商隱漢宫詩：「侍臣最有相如渴，不賜金莖露一杯。」賀鑄浣溪沙詞：「歸卧文園猶帶酒。」與此詞同義。文園，相如曾爲文園令。

〔一三〕一觴二句　晉王羲之蘭亭集序：「羣賢畢至，少長咸集。……引以爲流觴曲水，列坐其次，雖無絲竹管弦之盛，一觴一詠，亦足以暢叙幽情。」

〔一四〕便扶起二句　謂茶能解酒。醉玉頹山，狀酒後醉倒之風采。世説新語容止：「嵇叔夜之爲人也，巖巖若孤松之獨立；其醉也，傀俄若玉山之將崩。」李白襄陽歌：「清風明月不用一錢買，玉山自倒非人推。」黄庭堅阮郎歸詞：「一杯春露莫留殘，與郎扶玉山。」

〔一五〕三峽詞源　三峽，指巫峽、瞿塘峽、西陵峽，在今四川奉節至湖北宜昌之間，水流洶湧湍急。此處借喻文思層出不窮。杜甫醉歌行：「詞源倒流三峽水，筆陣横掃千人軍。」宋王履道虞美人贈李士美詞：「詞源三峽瀉瞿塘。」

【彙評】

宋吴曾能改齋漫録卷十七：豫章先生少時，嘗爲茶詞，寄滿庭芳云：「北苑龍團，江南鷹爪，萬里名動京關。碾深羅細，瓊蕊冷生烟。一種風流氣味，如甘露，不染塵煩。纖纖捧，冰甆弄影，金縷鷓鴣斑。相如方病酒，銀瓶蟹眼，驚鷺濤翻。爲扶起尊前，醉玉頹山。飲罷風生兩袖，醒魂到明月輪邊。歸來晚，文君未寢，相對小窗前。」其後增損其詞止咏建茶云（詞如本首，從略，小異處見校記），詞意益工也。後山陳無己同韻和之云：「北苑先春，琅函寶韞，帝所分落人間。綺窗纖手，一縷破雙團。雲裏遊龍舞鳳，香霧靄、飛入琱盤。華堂静，松風雲竹，金鼎沸潺湲。門闌車馬動，浮黄嫩白，小袖高鬟。便胸臆輪囷，肺腑生寒。唤起謫仙醉倒，飜湖海、傾寫濤瀾。笙歌散，風簾月幕，禪榻鬢絲斑。」

明卓人月古今詞統卷一二：少游夫婦不減趙明誠，固應深諳茶味與賭茗之樂。

清沈雄古今詞話詞辨卷下：滿庭芳盡推少游之作。少游夫人詠茶一首，傳者多訛，今爲正之云：「北苑龍團，江南鷹爪，萬里名動京關。碾輕羅細，瓊蕊暖生煙。一種風流臭味，如甘露，不染塵凡。纖纖捧，冰瓷瑩玉，金縷鷓鴣斑。」舊詞「北苑春風，方圭圓璧」，雖用故實，而多庸腐；即苦心作「碎身粉骨，功合上凌煙」，亦是小家氣象。惟「樽俎風流戰勝，降春睡、開拓愁邊」二語差當。而「熬波濺乳」，實不及「冰瓷瑩玉」更爲落句地也。況後段又用「搜攪胸中萬卷，還傾動三峽詞源」乎？更爲紀之云：「相如方病酒，銀瓶蟹眼，波怒濤翻。爲扶起尊前，醉玉頹山。飲罷風生兩腋，醒魂到明月輪邊。歸來晚，文君未寢，相對小粧殘。」

唐圭璋宋詞四考：案此黄庭堅詞，見彊村本山谷琴趣外編。能改齋漫録云山谷少時嘗作茶詞，調寄滿庭芳。其後增損前詞，止詠建茶，即此詞也。并有陳後山同韻和詞。據此則爲黄詞明甚。淮海詞收之，毛本山谷詞删之，並誤。

徐案：此詞關涉秦、黄、陳三位作者，吴曾所記，乍看似有理。然從版本角度考慮，當以秦作爲是。秦詞見宋乾道癸巳（一一七三）高郵軍學刻淮海居士長短句，而能改齋漫録刻于紹興二十四至二十七年（一一五四—一一五七）間，不久即遭焚毁，至紹熙元年（一一九〇），京鏜重刊，已爲删存之本，而今見之本，又非其舊，故不足信，似以未經焚毁，現存日本之乾道本爲準。吴曾與唐老之説，録以備考。

## 其二〔一〕

此詞正少游所作，人傳王觀撰，非也。

曉色雲開，春隨人意，驟雨才過還晴。古臺芳榭，飛燕蹴紅英〔二〕。舞困榆錢自落〔三〕，鞦韆外、緑水橋平。東風裏，朱門映柳，低按小秦箏〔四〕。多情，行樂處，珠鈿翠蓋，玉轡紅纓〔五〕。漸酒空金榼，花困蓬瀛〔六〕。豆蔻梢頭舊恨，十年夢、屈指堪驚〔七〕。凭欄久，踈烟淡日，寂寞下蕪城〔八〕。

【校記】

〔其二〕此首吳本補鈔。張本、李本、段本、鄧本、毛本、四庫本、黄本、王本、金本、秦本均作「又」。張本、四庫本、黄本、金本調下附注同。鄧本移此附注於篇末。黄本並云：「宋本琴趣有此注。」毛本附注云：「向誤王觀。」花庵調下題作「春遊」。〔曉色〕花庵、毛本作「晚色」，誤。〔才過〕吳本、張本、李本、段本、鄧本、毛本、四庫本、金本、秦本作「方過」。〔古臺〕吳本、張本、李本、段本、鄧本、毛本、四庫本、王本、金本、秦本作「高臺」。〔芳樹〕李本、毛本、四庫本、金本作「芳樹」，俱誤。〔金榼〕草堂作「醽醁」，非。〔蔻〕金本誤作「寇」。〔踈烟〕歷代詩餘作「疏簾」，非。〔寂寞下蕪城〕草堂作「微映百層城」，非。

【箋注】

〔一〕元豐二年己未（一〇七九）歲暮，少游自會稽還鄉後，「杜門却掃，日以文史自娛，時復扁舟，循邗溝而南，以適黄陵。」（見與李樂天簡）本篇「豆蔻梢頭」二句，借喻揚州冶遊生活；而上闋所寫景物，亦與揚州有關，詞蓋作於次年春季。

〔二〕飛燕句　謂燕踏飛花。杜甫城西陂泛舟詩：「魚吹細浪摇歌扇，燕蹴飛花落舞筵。」

〔三〕榆錢　本草綱目木部二：「榆未生葉時，枝條間先生榆莢，形狀似錢而小，色白成串，俗呼榆錢。」宋柳永訴衷情近詞：「榆錢飄落閑堦。」

〔四〕秦箏　類似瑟的弦樂器，相傳爲秦時蒙恬所造，故名。文選潘安仁笙賦：「晉野悚而投琴，況齊瑟與秦箏。」李善注引風俗通：「箏，蒙恬所造。」南朝宋謝靈運燕歌行：「擘窗開幌弄秦箏，調弦促柱多哀聲。」

〔五〕珠鈿二句　珠鈿，婦女飾物。翠蓋，以羽毛裝飾的車蓋，亦代指車。此處喻指仕女。玉轡紅纓，駿馬的鞍韉。指代遊冶男子。唐王維寓言詩：「曲陌車騎盛，高堂珠翠繁。」詞境似之。

〔六〕蓬瀛　蓬萊、瀛洲，傳説中的海上仙山。史記封禪書：「自威、宣、燕昭使人入海，求蓬萊、方丈、瀛洲。此三神山者，其傳在渤海中，去人不遠；患且至，則船風引而去。」此處借指冶遊之地。

〔七〕豆蔻二句　唐杜牧贈別詩：「娉娉嫋嫋十三餘，豆蔻梢頭二月初。」明楊慎丹鉛總録：「牧之詩詠倡女，言美而少，如豆蔻花之未開。」又杜牧遣懷詩：「十年一覺揚州夢，贏得青樓薄倖名。」

〔八〕蕪城　指揚州。北魏南侵及南朝宋竟陵王劉誕之亂時，城邑遭二次重大破壞，遂致荒蕪。鮑照曾作蕪城賦以哀之，後世因名蕪城。苕溪漁隱叢話後集卷二十引宋王琪題九曲池詩：「凄涼不可問，落日下蕪城。」

**【彙評】**

明李攀龍草堂詩餘雋卷一眉批：　秋千外，東風裏，字字奇巧。疎烟淡日，此時之情還堪遠眺否？○評：　就暗中描出春色，林巒欲滴。就遠處描出春情，城郭隱然如無。

明楊慎詞品卷三：　秦少游滿庭芳「晚色雲開」，今本誤作「晚兔雲開」，不通。維揚張綖刻詩餘圖譜，以意改「兔」作「見」，亦非。按花庵詞選作「晚色雲開」，當從之。

明楊慎批草堂：　景勝於情。

明王世貞弇州山人詞評：　「鞦韆外、緑水橋平」，又「地卑山近，衣潤（「潤」字原脱，據清真集補）費爐煙」，淡語之有情者也。

明卓人月古今詞統卷一二：敖陶孫評少游詩「如時女步春，終傷婉弱」，其在於詞，正相宜耳。

明沈際飛草堂詩餘正集卷三：「兔」字不通，張世文改爲「見」，今從詞選「色」字爲優。據諸本，首云「晚色」，末云「淡月」。詞選首云「曉色」，末云「淡日」。細味詞中「玉轡紅纓」等，豈晚來事？悉從詞選。（上片）悠澹語，不覺其妙而自妙。「微映百層城」，景亦不少；「寂寞」句，感慨過之。

世經堂康熙十七年殘本詞綜卷六「晚色雲開」調下批語：滿庭芳填詞易俗，乃深秀如許。

清黃蘇蓼園詞選：此必少游被謫後作。雨過還晴，承恩未久也。燕蹴紅英，喻小人之讒搆也。榆錢，自喻也。緑水橋平，喻隨所適也。朱門、秦箏，彼得意者自得意也。前一闋敘事也，後一闋則事後追憶之詞。「行樂」三句，追從前也。「酒空」二句，言被謫也。「豆蔻」三句，言爲日已久也。「凭欄」二句結。通首黯然自傷也，章法極綿密。

清周濟宋四家詞選：（上片）君子因小人而斥。「秋千」二句，一筆挽轉。「結處」應首句，不忘君子也。

清秦元慶本眉批：「鞦韆外、緑水橋平」，景語却無限清婉。

清許昂霄詞綜偶評：「晚色雲開」三句，天氣。○「高臺芳榭」四句，景物。○「東風裏」三句，漸說到人事。「珠鈿翠蓋」二句，會合。○「漸酒空金榼」四句，離別。○「疎煙淡日」二句，與起處反照作收。

俞陛雲唐五代兩宋詞選釋：前寫景，後寫情。流利輕圓，是其制勝處。

## 其三　茶詞〔一〕

雅燕飛觴〔二〕，清談揮麈〔三〕，使君高會羣賢〔四〕。密雲雙鳳〔五〕，初破縷金團〔六〕。牕外爐烟似動，開缾試、一品香泉。輕淘起，香生玉塵〔七〕，雪濺紫甌圓〔八〕。嬌鬟，宜美盼〔九〕，雙擎翠袖，穩步紅蓮〔一〇〕。坐中客翻愁，酒醒歌闌。點上紗籠畫燭，花驄弄、月影當軒〔一一〕。頻相顧，餘懽未盡，欲去且留連。

**【校記】**

〔其三〕此首吳本補鈔。張本、李本、毛本、段本、鄧本、四庫本、黃本、王本、金本、秦本均作「又」。　〔揮麈〕原作「揮座」，誤。據吳本、張本、李本、段本、鄧本、毛本、四庫本、王本、秦本、彊村本改。金本誤作「揮塵」。　〔開缾〕張本、李本、段本、鄧本、毛本、四庫本、王本、金本、秦本作「開尊」。　〔香泉〕李本、段本、毛本、四庫本、王本、金本、秦本作「奔泉」，非。　〔玉塵〕吳本、張本、李本、段本、鄧本、毛本、四庫本、王本、金本、秦本、彊村本作「玉乳」，黃本作「玉麈」，俱誤。　〔美盼〕底本、故宮本作「美眄」，誤，從張本改。

徐案：　此首亦載米芾寶晉英光集卷五（四庫全書集部五五別集類），有序云：「紹聖甲戌暮春，與周仁熟試賜茶，書此樂章。中岳外史米芾書。」詞中「揮麈」作「揮坐」、「似動」作「自動」、「輕淘」作「輕濤」、「紅蓮」作「金蓮」。四庫提要云此集「中間詩文或注從英光堂帖增入，或注從羣玉堂增入，則必非岳珂原本。又有注從戲鴻堂帖增入者，則并非吳寬家原本。」此詞據提要所云，可能從其中一帖增入，或即書少游所作也。唐圭璋宋詞四考録此詞，案云：「此首秦觀詞，見淮海詞，寶晋長短句誤收作米詞。」謹從之。

**【箋注】**

〔一〕元豐二年己未（一〇七九），少游在會稽，常與郡守程公闢燕集，其會蓬萊閣詩云：「冠裳蓋坐灑清風，軒外時聞韻鐸龍。人面春生紅玉液，銀盤烟覆紫駝峯。」再賦流觴亭詩云：「月下佩環聲更好，應容揮麈伴公聽。」詞詠「雅燕飛觴，清談揮麈，使君高會羣賢」，當作於此時。

〔二〕雅燕句　燕，通宴。李白春夜宴桃李園記：「飛玉觴而醉月。」

〔三〕清談句　清談，亦稱清言、玄言或麈談。始於魏時何晏、夏侯玄、王弼，上承漢末清議，從品評人物轉向以談玄爲主；　至晉代王衍，其風大盛，延及齊梁不衰。世説新語容止：「王夷甫（衍）容貌整麗，妙於談玄，恒捉白玉麈尾，與手都無分別。」揮麈，能改齋漫録卷二引釋藏音義指歸云：「名苑曰：『鹿之大者曰麈，羣鹿隨之，皆看麈所往，隨麈尾所轉爲準。』今講僧執麈尾拂子，蓋象彼有所指揮故耳。」

〔四〕使君句　使君，對州郡長官的尊稱。蘇軾浣溪沙詞：「旋抹紅粧看使君。」此處當指會稽郡守程公闢師孟。　高會，指盛會、盛宴。史記項羽本紀：「飲酒高會。」

〔五〕密雲句　密雲，茶名，亦稱密雲團、密雲龍。能改齋漫録卷十五引畫墁録：「丁晉公（謂）爲轉運使，始制爲鳳團，後又爲龍團，歲貢不過四十餅。天聖中又爲小團，其餅迥加於大團。熙寧末，神宗有旨下建州製密雲龍，其餅又加於小團。」詞品卷三：「密雲龍，茶名，極爲甘馨。」　雙鳳，指大小鳳團，均爲茶餅。

〔六〕縷金團　即用金絲或金花包裝之茶餅。蘇軾行香子詠茶詞：「看分月餅，黄金縷，密雲龍。」參見本卷同調(北苑研膏)注〔一二〕。

〔七〕玉塵　形容研碎的茶末。宋人飲茶，均先行碾碎。黄庭堅品令茶詞：「金渠體净，隻輪慢碾，玉塵花瑩，湯響松風。」又以團茶洮州緑石研贈無咎文潛詩云：「贈君越侯所贈蒼玉璧，可烹玉塵試春色。」

〔八〕紫甌　紫砂茶盂。宋蔡襄試茶詩：「兔毫紫甌新，蟹眼清泉煮。」

〔九〕美盼　詩衛風碩人：「巧笑倩兮，美目盼兮。」

〔一〇〕紅蓮　南史齊東昏侯紀：「鑿金爲蓮花以帖地，令潘妃行其上，曰：『此步步生蓮花也。』」

〔一一〕花驄句　花驄，青白色馬，今名菊花青。　弄月影，宋張先天仙子時爲嘉禾小倅以病眠不赴府會詞：「雲破月來花弄影。」

## 桃源憶故人

玉樓深鎖薄情種，清夜悠悠誰共。羞見枕衾鴛鳳，悶即和衣擁。　無端畫角嚴城動〔二〕，驚破一番新夢。窗外月華霜重，聽徹梅花弄〔三〕。

**【校記】**

〔調〕此首吴本補鈔。毛本作「虞美人影」。　〔玉樓〕毛本作「秦樓」，非。　〔悶即〕金粟詞話誤作「悶則」，詳後「彙評」。

【箋注】

〔一〕嚴城　指險峻的城垣。嚴，通巖。集韻：「巖，説文：岸也，一曰險也。」宋柳永長相思京妓詞：「畫鼓喧街，蘭燈滿市，皎月初照嚴城。」

〔二〕聽徹句　聽徹，聽畢。曲終謂之徹。唐王武陵王將軍宅夜聽歌詩：「一曲聽初徹，幾年愁暫開。」梅花弄，漢橫吹曲名，本笛中曲；後爲琴曲，凡三疊，故稱梅花三弄。

【彙評】

明楊慎批草堂詩餘：自是淒冷。

明李攀龍草堂詩餘雋卷四眉批：不解衣而睡，夢又不成，聲聲惱殺人。○評：形容冬夜景色惱人，夢寐不成。其憶故人之情，亦輾轉反側矣。

清彭孫遹金粟詞話：詞人用語助入詞者甚多，入豔詞者絶少。惟秦少游「悶則和衣擁」，新奇之甚。用「則」字亦僅見此詞。

清陳廷焯白雨齋詞話卷八：彭駿孫金粟詞話云「詞人用語助（略）……」按此乃少游惡劣語，何新奇之有？至用「則」字入詞，宋人中屢見，「拚則而今拚了，忘則怎生便忘得」；又「憶則如何不憶」之類，亦豈謂之僅見！董文友詞云：「暗笑那人知未，薄倖從前既。」押「既」字穩而有味，似此方可謂用語助入豔詞者。

# 淮海居士長短句卷下

## 調笑令十首并詩〔一〕

### 王昭君〔二〕

**詩曰**

漢宮選女適單于〔三〕，明妃斂袂登氈車〔四〕。玉容寂寞花無主〔五〕，顧影低徊泣路隅。行行漸入陰山路〔六〕，目送征鴻入雲去〔七〕。獨抱琵琶恨更深〔八〕，漢宮不見空回顧。

**曲子**

回顧，漢宮路，捍撥檀槽鸞對舞〔九〕。玉容寂寞花無主，顧影偷彈玉筯。未央宮殿知何處〔一〇〕？目送征鴻南去。

**右一**

**【校記】**

〔調〕毛本調下無「十首并詩」四字。〔王昭君〕此首吴本補鈔。毛本將題移至詞末，其上加一「右」字。以下九首同。〔詩曰〕毛本無此二字。鄧本僅作「詩」。以下九首同。〔低徊〕毛本作「徘徊」。〔目送〕毛本、彊村本作「目斷」，誤。〔曲子〕段本、鄧本、金本、秦本作「詞」，四庫本僅作「曲」，毛本、黄本、王本無此二字。以下九首略同。〔捍撥〕原誤作「桿撥」，從毛本、張本改。〔右二〕彊村本作「其二」，以下作「其三」「其四」等。李本、段本、鄧本、毛本、四庫本、黄本、王本、金本、秦本無此二字，以下各首同。

**【箋注】**

〔一〕調笑令十首并詩，皆受北宋汴京民間樂曲影響。東京夢華録卷五記載：「崇觀以來，在京瓦肆伎藝……不可勝數，不以風雨寒暑，諸棚看人，日日如是。」教坊「每遇旬休按樂，亦許人觀看。每遇内宴前一月，教坊内勾集弟子小兒，習隊舞作樂。」徐案：早在元祐年間，京師即有一種演唱形式，謂之調笑轉踏，自宫廷傳至民間。宋曾慥樂府雅詞卷上首録此調，有引云：「九重傳出，以冠於篇首，諸公轉踏次之。」近人王國維宋元戲曲史第四章據吴自牧夢粱録云：「北宋之轉踏，恒以一曲連續歌之。每一首詠一事，共若干首，則詠若干事。」此十首以一詩一詞相間，亦每首詠一事，共詠十事，其體式即當時流行於汴京之調笑轉踏，故王國維又云：「其歌舞相兼者，則謂之傳踏，亦謂之轉踏，亦謂之纏達……其曲調唯調笑一調用之最多。」此十首似爲適應藝人演唱要求而作。時間當在元祐五年（一〇九〇）至七年（一〇九二）少游供職於祕書省期間。

〔二〕王昭君　後漢書南匈奴傳：「昭君，字嬙，南郡（今湖北秭歸）人也。初，元帝時，以良家子選入掖庭。時呼韓邪來朝，帝敕以宫女五人賜之。昭君入宫數歲，不得見御，積悲怨，乃請掖庭令求行。呼韓邪臨辭大會，帝召五女以示之。昭君丰容靚飾，光明漢宫，顧影裴回，竦動左右。帝見大驚，意欲留之，而難於失信，遂與匈奴。」

〔三〕單于　匈奴最高首領的稱號。全稱爲「撐犂孤塗單于」，意爲「天子廣大」。此指南匈奴呼韓邪單于。

〔四〕明妃　即王昭君。玉臺新詠載石崇王明君辭序：「王明君者，本爲王昭君，以觸文帝諱，改。」文帝，即晉文帝司馬昭。

〔五〕玉容句　白居易長恨歌：「玉容寂寞淚闌干，梨花一枝春帶雨。」

〔六〕陰山　在南匈奴（今内蒙古自治區中部）境内，西起狼山，東爲大馬羣山，横亘二千餘里。山間埡口，自古爲南北交通孔道。

〔七〕目送句　石崇王明君辭：「願假飛鴻翼，乘之以遐征。飛鴻不我顧，竚立以屏營。」

〔八〕琵琶　石崇王明君辭序曰：「昔公主嫁烏孫，令琵琶馬上作樂，以慰其道路之思。其送明君，亦必爾也。」杜甫詠懷古迹五首其三：「千載琵琶作胡語，分明怨恨曲中論。」

〔九〕捍撥句　捍撥，李賀春懷引：「蟾蜍碾玉掛明弓，捍撥裝金打仙鳳。」王琦注引海録碎事：「金捍撥在琵琶面上當弦，或以金塗爲飾，所以捍護其撥也。」檀槽，謂以紫檀木所爲之琵琶槽。唐張籍宫詞：「黄金捍撥紫檀槽，弦索初張調更高。」鸞對舞，晉阮籍東平賦：「鳳鳥自歌，翔鸞自舞。」唐張説觀妓詩：「鏡前鸞對舞，琴裏鳳傳歌。」

〔一〇〕未央宫殿　西漢宫殿。故址在今陝西西安西北。藝文類聚卷六十二引漢武故事：「上起明光宫，發燕趙美女二千人充之。建章、未央、長樂三宫，皆輦道相屬。」宋俞文豹吹劍三録：「未央宫，周三十里，前殿五十丈，高三十丈。」

【彙評】

明卓人月古今詞統卷三：前數行，疑是元人賓白所自始。被之管弦，竟是董解元徐案：指西廂記諸宮調數段。

王國維戲曲考原：毛西河詞話謂：「趙德麟令時作商調鼓子詞徐案：指蝶戀花，譜西廂傳奇，爲雜劇之祖。」然雅府樂詞卷首所載秦少游、晁補之、鄭彦能調笑轉踏，前有致語，末有放隊，每調之前有口號詩，甚似曲本體例。

## 樂昌公主〔一〕

**詩曰**

金陵往昔帝王州〔二〕，樂昌主第最風流。一朝隋兵到江上〔三〕，共抱恓恓去國愁。越公萬騎鳴簫鼓〔四〕，劍擁玉人天上去。空攜破鏡望紅塵，千古江楓籠輦路〔五〕。

**曲子**

輦路，江楓古，樓上吹簫人在否〔六〕？菱花半璧香塵汙〔七〕，往日繁華何處？舊歡新愛誰是主，啼笑兩難分付〔八〕。

## 右二

**【校記】**

〔樂昌公主〕此首吳本補鈔。　〔簫鼓〕吳本、張本、李本、段本、毛本、四庫本、王本、秦本、彊村本均作「笳鼓」，非。　〔半璧〕張本、李本、段本、鄧本、王本、金本、秦本作「半壁」，誤。　〔誰是主〕吳本、張本、李本、段本、鄧本、毛本、四庫本、王本、金本、秦本、彊村本作「誰爲主」，非。

**【箋注】**

〔一〕樂昌公主　唐孟棨本事詩情感：「陳太子舍人徐德言之妻，後主叔寶之妹，封樂昌公主，才色冠絶。時陳政方亂，德言知不相保，謂其妻曰：『以君之才容，國亡必入權豪之家，斯永絶矣。儻情緣未斷，猶冀相見，宜有以信之。』乃破一鏡，人執其半，約曰：『他日必以正月望日賣於都市；我當在，即以是日訪之。』及陳亡，其妻果入越公楊素之家，寵嬖殊厚。德言流離辛苦，僅能至京，遂以正月望日訪於都市。有蒼頭賣半鏡者，大高其價，人皆笑之。德言直引至其居，設食，具言其故，出半鏡以合之，仍題詩曰：『鏡與人俱去，鏡歸人不歸。無復嫦娥影，空留明月輝。』陳氏得詩，涕泣不食。素知之，愴然改容，即召德言，還其妻，仍厚遺之，聞者無不感歎，仍與德言、陳氏偕飲，令陳氏爲詩，曰：『今日何遷次？新官對舊官。笑啼俱不敢，方驗作人難。』遂與德言歸江南，竟以終老。」

〔二〕金陵句　語本梁謝朓入朝曲：「江南佳麗地，金陵帝王州。」金陵，今江蘇南京，係六朝（吳、東晉、宋、齊、梁、陳）故都。

〔三〕一朝句　隋開皇九年己酉（公元五八九年），渡江攻金陵，俘陳後主、太子、諸王及后妃公主入隋。

〔四〕越公　即楊素，隋華陰人，字處道，初仕周武帝，爲車騎大將軍。後仕隋，高祖時進上柱國，拜御史大夫，尋以爲行軍元帥，率水師大舉伐陳，封越國公。

〔五〕輦路　一稱輦道，文選司馬相如上林賦李善注：「閣道可乘輦而行者。」此指樂昌公主被擄北去車輛經行之路。

〔六〕吹簫人　列仙傳：「簫史者，秦穆公時人也，善吹簫，能致孔雀、白鶴於庭。穆公有女字弄玉，好之，公遂以女妻焉。日教弄玉作鳳鳴。居數年，吹似鳳聲，鳳凰來止其屋。公爲作鳳臺，夫婦止其上，不下數年，一旦皆隨鳳凰飛去。」此以吹簫人指代徐德言。

〔七〕菱花　宋陸佃埤雅釋草：「舊説鏡謂之菱華，以其面平，光影所成如此。」菱華，通菱花。

〔八〕舊歡二句　舊歡，指前夫徐德言；新愛，指楊素。參見本篇註〔一〕。

## 崔徽〔一〕

### 詩曰

蒲中有女號崔徽〔二〕，輕似南山翡翠兒〔三〕。使君當日最寵愛，坐中對客常擁持。一見裴郎心似醉，夜解羅衣與門吏〔四〕。西門寺裏樂未央〔五〕，樂府至今歌翡翠〔六〕。

### 曲子

翡翠，好容止，誰使庸奴輕點綴。裴郎一見心如醉，笑裏偷傳深意。羅衣中夜與門吏，暗結城西幽會。

## 右三

【校記】

〔崔徽〕此首故宫本、吴本皆補鈔。　〔深意〕黄本作「中意」，彊村本作「心意」，非。　〔中夜〕故宫本、張本作「深夜」，非。

【箋注】

〔一〕崔徽　全唐詩卷四二三元稹崔徽歌并序：「崔徽，河中府娼也。裴敬中以興元幕使蒲州，與徽相從累月。敬中使還，崔以不得從爲恨，因而成疾。有丘夏善寫人形，徽託寫真寄敬中曰：『崔徽一旦不及畫中人，且爲郎死。』發狂卒。」詩曰：「崔徽本不是倡家，教歌按舞娼家長。使君知有不自由，坐在頭時立在掌。有客有客名丘夏，善寫儀容得艷姿。爲徽持此謝敬中，以死報郎爲終始。」徐案：崔徽歌并序，元氏長慶集失載，詩中「恣把」二字費解，據程毅中參校緑窗新話卷上，應作「艷姿」；又詩末脱二字，程校本作「終始」，應從之。程文見文學評論雜志一九七八年第三期。參見本書卷中南鄉子「妙手寫徽真」注〔一〕。

〔二〕蒲中　即蒲州，唐爲河中府，治所在今山西永濟。

〔三〕輕似句　南山，即終南山，在長安之南，故名。　翡翠兒，即翡翠鳥。格物論：「翡翠，形小不盈握，一種二色：翡，赤羽；翠，青羽。」晉郭璞遊仙詩：「翡翠戲蘭苕，容色更相鮮。」

〔四〕門吏　指蒲州門吏。山谷詩集注卷九出禮部試院王才元惠梅花三種皆妙絶戲答三首之二任淵注引元稹崔徽歌曰：「吏感徽心關鎖開。」可證。

〔五〕未央　未盡。楚辭離騷：「時亦猶其未央。」王逸注：「央，盡也。」

〔六〕樂府　原指主管音樂的官署。據漢書禮樂志，武帝時定郊祀禮，立樂府，掌管宫廷、巡行、祭祀所用的音樂，兼採民歌配以樂曲。一指樂府官署所採製的詩歌。後將魏、晉至唐可以入樂的詩歌，以及仿樂府古題的作品，統稱樂府。宋以後的詞、散曲、戲曲因配樂，有時也稱樂府。

## 無雙〔一〕

### 詩曰

尚書有女名無雙〔二〕，蛾眉如畫學新粧。姊家仙客最明俊，舅母唯只呼王郎。尚書往日先曾許，數載睽違今復遇。聞説襄江二十年〔三〕，當時未必輕相慕。

### 曲子

相慕，無雙女，當日尚書先曾許。王郎明俊神仙侣，腸斷别離情苦。數年睽恨今復遇，笑指襄江歸去。

右四

【校記】

〔無雙〕此首故宫本、吴本皆補鈔。　〔蛾眉〕原誤作「娥眉」，從吴本、張本改。　〔姊家〕故宫本、張本、李本、段本、鄧本、毛本、四庫本、王本、金本、秦本作「伊家」，誤。〔明俊〕吴本、故宫本及彊村本俱作「明秀」，非。

〔襄江〕原誤作「襄王」，從吴本、張本改。

【箋注】

〔一〕無雙　唐人小説中人名。據薛調無雙傳：建中時中朝臣劉震之女名無雙。震有姊寡居，攜甥王仙客住於舅家。震之妻常戲呼仙客爲王郎子。仙客之母臨終時乞以無雙歸仙客，震許之。母死，仙客扶櫬歸葬於襄鄧。未幾，逢朱泚之亂，震以受僞命處極刑，無雙没入掖庭，押赴陵園，賜藥令自盡。仙客聞訊，求計於古押衙，得其幫助，無雙復活，相攜逃歸襄江，夫婦偕老。

〔二〕尚書　指劉震，時任尚書租庸使。

〔三〕聞説句　襄江，漢水自襄陽（今湖北襄樊）以下，亦稱襄江。此指王仙客所住之襄鄧别業。二十年，謂王仙客與無雙終老於襄江的時間。然無雙傳云：「艱難走竄，後得歸故鄉，爲夫婦五十年。」此恐有誤。

## 灼灼〔一〕

**詩曰**

錦城春暖花欲飛〔二〕，灼灼當庭舞柘枝〔三〕。相君上客河東秀〔四〕，自言那復傍人知。妾願身爲梁上燕，朝朝暮暮長相見〔五〕。雲收月墮海沉沉，淚滿紅綃寄腸斷〔六〕。

## 曲子

腸斷，繡簾捲，妾願身爲梁上燕。朝朝暮暮長相見，莫遣恩遷情變。紅綃粉淚知何限？萬古空傳遺怨。

### 右五

【校記】

〔灼灼〕此首故宮本、吴本皆補鈔。

〔那復〕黄本作「那後」，吴本、故宮本、張本、李本、段本、毛本、四庫本、王本、秦本、彊村本作「那得」，俱誤。

【箋注】

〔一〕灼灼　唐韋莊傷灼灼詩：「嘗聞灼灼麗於花，雲髻盤時未破瓜。」自注：「灼灼，蜀之麗人也。近聞貧且老，殂落于成都酒市中，因以四韻弔之。」宋張君房麗情集：「灼灼，錦城官妓也，善舞柘枝，能歌水調，御史裴質與之善。裴召還，灼灼每遣人以軟紅綃聚紅淚爲寄。」

〔二〕錦城　錦官城，今四川成都。益州志：「錦城在益州南，笮橋東流江南岸，昔蜀時故錦官也。」

〔三〕柘枝　舞蹈名。樂府詩集引樂府雜録曰：「健舞曲有柘枝，軟舞曲有屈柘。」又引樂苑曰：「羽調有柘枝曲，商調有屈柘枝，此舞因曲爲名。用二女童，帽施金鈴，抃轉有聲。其來也，於二蓮花中藏，花坼而後見，對舞相占，實舞中雅妙者也。」宋代達官貴人多好之，據葉夢得石林燕語卷四云：「寇萊公性豪侈，所臨鎮燕會，常至三十盞，必盛張樂，尤喜柘枝舞，用二十四人，每舞連數盞方畢，或謂之柘枝顛。」

〔四〕相君句　相君，指宰相。史記范雎傳：「須賈謂范雎曰：『今者事之去留在張君，孺子豈有客習於相君者哉？』」裴質曾爲相府上客，故云。　河東，今山西永濟，爲裴質原籍。

〔五〕妾願三句　五代馮延巳長命女詞：「一願郎君千歲，二願妾身常健，三願如同梁上燕，歲歲長相見。」

〔六〕紅綃　唐白居易琵琶行詩：「五陵年少爭纏頭，一曲紅綃不知數。」灼灼因係舞女，故以紅綃聚淚寄贈。

## 盼盼〔一〕

**詩曰**

百尺樓高燕子飛，樓上美人顰翠眉。將軍一去音容遠〔二〕，只有年年舊燕歸。春風昨夜來深院，春色依然人不見。只餘明月照孤眠〔三〕，唯望舊恩空戀戀。

**曲子**

戀戀，樓中燕，燕子樓空春日晚〔四〕。將軍一去音容遠，空鎖樓中深怨。春風重到人不見，十二闌干倚遍〔五〕。

**右六**

**【校記】**

〔盼盼〕此首故宮本、吳本皆補鈔。底本、鄧本、金本、吳本作「眄眄」，均誤。此從毛本、王本改。案清俞樾茶香室叢鈔卷十四云：「元吾衍閑居録云：宋儒不識顧眄字，皆讀爲『美目盼兮』之盼。不識盼字，寫作『使民盻盻然』之盻，又不識此盻字而讀爲盼。今詳之曰：從丏者音湎；從分者音攀，去聲；從兮者音異。」〔唯望〕故宮本、張本、段本、鄧本、李本、毛本、王本、金本、秦本作「回望」，四庫本作「回首」，俱誤。

【箋注】

〔一〕盼盼　即關盼盼，唐代歌妓，徐州人。白居易燕子樓詩序云：「徐州故尚書有愛妓曰盼盼，善歌舞，雅多風態。予爲校書郎時，遊徐、泗間。張尚書宴予，酒酣，出盼盼以佐歡。歡甚，予因贈詩云：『醉嬌勝不得，風嫋牡丹花。』一歡而去，爾後絶不相聞。迨兹僅一紀矣。昨日司勳員外郎張仲素繢之訪予，因吟新詩，有燕子樓三首，詞甚婉麗。詰其由，爲盼盼作也。繢之從事武寧軍累年，頗知盼盼始末，云：『尚書既殁，歸葬東洛，而彭城有張氏舊第，第中有小樓名燕子。盼盼念舊愛而不嫁，居是樓十餘年，幽獨塊然，於今尚在。』」全唐詩話卷之六亦引此序及盼盼所爲詩，并謂盼盼見白居易和詩，「反覆讀之，泣曰：『自公薨背，妾非不能死，恐百載之後，以我公重色，有從死之妾，是玷我公清範也，所以偷生耳。』……盼盼得詩後，怏怏旬日，不食而卒。」高齋詩話引晁補之語，謂張尚書即張建封，實誤。案白香山年譜，居易於貞元十九年以拔萃選登科，二十年選校書郎，元和元年罷。而張建封於貞元十六年殁，所謂「張尚書宴予」者，絶非建封，而是其子張愔。建封殁後，愔爲留後，官徐州刺史，在徐七年，元和初召爲工部尚書。

〔二〕將軍　指張愔。

〔三〕只餘句　白居易燕子樓詩：「滿窗明月滿簾霜，被冷燈殘拂臥牀。」盼盼詩云：「樓上殘燈伴曉霜，獨眠人起合歡牀。」

〔四〕燕子樓空　白居易燕子樓詩：「燕子樓中霜月夜，秋來只爲一人長。」蘇軾永遇樂彭城夜宿燕子樓夢盼盼因作此詞：「燕子樓空，佳人何在？空鎖樓中燕。」

〔五〕十二闌干　樂府詩集西洲曲：「鴻飛滿西洲，望郎上青樓。樓高望不見，盡日闌杆頭。闌杆十二曲，垂手明如玉。」

## 鶯鶯〔一〕

**詩曰**

崔家有女名鶯鶯，未識春光先有情。河橋兵亂依蕭寺〔二〕，紅愁緑慘見張生。張生一見春情重，明月拂牆花樹動〔三〕。夜半紅娘擁抱來〔四〕，脈脈驚魂若春夢〔五〕。

**曲子**

春夢，神仙洞，冉冉拂牆花樹動。西廂待月知誰共？更覺玉人情重。紅娘深夜行雲送，困嚲釵橫金鳳〔六〕。

**右七**

**【校記】**

〔鶯鶯〕此首故宫本、吴本皆補鈔，上多一「崔」字。鄧本、金本同。毛本移至篇末作「右崔鶯鶯」。〔紅愁緑慘〕彊村本作「怨紅愁緑」。〔花樹〕故宫本、吴本、張本、李本、段本、毛本、四庫本、王本、秦本、彊村本作「花影」，義較勝。

【箋注】

〔一〕鶯鶯　崔鶯鶯與張生故事，出自唐元稹會真記。故事大意謂：貞元中，故崔相國之女鶯鶯，隨母歸長安，路出蒲州，止於普救寺之西廂。有張生者游於蒲，亦止於該寺。時軍人擾攘，崔氏不安，張生與蒲將之黨有善，請吏護之。兵去，崔母設宴致謝，令鶯鶯出拜。張生自是惑之，綴春詞二首，託崔氏婢紅娘轉達。鶯鶯報以詩箋，約其相會；及至，却又嚴詞拒絶。張生自失者久之。忽一日，紅娘陪鶯鶯來，與之幽會。如是者幾一月。崔母覺之，拷紅得實，令張赴試，怏怏而別。元稹尚有續會真詩三十韻，另唐人楊巨源有崔娘詩、李紳有鶯鶯歌、宋趙令畤有商調蝶戀花十二首、金董解元有西廂記諸宮調、元王實甫有西廂記雜劇，蔚爲樂府盛事。

〔二〕河橋句　河橋，史記秦本紀昭襄王五十年「初作河橋」。正義：「此橋在同州臨晉縣東，渡河至蒲州，今蒲津橋也。」故址在今山西永濟西蒲州與陝西大荔東大慶關之間黄河上。兵亂，會真記云：「是歲，渾瑊薨於蒲，有中人丁文雅，不善於軍，軍人因喪而擾，大掠蒲人。」蕭寺，宋程大昌演繁露卷六：「國史補曰：『梁武帝造寺，令蕭子雲飛帛大書「蕭」字，至今一字猶在。……』案：此則蕭寺者乃因『蕭』字而名也。劉禹錫集卷二十九送如智法師曰：『前日過蕭寺，看師上法筵。』則是概以僧寺爲蕭寺。」

〔三〕明月句　會真記載鶯鶯與張生彩箋，題其篇曰「明月三五夜」。其詞曰：「待月西廂下，迎風户半開。拂牆花影動，疑是玉人來。」

〔四〕擁抱來　會真記：「數夕，張生臨軒獨寢，忽有人，覺之，驚駭而起，則紅娘斂衾攜枕而至。……俄而紅娘捧崔氏而至。」

〔五〕脈脈句　脈脈，相視貌，含情不語貌。古詩十九首：「盈盈一水間，脈脈不得語。」會真記：「寺鐘鳴，天將曉，紅娘促去，崔氏嬌啼宛轉。紅娘又捧之而去，終夕無一言，張生辨色而興，自疑曰：『豈其夢耶？』」

〔六〕困嚲句　困嚲，疲憊，萎靡。嚲，下垂貌。　金鳳，釵上飾物。

## 採蓮〔一〕

### 詩曰

若耶溪邊天氣秋〔二〕，採蓮女兒溪岸頭。笑隔荷花共人語，烟波渺渺蕩輕舟。數聲水調紅嬌晚〔三〕，棹轉舟回笑人遠〔四〕。腸斷誰家遊冶郎，盡日踟躕臨柳岸。

### 曲子

柳岸，水清淺，笑折荷花呼女伴。盈盈日照新粧面，水調空傳幽怨。扁舟日暮笑聲遠，對此令人腸斷。

右八

【校記】

〔採蓮〕此首故宮本、吴本皆補鈔。

**【箋注】**

〔一〕採蓮　曲名，原爲樂府舊題，始自梁武帝江南弄七首中之採蓮曲，後世依題作辭者甚多，多寫若耶溪越女採蓮生活。馬端臨文獻通考卷一四六樂考謂採蓮宋時隸教坊舞隊，舞女「衣紅羅生色綽子，繫暈裙，戴雲鬟髻，乘綵船，執蓮花」。此篇本于李白採蓮曲：「若耶溪旁採蓮女，笑隔荷花共人語。日照新粧水底明，風飄香袖空中舉。岸上誰家遊冶郎，三三五五映垂楊。紫騮嘶入落花去，見此踟蹰空斷腸。」

〔二〕若耶溪　見卷上望海潮其二注〔三〕。

〔三〕水調　曲調名。才調集卷四杜牧揚州詩：「誰家唱水調，明月滿揚州。」注：「煬帝開汴渠成，自作水調。」

〔四〕棹轉句　李白越女詞之三：「耶溪採蓮女，見客棹歌回。笑入荷花去，佯羞不出來。」

## 煙中怨〔一〕

**詩曰**

鑑湖樓閣與雲齊，樓上女兒名阿溪。十五能爲綺麗句〔二〕，平生未解出幽閨。謝郎巧思詩裁剪，能使佳人動幽怨。瓊枝璧月結芳期〔三〕，斗帳雙雙成眷戀〔四〕。

曲子

眷戀，西湖岸〔五〕，湖面樓臺侵雲漢〔六〕。阿溪本是飛瓊伴〔七〕。風月朱扉斜掩。謝郎巧思詩裁剪，能動芳懷幽怨。

右九

【校記】

〔煙中怨〕此首故宮本、吴本皆補鈔。　〔瓊枝〕吴本誤作「瓊林」。　〔湖面〕彊村本作「湖岸」，誤。

【箋注】

〔一〕煙中怨　唐人傳奇名。沈亞之湘中怨有序云：「湘中怨者，事本怪媚，爲學者未嘗有述。然而淫溺之人，往往不寤。」并自撰解云：「因悉補其詞，題之曰湘中怨，蓋欲使南昭嗣煙中志爲偶倡也。」煙中怨即指昭嗣此作。昭嗣，名卓，著有羯鼓録，其煙中怨本事，見嘉泰會稽志卷十九：「越漁者楊父，一女，絶色，爲詩不過兩句。或問：『胡不終篇？』曰：『無奈情思纏繞，至兩句即思迷不繼。』有謝生求娶焉。父曰：『吾女宜配公卿。』謝曰：『諺云：少女少郎，相樂不忘；少女老翁，苦樂不同。且安有少年公卿耶？』翁曰：『吾女詞多兩句，子能續之，稱其意，則妻矣。』示其篇曰：『珠簾半牀月，青竹滿林風。』謝續曰：『何事今宵景，無人解與同？』女曰：『天生吾夫！』遂偶之。後七年，春日，楊忽題曰：『春盡花宜盡，其如自是花！』謝曰：『何故爲不祥句？』楊曰：『吾不久於人間矣。』謝續曰：『從來説花意，不過此容華。』楊即瞑目而逝，後一年，江上煙花溶曳，見楊立於江中，曰：『吾本水仙，謫居人間；後儻思之，即復謫下，不得爲仙矣。』」明鈔本緑窗新話亦載此事，然極簡略。少游此詞略加變化，將越溪漁者楊氏女取名爲阿溪。

〔二〕綺麗句　指詞藻華美、風格綺靡的詩句。李白古風第一：「自從建安來，綺麗不足珍。」

〔三〕瓊枝璧月　樂府詩集卷四十七玉樹後庭花：「南史曰：『（陳後主）每引賓客游宴，則使諸貴人女學士與狎客共賦新詩，采其尤豔麗者，以爲曲調，被以新聲，選宮女千數歌之。其曲有玉樹後庭花、臨春樂等。其略云：「璧月夜夜滿，瓊樹（陳書張貴妃傳作「枝」）朝朝新。」大抵皆美張貴妃、孔貴嬪之容色。』按大業拾遺記，『璧月』句，蓋江總辭也。」

〔四〕斗帳　一種小帳。方頂方口，上小下大，形如倒置的斗。古詩爲焦仲卿妻作：「紅羅複斗帳，四角垂香囊。」

〔五〕西湖　指鑑湖西部。

〔六〕湖面句　謂湖面映出高入雲漢的樓臺。宋時鑑湖邊多建築物，少游懷樂安蔣公唱和詩序云：「而臥龍山、鑑湖尤爲一郡佳處，蓋府第之所占，城堞樓雉之所憑。」

〔七〕飛瓊　仙女名。漢武帝内傳：「王母乃命侍女許飛瓊鼓震靈之簧。」本事詩事感：「詩人許渾，嘗夢登山，有宮室凌雲，人云此崑崙也。既入，見數人方飲酒，招之，至暮而罷。詩云：『曉入瑤臺露氣清，坐中唯有許飛瓊。塵心未斷俗緣在，十里下山空月明。』他日復至，其夢飛瓊曰：『子何故顯余姓名於人間？』座上即改爲『天風吹下步虛聲』，曰：『善！』」

**【彙評】**

明卓人月古今詞統卷三：此事甚僻。徐案：指煙中怨本事。

# 離魂記〔一〕

**詩曰**

深閨女兒嬌復癡，春愁春恨那復知？舅兄唯有相拘意，暗想花心臨別時。離舟欲解春江暮，冉冉香魂逐君去。重來兩身復一身，夢覺春風話心素〔二〕。

**曲子**

心素，與誰語？始信別離情最苦。蘭舟欲解春江暮，精爽隨君歸去〔三〕。異時攜手重來處，夢覺春風庭户。

**右十**

**【校記】**

〔離魂記〕此首故宫本、吴本皆補鈔。〔相拘〕秦本作「相知」，非。

**【箋注】**

〔一〕離魂記　唐人傳奇名，陳玄祐撰。其故事略謂：天授三年，張鎰官於衡州，有女名倩娘，甥名王宙。宙幼聰慧，美容範，鎰嘗許曰：他時當以倩娘妻之。後各長成，竊慕於心。然鎰却以倩娘另許他人，女聞而抑鬱。宙亦恚恨，託言赴京，買舟遽行。夜半，忽聞岸上有一行聲甚疾，須臾至船，乃倩娘之魂。相與遠遁，居蜀五年，生二子。倩娘思親，俱歸衡州。宙先至舅家，首謝其事。鎰大驚。初，以其女固在閨中，病數年，未嘗離也。遂遣人至舟中探視，果見一倩娘。室中女聞之，喜而起，魂與體遂合而爲一。

〔二〕心素　情愫。李白寄遠十二首之八：「空留錦字表心素，至今緘愁不忍窺。」

〔三〕精爽　左傳昭公七年：「用物精多，則魂魄强，是以有精爽至於神明。」孔穎達疏：「精亦神也，爽亦明也；精是神之未著，爽是明之未昭。」此處指倩娘魂魄。

【彙評】

清沈雄古今詞話詞品下卷：高恥庵所列麗句，原係天壤間有限之語，然古今人必以此爲矜新顯異者，自一字至四字爲「字」，自五字至十五字爲「句」。凑合不同，工力各别，特拈之不嫌其復也。至十六字，則成小令矣。「絲雨濕流光」：周晋仙謂花間集只有「絲雨濕流光」五字。……「心素，與誰語」，秦觀古調笑句。「朝雨，濕愁紅」，温庭筠荷葉杯句。

## 虞美人三首〔一〕

高城望斷塵如霧，不見聯驂處〔二〕。夕陽村外小灣頭〔三〕，只有柳花無數送歸舟。瓊枝玉樹頻相見〔四〕，只恨離人遠。欲將幽恨寄青樓，争奈無情江水不西流〔五〕！

【校記】

〔調〕此首故宫本、吴本皆補鈔。故宫本詞末有「其一」二字。　〔幽恨〕彊村本作「幽事」，非。

【箋注】

〔一〕少游於元豐三年庚申（一〇八〇）暮春南游揚州。詞中所謂「高城」，當指揚州；所謂「歸舟」，當指詞人返回高郵之船；而頻頻回首，所眷念者，蓋昔日曾與「聯驂」之舊遊也。詞中所寫景色，亦與所遊之時相合。

〔二〕聯驂　猶並轡而行。驂，原意爲一車駕三馬，或指車子兩旁的馬。詩小雅采菽：「載驂載駟。」又詩鄭風大叔於田：「兩驂如舞。」

〔三〕灣頭　地名，又名茱萸灣。讀史方輿紀要揚州府：「揚州北十五里，有灣頭鎮。」今其地尚存。

〔四〕瓊枝玉樹　喻人物風采之美。世説新語容止：「魏明帝使后弟毛曾與夏侯玄並坐，時人謂蒹葭倚玉樹。」杜甫飲中八仙歌：「宗之瀟灑美少年，皎如玉樹臨風前。」蔣防霍小玉傳：「即令小玉自堂東閣子而出，生即拜迎，但覺一室之中，若瓊林玉樹互相照曜，轉盼精彩射人。」

〔五〕争奈句　中國河流多東流入海，江水自然不可能向西流。故古人常以此語喻萬難辦到之事。李白江上吟詩：「功名富貴若長在，漢水亦應西北流。」然亦有反其意而用之者，蘇軾八月十五日看潮之三：「造物亦知人易老，故教江水向西流。」又浣溪沙游蘄水清泉寺寺臨蘭溪溪水西流詞：「誰道人生無再少，門前流水尚能西。」

## 其二〔一〕

碧桃天上栽和露〔二〕，不是凡花數。亂山深處水縈回，可惜一枝如畫爲誰開？　輕寒細雨情何限！不道春難管〔三〕。爲君沉醉又何妨，祗怕酒醒時候斷人腸。

**【校記】**

〔其二〕此首故宫本、吴本皆補鈔。張本、李本、段本、鄧本、毛本、四庫本、黄本、王本、金本、秦本作「又」。故宫本將「其二」移至篇末。沈本草堂續集題作「春情」。　〔可惜、如畫〕趙萬里校輯宋金元人詞作「借問」、「如玉」，誤。　〔又何妨、斷人〕趙本作「一何妨」、「逝水」，誤。

**【箋注】**

〔一〕宋楊偍古今詞話云：「秦少游寓京師，有貴官延飲，出寵妓碧桃侑觴，勸酒惓惓。少游領其意，復舉觴勸碧桃。貴官云：『碧桃素不善飲。』意不欲少游强之。碧桃曰：『今日爲學士拚了一醉！』引巨觴長飲。少游即席贈虞美人詞曰（略）。闔座悉恨。貴官云：『今後永不令此姬出來！』滿座大笑。」唐圭璋詞話叢編本案：「緑窗新話引上節不注所本，以他節例之，知即從古今詞話出也。」據此可證此詞作於元祐間。

〔二〕碧桃句　唐高蟾下第後上永崇高侍郎詩：「天上碧桃和露種，日邊紅杏倚雲栽。」此以碧桃樹喻碧桃其人，雙關語。

〔三〕不道　詩詞曲語辭匯釋卷四：「不道，猶云不知也；不覺也；不期也。李白幽州胡馬客歌：『雖居燕支山，不道朔雪寒。』言不知朔雪寒也。……歐陽修玉樓春詞：『尊前貪愛物華新，不道物新人易老。』言不知人已漸老也。」

【彙評】

明沈際飛草堂詩餘續集：（上闋）崔護桃花詩旨。○抑揚百感。

## 其三〔一〕

行行信馬橫塘畔〔二〕，煙水秋平岸。綠荷多少夕陽中，知爲阿誰凝恨背西風〔三〕？

紅粧艇子來何處？蕩槳偷相顧〔四〕。鴛鴦驚起不無愁，柳外一雙飛去却回頭〔五〕。

【校記】

〔其三〕此首吳本、故宮本皆補鈔。張本、李本、段本、鄧本、毛本、四庫本、黃本、王本、金本、秦本皆作「又」。故宮本移「其三」於篇末。　〔夕陽〕故宮本、李本、毛本、金本作「斜陽」，非。　〔艇子〕彊村本作「船子」，非。

〔蕩槳〕原誤作「蕩漿」，依張本、吳本、故宮本改。

【箋注】

〔一〕元豐二年己未（一〇七九），少游南游會稽，有游龍門山次程公韻詩，云：「路轉橫塘入亂峯，遍尋瀟灑與無窮。」游鑑湖詩云：「畫舫珠簾上繚牆，天風吹到芰荷鄉。」所寫景物，與詞境相似，蓋爲同時之作。

〔二〕横塘　東西向的池塘。吴郡圖記續記卷下「治水」：「或五里七里而爲一縱浦，又七里或十里而爲一横塘，因塘浦之土以爲堤岸，使塘浦闊深，堤岸高厚，則水不能爲害而可使趨於江也。」宋晁次膺滿庭芳：「十里横塘過雨，荷香細，蘋末風清。」

〔三〕緑荷二句　語本杜牧齊安郡中偶題二首：「多少緑荷相倚恨，一時回首背西風。」阿誰，何人。三國志蜀志龐統傳：「向者之論，阿誰爲失？」宋柳永少年游詞：「試問伊家，阿誰心緒，禁得恁無憀？」凝恨，詩詞曲語辭匯釋卷五：「有曰凝恨者，柳永塞孤詞：『算得佳人凝恨切，應念念，歸時節。』凝恨，恨之不已，猶云積恨也。」

〔四〕紅粧二句　紅粧，指女子。艇子，船夫。西曲歌莫愁樂：「莫愁在何處？莫愁石城西。艇子打兩槳，催送莫愁來。」

〔五〕柳外句　唐韋莊謁金門詞：「柳外飛來雙羽玉。弄晴相對浴。」

## 點絳脣二首〔一〕

醉漾輕舟，信流引到花深處〔二〕。塵緣相誤〔三〕，無計花間住。　烟水茫茫，千里斜陽暮。山無數，亂紅如雨，不記來時路〔四〕。

【校記】

〔調〕此首故宮本、吳本皆補鈔。吳本、故宮本、張本、李本、段本、鄧本、毛本、四庫本、黃本、王本、金本、秦本調下均題作「桃源」。毛本題下注曰：「或刻蘇子瞻。」此二首均收入元刊東坡樂府。唐圭璋全宋詞作蘇軾詞，於第一首末注云：「此後二詞，洪甫云：親見東坡手迹於潮陽吳子野家。」第二首末注云：「案以上二首別又見秦觀淮海居士長短句卷下。」又宋詞四考：「案此二首皆秦觀詞，見淮海詞。唯今四印齋本東坡詞有此二首，毛本東坡詞删去。」徐案：應從宋刊作秦觀詞爲是。〔千里〕毛本、王本作「回首」，非。

【箋注】

〔一〕此首兼詠劉晨、阮肇誤入桃源及陶淵明桃花源記故事，參見卷上鼓笛慢詞注〔八〕，疑紹聖二年乙亥（一〇九五）貶居處州時作。

〔二〕信流句　唐劉長卿尋張逸人山居詩：「桃源定在深處，澗水浮來落花。」

〔三〕塵緣　佛教名詞。圓覺經：「妄認四大爲自身相，六塵緣影爲自心相。」所謂「六塵」，即指聲、色、香、味、觸、法六種。佛家以爲以心攀緣六塵，遂爲六塵所牽累，故謂之塵緣。唐韋應物春月觀省屬城始憩東西林精舍詩：「佳士亦棲息，善身絶塵緣。」

〔四〕山無數三句：亂紅如雨，唐李賀將進酒：「況是青春日將暮，桃花亂落如紅雨。」不記來時路，晉陶淵明桃花源記謂武陵漁人，「既出，得其船，便扶向路，處處志之。及郡下，詣太守，說如此。太守即遣人隨其往，尋向所志，遂迷，不復得路。」唐王維桃源行：「當時只記入山深，青溪幾度到雲林。春來遍是桃花水，不辨仙源何處尋。」詞意似之。

【彙評】

明沈際飛草堂詩餘正集卷一：如畫。

## 其二

月轉烏啼〔一〕，畫堂宫徵生離恨〔二〕。美人愁悶，不管羅衣褪〔三〕。　清淚班班，揮斷柔腸寸。嗔人問，背燈偷揾，拭盡殘粧粉〔四〕。

【校記】

〔其二〕此首故宫本、吴本皆補鈔。故宫本、張本、李本、段本、毛本、四庫本、黄本、王本、秦本均作「又」。

〔烏啼〕原誤作「鳥啼」，從吴本、故宫本、張本改。

【箋注】

〔一〕月轉烏啼　唐張繼楓橋夜泊詩：「月落烏啼霜滿天，江楓漁火對愁眠。」

〔二〕宫徵　我國古代音樂有七聲：宫、商、角、徵、羽、變宫、變徵。此處泛指樂曲。

〔三〕美人二句　謂美人不惜因愁悶而致身材瘦損，意猶柳永鳳棲梧詞：「衣帶漸寬終不悔，爲伊銷得人憔悴。」羅衣褪，即羅衣寬松也。

〔四〕偷揾　暗自拭淚。宋辛棄疾水龍吟旅次登樓詞：「倩何人唤取，紅巾翠袖，揾英雄淚。」

# 品令二首〔一〕

幸自得〔二〕，一分索强〔三〕，教人難喫〔四〕。好好地、惡了十來日〔五〕，恰而今、較些不〔六〕？　須管啜持教笑〔七〕，又也何須肐織〔八〕！　衠倚賴、臉兒得人惜〔九〕，放軟頑、道不得。

**【校記】**

〔調〕此首吴本、故宫本皆補鈔。毛本、彊村本無「二首」二字。　〔惡了〕吴本、故宫本作「惡來」，誤。

〔臉兒〕原誤作「歛兒」，依吴本、張本、段本、鄧本、金本、毛本改。

**【箋注】**

〔一〕詞律卷五杜文瀾補注：「按此調多作俳詞，故爲彼時歌伶語氣，多用入聲。」徐案：此調全宋詞中以歐陽修「漸素景」一首爲最早，此二首風格似之，然皆以高郵方言寫艷情，疑神宗熙寧年間鄉居之時爲應歌而作。

〔二〕幸自得　意猶本來是。幸自，見卷中踏莎行注「九」。得，語助辭。

〔三〕索强　詩詞曲語辭匯釋卷四：「索强，猶云賽强或争强也，亦可作恃强解。秦觀品令詞：『幸自得，一分索强，教人難喫。』毛滂浣溪沙詠梅詞：『月様嬋娟雪様清，索强先占百花春。』……皆其例也。」

〔四〕難喫　難受。詩詞曲語辭匯釋卷五：「喫，猶被也，受也。」周紫芝洞仙歌詞：「縱留得梨花做寒食，怎喫他朝來這般風雨！」

〔五〕惡　氣惱、煩悶。世説新語言語：「謝太傅語右軍曰：『中年傷於哀樂，與親友别，輒作數日惡。』」

〔六〕較些不　猶今語好些不。詩詞曲語辭匯釋卷二：「較，猶瘥也。字亦作校。白居易病中對南鄰覓酒詩：『頭痛牙疼三日卧，妻看煎藥婢來扶。今朝似校擡頭語，先問南鄰酒有無。』張籍閑游詩：『病眼校來猶斷酒，却嫌行處菊花多。』……以上各較字、校字、瘥字，均爲病瘥義。」玉篇：「瘥，疾愈也。」宋楊萬里久病小愈雨中端午試筆詩：「病較欣逢五五辰，宫衣忽憶拜天恩。」

〔七〕啜持　哄騙。警世通言三十七：「當下只留這萬秀娘在焦吉莊上。萬秀娘離不得是把箇甜言美語，啜持過來。」

〔八〕肐織　即肐膊，意猶多曲折，不順遂。

〔九〕衠　詩詞曲語辭匯釋卷二：「衠，猶儘也；純也。其作儘義者，秦觀品令詞：『衠倚賴、臉兒得人惜。放軟頑、道不得。』言儘賴着臉兒得人愛也。放軟頑，猶云撒嬌。」案此詞清萬樹詞律卷五注：「衠，音諄。西廂：『一團衠是嬌。』」

**【彙評】**

清萬樹詞律卷五：第二、三句，似石（孝友）詞，「惡了」比前多二字，較全。

清李調元雨村詞話卷一：秦少游品令後段云：「須管啜持教笑，又也何須肐織。衠倚賴、臉兒得人惜。放軟頑，道不得。」肐織、衠、倚賴，皆俳語。

# 其二

掉又嬥〔一〕，天然箇品格，於中壓一〔二〕。簾兒下、時把鞋兒踢，語低低、笑咭咭。每

每秦樓相見〔三〕，見了無門憐惜。人前强、不欲相沾識〔四〕，把不定、臉兒赤。〔五〕。

**【校記】**

〔其二〕此首吴本、故宫本皆補鈔。故宫本、毛本、四庫本、黄本、王本、秦本作「又」。〔嬥〕底本作「懼」，故宫本、李本、段本、鄧本、毛本、四庫本、王本、金本、秦本作「臞」。俱誤。此據蔣禮鴻義府續貂改。〔壓一〕黄本注云：「『一』字疑衍。」係誤解。〔無門〕吴本、故宫本、張本作「無限」。〔沾識〕詞律作「沾溼」，非。

〔臉兒〕原誤作「歛兒」，依張本、吴本、故宫本、毛本改。

**【箋注】**

〔一〕掉又嬥　宋時方言。嬥，説文解字：「嬥，直好皃。」段注曰：「直好，直而好也。嬥之言擢也。詩：『佻佻公子。』魏都賦注云：『佻，或作嬥。』廣韻曰：『嬥嬥，往來皃。』」蔣禮鴻義府續貂：「掉、嬥，皆美好義。」此言女子姿態妖嬈。

〔二〕壓一　詩詞曲語辭匯釋卷三：「壓一，壓倒一切之意，猶云第一也。」宋辛棄疾踏歌詞：「看精神壓一龐兒劣，更言語一似春鶯滑。」

〔三〕秦樓　原謂秦穆公時簫史、弄玉所居之鳳臺，後世常借指妓院。

〔四〕沾識　猶言沾惹、接近。

〔五〕把不定：未被聘定。古代訂婚，男方送聘禮，稱爲「把定」。金董解元西廂記諸宫調：「不須把定，這七弦琴便是大媒人。」

**【彙評】**

清萬樹詞律卷五：此詞五十二字，比前較全。兩結各六字，應是正格也。前調恐俱有闕誤，未可從。稼軒作正與此同，只「踢」、「濕」二字不用韵耳，兹不録。按此調多作俳詞，故爲彼時歌伶語氣，多用入聲，而「肐織」字與「掉又臞」及「壓一」等語未解，且亦恐傳寫有誤也。

清李調元雨村詞話卷一：又一首云：「棹又臞，天然箇品格，於中壓一。」「棹又臞」、「壓一」，皆彼時歌伶語氣也。末云：「語低低，笑咭咭。」卽乞乞，皆笑聲。

清焦循雕菰樓詞話：秦少游品令「棹又臞，天然箇品格」，此正秦郵土音，用「箇」字作語助，今秦郵人皆然也。三百篇如「其虚其邪，狂童之狂也且」，古人自操土音，北宋如秦柳，尚有此種。南宋姜白石、張玉田一派，此調不復有矣。

又：毛大可稱詞本無韵，是也。偶檢唐宋人詞，如杜安世賀聖朝用計（霽）、媚（寘）、待（賄）、愛（隊）……秦觀品令用得、織（職）、喫（錫）、日（質）、不（物）、惜（陌）……秦觀品令云：「棹又臞，天然箇品格，於中壓一。簾兒下，時把鞋兒踢。語低低，笑咭咭。」……凡此皆用當時鄉談里語，又何韵之有？龍榆生師蘇門四學士秦觀：品令出以調笑口吻，表現一副嬌憨情形，而又多用俚語方言，與山谷艷詞相類。其必爲少年應歌之作。

## 南歌子三首〔一〕

玉漏迢迢盡，銀潢淡淡横〔二〕。夢回宿酒未全醒，已被鄰雞催起怕天明。　臂上粧猶在，襟間淚尚盈〔三〕。水邊燈火漸人行，天外一鈎殘月帶三星。

**【校記】**

〔調〕此首吳本、故宮本皆補鈔。花庵及毛本調下題作「贈陶心兒」。全宋詞案：「此首別又誤作僧仲殊詞，見古今詞選卷二。」

**【箋注】**

〔一〕苕溪漁隱叢話前集卷五十引高齋詩話云：「少游在蔡州……又贈陶心兒詞云：『天外一鈎横月帶三星。』謂『心』字也。」案少游於元祐元年丙寅（一〇八六）任蔡州教授，至五年入京，詞蓋作於是時。

〔二〕銀潢　銀河。蘇軾和文與可洋州園池三十首天漢台：「漢水東流舊見經，銀潢左界上通靈。」

〔三〕臂上二句　唐元稹會真記：「及明，睹粧在臂，香在衣，淚光熒熒然猶瑩於茵席而已。」此處寫晨起別情。

【彙評】

明楊慎詞品卷三：又贈陶心兒「一鉤殘月帶三星」，亦隱「心」字。山谷贈妓詞：「你共人女邊著子，争知我門裏添心？」亦隱「好悶」二字云。

明卓人月古今詞統卷七：「你共人女邊著子，争知我門裏挑心」，對此則醜。

清沈謙填詞雜説：秦淮海「天外一鉤殘月照三星」，只作曉景，佳！若指爲心兒謎語，不與「女邊著子，門裏挑心」同墮惡道乎？

清徐釚詞苑叢談卷三：少游贈歌妓陶心兒南歌子詞云（略）。末句暗藏「心」字，子瞻誚其恐爲他姬廝賴也。

清劉體仁七頌堂詞繹：詞中如「玉佩丁東」，如「一鉤殘月帶三星」，子瞻所謂恐他姬廝賴，以取娱一時可也。乃子瞻贈崔廿四，全首如離合詩，才人戲劇，興復不淺。

清郭麐靈芬館詞話卷二：以人名字隱寓詞中，始於少游之「一鉤斜月帶三星」，「小樓連苑橫空」。無名氏之「夢也有頭無尾」，雖游戲筆墨，亦自有天然妙合之趣。

清陳廷焯詞則閑情集卷一：（結句）雙關巧合，再過則傷雅矣。

冒廣生冒鶴亭詞曲論文集疚齋詞論：秦少游贈陶心兒南歌子「天外一鉤殘月掛三星」，黃山谷兩同心詞「你共人女邊著子，争知我門裏挑心」，又少年心詞「似合歡桃核，真堪人恨，心兒裏有兩個人人」，皆謎語也。雲溪友議載晉公弟子裴諴與温岐爲友，裴有南歌子云……二人又爲新添楊柳枝詞，飲筵競唱其詞而打令也……知秦黄之詞，蓋有所本。

錢鍾書談藝録： 詞章家雋句，每本禪人話頭，如忠國師云：「三點如流水，曲似刈禾鐮」。（五燈會元卷三）大同禪師云：「依稀似半月，仿佛若三星」（五燈會元卷十六），皆模狀心字也。秦少游贈妓陶心兒詞則云：「一鈎斜月帶三星」。稗海本泊宅編卷上極稱東坡贈陶心兒詞「缺月向人舒窈窕，三星當户照綢繆」，以爲善狀物，蓋不知有所本也。

## 其二〔一〕

愁鬢香雲墜，嬌眸水玉裁〔二〕。月屛風幌爲誰開〔三〕？ 天外不知音耗百般猜。 玉露沾庭砌，金風動琯灰〔四〕。相看有似夢初回，只恐又抛人去幾時來。

【校記】

〔其二〕此首吴本、故宫本皆補鈔。故宫本、張本、李本、段本、鄧本、毛本、四庫本、黄本、王本、金本、秦本皆作「又」。沈本草堂續集題作「閨情」。 〔香雲墜〕吴本、故宫本作「香雲墮」，誤。 〔水玉〕毛本、王本作「冰玉」，誤。

【箋注】

〔一〕少游元祐四年在蔡州有贈女冠暢師詩云：「瞳人剪水腰如束，一幅烏紗裹寒玉。飄然自有姑射姿，回看粉黛皆塵俗。霧閣雲牕人莫窺，門前車馬任東西。禮罷曉壇春日静，落紅滿地乳鴉啼。」苕溪漁隱叢話前集卷五十引桐江詩話載其事：「暢姓惟汝南有之，其族尤奉道，男女爲黄冠者十之八九。時有女冠暢道姑，姿色姸麗，神仙中人也。少游挑之不得，作詩云……（略）」此詞所詠與之有相似處，蓋作於同時。

〔二〕水玉　水晶之别稱。山海經南山經：「堂庭之山多棪木，多白猿，多水玉。」注：「水玉，水精也。」相如上林賦：『水玉磊砢。』」本草綱目水精：「水精亦頗黎（玻璃）之屬，有黑白二色。」此處借指黑白分明之眼球。

〔三〕月幈風幌　即屏風窗簾，因其遮月臨風，故稱。南朝江總閨怨詩：「屏風有意障明月。」唐白居易前庭涼夜詩：「風幌影如波。」幌，玉篇：「帷幔也。」

〔四〕金風句　金風，秋風。琯灰，亦稱葭灰，古代用以預測節氣。大戴禮記少間：「西王母來獻其白琯。」盧辯注：「琯所以候氣也。」琯，即玉管。據後漢書律曆志，燒葭成灰，置於律管内，至相應節氣，葭灰即從律管内自行飛出，從而知節令。杜甫小至詩：「刺繡五紋添弱線，吹葭六琯動飛灰。」

【彙評】

明沈際飛草堂詩餘續集：相看又恐去，未去先問來，宛女子小聲輕囀。

## 其三

香墨彎彎畫〔一〕，燕脂淡淡匀。揉藍衫子杏黄裙〔二〕，獨倚玉闌無語點檀脣〔三〕。人去空流水，花飛半掩門。亂山何處覓行雲〔四〕？又是一鈎新月照黄昏。

【校記】

〔其三〕此首故宫本、吴本皆補鈔。故宫本、張本、李本、段本、鄧本、毛本、四庫本、黄本、王本、金本、秦本均作「又」。沈本草堂續集題作「閨怨」。

【箋注】

〔一〕香墨　畫眉的螺黛。

〔二〕挼藍　即藍色。宋黄庭堅點絳脣詞第三：「淚珠輕溜，裛損挼藍袖。」

〔三〕檀脣　檀爲淺絳色。檀脣，形容女性脣吻之美。唐宇文氏粧臺記謂「唐末點脣有胭脂暈品：石榴嬌、大紅春……聖檀心……」等。孔尚任桃花扇傳歌：「重點檀脣臙脂膩。」亦稱檀口。韓偓余作探使以繚綾手帛子寄賀因而有詩：「黛眉印在微微緑，檀口消來薄薄紅。」

〔四〕行雲　喻戀人的踪影。參見卷中醉桃源詞注〔四〕。

## 臨江仙二首〔一〕

千里瀟湘挼藍浦〔二〕，蘭橈昔日曾經〔三〕。月高風定露華清。微波澄不動，冷浸一天星〔四〕。　獨倚危檣情悄悄〔五〕，遥聞妃瑟泠泠〔六〕。新聲含盡古今情。曲終人不見，江上數峯青〔七〕。

## 【校記】

〔調〕吴本、故宫本、張本作「臨江仙二首」。此五字故宫本補鈔。吴本全篇補鈔。〔挼藍〕李本、段本、鄧本、毛本、四庫本、黄本、王本、詞律、金本、秦本、彊村本均作「接藍」，誤。〔蘭橈〕原誤作「蘭撓」，從張本改。〔微波〕明印本、故宫本作「徵波」，誤。〔危檣〕張本、李本、段本、鄧本、毛本、四庫本、詞律、金本、秦本、彊村本作「危樓」，誤。

## 【箋注】

〔一〕宋釋惠洪冷齋夜話云：「廬山邦亭湖廟甚靈，能分風送往來之舟。秦少游南遷宿其下，登岸縱望久之，歸臥舟中，聞風聲，側枕視微波，月影縱横，追繹昔嘗宿垂雲老惜竹軒，見西湖月色如此，遂夢美人自言維摩詰散花天女也，以維摩詰像來求贊。少游愛其畫，默念曰：『非道子不能作此。』天女以詩戲少游曰：『不知水宿分風浦，何似秋眠惜竹軒？聞道詩詞妙天下，廬山對面可無言？』少游夢中題其像曰……」此詞云「千里瀟湘挼藍浦，蘭橈昔日曾經」，又云「遥聞妃瑟泠泠」，意境相似。據秦譜，紹聖三年丙子（一〇九六），少游自處州南徙郴州，詞似作於舟經瀟湘途中。

〔二〕挼藍　形容江水的清澈。説文：「藍，染青草也。」古代挼取藍草以取青色，故稱「挼藍」或「揉藍」。黄庭堅訴衷情詞：「山潑黛，水挼藍，翠相攙。」又張景修選冠子：「嫩水挼藍，遥堤映翠，半雨半煙橋畔。」

〔三〕蘭橈　蘭舟。橈，船槳。梁簡文帝采蓮曲：「桂楫蘭橈浮碧水，江花玉面兩相似。」金奩集訴衷情詞：「碧沼紅芳烟雨静，倚蘭橈。」

〔四〕冷浸句　歐陽炯西江月詞：「月映長江秋水，分明冷浸星河。」

〔五〕獨倚句　危檣，高高的桅杆，用以掛帆。文選郭璞江賦：「舳艫相屬，萬里連檣。」悄悄，寂静貌。唐韋應物曉至園中憶諸弟崔都水詩：「山郭恒悄悄，林月亦娟娟。」元稹會真詩三十韵：「更深人悄悄，晨會雨濛濛。」宋王雱倦尋芳慢詞：「倚危檣，登高榭，海棠經雨胭脂透。」

〔六〕遥聞句　妃瑟，楚辭遠遊：「使湘靈鼓瑟兮，令海若舞馮夷。」後漢書馬融傳注：「湘靈，舜妃，溺於湘水，爲湘夫人。」泠泠，形容聲音清脆。晉陸機招隱詩：「山溜何泠泠，飛泉漱鳴玉。」又文賦：「文徽徽以溢目，音泠泠而盈耳。」

〔七〕曲終二句　唐錢起省試湘靈鼓瑟詩：「善鼓雲和瑟，常聞帝子靈。……曲終人不見，江上數峯青。」案：沈作喆寓簡卷十云：汴京時，有戚里子邢俊臣，「善作臨江仙詞，末章必用唐律兩句爲謔，以調時人之一笑」。如其以「高」字爲韵，末句云：「巍峩萬丈與天高。物輕人意重，千里送鵝毛。」又以「陳」字爲韵，詞末云：「遠來猶自憶梁陳。江南無好物，聊贈一枝春。」又押「詩」字韵，詞末云：「用心勤苦是新詩。吟安一箇字，捻斷數根髭。」其實，略早於少游的晏幾道，所作臨江仙（夢後樓臺高鎖），上結即用五代翁宏春殘詩句：「落花人獨立，微雨燕雙飛。」於是漸成慣例。少游與滕宗諒作此調，亦用唐詩爲結句，雖不謔，然亦當時風氣使然耳。

**【彙評】**

宋吴曾能改齋漫録卷十六：唐錢起湘靈鼓瑟詩末句：「曲終人不見，江上數峯青。」秦少游嘗用以填詞云（詞略）。滕子京亦嘗在巴陵，以前兩句填詞云：「湖水連天天連水，秋來分外澄清。

君山自是小蓬瀛。氣蒸雲夢澤，波撼岳陽城。帝子有靈能鼓瑟，淒然依舊傷情。微聞蘭芷動芳馨。曲終人不見，江上數峯青。」　徐案：少游詞「挼藍」、「月高」，漫録誤引作「按藍」、「日高」。

宋吴炯五總志：潭守宴客合江亭，時張才叔在座，令官妓悉歌臨江仙。有一妓獨唱兩句云：「微波渾不動，冷浸一天星。」才叔稱歎，索其全篇。妓以實語告之：「賤妾夜居商人船中，鄰舟一男子，遇月色明朗，即倚檣而歌，聲極淒怨。但以苦乏性靈，不能盡記。但助以一二同列，共往記之。」太守許焉。至夕，乃與同列飲酒以待。果一男子，三歎而歌。有趙瓊者，傾耳墮淚曰：「此秦七聲度也！」趙善謳，少游南遷，經從一見而悦之。商人乃遣人問訊，即少游靈舟也。其詞曰：（略）崇寧乙酉，張才叔過荆州，以語先子，乃相與歎息曰：「少游了了，必不致沉滯戀此壞身，似有物爲之。然詞語超妙，非少游不能作，抑又可疑也。」　徐案：所引少游詞「千里瀟湘」作「瀟湘千里」，「月高風定」作「月明風静」，「澄」作「渾」，「遥聞妃瑟」作「時聞飛瑟」，「新聲」作「仙音」。

清萬樹詞律卷八：兩起，七字，兩結，五字二句。按淮海又一詞與此同，但前結五字兩句，後結一四一五，恐無此體，必係落一字者，故不録。○起句「接藍浦」，用仄平仄，雖或不妨，然亦不必學。惜香有云：「仙源正閑散。」龍洲有云：「誰知清涼意思？」皆或係敗筆，或係訛刻，無此例也。　徐案：惜香，指趙長卿惜香樂府；劉過，號龍洲道人，有龍洲詞。

清杜文瀾憩園詞話卷一：詩之幽瘦者，宋人均以入詞，如「曲終人不見，江上數峯青」一聯，秦少游直録其語。若是者不少，是在填詞家善於引用，亦須融會其意，不宜全録其文。總之，詞以纖秀爲佳，凡使氣、使才，矜奇、矜僻，皆不可一犯筆端。

詞律卷八杜文瀾補注：　按歷代詩餘起句「接」字作「挼」。又按淮海集「獨倚危樓」之「樓」字作「檣」。

## 其二〔一〕

髻子偎人嬌不整〔二〕，眼兒失睡微重。尋思模樣早心忪〔三〕。斷腸攜手，何事太怱怱。　不忍殘紅猶在臂〔四〕，翻疑夢裏相逢〔五〕。遥憐南埭上孤篷。夕陽流水，紅滿淚痕中。

**【校記】**

〔其二〕此首吴本補鈔。張本、李本、段本、鄧本、毛本、四庫本、黄本、王本、金本、秦本均作「又」。沈本草堂續集卷下題作「佳人」。　〔孤篷〕「篷」，原作「蓬」，據張本改。

**【箋注】**

〔一〕此詞似爲憶内而作。詞中「南埭」，係指召伯埭（今江蘇江都邵伯），因在詞人故里高郵之南，故稱南埭。少游有次韻子由召伯埭見別詩三首，第一首有句云：「召伯埭南春欲盡，爲公重賦畔牢愁。」紹聖元年甲戌（一〇九四），少游出爲杭州通判，途經邗溝，是時蓋與家人告别，事後憶及此情此景，感而賦此。

〔二〕髻子句　李清照浣溪沙詞：「髻子傷春懶更梳，晚風庭院落梅初。」

〔三〕心忪　心驚。玉篇：「忪，心動不定，驚也，遑遽也。」金奩集黄鍾宫浣溪沙詞：「欲上秋千四體慵，擬教人送又心忪。」

〔四〕殘紅在臂　見卷下南歌子（玉漏迢迢盡）注〔三〕。

〔五〕翻疑句　宋晏幾道鷓鴣天：「今宵剩把銀釭照，猶恐相逢是夢中。」宋王楙野客叢書謂此二句「蓋出老杜『夜闌更秉燭，相對如夢寐』、戴叔倫『還作江南夢，翻疑夢裏逢』、司空曙『乍見翻疑夢，相悲各問年』之意。」吾於此詞，亦作如是觀。

【彙評】

明沈際飛草堂詩餘續集卷下：（起句）兩句佳人之神。（結句）自饒花色。

## 好事近　夢中作〔一〕

春路雨添花，花動一山春色。行到小溪深處，有黄鸝千百。　飛雲當面化龍蛇，夭矯轉空碧〔二〕。醉臥古藤陰下，了不知南北。

【校記】

〔調〕此首吴本補鈔。「夢中作」三字，吴本、張本、彊村本均另起一行。亦見沈本草堂續集。　〔夭矯〕故宫本誤作「天矯」。

徐案：宋本詞末附注不提行，作雙行小字云：「東坡跋尾：供奉官莫君沔官湖南，喜從遷客游，尤爲吕元鈞所稱；又能誦少游事甚詳。爲予誦此詞至流涕，乃録本使藏之。魯直跋少游好事近：少游醉卧古藤下，誰與愁眉唱一杯？解作江南斷腸句，只今唯有賀方回。」吴本、張本詞末附注同此，但兩跋分别另起並提單行。段本、鄧本、秦本、彊村本詞末附注同，但不另起提行。底本、故宫本及葉氏兩宋本東坡跋尾「爲予誦此詞」句中脱「誦」字，據張本補。徐案：蘇詩總案卷四十五録東坡跋尾，「莫君沔」作「儂君沔」，「官」作「居」，「誦」字不脱。末署「建中靖國元年三月二十一日」。王文誥案：「元鈞即吕陶也。」「儂沔從吕陶游，正其在衡州時也。」

**【箋注】**

〔一〕苕溪漁隱叢話前集卷五十引冷齋夜話云：「秦少游在處州，夢中作長短句曰：山路雨添花……。後南遷，久之，北歸，逗留於藤州，遂終於瘴江之上光華亭。時方醉起，以玉盂汲泉欲飲，笑視之而化。」徐案：蘇詩總案卷四十五載：「本集書秦少游詞後云：『少游昔在虔州嘗夢中作詞云……』」虔州乃處州之誤。少游於紹聖元年貶監處州酒稅，至紹聖三年歲暮徙郴州，詞蓋紹聖三年丙子（一〇九六）春天作於處州。

〔二〕夭矯　屈伸自如，多形容縱恣舞動的姿態。漢司馬相如上林賦：「夭矯枝格，偃蹇杪顛。」又張衡思玄賦：「偃蹇夭矯，娩以連卷兮。」揚雄羽獵賦：「騰空虚，距連卷，踔夭矯，娭澗間。」

**【彙評】**

宋趙令畤侯鯖録卷七：秦少游、賀方回相繼以歌詞知名。少游有詞云：「醉卧古藤陰下，了不知南北。」其後遷謫，卒於藤州光華亭上。方回亦有詞云：「當年曾到王陵鋪，鼓角秋風，千歲遼東，回首人間萬事空。」後卒於北門，門外有王陵鋪云。

宋阮閱詩話總龜卷九：賀方回初作青玉案詞，遂知名，其間有云「彩筆新題斷腸句」。後山谷有詩云：「少游醉臥古藤下，誰作詩歌送一杯？解道江南斷腸句，只今惟有賀方回。」蓋載青玉案事。

宋王銍默記卷下：叔原妙在得於婦人，方回妙在得詞人遺意，非獨兩人而已，如少游臨死作讖詞云：「醉臥古藤陰下，了不知南北。」必不至於西方净土。

宋魏慶之詩人玉屑卷二十一引冷齋夜話：賀方回妙於小詞，……山谷嘗手寫所作青玉案者，置之几研間，時自玩味，曰：「凌波不過横塘路，但目送飛鴻去。錦瑟華年誰與度？小橋幽徑，綺窗朱户，只有春知處。碧雲冉冉蘅皋暮，彩筆空題斷腸句。試問閑愁都幾許？一川烟草，滿城風絮，梅子黄時雨。」山谷云此詞少游能道之，作小詩曰：「少游醉臥古藤下，無復愁眉唱一杯。解道江南斷腸句，而今惟有賀方回。」

宋吴子良荆溪林下偶談卷一：張祜有句云：「故國三千里，深宫十二年。」故杜牧云：「可憐故國三千里，虛唱宫詞滿六宫。」鄭谷亦云：「張生有國三千里，知者唯應杜紫微。」秦少游有詞云：「醉臥古藤陰下。」故山谷云：「少游醉臥古藤下……」。正與杜、鄭意同。

明沈際飛草堂詩餘續集卷上：（過片）偶書所見。○（結尾二句）白眼看世之態。○酷似鬼詞，宜其卒於藤州。

明郎瑛七修類稿卷三十：秦觀，字少游，號太虚，淮之高郵人，與蘇、黄齊名，嘗於夢中作好事近一詞（略），其後以事謫藤州，竟死於藤，此詞其讖乎？少游同時有賀鑄，嘗作青玉案悼之（詞略）。山谷有詩云：「少游醉臥古藤下……」（略）秦詞世人少知，余嘗親見其墨跡，後有近代劉菊莊題云：「名並蘇黃學更優，一詞遺墨至今留。無人喚醒藤州夢，淮水淮山總是愁。」亦不勝其感慨，因憶賀、黃二作，並書之。

明卓人月古今詞統卷五：曹唐偶詠「水底有天春漠漠，人間無路月茫茫」，遂卒於僧舍。少游此詞如鬼如仙，固宜不久。

明陸云龍詞菁卷二眉批：奇峭。

清馮金伯詞苑粹編卷二十三：少游得謫後，嘗夢中作詞云：「醉臥古藤陰下，了不知南北。」竟以元符庚辰卒於藤州光華亭上。崇寧甲申，庭堅竄宜州，道過衡陽，覽其遺墨，始追和其千秋歲詞云。

清周濟宋四家詞選：概括一生，結語遂作藤州之讖。造語奇警，不似少游尋常手筆。

清陳廷焯詞則別調集卷一：筆勢飛舞。

龍榆生師研究詞學之商榷二批評之學：例如前節所舉之千秋歲，與下列之夢中作好事近（詞略），其出筆之險峭，聲情之悽厲，較之集中其他諸作，判若兩人。此環境之轉移，有關於詞格之變化者也。

# 淮海居士長短句補遺

## 如夢令

鶯嘴啄花紅溜，燕尾點波緑皺〔一〕。指冷玉笙寒，吹徹小梅春透〔二〕。依舊，依舊，人與緑楊俱瘦。

【校記】

〔調〕録自毛本，原作「又」。亦見王忠慤公藏顧本詩餘卷一、草堂詩餘卷一、楊慎批草堂卷一、秦本鄧輯詩餘（以下簡稱秦本詩餘），均題作「春景」。並見明鄧章漢輯詩餘（以下簡稱鄧本）、王本補遺、歷代詩餘卷三。陳耀文花草粹編（以下簡稱粹編）卷一以爲黄魯直（庭堅）作。全宋詞云：「無名氏詞，見草堂詩餘前集卷上」。未知據何版本。兹存之，參見本調沈雄及陳廷焯評。

【箋注】

〔一〕緑皺　南唐馮延巳謁金門詞：「風乍起，吹皺一池春水。」

〔二〕指冷二句　玉笙，管樂器，詩小雅鹿鳴：「我有嘉賓，鼓瑟吹笙。」小梅，小梅花，即梅花引，詞調名。本爲笛曲。漢横吹曲有梅花落。樂府雜録云：「笛者，羌樂也。古有落梅花曲。」樂府詩集謂「梅花落，本笛中曲也。按唐大角曲亦有大單于、小單于、大梅花、小梅花等曲」。李白與史郎中飲聽黄鶴樓上吹笛詩：「黄鶴樓中吹玉笛，江城五月落梅花。」馮延巳菩薩蠻詞：「梅花吹入誰家笛。」此處以玉笙吹之，蓋管樂器可相通也。

【彙評】

明楊慎批草堂卷一眉批：意想妙甚，然春柳恐未必瘦。○「指冷玉笙寒」二句，翻李後主「小樓吹徹玉笙寒」句。

明李攀龍草堂詩餘雋卷一眉批：用字妍巧，寓意詠歎。○評：聞笛懷人，似夢中得句來。

明沈際飛草堂詩餘卷一眉批：琢句奇峭。○春柳未必瘦，然易此字不得。

明王世貞弇州山人詞評：美成「暈酥砌玉」，魯直「鶯嘴啄花紅溜，燕尾點波緑皺」，俱爲險麗。

清沈雄古今詞話詞品下卷：王世貞曰：謝勉仲「染雲爲幌」，周美成「暈酥砌玉」，秦少游「鶯嘴啄花紅溜」，蔣竹山「燈摇縹暈茸窗冷」，的是險麗矣，覺斧痕猶在；未若王通叟踏青遊諸什，真猶石尉香塵、漢皇掌上也。

又：「鶯嘴啄花紅溜，燕尾點波緑皺」，秦少游如夢令句，吹劍録曰：「詠物形似，而少生動，與『紅杏枝頭』費如許氣力。」

清秦元慶本詩餘眉批：點景造微入妙。

清陳廷焯詞則大雅集卷二：（結句）映起章首句，亦申明五、六章之意。徐案：詞則以此章附卷中如夢令五章之後，總爲六章。「起章首句」，指「門外鴉啼楊柳」。

## 木蘭花慢〔一〕

過秦淮曠望〔二〕，迥蕭灑〔三〕，絶纖塵。愛清景風蛩，吟鞭醉帽，時度疏林。秋來政情味淡〔四〕，更一重煙水一重雲。千古行人舊恨，盡應分付今人。　漁邨。望斷衡門〔五〕。蘆荻浦，雁先聞。對觸目淒涼，紅凋岸蓼，翠減汀蘋〔六〕。憑高正千嶂黯〔七〕，便無情、到此也銷魂〔八〕。江月知人念遠，上樓來照黄昏。

【校記】

〔調〕録自粵雅堂叢書本宋趙聞禮陽春白雪卷一。亦見王本補遺，王案：「『清景』句，『秋來』句，俱疑有誤。『林』韻獨用閉口音，亦可疑。」全宋詞作秦觀詞。

【箋注】

〔一〕據秦譜，熙寧九年（一〇七六），少游曾同孫莘老、參寥子訪漳南老人於歷陽，浴湯泉，游龍洞，謁項羽廟，歸時當經秦淮。此詞似爲歸時之作。

〔二〕秦淮　河名，長江下游支流，東源出今江蘇句容大茅山，南源出溧水東廬山，在秣陵關附近合流，西北流經今南京東南，入通濟門，橫貫城中，西出三山水門入長江。秦時所開，故名秦淮。

〔三〕蕭灑　寥廓淒清貌。杜甫玉華宮詩：「萬籟真笙竽，秋色正蕭灑。」

〔四〕政　通正，正是。

〔五〕衡門　橫木爲門，喻屋之簡陋。詩陳風衡門：「衡門之下，可以棲遲。」後指隱者所居。晉陶淵明癸卯歲十二月中作與從弟敬遠詩：「寢跡衡門下，邈與世相絶。」

〔六〕紅凋二句　柳永八聲甘州詞：「是處紅衰翠減，冉冉物華休。」

〔七〕千嶂　宋范仲淹漁家傲秋思詞：「千嶂裏，長烟落日孤城閉。」

〔八〕銷魂　見卷上滿庭芳（山抹微云）注〔六〕。

**【彙評】**

趙萬里北平景宋淮海居士長短句跋：試於宋人載籍中求淮海佚詞，則僅於陽春白雪（卷一）得木蘭花慢一首……緣陽春白雪一書乃晚出（明陳耀文輯花草粹編、康熙間朱彝尊輯詞綜時俱未見），故諸本並未及。然氣弱不似他作，姑附以存疑也。

## 醉蓬萊〔一〕

見揚州獨有，天下無雙，號爲瓊樹〔二〕。占斷天風，歲花開兩次。九朵一苞，攢成環玉，心似珠璣綴。瓣瓣玲瓏，枝枝潔浄，世上無花類。冷露朝凝，香風遠送，信是瓊瑤貴。料得天宫有，此地久難留住。翰苑才人，貴家公子，都要看花去。莫吝金錢，好尋詩伴，日日花前醉。

【校記】

〔調〕録自揚州瓊華集。全宋詞亦收此詞，並案曰：「此首不知所本，疑非秦觀作。」

【箋注】

〔一〕此詞寫揚州瓊花。宋葛立方韻語陽秋卷十六謂：「瓊花惟揚州后土祠有之，其他皆聚八仙，近似而非也。鮮于子駿嘗有詩云：『百蘤天下多，瓊花天上希。結根託靈祠，地著不可移。八蓓冠羣芳，一株攢萬枝。』而宋次道春明退朝録乃云：『瓊花一名玉蕊。』……東坡瑞香詞有『后土祠中玉蕊』之句者，非謂玉蕊花，止謂瓊花如玉蕊之白耳。」徐案：元豐三年鮮于子駿爲揚州守，待少游以禮，少游爲作揚州集序，並相與和蘇轍游金山一詩。此外，淮海集中有次韻蔡子駿瓊花詩，云：「無雙亭上傳觴處，最惜人歸月上時。相見異鄉心欲絶，可憐花與月應知。」可證少游曾在揚州無雙亭與鮮于子駿宴前賞花，當亦有填詞詠瓊花之可能；而填詞時間，亦可能與鮮于子駿作詩之日相同。故繫之於元豐三年（一〇八〇）庚申。

〔二〕見揚州三句　周密齊東野語：「揚州后土祠瓊花，天下無二本，絶類聚八仙，色微黄而有香。仁宗慶曆中，嘗分植禁苑，明年輒枯；遂復載還祠中，敷榮如故。淳熙中，壽皇亦嘗移植南内，逾年，憔悴無花，仍送還之。其後，宦者陳源命園丁取孫枝移接聚八仙根上，遂活；然其香色則大減矣。」又全芳備祖引劉原父詩序：「此花天下只一株耳，永叔爲揚州，作無雙亭以賞之。」瓊樹，此指瓊花。

## 御街行〔一〕

銀燭生花如紅豆〔二〕。這好事、而今有。夜闌人静曲屏深，借寶瑟、輕輕招手。可憐一陣白蘋風〔三〕，故滅燭，教相就。

花帶雨、冰肌香透。恨啼鳥、轆轤聲，曉岸柳，微風吹殘酒〔四〕。斷腸時、至今依舊。鏡中消瘦。那人知後，怕你來僝僽〔五〕。

**【校記】**

〔調〕録自趙萬里輯緑窗新話卷上引宋楊偍古今詞話，亦見閑居筆記。此首別作黄庭堅憶帝京詞，調下題作「私情」，見山谷琴趣外編卷二。徐案：此調康熙欽定詞譜卷十八謂見「柳永樂章集，注夾鍾商。古今詞話無名氏詞有『聽孤雁聲嘹唳』句，更名孤雁兒。」詞譜收柳永二首，張先、范仲淹、高觀國、無名氏各一首，體式各不相同，或有添字，或有襯字，皆與此詞有異。此詞下闋「恨啼鳥」以下九字句讀及押韵，尤費斟酌，疑傳播中有誤也。

〔這好事〕閑居筆記作「這底事」，山谷詞作「占好事」，俱誤。〔人静〕山谷詞作「人醉」，誤。〔可憐〕全宋詞秦觀詞及山谷詞脱此二字。〔岸柳〕趙萬里此句下案：「有脱誤。」〔怕你來〕山谷詞作「怕夯你來」。

**【箋注】**

〔一〕趙萬里輯本引宋楊偍古今詞話云：「秦少游在揚州劉太尉家，出姬侑觴。中有一姝，善擘箜篌。此樂既古，近時罕有其傳，以爲絶藝。姝又傾慕少游之才名，偏屬意。少游借箜篌觀之。既而主人入宅更衣，適值狂風滅燭，姝來且親，有倉卒之歡，且云：『今日爲學士瘦了一半。』少游因作御街行以道一時之景。」徐案：少游熙寧年間（一〇六八——一〇七七）常往來於揚州。秦譜謂「會蘇公自杭倅徙知密州，道經維揚，先生預作公筆語，題於一寺中。公見之大驚，及晤孫莘老，出先生詩詞數百篇，讀之，歎曰：『向書壁者，必此郎也。』遂結神交」。是時已有才名，且年輕，故可能有此韻事。

〔二〕紅豆　資暇録：「豆有圓而紅，其首烏者，舉世呼爲相思子，即紅豆之異名也。其樹大株而白枝，葉似槐，其花與皂莢花無殊，其子若穆豆處於莢中，通身皆紅。李善云其實赤如珊瑚是也。」古人常以紅豆象徵愛情。唐王維相思詩：「紅豆生南國，春來發幾枝？願君多採擷，此物最相思。」

〔三〕白蘋　爾雅：「萍，其大者曰蘋。」柳渾江南曲：「汀洲採白蘋，日暖江南春。」白蘋風，疑从宋玉風賦「夫風生於地，起於青蘋之末」化出。

〔四〕曉岸柳二句　柳永雨霖鈴詞：「今宵酒醒何處？楊柳岸，曉風殘月。」

〔五〕僝僽　見卷上滿園花注〔七〕。

## 阮郎歸

春風吹雨繞殘枝，落花無可飛。小池寒緑欲生漪，雨晴還日西。　簾半捲，燕雙歸，諱愁無奈眉〔一〕。翻身整頓著殘棋，沉吟應劫遲〔二〕。

【校記】

〔調〕録自樂府雅詞拾遺卷下，署秦觀作。亦見草堂詩餘正集卷一、類編草堂詩餘卷一、楊慎批草堂卷一、鄧本、歷代詩餘卷十六及王本補遺、秦本詩餘。全宋詞淮海存目詞謂：「無名氏詞，見樂府雅詞拾遺卷下。」然檢享帚精舍刊本及上海古籍出版社唐宋人選唐宋詞本樂府雅詞拾遺卷下，俱作秦觀作。

【箋注】

〔一〕諱愁　謂欲隱瞞内心的痛苦。諱，隱諱。

〔二〕應劫　猶應敵。弈棋時棋局上緊迫的一着稱「劫」。水經淮水注：「局上有劫亦甚急。」棋經曰：「劫，奪也。先投子曰拋，後應子曰劫，乃有實東擊西之功。」此句謂因内心愁苦而精力分散，故在棋局險急時落子遲緩。

【彙評】

明徐渭評本附録：「沉吟應劫遲」，便是元人樂府句。

類編草堂詩餘卷一：既已整頓，終不禁應劫之遲，真寫生手。應劫，猶言應敵。

明楊慎批草堂卷一眉批：眉不掩愁，棋不消愁，愁來何處著？○又：「諱愁無奈眉」，寫想深慧。「翻身」二句，愁人之致，極宛極真。此等情景，匪夷所思。

明李攀龍草堂詩餘雋卷二眉批：以春花點春景，以春燕觸春情，情景逼真。○評：落花歸燕，俱是撫景傷情之語。

明卓人月古今詞統卷六：「諱愁」五字，不知費多少安頓。

清黃蘇蓼園詞選案語：此詞疑少游坐黨被謫後作，言己被謫而衆謗尚交搆也。「繞」字有糾纏不已之意。風雨相逼，至無花可飛，則慘悴甚矣。池欲生漪，亦「吹皺一池」之意也。「日西」，言日已暮而時已晚也。整頓殘棋而應劫遲，言欲求伸而無心於應敵也。辭旨清婉悽楚。結束「沉吟」二字，妙在尚有含蓄。

清王士禛花草蒙拾：「東風無氣力」，五字妖甚；如「落花無可飛」，便不佳。

## 滿江紅　姝麗〔一〕

越豔風流，占天上、人間第一。須信道〔二〕、絶塵標致〔三〕，傾城顏色〔四〕。翠綰垂螺雙髻小〔五〕，柳柔花媚嬌無力。笑從來、到處只聞名，今相識。臉兒美，鞵兒窄。玉纖嫩，酥胸白。自覺愁腸攪亂，坐中狂客。金縷和杯曾有分〔六〕，寶釵落枕知何日？謾從今、一點在心頭〔七〕，空成憶。

**【校記】**

〔調〕録自草堂詩餘續集卷下。全宋詞列入秦觀詞，然疑非秦觀作。徐案：類編箋釋續選草堂詩餘卷下亦載此詞，然僅調名、詞題及「傾城」以上與此詞相同，餘則全異，録以備考：「……傾城華髮。弱水蓬萊三萬里，（原注：蓬萊山在海中，有弱水繞之，弱不容針。）夢魂不到金銀闕。（原注：蓬萊有金銀宮闕。）更幾人、能有謝家山？（原注：青山也。）飛仙骨。　山鳥弄，林花發；　玉杯冷，秋雲滑。彭殤共一醉，不争豪末。鞭石何年滄海過？（原注：唐詩「鞭石何年到海東」。）三山（原注：蓬萊、方丈、方壺，海中三山也。）只是尊中物。暫放教、老子（原注：庾亮自稱「老子於此，興復不淺」。）據胡床，邀明月。」疑託秦觀名義倣作，待考之。

**【箋注】**

〔一〕此詞似作於元豐二年己未（公元一〇七九）。是時少游省大父承議公及叔父定於會稽，郡守程公闢館之於蓬萊閣，席上有所悦，睠睠不能忘。詞中所詠「越豔」，蓋此姝也。參見卷上滿庭芳（山抹微雲）注〔一〕。

〔二〕須信道　詩詞曲語辭匯釋卷五：「須信道，猶云須知道也。晏殊漁家傲詞：『莫惜醉來開口笑。須信道，人間萬事何時了。』……凡言須信道，義均同上。」

〔三〕絶塵　超塵絶俗，不可企及。莊子田子方：「夫子奔逸絶塵，而回瞠若乎後矣。」

〔四〕傾城　漢書外戚傳：李延年歌曰：「北方有佳人，絶世而獨立。一顧傾人城，再顧傾人國。寧不知傾城與傾國？佳人難再得。」後因以「傾城傾國」喻絶色女子。

〔五〕翠綰句　垂螺，古代女子結髮爲髻，形似螺殼而下垂。張先減字木蘭花詞：「垂螺近額，走上紅裀初趁拍。」雙髻，歌女髮式。花間集皇甫松夢江南：「夢見秣陵惆悵事，桃花柳絮滿江城。雙髻坐吹笙。」

〔六〕金縷　即金縷衣，曲名。「金縷和杯」，謂歌唱金縷衣以侑酒。參見補遺金明池詞注〔九〕。

〔七〕一點　謂一點相思。

**【彙評】**

草堂詩餘續集：（下闋）太露，太急！

# 畫堂春

東風吹柳日初長，雨餘芳草斜陽。杏花零落燕泥香〔一〕，睡損紅粧。寶篆烟消龍鳳，畫屏雲鎖瀟湘〔二〕。夜寒微透薄羅裳，無限思量。

**【校記】**

〔調〕録自毛本，題下附注：「或刻山谷年十六作。」毛氏汲古閣本宋六十名家詞山谷集於此調下注云：「時刻二調，考『東風吹柳日初長』是淮海作，删去。」花庵卷四、詩餘圖譜卷一、草堂詩餘卷一、歷代詩餘卷十六、王本補遺、秦本詩餘、粹編卷四俱作秦少游作。類編草堂詩餘卷一題作「春怨」，詞末附注引宋楊偍古今詞話以爲少游作。粹編卷四題下附注：「山谷集有。」全宋詞收之，題作「春情」，案云：「此首别見明刻本豫章黄先生詞。」

〔寶篆〕花庵、草堂詩餘作「香篆」。草堂詩餘注云：「一作寶。」　〔烟消〕花庵、草堂詩餘作「暗消」，非。草堂詩餘注云：「一作烟。」　〔龍鳳〕花庵、沈本作「鸞鳳」。　〔雲鎖〕花庵、草堂詩餘作「縈繞」。草堂詩餘注云：「一作雲鎖。」　〔夜寒〕花庵、草堂詩餘作「暮寒」。

**【箋注】**

〔一〕杏花句　唐温庭筠菩薩蠻詞：「雨後却斜陽，杏花零落香。」宋歐陽修蝶戀花（小院深深門掩亞）：「薄倖未歸春去也，杏花零落香紅謝。」

〔一一〕瀟湘　見卷中踏莎行注〔一〇〕。

【彙評】

類編草堂詩餘卷一引宋楊偍古今詞話：少游畫堂春「雨餘芳草斜陽，杏花零落燕泥香」之句，善於狀景物。至於「香篆暗消鸞鳳，畫屏縈繞瀟湘」二句，便含蓄「無限思量」意思。此其有感而作也。

明楊慎批草堂：情景兼至。

明李攀龍草堂詩餘雋卷四眉批：句句寫景入畫。言少而意甚多。○評：以奇才運奇調，堪稱奇章。

明沈際飛草堂詩餘正集卷一：「杏花零落香」、「爲憐流去落紅香，啣將歸畫梁」（曾覿阮郎歸詞），秦以一句出藍。「縈繞瀟湘」，畫中之畫。○「寶篆煙消鸞鳳，畫屏雲鎖瀟湘」，亦妙！

清賀裳載酒園詩話卷一：宋人議論拘執，秦觀「杏花零落燕泥香」，蓋詞人數數用之，必欲執無者以概有者，不幾乎摇手不得，毋乃太沾滯乎！

清李調元雨村詞話卷一：秦少游淮海集，首首珠璣，爲宋一代詞人之冠。今刊本多以山谷作雜之。黄九之不逮秦七，古人已有定評，豈容溷入？如畫堂春詞（詞略），氣薄語纖，此山谷十六歲作也，不應雜入。

王國維人間詞話附陳乃乾録自觀堂舊藏詞辨眉批：温飛卿菩薩蠻：「雨後却斜陽，杏花零落香。」少游之「雨餘芳草斜陽，杏花零落燕泥香」，雖自此脱胎，而實有出藍之妙。

清許昂霄詞綜偶評：高麗！直可使耆卿、美成爲輿臺矣。

俞陛雲唐五代兩宋詞選釋：古今詞話云：少游「芳草」、「杏花」二句，善於賦景物；「香篆」、「畫屏」二句，便含蓄無限思量之意。此其有感而作也。

## 海棠春

曉鶯窗外啼聲巧，睡未足、把人驚覺。翠被曉寒輕，寶篆沉烟裊。　宿酲未解，雙娥報道〔一〕，別院笙歌宴早。試問海棠花，昨夜開多少〔二〕？

**【校記】**

〔調〕録自樂府雅詞拾遺卷下，署秦觀作。亦見毛本，調下注云：「舊刻不載。」花草粹編卷四、詩餘圖譜卷一、草堂詩餘正集卷一、類編草堂詩餘卷一、王本補遺。鄧本及秦本詩餘，調下俱題作「春曉」。全宋詞作無名氏詞，未可信。　〔曉鶯〕他本皆誤作「流鶯」。　〔雙娥〕他本皆誤作「宮娥」。　〔宴早〕他本（除粹編外）皆誤作「會早」。

**【箋注】**

〔一〕宿酲　漢史游急就篇卷三：「侍酒行觴宿昔酲。」注：「昔，夜也。病酒曰酲，謂經宿飲酒，故致酲也。」玉臺新詠卷一徐幹情詩：「憂思連相屬，中心如宿酲。」

〔二〕試問二句：唐韓偓懶起詩：「海棠花在否，側臥捲簾看。」後李清照如夢令：「試問捲簾人，却道海棠依舊。」用意皆相似。

【彙評】

明李攀龍草堂詩餘雋卷一眉批：「宿酲」承「睡未足」來，何等脈絡！○評：流鶯喚睡，海棠獨醒，情景恍在一盼中。

明沈際飛草堂詩餘正集卷一「睡未足，把人驚覺」眉批：再睡，不幾負花耶？○時本以「宿酲未解」作一句，大誤！○「試問海棠花，昨夜開多少」眉批：媚殺！

清陳廷焯詞則閑情集卷一：「睡未足」句，終嫌俚淺。

## 憶秦娥

暮雲碧，佳人不見愁如織〔一〕。愁如織，兩行征雁，數聲羌笛〔二〕。錦書難寄西飛翼〔三〕，無言只是空相憶。空相憶，紗窗月淡，影雙人隻。

【校記】

〔調〕録自詞綜卷六，亦見歷代詩餘卷十五、王本補遺、古今詞統卷六。明嘉靖三十年楊金本草堂詩餘前集卷下作無名氏詞。

【箋注】

〔一〕暮雲二句　梁江淹擬休上人怨別詩：「日暮碧雲合，佳人殊未來。」又李白菩薩蠻詞：「平林漠漠烟如織，寒山一帶傷心碧。」

〔二〕羌笛　風俗通義卷六笛部：「武帝時丘仲之所作也……其後又有羌笛。馬融笛賦曰：『近世雙笛從羌起，羌人伐竹未及已。龍鳴水中不見已，截竹吹之聲相似。剡其上孔通洞之，裁以當篴便易持。易京君明識音律，故本四孔加以一。』」

〔三〕錦書　説郛本侍兒小名録：「前秦竇滔鎮襄陽，與寵姬趙陽臺之任，絶其妻蘇氏音問。蘇悔恨自傷，因織錦迴文題詩二百餘首寄滔。滔覽錦字，感其妙絶，因具車從迎蘇氏。」

【彙評】

明卓人月古今詞統卷五：結語簡雋。

## 菩薩蠻

金風蔌蔌驚黃葉，高樓影轉銀蟾匝〔一〕。夢斷繡簾垂，月明烏鵲飛〔二〕。新愁知幾許？欲似柳千縷。雁已不堪聞〔三〕，砧聲何處村。

【校記】

〔調〕録自毛本，調下附注：「時刻不載。」亦見草堂詩餘正集卷一及蓼園詞選，調下俱題作「秋閨」。並見歷代詩餘卷九、王本補遺、詞菁卷二。類編草堂詩餘卷一亦題作「秋閨」，次於秦少游「蛩聲泣露驚秋枕」一首之後，不著撰人。全宋詞作無名氏詞。徐案：舊時刻本往往一人兩首以上詩或詞，僅前一首署名，後幾首不著撰人。筆者箋注李清照集時，曾查閱多種刻本，類皆如此，如永樂大典所載李易安詞三闋，皆連排，除首闋外，餘二首皆不著撰人。他如李端叔（之儀）、黄庭堅之作品，亦如此。前人多不明此慣例，誤將數首連排而後之未署名者，概以無名氏視之，惜哉！故此首應爲秦少游作。〔欲似〕草堂詩餘作「卻似」，注云：「一作欲，誤。」〔柳千縷〕草堂詩餘、詞菁作「絲千縷」，是。

**【箋注】**

〔一〕銀蟾　後漢書天文志注：「羿請無死之藥於西王母，姮娥竊之以奔月，是謂蟾蜍。」集韻：「蜍，或作蠩。」後遂稱月爲蟾蠩，或稱玉蟾、銀蟾。李白古朗月行詩：「蟾蠩蝕圓影，大明夜已殘。」

〔二〕月明句　曹操短歌行詩：「月明星稀，烏鵲南飛，繞樹三匝，無枝可依。」

〔三〕雁已句　唐李頎送魏萬之京詩：「鴻雁不堪愁裏聽，雲山況是客中過。」

**【彙評】**

明李攀龍草堂詩餘雋卷四眉批：色色入愁，聲聲致憾。○評：如風聲、雁聲、砧聲，俱足動秋閨之思。

明沈際飛草堂詩餘正集卷一：秋枕黄葉，無情物耳；用兩驚字，無情生情。徐案：「秋枕」，謂「蛩聲泣露驚秋枕」，見卷中菩薩蠻詞；「黄葉」，指此首。

明陸雲龍詞菁卷二眉批：種種可憐。

清黄蘇蓼園詞選：按「匝」字從「轉」生來，匹月由東而西、轉於高樓之上者，已匝也。通首亦清微澹遠。

## 金明池　春游〔一〕

瓊苑金池〔二〕，青門紫陌〔三〕，似雪楊花滿路〔四〕。雲日淡、天低晝永，過三點兩點細雨〔五〕。好花枝、半出牆頭〔六〕，似悵望、芳草王孫何處〔七〕。更水繞人家，橋當門巷，燕燕鶯鶯飛舞〔八〕。　怎得東君長爲主〔九〕？把緑鬢朱顔，一時留住。佳人唱、金衣莫惜〔一〇〕，才子倒、玉山休訴〔一一〕。況春來、倍覺傷心，念故國情多〔一二〕，新年愁苦。縱寶馬嘶風，紅塵拂面〔一三〕，也則尋芳歸去。

【校記】

〔調〕録自類編草堂詩餘卷四，調下題作「春游」。亦見草堂詩餘卷六、楊慎批草堂卷五、閔映璧校訂本草堂詩餘（以下簡稱閔本）卷五、鄧本、王本補遺、秦本詩餘、蓼園詞選、宋四家詞選及歷代詩餘卷九十七、詞律卷二十。全宋詞以爲「無名氏詞，見草堂詩餘前集卷上」，不可據。粹編卷十二僅署「詩餘」，未著撰人。王本案：「段刻淮海集從草堂集輯入。」

〔飛舞〕王本作「對舞」。　〔怎得〕王本誤作「乍得」。　〔情多〕閔本作「多情」。

**【箋注】**

〔一〕歷代詩餘調下注：「金明池，宋汴京游幸地也。南宋德壽出游，修舊京金明池故事。調名取此，雙調，一百二十字。有以夏雲峯別爲一調者。按與此略無分別，蓋即此調別名也。」康熙欽定詞譜卷三十六云：「調見淮海詞，賦東京金明池，即以調爲題也。」又云：「此調始於秦觀，有李彌遜詞可校。」更云：「餘參僧揮詞。」後載之，名「又一體」，末注：「此與秦詞同，惟前段第七句作五字一句、四字一句。」僧揮即仲殊，與少游同時。徐案淮海集卷九有西城宴集詩二首，謂於元祐七年三月以中澣日游金明池、瓊林苑，又會於國夫人園，會者二十有六人。詩云：「樓臺四望烟雲合，簾幕千家錦綉垂。風過忽聞花外笑，日長時奏水中嬉。」又云：「宜秋門外喜參尋，豪竹哀絲發妙音。」「猶恨真人足官府，不如魚鳥自飛沉。」詞人當據游園所感，自創金明池一調，以寫一時之景。詩詞對照，可爲一證。而同時人僧揮繼而作之，又一證也。樂府雅詞拾遺卷上有王晉卿踏青游詞，亦寫金明池之游。晉卿名詵，與少游同時，嘗同游西園，見卷上望海潮（梅英疎淡）注〔六〕。此又一證也。有此二證，可見謂無名氏作者，實不知少游作此詞之背景也。

〔二〕瓊苑金池　葉夢得石林燕語：「瓊林苑、金明池、宜春苑、玉津園，謂之四園。」一統志：「金明池，在開封祥符縣西。五代周顯德四年，世宗謀伐南唐，鑿池習水戰，宋太祖置神衛水軍，以習舟師。」東京夢華録卷七：「（金明）池在順天門街北，周圍約九里三十步，池西直徑七里許。入池門內，南岸西去百餘步，有西北臨水殿，車駕臨幸，觀争標錫宴於此。」又：「瓊林苑在順天門大街，面北，與金明池相對。大門牙道，皆古松怪柏；兩傍有石榴園、櫻桃園之類，各有亭榭，多是酒家所占。」

〔三〕青門句　青門，指帝京的城門。參見卷上風流子詞注〔七〕。紫陌，指京都的道路。唐賈至早朝大明宮詩：「銀燭朝天紫陌長，禁城春色曉蒼蒼。」

〔四〕似雪楊花　世説新語言語：「謝太傅（安）寒雪日内集，與兒女講論文義。俄而雪驟，公欣然曰：『白雪紛紛何所似？』兄子胡兒（謝朗）曰：『撒鹽空中差可擬。』兄女（謝道韞）曰：『未若柳絮因風起。』公大笑樂。」柳絮，即楊花，後世遂以喻雪。王晉卿踏青游詞：「路漸入，垂楊芳草。」孟元老東京夢華録卷七謂金明池「東岸，臨水近牆，皆垂楊」，故多楊花。

〔五〕三點句　吴融閑望詩：「三點五點映山雨，一枝兩枝臨水花。」

〔六〕好花枝句　葉紹翁游園不值詩：「春色滿園關不住，一枝紅杏出牆來。」少游西城宴集詩以擬人化手法寫道「風過忽聞花外笑」，此句似之。又王晉卿踏青游詞：「是處裏，誰家杏花臨水，依約靚粧窺照。」又：「極目高原，東風露桃煙島。望十里，紅圍翠繞。」皆可爲此詞「好花枝」之證。

〔七〕芳草王孫　楚辭招隱士：「王孫游兮不歸，芳草生兮萋萋。」

〔八〕燕燕鶯鶯　王晉卿踏青游詞：「過平隄，穿緑逕，幾聲啼鳥。」

〔九〕東君　此指春神。唐王初立春後詩：「東君珂佩響珊珊，青馭多時下九關。」

〔一〇〕金衣　即金縷衣，曲調名。杜牧杜秋娘詩：「秋持玉斝醉，與唱金縷衣。」杜秋娘金縷衣：「勸君莫惜金縷衣，勸君須惜少年時。花開堪折直須折，莫待無花空折枝。」此即西城詩所謂「豪竹哀絲發妙音」也。

〔一一〕才子句　玉山倒，見卷中滿庭芳詠茶（北苑研膏）詞注〔一四〕。休訴，莫辭。韋莊菩薩蠻詞：「須愁春漏短，莫訴金杯滿。」

〔一二〕故國　宋蘇軾念奴嬌赤壁懷古詞：「故國神遊，多情應笑我，早生華髮。」

〔一三〕紅塵拂面　唐劉禹錫元和十年自朗州承召至京戲贈看花諸君子：「紫陌紅塵拂面來，無人不道看花回。」

【彙評】

明李攀龍草堂詩餘雋卷一眉批：悵望何處，只在燕飛鶯舞中。○評：點綴春光，如雨花錯落。至佳人才子，共慶同春，猶令人神游十二峯，爲之玩不釋手。

明沈際飛草堂詩餘正集卷六：（「好花枝」二句）花神現身時分。○人生有幾韶光美，倒盡金尊拚醉眠。○朱淑真云：「願教青帝長爲主，莫遣紛紛點翠苔。」秦作曼聲，琳琅振耳。（古今詞統卷十六與此同）

清萬樹詞律卷二十：余謂詞中有以上聲作平聲用者，人多不信，如此詞「兩點」二字，鑿然以上作平也。「雲日淡」以下，與「佳人唱」以下同。「過三點」句，即後「才子倒」句，比對自明。仲殊「天闊雲高」一首，前段云：「朱門掩、鶯聲猶嫩。」後段云：「厭厭意、終羞人問。」「鶯聲」二字，即「兩點」二字，應用平也，人不知此義，見此句連用五個仄聲，便以爲難；而自以爲知者，又亂將去聲字填入，則拗而不叶律矣。歐公亦用「三點兩點雨霽」，注見越溪春。「爲主」「爲」字，讀作去聲，言爲人作主也，若作平則拗，觀仲殊用「門」字可見。「似悵望」九字，與「念故國」九字一氣，分豆不拘。○按詞匯失收夏雲峯本調，而以金明池題曰「夏雲峯」，大謬。若不校正，不幾令學者名實相乖乎？

又杜文瀾補注：萬氏注所謂仲殊，乃僧揮之號，所引「鶯聲猶嫩」句，「猶」字原作「欲」。

清黄蘇蓼園詞選：前闋寫韶光婉媚，弈弈動人。次闋起處願朱顔留住，意已感慨；至結句尤峻切，語意含蓄得妙。

清周濟宋四家詞選：此詞最明快，得結語神味便遠。

## 夜游宫

何事東君又去〔一〕？滿空院、落花飛絮〔二〕。巧燕呢喃向人語。何曾解，説伊家，些子苦〔三〕？　況是傷心緒。念箇人〔四〕、久成睽阻〔五〕。一覺相思夢回處。連宵雨，更那堪，聞杜宇！

【校記】

〔調〕録自歷代詩餘卷三十三，亦見粹編卷六及京本通俗小説西山一窟鬼。全宋詞收之。〔滿空院〕粹編卷六、西山一窟鬼作「空滿院」，非。〔此子苦〕粹編卷六作「此子事」，誤。〔久成〕粹編作「又成」，西山一窟鬼作「兒成」，非是。〔連宵雨〕粹編卷六脱此三字。

【箋注】

〔一〕東君：春神。見補遺金明池詞注〔九〕。

〔二〕落花飛絮：見卷上江城子（西城楊柳弄春柔）詞注〔六〕。

〔三〕些子：一點兒。唐僧貫休寄赤松道者詩：「蟬喘雷乾冰井融，些子清風有何益？」宋陳師道後山詩話引盧多遜新月詩：「誰家玉匣開新鏡，露出清光些子兒。」

〔四〕箇人：詩詞曲語辭滙釋卷三：「箇，指點辭，猶這也；那也。周邦彥水龍吟詞：『暗凝佇，因記箇人癡小，乍窺門户。』趙聞禮魚游春水詞：『愁腸斷也，箇人知未？』箇人，那人也。」

〔五〕睽阻：猶睽隔、睽離。世説新語文學：羊孚與桓玄牋：「自頃世故睽離，心事淪藴。」唐韓愈祭郴州李使君文：「念睽離之在期，謂此會之難又。」

## 一斛珠 秋閨〔一〕

碧雲寥廓，倚闌悵望情離索〔二〕。悲秋自覺羅衣薄。曉鏡空懸，懶把青絲掠〔三〕。　江山滿眼今非昨，紛紛木葉風中落〔四〕。別巢燕子辭簾幕。有意東君，故把紅絲縛。

**【校記】**

〔調〕録自草堂詩餘別集卷二。全宋詞列爲秦觀詞，然又疑非秦觀作。

**【箋注】**

〔一〕據淮海集卷三十一祭洞庭湖神文，紹聖三年（一〇九六）十月十一日，少游徙郴州途中曾至岳州境内。此詞云：「江山滿眼今非昨，紛紛木葉風中落。別巢燕子辭簾幕。」似寄寓被放後心情； 其用事、寫景，亦與時地相合，蓋作於是時。

〔二〕離索　離羣索居。禮記檀弓：「吾離羣而索居，亦已久矣。」注：「索，猶散也。」唐白居易和微之四月一日作詩：「兩地誠可憐，其奈久離索！」

〔三〕曉鏡句：化用李商隱無題詩：「曉鏡但愁雲鬢改。」

〔四〕紛紛句　楚辭九歌湘夫人：「嫋嫋兮秋風，洞庭波兮木葉下。」

## 青門飲　贈妓〔一〕

風起雲間，雁横天末，嚴城畫角，梅花三奏〔二〕。塞草西風，凍雲籠月，窗外曉寒輕透。人去香猶在，孤衾長閑餘繡。恨與宵長，一夜熏鑪，添盡香獸〔三〕。前事空勞回首。雖夢斷春歸，相思依舊。湘瑟聲沈，庾梅信斷〔四〕，誰念畫眉人瘦？一句難忘處，怎忍辜、耳邊輕咒。任人攀折，可憐又學，章臺楊柳〔五〕。

**【校記】**

〔調〕録自歷代詩餘卷八十四，署秦觀作。又見皇都風月主人編緑窗新話卷上、粹編卷十二、詞律拾遺卷五及趙萬里輯青泥蓮花記引古今詞話。全宋詞據緑窗新話收之。

〔三奏〕緑窗新話作「三弄」，于律不合。　〔夢斷〕古今詞話上脱「雖」字。〔湘瑟〕原作「桐瑟」，今從古今詞話。〔庚梅〕古今詞話脱「庚」字，并竄入「瘦」字前。〔怎忍辜〕粹編作「怎忍靠」，誤。

**【箋注】**

〔一〕此詞蓋爲懷念長沙義妓而作。青泥蓮花記卷一下引古今詞話云：「秦少游嘗惓一姝，臨别，誓闔户相待。後有毁之者，少游作詞謝曰：『風起雲間……』姝見『任攀折』之句，遂削髮爲尼。」宋洪邁夷堅志補卷第二載少游在長沙遇一義倡，「爲留數日，倡不敢以燕惰見，愈加敬禮。將别，囑曰：『妾不肖之身，幸得侍左右。今學士以王命不可久留；妾又不敢從行，恐重以爲累，唯誓潔身以報。他日北歸，幸一過妾，妾願畢矣。』少游許之。」秦譜：「紹聖三年……先生在處州……以謁告寫佛書爲罪，削秩，徙郴州。先生將赴湖南，作祭洞庭湖神文。……歲暮抵郴州。」其經長沙，正值初冬。詞云：「雁横天末」、「塞草西風」，時令相符；而所云「湘瑟聲沈，庚梅信斷」，則又與二人所在之地吻合。詞蓋作於元符元年（一〇九八）後貶謫嶺南之際。

〔二〕梅花三奏　即梅花三弄，因叶韻而用「奏」字。琴曲名，又名梅花引、梅花曲、玉妃引。最早見於神奇秘譜，稱此曲係根據晉桓伊所作笛曲改編而成，内容描寫傲雪凌霜的梅花。全曲主調出現三次，故稱「三弄」。

〔三〕香獸　指搏成獸形的炭。晉書羊琇傳：「琇性豪侈，費用無復齊限，而屑炭和作獸形以温酒。」

〔四〕庾梅　庾嶺之梅。庾嶺，在今江西、廣東交界處。唐張九齡督所屬多植梅樹，故又名梅嶺。唐鄭谷咸通十四年府試木向榮詩：「庾嶺梅先覺，隋堤柳暗驚。」

〔五〕任人三句　本事詩情感載韓翃與柳氏相戀，來歲成名，淄青節度使辟爲從事。韓以世方擾攘，不敢以柳同行，置之都下，期至而迓之。三歲，不果，寄之詩曰：「章臺柳，章臺柳，昔日青青今在否？縱使長條似舊垂，也應攀折他人手。」章臺，漢代長安街道名，舊時多借指妓院。

## 鷓鴣天〔一〕

枝上流鶯和淚聞，新啼痕間舊啼痕。一春魚鳥無消息〔二〕，千里關山勞夢魂。　無一語，對芳尊。安排腸斷到黄昏。甫能炙得燈兒了〔三〕，雨打梨花深閉門〔四〕。

【校記】

〔調〕録自毛本，調下附注：「舊刻逸。」亦見粹編卷五、詩餘圖譜卷一、楊慎批草堂卷一、鄧本、歷代詩餘卷二十七、詞律卷八、詞菁卷二、王本補遺及秦本詩餘。草堂詩餘正集卷一及類編草堂詩餘卷一，調下俱題作「春閨」。四印齋本漱玉詞補遺云：「案毛鈔本尚有鷓鴣天『枝上流鶯』一闋、青玉案『一年春事』一闋，注云：『草堂作少游、永叔，而秦、歐集無。』今案此二闋，别本無作李（清照）詞者，當是秦、歐之作。且膾炙人口，故未附録。」其説是。唐圭璋詞學論叢二考證謂此首「見至正本草堂詩餘，但皆不著撰人，陳本草堂詩餘誤作秦觀詞。」似可議。觀以下「彙評」諸家意見，當以秦觀作爲是。作者若無悲慘遭遇，恐難寫出此詞。可參閲卷中减字木蘭花（天涯舊恨）、踏莎行、阮郎歸（瀟湘門外水平鋪）、又（湘天風雨破寒初）諸作，情懷多相似。　〔枝〕詞律作「枕」。草堂詩餘云：「一作枕，誤。」　〔兒〕草堂詩餘云：「一作光，誤。」

【箋注】

〔一〕此詞云「千里關山勞夢魂」，疑被放郴州後所作，蓋在紹聖間。

〔二〕魚鳥　猶魚雁，指書信。宋晏幾道生查子：「關山魂夢長，魚雁音塵少。」此二句似之。

〔三〕甫能　詩詞曲語辭匯釋卷二：「猶云方纔也。」辛棄疾杏花天詞：「甫能得見茶甌面，却早安排腸斷。」

〔四〕雨打句　唐劉方平春怨詩：「寂寞空庭春欲晚，梨花滿地不開門。」宋吳聿觀林詩話：「半山（王安石）酷愛唐樂府『雨打梨花深閉門』之句。」

【彙評】

宋楊偍古今詞話：此詞形容愁怨之意最工，如後疊「甫能炙得燈兒了，雨打梨花深閉門」，頗有言外之意。

明王世貞弇州山人詞評：秦少游「安排腸斷到黄昏。甫能炙後（「得」之誤）燈兒了，雨打梨花深閉門」，則十二時無間矣。此非深於閨恨者不能也。（秦本詩餘略同）

明沈際飛草堂詩餘正集卷一：「安排腸斷」三句，十二時中無間矣，深於閨怨者！末用李詞（宋李重元憶王孫春景詞），古人愛句，不嫌相襲。

明張綖草堂詩餘別録：後段三句似佳，結語尤曲折婉約有味。若嫌曲細，詞與詩體不同，正欲其精工。故謂秦淮海以詞爲詩，嘗有「簾幕千家錦繡垂」之句。孫莘老見之云：「又落小石調矣。」

明楊慎批草堂卷二：無限含愁説不得。

明茅暎詞的卷二：「梨花」句與憶王孫同，才如少游，豈亦自襲邪，抑愛而不覺其重邪？

明李攀龍草堂詩餘雋卷一眉批：新痕間舊痕，一字一血！○又：結兩句有言外無限深意。形容閨中愁怨，如少婦自吐肝膽語。

明陸雲龍詞菁卷二眉批：錦心繡口，出語皆菁！○「安排」二字，楚絶！

清萬樹詞律卷八：後起三字二句，與前異，和「㔾」、「深」二字，不妨用仄；然考各調中，此等七字句第五字，古人多用平，即如北曲賞花時、南曲嬾畫眉等調，亦有此義，可爲知者道也。芸窗有一首，後起用「壽斝菊香浮」五字，其詞後尾殘缺十字，則是起處亦脱落第一字，非另有此體也。龍洲起句「樓外雲山千萬里」，乃是「萬重」，勿誤認可仄。

清沈祥龍論詞隨筆：詞雖濃麗而乏趣味者，以其但作情景兩分語，不知作景中有情、情中有景語耳。「雨打梨花深閉門」、「落紅萬點愁如海」，皆情景雙繪，故稱好句而趣味無窮。

清黄蘇蓼園詞選引古今詞話：此詞形容愁怨之意最工，如後疊「甫能炙得燈兒了，雨打梨花深閉門」，頗有言外之意。孤臣思婦，同難爲情。「雨打梨花」句，含蓄得妙，超詣也！

## 醉鄉春〔一〕

唤起一聲人悄，衾冷夢寒窗曉。瘴雨過〔二〕，海棠開，春色又添多少。　社甕釀成微笑〔三〕，半缺椰瓢共舀〔四〕。覺傾倒，急投牀，醉鄉廣大人間小〔五〕。

**【校記】**

〔調〕録自毛本，調名原缺，依粹編卷四補。毛本注云：「少游謫藤州（誤，説見後），一日醉臥野人家，作此詞。本集不載，見於地志。或不識舀字，妄改可笑。」亦見詩話總龜卷十五及苕溪漁隱叢話前集卷五十所引冷齋夜話、詞林紀事卷六、詞律卷五、王本補遺、古今詞話詞辨、雨村詞話。全芳備祖海棠門調名「添春色」。全宋詞從之。

〔衾冷〕冷齋夜話及王本作「衾暖」，詩話總龜作「衾枕」。〔海棠開〕冷齋夜話、詩話總龜作「海棠晴」，非。

〔半缺〕詩話總龜下衍一「共」字，全芳備祖、王本作「半破」。〔椰瓢〕冷齋夜話、粹編、全芳備祖、王本補遺作「瘿瓢」。〔舀〕王本補遺案曰：「地志作『酌』，出韻，誤」。全芳備祖脱「共舀」二字而多一「攪」字。

〔傾倒〕冷齋夜話、詩話總龜、全芳備祖、王本補遺作「健倒」，詞律作「顛倒」。

**【箋注】**

〔一〕苕溪漁隱叢話前集卷五十引冷齋夜話云：「少游在黄州，飲於海（棠）橋，橋南北多海棠。有老書生家於海棠叢間，少游醉宿於此，明日題其柱云（詞略）。東坡愛其句，恨不得其腔，當有知者。」徐案：黄州當爲橫州之誤。又王本補遺案曰：「國朝閔敍粵述海棠橋在橫州西，宋時建。故老傳曰：此橋南北，舊皆海棠；書生祝姓者家此。宋秦少游謫橫，嘗醉宿其家。明日題詞而去。」秦譜：元符元年（一〇九八）「先生自郴州赴橫州。……既至橫州，荒落愈甚，寓浮槎館，居焉。城西有海棠橋……明日題其柱云……此詞刻於州志，海棠橋至今有遺迹云」。此說是。

〔二〕瘴雨　舊時謂湖廣一帶山林間濕熱蒸鬱易使人發病的雨水。

〔三〕社甕　指社日所用的酒。甕，酒甏。梁宗懍荆楚歲時記：「社日，四鄰並結綜會社，牲醪，爲屋於樹下，先祭神，然後饗其胙。」杜甫遭田父泥飲美嚴中丞詩：「田翁逼社日，邀我嘗春酒。」

〔四〕舀　雨村詞話：「舀，音咬，以瓢取水也。……或不識『舀』字，妄改可笑。」詞林紀事卷六按：「換頭第二句『舀』字，廣韻上聲三十『小』部有此字，以沼切，正與『悄』字押。」

〔五〕醉鄉　王績醉鄉記：「醉之鄉去中國，不知其幾千里也。其土曠然無涯，無丘陵阪險；其氣和平一揆，無晦朔寒暑；其俗大同，無邑居聚落；其人甚清。」杜牧華清宫三十韻詩：「雨露偏金穴，乾坤入醉鄉。」唐陸龜蒙奉酬襲美苦雨見示詩：「不如驅入醉鄉中，只恐醉鄉田地窄。」詞意似之。

**【彙評】**

明彭大翼山堂肆考宫集卷二十七：海棠橋在南寧府橫州。橋南北皆植海棠，有書生祝姓者家此。宋秦觀嘗醉宿其家，明日題一詞，云（詞略）。

明楊慎詞品卷三：秦少游謫藤州，一日，醉臥野人家，有詞云……（略）。此詞本集不載，見於地志。而修一統志者，不識「舀」字，妄改可笑。聊著之。

明卓人月古今詞統卷六：（結句）學得嗣宗（阮籍）雙白眼。

清萬樹詞律卷五：後尾比前多一字。舀音咬。「倒」字偶合，圖譜注「叶」，差。

清沈雄古今詞話詞品卷下：舀，音拗。秦觀「半缺椰瓢共舀」，元詞「輕紈舀斷風」。

清秦瀛淮海先生年譜引王濟著日詢手鏡云：橫州海棠橋，長百餘尺，皆以鐵力爲材，宋時所建者。其地建亭，亦名海棠亭。數年前，建業黄琮守州，改爲淮海書院。余嘗至訪遺迹，有壞碑數通，漫滅不可讀；後一小碑，仆於地，拂拭觀之，乃刻晁無咎像也。云晁嘗不遠萬里來訪淮海，故存其刻云。

## 南歌子 贈東坡侍妾朝雲〔一〕

靄靄凝春態〔二〕，溶溶媚曉光〔三〕。何期容易下巫陽〔四〕，只恐使君前世是襄王〔五〕。

暫爲清歌駐，還因暮雨忙。瞥然歸去斷人腸，空使蘭臺公子賦高唐〔六〕。

**【校記】**

〔調〕此首録自花草粹編卷五，調名「南柯子」，調下原注：「『靄靄』，詞話（宋楊偍古今詞話）作『洩洩』；『使君』，雌黄作『翰林』。」亦見詩話總龜卷三十五引藝苑雌黄、苕溪漁隱叢話後集卷二十九引藝苑雌黄、武英殿聚珍版本宋袁文甕牖閑評卷五、王本補遺。題據雌黄補。全宋詞收之，調名南柯子。〔凝春態〕藝苑雌黄、甕牖閑評、王本補遺、全宋詞作「迷春態」。〔何期〕藝苑雌黄、甕牖閑評、王本補遺、全宋詞作「不應」。〔使君〕

藝苑雌黄、甕牖閑評、王本補遺、全宋詞作「翰林」。〔歸去〕甕牖閑評、王本補遺作「飛去」。〔斷人腸〕苕溪漁隱叢話引藝苑雌黄，原疊一句，於律不合，删。

**【箋注】**

〔一〕甕牖閑評卷五謂：「此秦少游爲朝雲作南歌子詞也。『玉骨那愁瘴霧……』，此蘇東坡爲朝雲作西江月詞也。余謂此二詞皆朝雲死後作，其間言語亦可見。而藝苑雌黄乃云：『南歌子詞者，東坡令朝雲就少游乞之；西江月者，東坡作之以贈焉。』恐非也。」宋張邦基侍兒小名録朝雲條：「東坡先生侍妾曰朝雲，字子霞，姓王氏，錢塘人。敏而好義，事先生二十有三年，忠敬若一。生子遯，未朞而夭。」案冷齋夜話云：「東坡渡海，惟朝雲王氏隨行，日誦『枝上柳綿』二句，爲之流淚。」林下詞談復謂「朝雲不久抱疾而亡，子瞻終身不復聽此詞」。此指朝雲歌蝶戀花（花褪殘紅青杏小）之事。又清葉申薌本事詞卷上云：「朝雲，姓王氏，錢塘名妓也，子瞻守杭，納爲侍妾。朝雲敏而慧，初不識字，既事子瞻，遂學書，粗有楷法；又學佛，略通大義。子瞻南遷，家姬多散去，獨朝雲願侍行。子瞻愈憐之。未幾，病且死，誦金剛經四句偈而絶，葬惠州棲禪寺松下。」可知朝雲隨東坡南遷，殁於惠州。東坡元祐間有南歌子（雲鬢裁新緑）詞，内容與本篇相近，似爲贈答之作。據施宿東坡先生年譜，東坡元祐六年閏八月出知潁州；而少游是時供職秘書省。故本篇以「使君」稱東坡，以「蘭臺公子」自喻，詞蓋作於是時。甕牖之説不確。

〔二〕靄靄　雲氣濃密貌。晉陶潛停雲詩：「靄靄停雲，蒙蒙時雨。」

〔三〕溶溶　水流動貌，亦用以形容月光蕩漾。唐許渾冬日宣城開元寺贈元孚上人詩：「林疏霜摵摵，波静月溶溶。」此處形容清晨陽光。

〔四〕何期句　容易，輕易。　巫陽，巫山之陽。　參見卷中鵲橋仙詞注〔七〕。

〔五〕只恐句　襄王，苕溪漁隱叢話前集卷五十：「漫叟詩話云：『高唐事乃楚懷王，非襄王也。若古人云：「莫道無心便無事，也應愁殺楚襄王。」秦少游詞云：「不應容易下巫陽，只恐翰林前世是襄王。」皆誤用也。濠州西有高唐館，俗以爲楚之高唐也。御史閻欽愛題詩云：「借問襄王安在哉？山川此地勝陽臺。」有李和風者，亦題詩云：「若向此中求薦枕，參差笑殺楚襄王。」前人既誤指其人，後人又誤指其地，可笑。』苕溪漁隱曰：『文選高唐賦云：「昔者，楚襄王與宋玉游雲夢之臺，望高唐之觀，其上獨有雲氣。王問玉曰：此何氣也？玉對曰：所謂朝雲者也。昔者，先王嘗游高唐，怠而晝寢，夢見一婦人曰：妾巫山之女也。」李善注云：「楚懷王游於高唐，夢與神遇。」則漫叟詩話之言是也。然神女賦復云：「楚襄王與宋玉游於雲夢之浦，使玉賦高唐之事。其後王寢，夢與神女遇，其狀甚麗。」以此考之，則楚襄王亦夢與神女遇。但楚懷王是游高唐，楚襄王是游雲夢，以此不可雷同用事耳。』」

〔六〕空使句　蘭臺公子，文選宋玉風賦序：「楚襄王游於蘭臺之宮，宋玉、景差侍。」後遂以蘭臺公子稱宋玉。蘭臺，又爲漢宮藏書之處，班固曾任蘭臺令史。唐人亦稱祕書省爲蘭臺。少游時爲祕書省正字，因以自況。　高唐，文選高唐賦李善注引漢書注曰：「雲夢中高唐之臺，此賦蓋假設其事，風諫婬惑也。」

**【彙評】**

苕溪漁隱叢話後集卷二十九：　藝苑雌黃云：「朝雲者，東坡侍妾也，嘗令就秦少游乞詞，少游作南歌子贈之云（詞略）。何其婉媚也！」　復齋漫録云：『洛陽伽藍記言：河間王有婢名曰朝雲，善吹篪。諸羌叛，王令朝雲假爲老嫗吹篪，羌人無不流涕，後降。語曰：快馬健兒，不如老嫗吹篪。』然則名婢曰朝雲，不始於東坡也。」

## 其二〔一〕

夕露霑芳草，斜陽帶遠村。幾聲殘角起譙門〔二〕，撩亂栖鴉飛舞鬧黄昏。　天共高城遠，香餘繡被温。客程常是可銷魂〔三〕，乍向心頭横著箇人人〔四〕。

**【校記】**

〔其二〕此首及下一首録自樂府雅詞拾遺卷下。唐圭璋詞學論叢二考證案云：「二首見樂府雅詞拾遺，亦不著撰人，後人誤作秦觀詞。」然檢叢書集成本初編樂府雅詞拾遺卷下，前一首不著撰人，後一首署秦觀作；王本補遺亦注云：「見宋曾慥樂府雅詞。」此首亦見花草粹編卷五，作秦觀詞。清丁紹儀聽秋聲館詞話卷九，作無名氏詞。

〔帶遠村〕丁紹儀本作「對遠村」，非。　〔鬧黄昏〕粹編本作「弄黄昏」。　〔天共〕一作「人共」。

〔乍向〕丁紹儀本作「怎向」，注云：「『怎向』下多一『人』字。」

**【箋注】**

〔一〕此詞語言、意境，頗類滿庭芳（山抹微雲），似爲同時之作。

〔二〕譙門　見卷上望海潮四首其二注〔六〕。

〔三〕客程　謂客居會稽也。

〔四〕人人 詩詞曲語辭匯釋卷六：「人人，對於所暱者之稱，多指彼美而言。歐陽修蝶戀花詞：『翠被雙盤金縷鳳。憶得前春，有箇人人共。』」此處似指在會稽「席上有所悦」之歌妓。

## 其三

樓迥迷雲日，谿深漲晚沙。年來憔悴費鉛華〔一〕，樓上一天春思浩無涯。 羅帶寬腰素〔二〕，真珠溜臉霞〔三〕。海棠開過柳飛花，薄倖只知游蕩不思家。

**【校記】**

〔其三〕此首樂府雅詞拾遺卷下署秦觀作，亦見歷代詩餘卷二十四、王本補遺。 〔晚沙〕歷代詩餘、王本補遺作「曉沙」。 〔開過〕歷代詩餘、王本補遺作「開盡」。

**【箋注】**

〔一〕鉛華 文選曹植洛神賦：「芳澤無加，鉛華不御。」李善注：「鉛華，粉也。」

〔二〕羅帶句 卷上滿庭芳：「銷魂，當此際，香囊暗解，羅帶輕分。」 寬腰素，謂腰肢瘦損； 腰素，古代女子束腰的白色生絹。

〔三〕真珠 喻淚珠。南唐馮延巳歸自謠：「愁眉斂，淚珠滴破燕脂臉。」宋柳永鬬百花：「眼看菊蕊，重陽淚落如珠，長是淹殘粉面。」此詞似之。

## 失調名四則

天若有情，天也爲人煩惱。

【校記】

此二句録自甕牖閑評卷五，疑爲卷上水龍吟「天還知道，和天也瘦」之訛。原云：「程伊川一日見秦少游，問：『「天若有情，天也爲人煩惱」，是公之詞云？』少游意伊川稱賞之，拱手遜謝。伊川云：『上穹尊嚴，安得易而侮之！』少游慚而退。」

## 又

我曾從事風流府〔一〕。

【校記】

此句録自侯鯖録卷一。原云：「東坡在徐州，送鄭彦能還都下，問其所游，因作詞云：『四十五年前，我是風流帥，花枝缺處留名字。』記座中人語，嘗題於壁上。秦少游薄遊京師，見此詞，遂和之，其中有『我曾從事風流府』，公聞而笑之。」

【箋注】

〔一〕風流府　指冶遊之地。開元天寶遺事：「長安有平康坊，妓女所居之地，京都俠少，萃集於此，兼每年新進士以紅箋名紙遊謁其中，時人謂此坊爲風流藪澤。」宋陳師道木蘭花減字詞「付與風流幕下兒」注：「古詞云：十五年來，從事風流府。」

## 又 端午詞〔一〕

粽團桃柳，盈門共壘，把菖蒲、旋刻箇人人〔二〕。

【校記】

録自陳元靚歲時廣記卷二十一。

【箋注】

〔一〕端午詞　歲時廣記卷二十二：「皇朝歲時雜記：學士院端午前一月，撰皇帝、皇后、夫人閤門帖子，送後苑作院，用羅帛製造，及期進入。」此詞蓋元祐間供職祕書省時所作之端午帖子詞。端午，夏曆五月初五。

〔二〕粽團四句　東京夢華録卷八：「自五月一日及端午前一日，賣桃、柳、葵花、蒲葉、佛道艾，次日家家鋪陳於門首，與粽子、五色水團、茶酒供養；又釘艾人於門上，士庶遞相宴賞。」歲時廣記卷二十一：「端午刻蒲爲小人子或葫蘆形，帶之辟邪。王沂公端午帖子云：『明朝知是天中節，旋刻菖蒲要辟邪。』」

## 又

神仙須是閑人做。

【校記】此句録自清沈雄古今詞話詞品下卷，原謂：「做，秦少游『神仙須是閑人做』，劉青田『添黄入柳，點紅歸杏，都是東風做。』」

## 曲游春　逸句

臉薄難藏淚〔一〕。　哭得渾無氣力。　但掩面、滿袖啼紅。

【校記】録自吹劍三録，原謂：「作文亦如此。又少游曲游春云：『臉薄難藏淚。』又云：『哭得渾無氣力。』又云：『但掩面、滿袖啼紅。』一詞乃至三言哭泣。」

【箋注】

〔一〕臉薄句　唐徐凝憶揚州詩：「蕭娘臉薄難藏淚，桃葉眉長易覺愁。」

【彙評】

宋沈義父樂府指迷論坊間歌詞之病：又一詞之中，顛倒重複，如曲遊春云：「臉薄難藏淚。」過云：「哭得渾無氣力。」結又云：「滿袖啼紅。」如此甚多，乃大病也。

# 淮海居士長短句存疑

## 一、箋注部分

### 蝶戀花

鐘送黄昏雞報曉。昏曉相催，世事何時了？萬苦千愁人自老，春來依舊生芳草。忙處人多閑處少。閑處光陰，幾箇人知道？獨上小樓雲杳杳，天涯一點青山小。

【校記】

〔調〕録自粹編卷七，題作感舊。亦見王本補遺、類編草堂詩餘卷二、草堂詩餘後集卷下，俱題秦觀作。然花庵卷三以爲王晉卿(詵)作，「萬苦」作「萬恨」，「小樓」作「高樓」。詞苑粹編卷十二紀事三引西清詩話謂：「王晉卿得罪外謫，後房善歌者名囀春鶯，爲密縣馬氏所得，晉卿還朝……淒然賦蝶戀花詞云：鐘送黄昏雞報曉……。」

## 柳梢青

岸草平沙，吴王故苑，柳裊烟斜。雨後寒輕，風前香軟，春在梨花。　行人一棹天涯，酒醒處，殘陽亂鴉。門外鞦韆，牆頭紅粉，深院誰家？

**【校記】**

〔調〕録自草堂詩餘正集卷一，題作「春景」。段本附録、歷代詩餘卷二十、詞律卷五、王本補遺、秦本詩餘、蓼園詞選以及弇州山人詞評、皺水軒詞筌均以爲秦觀作。花庵卷九、詞品以爲僧仲殊作。詞品卷二云：「草堂詞柳梢青『岸草平沙』一首，僧仲殊作也。今刻本往往失其名，故特著之。宋人小詞，僧徒惟二人最佳：覺範之作類山谷，仲殊之作似花間；祖可、如晦俱不及也。」

## 憶王孫

萋萋芳草憶王孫，柳外樓高空斷魂。杜宇聲聲不忍聞。欲黄昏，雨打梨花深閉門。

**【校記】**

〔調〕録自類編草堂詩餘卷一。亦見楊慎批草堂卷一、粹編卷一、王本補遺、秦本詩餘。然花庵卷七、草堂詩餘卷一、蓼園詞選均以爲李重元作。王本補遺案曰：「四庫全書草堂詩餘考證云李重元作。」查花庵卷七，同調列有春、夏、秋、冬四首，此爲第一首，題作「春詞」，風格一致，似應爲李作。

## 生查子

遠山眉黛長，細柳腰肢嫋。粧罷立春風，一笑千金少。歸去鳳城時，説與青樓道。遍看潁川花，不似師師好。

**【校記】**

〔調〕詞苑叢談卷七紀事二引詞品拾遺謂此詞係秦少游贈汴城李師師。蓮子居詞話卷二亦有「考少游詞『看遍潁川花，不似師師好』」之語，聽秋聲館詞話卷十七亦以爲秦少游作，均誤。此乃晏幾道詞，見汲古閣宋六十名家詞本小山詞，又見彊村叢書本小山詞。

## 如夢令

傳與東坡尊舅，欲作欄干護佑。心性慢些兒，先著他人機構。虚謬，虚謬，這段姻緣生受。

【校記】

〔調〕録自蘇長公章臺柳傳。恐係小説假託。

## 搗練子

心耿耿〔一〕，淚雙雙，皎月清風冷透窗。人去秋來宮漏永，夜深無語對銀釭〔二〕。

【校記】

〔調〕録自類編草堂詩餘卷一及楊慎批草堂卷一，調下均題作「秋閨」。亦見草堂詩餘卷一、粹編卷一、段本附録、鄧本、王本補遺、秦本詩餘、閔本卷一及詞菁卷二。全宋詞存目詞謂：「無名氏詞，見草堂詩餘前集卷下。」

〔皎月清風〕詞菁、鄧本、秦本詩餘作「斜月斜風」。王本、閔本「皎月」作「皓月」。

【箋注】

〔一〕耿耿　楚辭遠遊：「夜耿耿而不寐兮。」王逸注：「耿耿，猶儆儆，不寐貌也。」洪興祖補注：「不安也。」

〔二〕銀釭句　宋晏幾道鷓鴣天詞：「今宵剩把銀釭照，猶恐相逢是夢中。」

【彙評】

明楊慎批草堂卷一眉批：緊獨無語，誰與共語？

明李攀龍草堂詩餘雋卷二眉批：秋夜寂寂，秋閨隱隱，最堪懷人。○評：淚隨心生，淒其之景已見；至夜深無語，則幽思之情更切矣。

明沈際飛草堂詩餘正集卷一：「斜月斜風」，秋方不同。○一句含無盡意，且從尋常中領取，手眼最高。

明陸雲龍詞菁卷二「皎月清風」句上眉批：改「斜」字甚有意。

秦本詩餘眉批：春閨景物妍麗，秋閨思味淒涼，此詞爲得之。

## 如夢令

門外緑陰千頃，兩兩黄鸝相應。睡起不勝情，行到碧梧金井〔一〕。人静，人静，風弄一枝花影。

**【校記】**

〔調〕録自毛本，調名「憶仙姿」，調下附注：「此二闋舊本逸。」亦見類編草堂詩餘卷一、草堂詩餘正集卷一、鄧本、秦本詩餘、詞菁卷一、楊慎批草堂卷一及蓼園詞選，調下均題作「春景」。並見歷代詩餘卷三。宋曾慥樂府雅詞卷下、花庵卷八、粹編卷一以爲曹組（元寵）作。　〔緑陰〕詞菁作「緑楊」，非。　〔行到〕秦本詩餘作「月到」。　〔風弄〕花庵、粹編、秦本詩餘作「風動」。　〔一枝〕花庵作「一庭」。

【箋注】

〔一〕金井　指雕飾華麗的井欄。沈本注引讕言：「梧桐葉上有金井文。」爲另一義。

【彙評】

明楊慎批草堂卷一：只有風弄影，正模出近景。徐案：近，疑爲静之誤。

明李攀龍草堂詩餘雋卷一眉批：幾語寫盡滿腔春意。◯評：優遊自得，此境還疑是夢醒中悟來。

明沈際飛草堂詩餘正集卷一眉批：「不勝情」三字，包裹前後。

明陸雲龍詞菁卷一眉批：「人静，人静，風弄一枝花影。」正是静景。

清黃蘇蓼園詞選：秦少游又有春景一闋曰：「鶯嘴啄花紅溜……」（詞略），沈際飛深賞其琢句奇峭；然細玩，終不如此首韻味清遠。

又：「不勝情」從「千頃」字、「相應」字生出，因「不勝情」而行，行而無人，只見「風弄一枝花影」，更難爲情。「一枝」字幽雋！

秦本詩餘眉批：見緑陰而聞鳥聲，正是景物相應處。

## 生查子

眉黛遠山長〔一〕，新柳開青眼〔二〕。樓閣斷霞明，羅幕春寒淺。杯嫌玉漏遲，燭厭金刀翦。月色忽飛來，花影和簾捲〔三〕。

【校記】

〔調〕録自毛本，調下附注：「時刻不載。」亦見草堂詩餘續集卷上、康熙刻本續編草堂卷上、詞苑粹編卷十二、詞綜卷六、王本補遺。歷代詩餘卷四、詞菁卷二、類編箋釋續選草堂詩餘，均題作「春夜」。宋張孝祥于湖居士文集卷三十四亦收此詞，字句小異：首句作「遠山眉黛横」，「新柳」作「媚柳」，「羅幕」作「簾幙」，「嫌」作「延」，「厭」作「怕」。

【箋注】

〔一〕遠山　喻眉色。西京雜記卷二：「(卓)文君姣好，眉色如望遠山，臉際常若芙蓉。」宇文氏粧臺記謂因受卓文君影響，「時人效畫遠山眉」。唐韋莊荷葉杯詞：「一雙愁黛遠山眉，不忍更思惟。」

〔二〕新柳句　謂柳葉初生，細長如人之睡眼初開。唐元稹生春詩第九：「何處生春早？春生柳眼中。」

〔三〕花影句　宋張先歸朝歡詞：「日曈曈，嬌柔懶起，簾幕捲花影。」

【彙評】

明沈際飛草堂詩餘續集卷上：唐風。

類編箋釋續選草堂詩餘卷上：盃行既遲，燭剪復頻，夜景可掬。

## 虞美人影

碧紗影弄東風曉，一夜海棠開了。枝上數聲啼鳥，粧點知多少！　妒雲恨雨腰肢裊，眉黛不堪重掃。薄倖不來春老，羞帶宜男草〔一〕。

**【校記】**

〔調〕録自毛本，調下附注：「時刻不載。」草堂詩餘正集卷一作「桃源憶故人」，附注云：「新譜作『虞美人影』。」亦見鄧本、歷代詩餘卷十九、類編草堂詩餘卷一、王本補遺、蓼園詞選及秦本詩餘，調名俱作「桃源憶故人」，題作「春閨」。粹編卷四列在少游「玉樓深鎖薄情種」與山谷「碧天露洗春容浄」之間，下注「詩餘」二字。全宋詞謂「歐陽修詞，見全芳備祖前集卷七海棠門」。然檢六一詞，無此首；文津閣四庫全書本全芳備祖作秦觀詞。姑存疑。

**【箋注】**

〔一〕宜男草　即萱草。太平御覽九九六本草經：「萱，一名忘憂，一名宜男，一名歧女。」本草綱目草部「萱草」下李時珍引周處風土記：「懷妊婦人佩其花則生男，故名宜男。」

**【彙評】**

明李攀龍草堂詩餘雋卷二眉批：憶故人還爲誤佳期也。○評：詞調清新，誦之自膾炙人口，玩之又羈絆人情。

明沈際飛草堂詩餘正集卷一：「海棠開了」下，轉出「啼鳥」、「粧點」，趣溢不窘，奇筆！句末慧。

清黃蘇蓼園詞選：第一闋言春色明豔，動閨中春思耳。次闋言抑鬱無聊，青春已老，羞望恩澤耳。託興自娟秀。

清李調元雨村詞話卷一：秦淮海遺詞散失，多見別本，而時刻不載，如虞美人影云：（詞略）……可知此外軼事更多矣。

## 浣溪沙

青杏園林煮酒香，佳人初試薄羅裳。柳絲搖曳燕飛忙。　乍雨乍晴花易老，閑愁閑悶日偏長。爲誰消瘦減容光？

**【校記】**

〔調〕録自草堂詩餘正集卷一，亦見楊慎批草堂卷一、類編草堂詩餘卷一、鄧本、歷代詩餘卷六、段本附録、秦本詩餘、王本補遺。粹編卷二題晏殊作，並見珠玉詞。亦見歐陽修近體樂府及吴文英夢窗詞集。〔初試〕粹編作「初著」。〔搖曳〕粹編、珠玉詞作「無力」。〔易老〕珠玉詞作「自落」。〔日〕草堂詩餘注曰：「一作晝。」

【彙評】

明楊慎批草堂卷一眉批：「乍雨乍晴」二語，見道不獨情景之真。

明李攀龍草堂詩餘雋卷二眉批：羅裳初試有意味，容光消滅真堪憐也。○評：眼前景致口頭語，便是詩家絶妙詞。

明沈際飛草堂詩餘正集卷一眉批：「隙月窺人小」、「天涯一點青山小」、「一夜青山老」，俱妙在叶字。「乍雨乍晴」句，妙不在叶字，而在「乍」字。

明徐渭評本眉批：「乍雨乍晴」、「閑愁閑悶」二句，淺淡中傷春無限。

## 眼兒媚〔一〕

樓上黄昏杏花寒〔二〕，斜月小闌干。一雙燕子，兩行歸雁，畫角聲殘。綺窗人在東風裏，無語對春閑。也應似舊，盈盈秋水，澹澹春山〔三〕。

【校記】

〔一〕調：録自類編草堂詩餘卷一，調下題作「春景」，亦見張綖詩餘圖譜卷一、楊慎批草堂卷一（題作「春夜」）、鄧本、蓼園詞選及秦本詩餘（注曰：「一名秋波媚。」題作「春景」）。王本補遺雖列爲少游作，然案曰：「此詞樂府雅詞拾遺作左譽作。」然檢雅詞曹元忠校，謂朱彝尊、鮑廷博兩鈔本皆不署左譽。粹編卷四據玉照新志亦以爲左譽作，詞末附注：「與張穠。」古今詞話謂：「王仲言曰：天台左譽，字與言，成進士，與妙妓張穠善，如『盈盈秋水，澹澹春山』與『一段離愁堪畫處，横風斜雨拖衰柳』，皆爲穠作也。」趙萬里校輯宋金元人詞以爲阮閱作：「考新志四僅有名姝張穠，左與言頗顧之，如『盈盈秋水，澹澹春山』，皆爲穠作數語，雖與阮詞末二句暗合，然未可强以爲左作也。」其根據爲花庵卷六曾云「閎休（阮閱字）小詞惟有此篇見於世」。查能改齋漫録卷十七，載有阮閱洞仙歌贈宜春官妓趙佛奴一首，並云：「阮官至中大夫，累任監司郡守，他詞皆類此。」可見阮閱詞風皆俚俗如洞仙歌，而此首較綺麗，似非阮作。

〔歸雁〕花庵、趙萬里本作「征雁」。〔無語〕雅詞、花庵、趙萬里本作「灑淚」。

【箋注】

〔一〕清黄了翁謂爲「久别憶内」之詞，若是，似作於元豐二年赴會稽省親之中途。

〔二〕杏花寒　花候考：「雨水：一候菜花，二候杏花，三候李花。」「二候杏花」正值雨水時，天氣乍暖還寒。

〔三〕盈盈二句　四印齋本陳鍾秀校刊草堂詩餘卷上注：「謂佳人眼如秋水之清，眉如春山之秀也。」

【彙評】

明徐渭評本：字字清麗，集中不多得。（秦本詩餘同）

明李攀龍草堂詩餘雋卷一眉批：對景興思，一唱三歎，畫出秋水春山圖。○評：寫景欲鳴，寫情如見，語意兩到。

清黄蘇蓼園詞選：案此久别憶内詞耳，語語是意中摹想而得，意致纏綿中繪出，盡是鏡花水月，與杜少陵「今夜鄜州月」一律同看。

## 昭君怨　春日寓意

隔葉乳鴉聲軟，啼斷日斜陰轉。楊柳小腰肢，畫樓西。　役損風流心眼，眉上新愁無限。極目送行雲，此時情。

【校記】

〔調〕録自毛本，亦見歷代詩餘卷三及王本補遺。毛本題下附注：「舊刻趙長卿。」案：陸敕先校汲古閣本趙氏惜香樂府卷二有之；然檢汲古閣宋六十名家詞本惜香樂府，並無此詞，如係趙作，不應漏收。且同爲汲古閣本，既收入淮海詞，似不應再收入惜香樂府，蓋爲陸氏校補時增入。〔啼斷〕毛本、王本原作「號斷」，依歷代詩餘改。

## 西江月

愁黛顰成月淺，啼粧印得花殘〔一〕。只消鴛枕夜來閑〔二〕，曉鏡心情便懶。　醉帽簷頭風細，征衫袖口香寒。緑江春水寄書難，攜手佳期又晚。

【校記】

〔調〕録自草堂詩餘續集卷上，題作「閨情」，康熙天禄閣校訂續編草堂詩餘卷上同。亦見粹編卷四。全宋詞存目詞注云：「晏幾道詞，見小山詞。」〔曉鏡〕粹編作「對鏡」。

【箋注】

〔一〕愁黛、啼粧　後漢書梁冀傳：「妻孫壽，色美而善爲妖態，作愁眉、啼粧、墮馬髻、折腰步、齲齒笑，以爲媚惑。」章懷太子李賢注引風俗通曰：「愁眉者，細而曲折；啼粧者，薄拭目下若啼處。」愁黛，即愁眉。

〔二〕只消　詩詞曲語辭匯釋卷二：「只消，猶云只須也。」此猶只要。

【彙評】

明沈際飛草堂詩餘續集卷上評語：工篤鏗清。

## 宴桃源

去歲迷藏花柳〔一〕，恰恰如今時候。心緒幾曾歡？贏得鏡中消瘦。生受〔二〕，生受，更被養娘催繡〔三〕。

【校記】

〔調〕即如夢令，録自王本補遺，亦見宋六十名家詞山谷詞宴桃源附注。山谷詞與此略異，曰：「天氣把人僝懋，落絮遊絲時候。茶飯可曾炊？鏡中贏得消瘦。生受，生受，更被養娘催繡。」王本案曰：「汲古閣六十名家詞山谷詞末一調宴桃源，毛晉校云：『一刻淮海集，略異。』檢今集中，無之，晉所見淮海集，又不知是何本矣。茲并録之。」案四部備要本山谷詞有毛晉此注，當從之。

**【箋注】**

〔一〕迷藏　即捉迷藏。致虛閣雜俎：「唐明皇與玉真於月下以錦帕裹目，在方丈之間互相捉戲，謂之捉迷藏。」

〔二〕生受　詩詞曲語辭匯釋卷六：「生受，有吃苦或爲難義；有麻煩或煩勞義。黄庭堅宴桃源詞：『生受，生受，更被養娘催繡。』此麻煩義。」

〔三〕養娘　侍婢。草堂詩餘注：「唐宋女兒多有養娘，即今之針線娘也。」

**【彙評】**

草堂詩餘續集卷上：不但情懷倦繡，縱含情刺錦，豈由催促，如養娘之不解事何！

## 南鄉子　夜景

萬籟寂無聲，衾鐵棱棱近五更。原注：魏鶴山詩：「衾鐵棱棱夢不成。」香斷燈昏吟未穩，淒清。只有霜華畔案：當爲伴。月明。　應是夜寒凝。惱得梅花睡不成。我念梅花花念我，關情。起看清冰滿玉瓶。

【校記】

〔調〕録自明李攀龍草堂詩餘雋卷二，題秦觀作。全宋詞作黄昇詞，題作「冬夜」，案云：「草堂詩餘雋卷二作秦觀詞。」

【彙評】

明李攀龍草堂詩餘雋卷二：上寫素月深夜高懸之景，下託寒宫孤梅爲友之懷。○眉批：霜華伴月，自是夜静寂。託梅寫出相思處，念茲在茲。○評語：叙冬夜之景，在胸中流出。以梅花爲故人，便見不孤。

## 失調名佚句

缺月向人舒窈窕，三星當户照綢繆。

【校記】

〔調〕録自方勺泊宅編卷上，作秦觀詞。徐案：此二句見蘇軾東坡樂府卷下，調名浣溪沙（風捲珠簾自上鉤）。

## 二、詞苑英華本少游詩餘

此爲明汲古閣刊詞苑英華本秦張兩先生詩餘合璧（前有王象晉序，今藏上海圖書館）之一部分，另一部分爲南湖詩餘。南湖，指張綖，字世文，明嘉靖時高郵人，曾於鄂州任所刻淮海集（含長短句），所作多效少游風格。因此少游詩餘多明人胎息，恐爲張綖手筆。本書一九八五年版曾據乾隆時重印之少游詩餘列入存疑，一時疏忽，未能注明出處；又將其中玉樓春（參差簾影晨光動）、行鄉子（樹繞村莊）、□□□（即憶秦娥）四首（灞橋雪、曲江花、庾樓月、楚臺風）、念奴嬌過小孤山（長江滚滚）等，參考他本，釐出另注。今爲保持原貌，全部補齊。前幾年，有幸得香港劉衛林先生所贈饒宗頤先生編校之景宋乾道高郵軍學本淮海居士長短句，附録二爲詞苑英華本少游詩餘，先生有跋云：「然全宋詞三百卷似宜收入附録，而竟缺載」，憾悵之意，見於言外。足見有恢復全璧之必要。另附先生之跋，以資研究者之借鏡云爾。

### 玉樓春

參差簾影晨光動。露桃雨柳矜新寵。閑愁多仗酒驅除，春思不禁花從臾。倚樓聽徹單于弄。却憶舊歡空有夢。當時誤入飲牛津，何處重尋聞犬洞。

## 又

午窗睡起香銷鴨，斜倚粧臺開鏡匣。雲鬟整罷却回頭，屏上依稀描楚峽。 支頤凝想眉愁壓，咬損纖纖銀指甲。柔腸斷盡少人知，閑看花簾雙蝶狎。

## 又 集句

狂風落盡深紅色，春色惱人眠不得。淚沿紅粉溼羅巾，怨入青塵愁錦瑟。 豈知一夕秦樓客，烟樹重重芳信隔。倚樓無語欲銷魂，柳外飛來雙羽玉。

## 南鄉子

月色滿湖村，楓葉蘆花共斷魂。好箇霜天堪把盞，芳樽，一榻凝塵空掩門。 此意與誰論？獨倚闌干看雁羣。籬下黄花開遍了，東君，一向天涯信不聞。

## 虞美人

陌頭柳色春將半，枝上鶯聲唤。客遊曉日綺羅稠，紫陌東風絃管咽朱樓。　少年撫景漸虚過，終日看花坐。獨愁不見玉人留，洞府空教燕子占風流。

## 踏莎行

冰解芳塘，雪消遥嶂，東風水墨生綃障。燒痕一夜遍天涯，多情莫向高城望。　淡柳橋邊，疏梅溪上，無人會得春來况。風光輸與兩鴛鴦，暖灘晴日眠相向。

## 又　上巳日過華嚴寺

昨日清明，今朝上巳，鶯花著意催春事。東風不管倦遊人，一齊吹過城南寺。　沂水行歌，蘭亭修禊，韶光曾見風流士。而今臨水漫含情，暮雲目斷空迢遞。

## 又

曉樹啼鶯，晴洲落雁，酒旗風颭村烟淡。山田過雨正宜耕，畦塍處處春泉漫。　踏翠郊原，尋芳野澗，風流舊事嗟雲散。楚山誰遣送愁來？夕陽回首青無限。

## 臨江仙　看花

爲愛西莊花滿樹，朝朝來叩柴門。墻頭遥見簇紅雲。恍然迷處所，疑入武陵源。　花外飛來寒食雨，一時留住遊人。村醪隨意兩三巡。折花頭上戴，記取一年春。

## 又

十里紅樓依緑水，當年多少風流。高樓重上使人愁。遠山將落日，依舊上簾鉤。

一曲琵琶思往事，青衫淚滿江州。訪鄰休問杜家秋。寒烟沙外鳥，殘雪渡傍舟。

此首又見草堂詩餘新集卷三，題張世文作。

## 又

客路光陰渾草草，等閑過了元宵。村雞啼月下林梢。鸞聲驚宿鳥，霜氣入重貂。漠漠風沙千里暗，舉頭一望魂消。問君何事不辭勞？平生經世意，只恐負清朝。

此首又見草堂詩餘新集卷三，題張世文作。

## 釵頭鳳 別武昌

臨丹壑，憑高閣，閑吹玉笛招黄鶴。空江暮，重回顧。一洲烟草，滿川雲樹。住，住，住。江風作，波濤惡，汀蘭寂寞巖花落。長亭路，塵如霧。青山雖好，朱顔難駐。去，去，去。

此首又見草堂詩餘新集卷三，題張世文作。

## 蝶戀花

紫燕雙飛深院静，簟枕紗厨，睡起嬌如病。一線碧烟縈藻井，小鬟茶進龍香餠。拂拭菱花看寶鏡，玉指纖纖，撚唾撩雲鬢。閑折海榴過翠徑，雪貓戲撲風花影。

此首又見草堂詩餘新集卷三，題張世文作。清沈謙填詞雜説：「張世文『新草池塘』、『紫燕雙飛』二首，風流藴藉，不減周、秦。『雪貓戲撲風光（花之誤）影』，尤稱警策。」

## 又　題二喬觀書圖

并倚香肩顔鬭玉，鬢角參差，分映芭蕉緑。厭見兵戈争鼎足，尋芳共把遺編躅。閨閣風流誰可續？沈想清標，合貯黄金屋。江左百年傳舊俗，後宫只解呈新曲。

## 又

新草池塘煙漠漠，一夜輕雷，拆破夭桃萼。驟雨隔簾時一作，餘寒猶泥羅衫薄。斜日高樓明錦幕，樓上佳人，癡倚闌干角。心事不知緣底惡，對花珠淚雙雙落。

此首又見草堂詩餘新集卷三，題張世文作。

## 又

金鳳花開紅滿砌，簾捲斜陽，雨後涼風細。最是人間佳景致，小樓可惜人孤倚。蛺蝶飛來花上戲，對對飛來，對對還飛去。到眼物情都觸意，如何制得相思淚！

## 又

語燕飛來驚晝睡，起步花闌，更覺無情緒。緑草離離蝴蝶戲。南園正是相思地。池上晚來微雨霽，楊柳芙蓉，已作新涼味。目斷雲山君不至，香醪著意催人醉。

## 又

今歲元宵明月好，想見家山，車馬應填道。路遠夢魂飛不到，清光千里空相照。花滿紅樓珠箔遶，當日風流，更許誰同調？　何事霜華催鬢老，把杯獨對嫦娥笑。

## 又

舟泊潯陽城下住，杳靄昏鴉，點點雲邊樹。　九派江分從此去，烟波一望空無際。　今夜月明風細細，楓葉蘆花，的是淒涼地。　不必琵琶能觸意，一樽自濕青衫淚。

此首又見草堂詩餘新集卷三，題張世文作。

## 漁家傲

門外平湖新雨過，碧烟一抹鷗飛破。　水木細將秋色做。　雲影墮，滿溪蘆荻西風大。　沙觜漁舟來箇箇，霜鱗入膾炊香糯。　歌罷滄浪誰與和？　閑不那，茅簷獨對青山坐。

此首又見明崇禎刻陸雲龍輯詞菁卷二，調下題作村居，張世文作。沈際飛評曰：「以俚韻收村景，『碧烟』、『水木』句，陰鏗肺腸。」

## 又　七夕立秋

七夕湖頭閑眺望，風烟做出秋模樣。不見雲屏月帳案：「雲屏」下脱一字。天滉漾，龍輧暗渡銀河浪。原注：是日風霾。　二十年前今日況，玄蟾烏鵲高樓上。回首西風猶未忘。追得喪，人間萬事成惆悵。

案：全宋詞謂「張綖詞，見草堂詩餘新集卷三」。

## 又

遥憶故園春到了，朝來枝上聞啼鳥。春到故園人未到。空眊矂，年年落得梅花笑。　且對芳樽舒一嘯，不須更鼓高山調。看鏡依樓「樓」，全宋詞作「劉」，誤。俱草草。真潦倒，醉來唱箇漁家傲。

## 又

江上涼飔情緒燠，片雲消盡明團玉。水色山光相與緑。烟樹簇，移舟旋傍漁燈宿。風外何人吹紫竹？夢中聽是飛鸞曲。葉落楓林聲簌簌。幽興觸，明朝相約騎黄鵠。

此首又見歷代詩餘卷四十二，題張綖作；草堂詩餘新集卷三調下注曰：「夜泊漢口，七月十五。」下題張世文作。沈際飛評曰：「『相與緑』，得和合山水道理。」

## 又

剛過淮流風景變，飛沙四面連天捲。霜拆凍髭如利剪。情莫遣，素衣一任緇塵染。回首家山雲漸遠，離腸暗逐車輪轉。古木荒烟鴉點點。人不見，平原落日吟羌管。

## 行鄉子

樹繞村莊。水滿坡塘。倚東風豪興徜徉。小園幾許，收盡春光。有桃花紅，李花白，菜花黄。遠遠圍墻。隱隱茅堂。颺青旗流水橋傍。偶然乘興，步過東岡。正鶯兒啼，燕兒舞，蝶兒忙。

## 江城子

清明天氣醉遊郎，鶯兒狂，燕兒狂。翠蓋紅纓，道上往來忙。記得相逢垂柳下，雕玉珮，縷金裳。　春光還是舊春光，桃花香，李花香。淺白深紅，一一鬭新粧。惆悵惜花人不見，歌一闋，淚千行。

此首草堂詩餘新集卷三作江神子，調下題爲「感舊」，張世文作。沈際飛評「翠蓋」二句曰：「不費力。」

## 何滿子

天際江流東注，雲中塞雁南翔。衰草寒烟無意思，向人只會凄涼。吟斷鑪香裊裊，望窮海月茫茫。　鶯夢春風錦幄，蛩聲夜雨蓬窗。諳盡悲歡多少味，酒杯付與疏狂。無奈供愁秋色，時時遞入柔腸。

## □□□　灞橋雪

驢背吟詩清到骨，人間别是閑勛業。雲臺烟閣久消沉，千載人圖灞橋雪。灞橋雪，茫茫萬徑人蹤滅。人蹤滅。此時方見，乾坤空闊。騎驢老子真奇絶。肩山吟聳清寒冽。清寒冽。祇緣不禁，梅花撩撥。

徐案：□□□，本爲憶秦娥調名。下同。

## □□□　曲江花

帝城東畔富韶華，滿路飄香燦彩霞。多少春風年少客，馬蹄踏遍曲江花。曲江花，宜春十里錦雲遮。錦雲遮。水邊院落，山上人家。茸茸細草承香車，金鞍玉勒争年華。争年華。酒樓青旆，歌板紅牙。

徐案：以上二首見欽定詞譜，題秦觀作。

## □□□ 庾樓月

碧天如水纖雲滅，可是高人清興發。徙倚危欄有所思，江頭一片庾樓月。

庾樓月，水天涵映秋澄澈。秋澄澈。涼風清露，瑶臺銀闕。　桂花香滿蟾蜍窟，胡床興發霏談雪。霏談雪。誰家鳳管，夜深吹徹。

## □□□ 楚臺風

誰將綵筆弄雌雄，長日君王在渚宫。一段瀟湘涼意思，至今都入楚臺風。

楚臺風，蕭蕭瑟瑟穿簾櫳。穿簾櫳。滄江浩渺，綺閣玲瓏。　飄飄綵筆摇長虹，泠泠仙籟鳴虚空。鳴虚空。一闌修竹，幾壑疏松。

## 風入松　西山

崇巒雨過碧瑤光，花木遞幽香。青冥杳靄無塵到，比龍宫、分外清涼。霽景一樓蒼翠，薰風滿壑笙簧。　不妨終日此徜徉，宇宙總俳場。石邊試劍人何在？但荒烟、蔓草迷茫。好斝杯中芳酒，少留樹杪斜陽。

## 滿江紅　詠砧聲

一派秋聲，年年向、初寒時節。早又是、半天驚籟，滿庭鳴葉。幾處搗殘深院日，誰家敲落高樓月？道聲聲、總是玉關情，情何切！　關雲起，偏激烈。隨風去，還幽咽。正歸鴻簾幕，棲鴉城闕。閨閣幽人千里思，江湖旅客經年别。當此時、寂寞倚闌干，成愁結。

## 又

風雨蕭蕭，長塗上、春泥没足。謾回首、青山無數，笑人勞碌。山下紛紛梅落粉，渡頭淼淼波摇緑。想小園、寂寞鎖柴扉，繁花竹。　曳文履，鏘鳴玉。綺樓疊，雕闌曲。又何如湖上，芒鞋草屋。萬頃水雲翻白鳥，一簑烟雨耕黄犢。悵東風、相望渺天涯，空凝目。

## 碧芙蓉　九日

客裏遇重陽，孤館一杯，聊賞佳節。日暖天晴，喜秋光清絶。霜乍降、寒山凝紫；霧初消、澄潭皎潔。闌干閑倚，庭院無人，顛倒飄黄葉。　故園當此際，遥想弟兄羅列。攜酒登高，把茱萸簪徹。歎籠鳥、羈蹤難去；望征鴻、歸心謾切。長吟抱膝，就中深意憑誰説！

此首亦見全宋詞，注：「疑亦張綖作。」「澄潭」，作「澂潭」；「謾切」，作「漫切」。

## 滿庭芳 賞梅

庭院餘寒，簾櫳清曉，東風初破丹苞。相逢未識，錯認是夭桃。休道寒香較晚，芳叢裏、便覺孤高。憑闌久，巡簷索笑，冷蕊向青袍。揚州，春興動，主人情重，招集吟豪。信冰姿瀟灑，趣在風騷。脈脈此情誰會？和羹事、且付香醪。歸來後，湖頭月淡，佇立看烟濤。

## 念奴嬌

千門明月，天如水、正是人間佳節。開盡小梅春氣透，花燭家家羅列。來往綺羅，喧闐簫鼓，達旦何曾歇。少年當此，風光真是殊絶！遥想二十年前，此時此夜，共綰同心結。窗外冰輪依舊在，玉貌已成長别。舊著羅衣，不堪觸目，灑淚都成血。細思往事，只添鏡裏華髮。

## 又　赤壁舟中詠雪

中流鼓楫，浪花舞、正見江天飛雪。遠水長空連一色，使我吟懷逸發。寒峭千峯，光摇萬象，四野人蹤滅。孤舟垂釣，漁蓑真箇清絶！　遥想溪上風流，悠然乘興，獨棹山陰月。争似楚江帆影净，一曲浩歌空闊。禁體詞成，過眉酒熱，把唾壺敲缺。馮夷驚道：坡翁無此赤壁！

## 又

畫橋東過，朱門下、一水閑縈花草。獨駕一舟千里去，心與長天共渺。乍暖扶春，輕寒弄曉，是處人蹤少。黯然望極，酒旗茅屋斜嫋。　少年無限風流，有誰念我，此際情難表。遥想藍橋何日到，暗把心期自禱。柳陌輕颸，沙汀殘雪，一路風烟好。攜壺自飲，閑聽山畔啼鳥。

## 又

朝來佳氣，鬱葱葱、報道懸弧良節。緑水朱華秋色嫩，景比蓬萊更別。萬縷銀鬚，一枝鐵杖，信是人中傑。此翁八十，怪來精彩殊絶。　聞道久種陰功，杏林橘井，此輩都休説。一點心通南極老，錫與長生仙牒。亂舞斑衣，齊傾壽酒，滿座笙歌咽。年年今日，華堂醉倒明月。

## 又

詠柳

纖腰嫋嫋，東風裏、逞盡娉婷態度。應是青皇偏著意，儘把韶華付與。月榭花臺，珠簾畫檻，幾處堆金縷。不勝風韻，陌頭又過朝雨。　聞説灞水橋邊，年年春暮，滿地飄香絮。掩映夕陽千萬樹，不道離情正苦。上苑風和，瑣窗晝静，調弄嬌鶯語。傷春人瘦，倚闌半餉延竚。

## 又　過小孤山

長江滚滚，東流去，激浪飛珠濺雪。獨見一峯青崪嵂，當住中流萬折。應是天公，恐他瀾倒，特向江心設。屹然今古，舟郎指點争説。　岸邊無數青山，縈回紫翠，掩映雲千疊。都讓洪濤恣汹湧，卻把此峯孤絶。薄暮烟霏，高空日焕，諳歷陰晴徹。行人過此，爲君幾度擊楫。

此詞亦見清徐積餘皖詞紀勝，題秦觀作。

## 又

滿天風雪，向行人、做出征途模樣。回首家山纔咫尺，便有許多離況。少歲交遊，當時風景，喜得重相傍。一樽談舊，驪駒門外休唱。　自笑二十年來，扁舟來往，慚愧湖頭浪。獻策彤庭身漸老，惟有丹心增壯。玉洞花光，金城柳眼，何用生淒愴？爲君起舞，驚看豪氣千丈。

## 又

夜涼湖上，酌芳尊、對此一輪皓月。歲月怱怱人老大，又近中秋時節。夜氣沆瀣，湖光曠邈，風舞蕭蕭葉。水天一色，坐來肌骨清徹。　自念塵滿征衫，無人爲浣，灑淚今成血。玉兔銀蟾休道遠，不識愁人情切。繡帳香銷，畫屏燭冷，此意憑誰説？天青海碧，枉教望斷瑶闕。

## 解語花

窗涵月影，瓦冷霜華，深院重門悄。畫樓雪杪，誰家笛、弄徹梅花新調。寒燈凝照，見錦帳、雙鸞翔繞。當此時、倚几沈吟，好景都成惱。　曾過雲山烟島。對繡襦甲帳，親逢一笑。人間年少，多情子、惟恨相逢不早。如今見了，却又惹、許多愁抱。算此情、除是青禽，爲我殷勤報。

此首亦見詞譜卷二十八，題秦觀作。草堂詩餘新集卷五調下題作「風情」，張世文（張綖）作，沈際飛評曰：「團輔圓頤，美口善言。」「情託於辭而不受辭没。」

## 玉燭新

泰階開景運。見金鎖緑沈，轅門春静。幾年淮海，烟波境、貯此風流標韻。連天笳鼓，又催把、經綸管領。文武事、細柳長楊，從頭屬齊整。早聞横槊燕然，畫圖裏争傳，麒麟舊影。臨岐笑問，誰得似、占了山林鐘鼎？古來難並。纔信是、人間英俊。試看取、紫綬金章，朱顔緑鬢。

## 水龍吟

禁烟時候風和，越羅初試春衫薄。晝長深院，夢回孤枕，風吹鈴索。綺陌花香，芳郊塵軟，正堪遊樂。倚闌干、瘦損無人問，重重緑樹圍朱閣。對鏡時時淚落，總無心、淡粧濃抹。晨窗夜帳，幾番誤喜，燈花簷鵲。月下瓊卮，花前金盞，與誰斟酌？望王孫、甚日歸來，除是車輪生角。

此首又見草堂詩餘新集卷五，調下題作春閨，注曰：「二調句讀參差不同。」作者張世文（張綖），下一首同。沈際飛評曰：「『甚日歸來，車輪生角』，不祥語，不好心，老大深情在此。」沈雄詞辨：「未爲知調者。」

## 又

瑣窗睡起門重閉，無奈楊花輕薄。水沈烟冷，琵琶塵掩，懶親絃索。檀板歌鶯，霓裳舞燕，當年娛樂。望天涯、萬疊關山，烟草連天，遠憑高閣。　閑把菱花自照，笑春山、爲誰塗抹。幾時待得，信傳青鳥，橋通烏鵲？夢後餘情，愁邊剩思，引杯孤酌。正黯然、對景銷魂，墻外一聲譙角。

此首又見歷代詩餘卷七十六，題張綖作。

## 石州慢　九日

深院蕭條，滿地蒼苔，一叢荒菊。含霜冷蕊，全無佳思，向人摇緑。客邊節序，草草付與清觴，孤吟只把羈懷觸。便擊碎歌壺，有誰知中曲？　凝目，鄉關何處，華髮緇塵，年來勞碌。契闊山中松徑，湖邊茅屋。沈思此景，幾度夢裏追尋，青楓路遠迷烟竹。待倩問麻姑，借秋風黄鵠。

## 喜遷鶯

西風落葉。正祖席將收，離歌三疊。鶴喜仙還，珠愁主去，立馬城頭難別。三十六湖春水，二十四橋秋月。争羡道，這水如膏澤，月同瑩潔。殊絶，郊陌上，桑柘陰陰，聽得行人説。三木論因，五花判事，箇箇待公方決。鸞鳳清標重覩，駟馬高門須設。揮袂處，望甘棠召伯，教人淒咽。

## 又

梅花春動。見佳氣充庭，祥烟縈棟。華髮方歡，斑衣正舞，飛下九霄丹鳳。温詔輝煌寵渥，御墨淋灕恩重。平世里，把榮華占斷，誰人堪共？　聽頌，天付與，五福隨身，總是陰功種。簾幕籠雲，樓臺麗日，不數蓬萊仙洞。白雪歌翻瑶瑟，玄露酒傾銀甕。更願取，早起來廊廟，爲蒼生用。

## 又

花香馥郁。正春色平中，海籌添屋。金馬清才，玉麟舊守，帝遣暫臨江國。冠蓋光生南楚，川嶽靈鍾西蜀。堪羡是，有汪洋萬頃，珠璣千斛。　聽祝，願多壽，多福多男，溥作蒼生福。碧柳緋桃，錦袍烏帽，輝映顔朱鬢緑。早見鶴樓風采，歸掌鸞坡機軸。百歲裏，慶團圞長似，冰輪滿足。

## 風流子

新陽上簾幌，東風轉、又是一年華。正駝褐寒侵，燕釵春裊；句翻詞客，簪鬭宫娃。堪娱處，林鶯啼暖樹，渚鴨睡晴沙。繡閣輕煙，剪燈時候；青旗殘雪，賣酒人家。　此時，因重省，瑶臺畔、曾過翠蓋香車。惆悵塵緣猶在，密約還賒。念鱗鴻不見，誰傳芳信？瀟湘人遠，空採蘋花。無奈疏梅風景，淡草天涯。

此首又見草堂詩餘新集卷五，調下題作「初春」，張世文（張綖）作。沈際飛評曰：「富於材，熟於腕，到處合拍，曲中之梁伯龍。『林鶯』二句，伯龍遜之。」

## 沁園春

錦里繁華，峨眉佳麗，遠客初來。憶那處園林，舊家桃李；知他別後，幾度花開？月下金罍，花間玉珮，都化相思一寸灰。愁絶處，又香銷寶鴨，燈暈蘭煤。東風杜宇聲哀，歎萬里何由便得回？但日日登高，眼穿劍閣；時時懷古，淚灑琴臺。尺素書沈，偷香人遠，驛使何時爲寄梅？對落日，因凝思此意，立遍蒼苔。

## 又

暖日高城，東風舊侶，共約尋芳。正南浦春回，東岡寒退，粼粼鴨緑，裊裊鵝黄。柳下觀魚，沙頭聽鳥，坐久時生杜若香。綺陌上、見踏青挑菜，遊女成行。人間今古堪傷，春草春花夢幾場。憶淮海當年，英豪滿座；詞翻鮑謝，字壓鍾王。今日重來，昔人何在？把筆蘭皋思欲狂。對麗景，且莫思往事，一醉斜陽。

案：沙頭，全宋詞作「沙邊」。

## 摸魚兒　重九

傍湖濱、幾椽茅屋，依然又過重九。烟波望斷無人見，惟有風吹疏柳。凝思久，向此際、寒雲滿目空搔首。何人送酒？但一曲溪流，數枝野菊，自把唾壺叩。休株守，塵世難逢笑口。青春過了難又。一年好景真須記，橘緑橙黄時候。君念否？最可惜、霜天閑却傳杯手。鷗朋鷺友。聊摘取茱萸，殷勤插鬢，香霧滿衫袖。

## 蘭陵王

雨初歇，簾捲一鉤淡月。望河漢，幾點疏星，冉冉纖雲度林樾。此景清更絶。誰念柔情蘊結？孤燈暗，獨步華堂，蟋蟀蜞蟧弄時節。　沈思恨難説。憶花底相逢，親贈羅纈。春鴻秋雁輕離别。擬尋箇錦鯉，寄將尺素，又恐烟波路隔越。歌殘唾壺缺。

凄咽，意空切。但醉損瓊巵，望斷瑶闕。御溝曾解流紅葉。待何日重見，霓裳聽徹。綵樓天遠，夜夜襟袖染啼血。

案：詞譜卷三十七收此詞，以爲秦觀作，並注云：「此調始於此詞，應以此詞爲定格；但後段結句作七字句，宋人無如此填者，故以周詞作譜，仍采此詞以溯其源。」「又恐」，詞譜作「又悲」。「曾解」，詞譜作「曾記」。「蝭蟧」，詞譜、全宋詞作「莎階」。「錦鯉」，詞譜、全宋詞作「錦鱗」。

# 【附録二】

## 淮海詞版本考

淮海詞自問世以來，雖曾流播青帘紅袖之間，亦自蜚聲詞壇書市，由宋及今，傳寫刳劂，非止一種；著録考訂，不乏名家。然因時代變遷，版本常有殘損、散佚，故其源流，迄未探明。因而對其作品真僞、字句異同，往往難以判定。爲使研究工作獲一較扎實之基礎，本文擬就淮海詞（兼及淮海集）版本，作一探索。

### 一

先説宋本。宋刻淮海居士長短句，有單行本及全集本兩種。單行本可知者有二：

〔一〕南宋開禧間長沙坊刻百家詞中之淮海詞。據宋陳振孫直齋書録解題卷二十一云：「淮海詞一卷，秦觀撰。」案直齋此卷爲歌詞類，全録百家詞之目，云「皆長沙書坊所刻」。自南唐二主起，至南宋郭應祥笑笑詞止，凡九十一家，淮海詞列爲第十，序次較前。查彊村叢書本笑笑詞，有滕仲因嘉定元年（一二〇八）立春日所書之跋，亦謂刻印者爲「長沙劉氏書坊」。由此可知全部百家詞殺青於嘉定元年歲首，而淮海詞則應刻於其前，當在開禧年間（一二〇五——一二〇七）。此書版本不善，據直齋云：「市人射利，欲富其部帙，不暇擇也。」然亦不傳。

〔二〕南宋閩中所刊琴趣外編中之淮海琴趣。據清嘉慶季滄葦書目云：「歐文忠秦淮海真西山琴趣四本宋刻。」（「歐」下原脱「陽」字。筆者）吳禮部詩話謂有「醉翁琴趣外編凡六卷二百餘首」。清初毛扆校本淮海詞、黄儀校本淮海居士長短句，均曾引用淮海琴趣。近人張元濟亦云其先代「曾藏有宋刻淮海琴趣，見於錢警石曝書雜記中，爲涉園藏書之一，惜已佚去」。（引自葉恭綽淮海詞系統表附記）近人陶湘景宋金元明本四十種收有宋刻山谷琴趣外編三卷，其敍録云：「四庫提要稱琴趣外編，宋人中如歐陽修、黄庭堅、晁端禮、葉夢得四家詞皆有此名，并晁補之而五。」又云山谷琴趣外編，「原本半頁十行，行十八字，寫刻精整，蓋出南宋中葉」。筆者曾目驗此書景宋本，確如所述。淮海琴趣若刻於同時，行款應相似。再以真西山考之，則所云刻時爲南宋中葉，亦屬可信。真西山，名德秀，生於孝宗淳熙五年（一一七八），卒於理宗端平二年（一二三五）。淮海琴趣與西山琴趣并列，想必同刻於理宗朝，此即南宋中葉也。當時閩刻以建陽所屬麻沙、崇化兩鎮爲最，凡書之爲讀者所需而有利可圖者，坊賈輒廣爲搜訪雕印。葉恭綽「頗疑琴趣乃一種詞之彙集，中分若干家」（引同上），若今之叢書然。設此「彙集」爲麻沙或崇化所刻，則在宋時早已享有崇高聲譽之淮海詞，宜乎被列入也。惜此本散佚，今已不可得見。

宋刻淮海全集大略有三，其中或收長短句，或不收，爲系統起見，縷述如下：

〔一〕淮海閑居集。據少游自序，此乃作者自編，成書於元豐七年甲子（一〇八四），收古律體詩一百二十篇，雜文四十九篇，從游之詩附見者五十六篇，總二百二十五篇。其中似無長短句。

〔二〕蜀刻淮海先生文集。清光緒刊鐵琴銅劍樓藏書目録卷二十：「淮海先生文集二十六卷，宋刊殘本，題秦觀少游。原書四十六卷，今存卷一至十八，卷二十七至三十四。」此書前有淮海閑居集序，序後有無名氏題記云：「右學士秦公元豐間自序云耳，故存而不廢，今有採拾遺文而增廣之，合爲四十有六卷。大概見於後序，覽者悉焉。」此後序涉及淮海先生文集成書過程，至關重要，然鐵琴銅劍樓主人云：「惜後序亦已闕矣！」該書款式據載爲「每半頁九行，行十五字。首頁板心有『眉山文中刊』五字，『慎』、『敦』、『廓』字缺筆，寧宗時蜀中刻本也。」因後序已闕，故無名氏題記所云蜀刻本係在淮海閑居集基礎上增廣而成四十六卷，殊屬可疑。筆者以爲蜀刻本非直接繼承淮海閑居集，其間尚應有一本，即乾道高郵軍學本。目録從「慎」、「敦」、「廓」等避諱字着眼，確定蜀本刻於寧宗時（一一九五——一二二四），其説良是；然寧宗上距孝宗乾道（一一六五——一一七五）已三十餘年，距神宗元豐七年（一〇八四）已一百餘年，蜀刻本不可能舍近求遠，越過乾道高郵軍學本而繼承淮海閑居集。筆者曾以目録所引部份蜀本篇目與宋刻明印乾道高郵軍學本對校，發現二者之間除個别字有異外，編次大體相同。由此可知，蜀刻本蓋出於乾道本。

〔三〕乾道高郵軍學本淮海集。清康熙五十七年(一七一八)無錫嚴繩孫秋水曾見一本，謂爲無錫秦氏世守本，後入故宮。其跋云：「此本爲先生自定，自敍云十卷，本傳云四十卷，今分爲四十六卷。蓋北宋槧本，即雪洲黄氏所稱監本，惜歲久漫漶者也。」嚴氏概括淮海集源流，然而語焉不詳，特别將槧刻時間疑爲北宋，又謂「此本爲先生自定」(四庫全書總目提要亦從其説)，俱誤。嚴氏所見此本，後人未見全璧，尚不能定爲乾道本；或爲蜀刻本亦未可知。方今存世者僅有淮海居士長短句兩部，均爲殘本：一爲故宮所藏，前有嚴秋水跋。葉恭綽根據此跋推論云：「乃錫山秦氏家藏本，其以何因緣入清宮，今不可考。」(宋版淮海詞校印隨記)此本分上、中、下三卷，上卷存第一、二、五、六頁，中卷存第六、七、八頁，下卷存第一、八頁：共九頁。其中長相思末句僅得一「不」字。其餘蓋據李之藻本補鈔。民國十九年(一九三一)故宮博物館將藏本影印，通行坊間。另一爲吴湖帆藏本。此本原爲潘氏滂喜齋舊藏，後歸吴縣吴湖帆；早在清嘉慶間，黄丕烈曾據以鈔校，校本後藏松江韓緑卿家，現不知在何所。所幸朱祖謀曾以韓氏藏本及毛晉汲古閣本互校，刊入彊村叢書，尚依稀可窺其原貌。吴本行款、刻工，同於故宮本；然保留原宋版較多，計目録二頁、全集序四頁，上卷七頁完好無缺，中卷僅存二、四兩頁，下卷俱佚。闕頁由清初朱臥庵據張綖本補鈔。據在上海圖書館工作之滂喜齋後人潘景鄭先生云，此本現藏上海博物館。一九三一年，番禺葉恭綽將故宮藏本及吴湖帆藏本合印，名爲宋本兩種合印淮海居士長短句，其中凡無宋版之頁，均依吴本朱臥庵之補鈔頁重新補鈔，又將故宮本補鈔頁之異同，悉注於上。行款精整，筆勢秀勁，幾同完璧。書前有吴湖帆題識及葉氏自序，後附葉氏所編淮海詞校印隨記、淮海詞版本系統表、淮海詞經見各本概要表、淮海詞經見各本字句異同表、現存淮海詞宋本兩種比較表及宋本淮海長短句有關係各序跋彙録。用力至深，在淮海詞研究上，允爲一大貢獻，頗得詞壇稱許。然而葉氏認爲此兩宋版「究係何時何地所刊，尚無確證；竊意主乾道間刊於杭郡者爲是。」所云時爲乾道，是矣；地爲杭郡，則非是。蓋彼時猶未掌握足够材料，故不能作出全面正確之結論。

近年筆者曾於上海圖書館親見善本宋刻明印淮海集一部，計前集四十卷、長短句三卷、後集六卷，共八册。中闕卷十六至二十一等六卷。所存之卷亦小有殘缺，間有補鈔。紙張潔白如綿，墨色灰淡，且已漫漶，與明嘉靖四十四年刻有張光序之淮海集極相類，可能印於一時一地。此書前無序，後無跋，首頁即爲目録。就板式、行款，筆勢、刀工而言，長短句與前後集完全一致，且與故宫本、吴湖帆本亦全同，均爲十行，行二十一字，上下框單綫，兩邊框雙綫；板心上端刻有字數，魚尾下爲書名，象鼻中刻有卷次及刊工姓名。長短句中刊工姓名與前後集相同者有劉仁、劉文、劉志、劉宗、曲訢、趙通、趙；不同者，前集多出李憲、周脩、劉元中等人。以上諸端，可證長短句本係附於全集，而故宫本與吴湖帆本乃從全集劃出單行。昔時黄丕烈以爲長短句蓋爲專刻，朱彊邨諸先輩曾爲此頗費躊躇，得此明印宋刻本，其原委可以判然矣。同時可以明確，現存淮海集各本目録，確係宋時編定；所不同者，後世以長短句殿後，而宋本則次於前後集之間也。清紀昀纂修四庫全書總目，以爲此種分卷法出于明代張綖，觀乎此，則可知其爲臆斷矣。在國内僅存吴本、故宫本兩宋本情況下，發現明印宋刻本，尤具重要意義。明印宋刻長短句卷上存第一至六頁，缺第七頁；卷中存第二至八頁，缺第一頁；卷下存第一、四、五、八頁，缺第二、三、六、七頁。同兩宋本綜合數相比，新增卷中第三、五兩頁，卷下第四、五兩頁，此四頁爲國内所僅見，殊可寶也。然此本尚有數處板損，如沁園春上闋「賣花聲過盡」，「盡」字缺；雨中花過片「重重觀閣」，「重重」二字缺，「觀」字殘；長相思末句「不」字下缺「應同是悲秋」五字：此因年久之故，並不影響此本之價值。

然而明印宋刻本無序跋，究係刻於何時何地，無從查考。今年三月，筆者於顧易生先生處，偶與日本大阪女子大學教授横山弘先生邂逅，聞余欲事淮海詞版本之探索，回國後即蒙將日本所藏乾道高郵軍學本淮海居士長短句複印本寄贈。此本十分精美，且隻字不缺。與葉氏兩宋本、宋刻明印本對校，版式行款，刀工筆勢完全相同。刻工姓名，亦一字不易。所不同者惟卷下第八頁，故宫本作「瀲波」，此本作「微波」；又此本版心象鼻内有「八」及「劉志」三字，故宫本則無。蓋此本印在前，故宫本在後，版損補刻也。此書不僅補足上述三宋本所缺之卷中第一頁、卷下第七頁，而且附有淮海閑居文集序、舒王答蘇内翰薦秦公書、曾子開答淮海居士書、蘇内翰答淮海居士書、後山居士陳師道撰淮海居士字序以及淮海居士文集後序。目録上方有「昌平學問所」篆書圖章，下方有「淺草文庫」楷書圖章，卷末有市橋長昭捐獻記，題爲寄藏文廟宋元刻書跋。尤堪注意者，淮海閑居文集序上方有三行篆書藏書大印一方，中有「黄雪□□□藏圖□□□」字樣。觀「黄雪」二字，疑爲明代儀真黄瓚雪洲舊藏，不知何時流入日本。最足珍異者爲淮海居士文集後序一文。鐵琴銅劍樓藏書目録頗以

「後序亦闕」爲憾，然却保存於此，誠爲幸事。後序爲「左朝奉大夫試給事中兼侍講三山林機景度」所撰，本文十九行，詳述此書編纂過程及刻印時間，云：「高郵薦更兵火，索囊善本，訛舛失真。」説明經靖康之變，原藏淮海文集（疑爲淮海閑居集）已錯亂失真。及至「里人王公定國之牧是邦」，遂「搜訪遺逸，咀華涉源，一字不苟，校集成編。總七百二十篇，釐爲四十九卷，板置郡庠。」末署「乾道癸巳正月望日」。序後題記：「高郵軍學淮海文集計四百四十九板，并副葉褾背等共用紙五百張」云云。查隆慶高郵州志中之唐宋以來秩官表，王定國名列第八，任期恰在乾道癸巳前後。可知非淮海集中相與酬唱之王定國（鞏）。又查宋刻明印淮海集目録，總篇數與卷數，悉與後序所云相符。最近横山先生又以日本改訂内閣文庫漢籍分類目録集部别集類宋代之頁複印件寄贈，中有「淮海集（皇祐元——元符三）四〇卷，淮海居士長短句三卷，淮海後集六卷，宋秦觀，宋刊（高郵軍學）」云云。綜上所述，可以確知：乾道高郵軍學本與故宫本、吴湖帆本及宋刻明印本同出一版，總編纂爲高郵知州王定國，刻印處爲高郵軍學，出版時間爲宋孝宗乾道九年癸巳（一一七三）正月望日。此書似應包括當時已經錯亂之淮海閑居集在内，而寧宗時之蜀刻淮海文集則應由此而來，不過無長短句耳。

〔四〕紹熙壬子謝雩重修本淮海集。此本係在乾道癸巳高郵軍學刻淮海集基礎上加以修訂，前後集四十六卷、長短句三卷。上距高郵軍學原刻僅十九年，卷次、行款、刀工、筆勢基本相同。筆者曾于北京大學圖書館親見此本，後有黄蕘夫丕烈跋，跋前并有數語，云：「宋乾道九年高郵軍刊，紹熙三年謝雩重修本，十行，二十一字，白口，左右雙闌，版心上記數字，下記人名。各卷中間有缺葉。」前有謝雩之跋。跋云：「秦學士淮海集前後四十六卷，文字偏旁，間有訛缺，讀者病焉。雩以蜀本校之，十纔得一二；或者謂初用蜀本入板也。遂與同事諸公商榷參考，增漏字六十有五，易誤字三百有奇，訂正偏旁，至不可勝計。其文之不敢臆決者，存之。其字之瑣碎如齊爲齊，羣爲群，教而從孝，戲而從虛，眞不從匕，咸不從戌，此類甚多，不可悉改。……長短句三卷，非止點畫訛也。如『落紅萬點愁如海』，以『落』爲『飛』；『兩行芙蓉泪不乾』，以『兩行』爲『雨打』，皆合訂正。又其間有下俚不經語，幾於以筆墨勸淫，疑非學士所作。然又不敢輒删去，亦併存之，以貽好事者。紹熙壬子上巳，從事郎軍學教授永嘉謝雩跋。」謝雩修訂本，固有所長。然謝爲正統儒家，而非詞人。觀其對長短句之批評可知。徐案：所舉「落紅萬點愁如海」，見千秋歲，依詞譜，「落」字可平可仄，乾道本「落」作「飛」，本不誤，而謝改之。謝又舉「兩行芙蓉泪不乾」，見醜奴兒，詞譜此句作仄仄平平仄仄平，若作「兩行」，「行」爲平聲，已不合律矣，且「兩行芙蓉」，於文法不合，是謝氏乃亂改也，當以乾道本作「雨打」爲是。故謝氏修訂本，亦當慎用之，並非後出轉精者也。

## 二

再談明本。現存明本所有序跋均未明確言及所據爲宋本，然亦有踪迹可尋。

（一）弘治間黃瓚山東刻淮海集。黃瓚，字公獻，號雪洲，儀真（今屬江蘇）人，生卒年不詳，成化二十年進士，弘治前後在世，曾爲山東巡撫（見國朝列卿記及明詩紀事）。淮海集刻於山東巡撫任上，其時當在弘治間（一四八八——一五〇五）。成化、弘治間刻本，前人以爲「書籍明刻而可與宋元並者，惟明初黑口本爲然」，「明刻黑口宋人集，世以爲珍」（黄蕘圃書跋）。可以想見山東刻淮海集當爲黑口，彌足珍已。據葉恭綽淮海詞系統表云：「丁松生藏有一本，無序跋，又無長短句，未知是否原缺。據張綖云：『山東新刻不全。』亦不知根據何本。」案盛儀重刻淮海集序謂「板舊藏國子監，歲久漫漶，儀真黄雪洲中丞瓚一刻於山東」；又本文前曾論及日本内閣文庫藏乾道高郵軍學本中藏書圖章有「黄雪□□」字樣，如係黄瓚舊藏，則山東新刻當以據此本爲是。張綖所謂不全者，蓋即「無序跋、無長短句」之謂也。張本既以此本爲來源之一，亦可證所據原爲宋本（説詳後）。惜山東刻本已下落不明。

（二）嘉靖安正堂刻淮海集。前集四十卷，後集六卷，無長短句，亦無序跋。後集卷之六末有「嘉靖壬辰（一五三二）孟夏安正堂刊」木記。案安正堂亦稱安正書堂，係書賈劉宗器堂號。正德辛未（一五一一）有新刊京本詳增補注東萊先生左氏博議二十卷，又有類聚古今韻府羣玉續編四十卷，後者卷末有「正德丁丑（一五一七）仲秋京兆劉氏安正書堂」木記。故知安正堂爲北京書坊，而此本淮海集係嘉靖十一年（一五三二）刊於北京。後七年張綖印淮海集有序云：「北監舊有集板。」以時地推之，或所據爲此本。此書卷二十五末有注云：「是書以環溪草堂之毁，失其坤册，後復搜得之。」今藏上海圖書館，扉葉有「羣碧廔」、「百靖齋」、「嘉靖刻本」朱印三方。目録首行下有章四方，可辨者有「鳴野山房」、「葉氏菉草堂藏書」。此本筆勢刀工均不甚佳，唯早於張綖鄂州本，故自有其價值。

〔三〕嘉靖張綖鄂州刻淮海集。前集四十卷，後集六卷，長短句三卷，嘉靖十八年己亥（一五三九）高郵張綖刻於鄂州任所。前有張綖序云：「北監舊有集板，歲久漫漶；近日山東新刻不全，予迺以二集相校，刻之郡齋。」所云「北監」，當指明北京國子監。葉恭綽以爲宋板「明初遂移入南雍……至由南監曾否移於北監，張綖序所謂『北監舊有集板』一語，有無根據，已無從考證。或者張序之『北』字，乃『南』字之訛，未可知也」。葉氏對北監本取懷疑態度，然此懷疑亦無根據。我以爲北監集板即依乾道高郵軍學本而雕成。近年我曾數次以張本與宋刻明印本（如前所述，即高郵軍學本）對校，即以目録而言，兩本篇目、編次完全一致，張本唯前集卷九溢出送平仲學士一首，後集卷三溢出首夏一首，蓋依「山東新刻」而增。兩本卷次亦基本相同，張本唯將長短句移置後集之後，且加題跋。鐵琴銅劍樓書目曾以蜀本與張本互校，其所校出張本之誤字，亦與宋刻明印本同。如卷一浮山賦「頓漂無垠」，張本與宋刻明印本俱誤「垠」爲「根」；黄樓賦「儼雲霄以侍側」，「霄」俱誤爲「髾」；寄老庵賦「波及鄰國」，「波」俱誤爲「被」；「與神自會」，「神」俱誤爲「妙」。此類相同誤字不勝枚舉，可證張本所依北監本與宋刻明印本——乾道高郵軍學本乃爲一板。

張綖鄂州本近人吴梅、丁松生曾各藏一部，丁松生本後入南京國學圖書館。張元濟亦藏一部，並題其顛曰「此爲涉園舊藏」云云。此本現藏上海圖書館，四部叢刊集部曾據以縮印，即今日常見之本也。

〔四〕嘉靖胡民表高郵刻淮海集。此書按金、木、水、火、土次序排列，共五册，内容悉依張本，篇目、卷次相同，刻於嘉靖二十四年乙巳（一五四五），前有盛儀序、張綖序及宋史本傳。卷終有綖弟繪重刻淮海文集後序，略曰：鄂州板家居藏於别墅，嘉靖二十三年毁於火，適胡民表領高郵州事，遂「重加校正」，予以翻刻。此書前有「友季所見」朱印，目録首行下有「陳立炎」章，卷末有「海昌陳立炎」、「拾遺補闕」朱印二方。現藏上海圖書館。

〔五〕嘉靖張光刻淮海文集。前集四十卷，後集六卷，無長短句。嘉靖乙丑仲夏——即嘉靖四十四年（一五六五）五月刻，地點未明。前有「京江胡氏棣華堂藏書印」及「陽湖陶氏涉園所有書籍之記」朱印二方。有張光淮海文集序，略曰：原集「刻之揚州」，「不知誰氏好少游，復刻之華州公署。歲月既久，半逸之。兹郡侯汝陽壺山張翁者，博古有道之君子也，恒歎少游之才瀟灑灝瀁……取迺兄鵲山學士所考訂少游集本，再示予，較訛補闕以傳之」。所謂刻之揚州，蓋指胡民表本。所謂復刻之華州（今陝西華縣）公署，當時已不知爲誰氏。華州本，世亦無傳。依文理推之，鵲山學士所考訂者，殆華州本也。如是，則此本係依華州本而來亦明矣。

〔六〕萬曆李之藻高郵刻淮海集。前集四十卷，後集六卷，長短句三卷。萬曆四十六年戊午（一六一八）仲夏刻於高郵。前有姚鏞、李之藻、張綖、盛儀諸人之序、王應元據宋史本傳改寫之郡志本傳、淮海閑居文集自敍、王安石答蘇軾薦少游書、蘇軾答少游書。此本基本依照張本，然李之藻序曰：「余所爲三復斯文，重爲讎校。」因而個别字句有所出入，如八六子詞，「紅袂」誤作「紅社」；鵲橋仙詞「傳恨」誤作「傅恨」；一落索詞「空飛舞」誤作「飛空舞」；虞美人第三首「夕陽」誤作「斜陽」，殊不若張本之善也。一本前有「虞山景氏家藏」朱印，現藏上海圖書館。

〔七〕明萬曆刊少游詩餘。此卷與明張綖南湖詩餘合刻於汲古閣詞苑英華本秦張兩先生詩餘合璧中，原爲濟南王象晉所編，清乾隆時據詞苑英華本重印。案王象晉係萬曆三十二年（一六〇四）進士，著有翦桐載筆、羣芳譜等書，並爲張綖詩餘圖譜作序，對詞似有一定研究，約萬曆後逝世，故其所編少游詩餘當在此之前。此書收詞凡一百四十首，較諸宋刊溢出六十三首。其中除行鄉子、念奴嬌（過小孤山）以及憶秦娥四首似爲秦作外，餘詞格調頗近明人胎息，似難憑信。如釵頭鳳（别武昌）、蝶戀花（紫燕雙飛深院静）、漁家傲（門外平湖新雨過）、又（江上凉飇情緒燠）、江神子、解語花、水龍吟（禁煙時候風和）、風流子（新陽上簾幌），俱見沈際飛草堂詩餘新集，題張世文（綖）作，可見已混入明人作品。然亦難以全部否定，不妨存疑。

〔八〕明末段斐君武林刻淮海集。前集四十卷，後集六卷，長短句三卷，末附詩餘。扉葉有雙行大字「徐文長評點秦少游全集」，上有大型朱印，文曰：「錯綜人□，文□班馬之堂；拈弄風花，詞拔蘇□之席，案頭誠不可無是集也。況片文未入，必廣採羣書；一字有訛，每詳搜衆本，識者珍之。讀書坊主人識。」語如廣告，蓋坊賈所爲。另有「桂林周氏分緣亭藏」朱印一方，卷末板面有「雕卉館」木記。目録之前有許吉人特大行書體秦少游淮海集序，並有張綖、盛儀、姚鏞、李之藻序，以及王應元撰郡志本傳，王安石、曾子開、蘇軾三人之書，陳師道淮海居士字序。此本最大特點在于有徐渭評點。許吉人序云：「余郡徐文長，抱間世之才，其生平學不濫宗，書不罔讀。而余於遺篋中得其手批秦少游先生淮海集，丹鉛錯落，似不啻編之屢絶者。」集中文詞精彩處，有圈或點，書眉常有批語，足資參考。所附詩餘，殆取自草堂詩餘。筆者曾以景明洪武本草堂詩餘對校，除搗練子（秋閨）、阮郎歸（春閨）外，餘均見於是書，並題秦少游作。搗練子見至正本草堂詩餘，阮郎歸見古今詞統卷六及沈際飛草堂詩餘。重出之詞有阮郎歸（旅況。「湘天」誤作「滿天」）、滿庭芳（春景。起作「晚兔」，結作「微映百層城」）、南歌子（贈陶心兒）。與洪武本相校，詩餘有訛字，如憶王孫「深閉門」訛作「空閉門」；如夢令「月到」訛作「行到」；浣溪沙「青杏」訛作「清杏」等等。誤作少游詞者，有李重元憶王孫（春景），王詵蝶戀花（感舊），僧仲殊柳梢青（春景）。此書現藏上海圖書館。葉恭綽亦曾藏一部，然未聞有徐渭評點。

〔九〕明末鄧章漢武林刊淮海集。全集未經見，現藏日本。據日本改訂内閣文庫漢籍分類目録集部二別集類宋代之頁載：「淮海集，四〇卷，淮海後集六卷，又長短句三卷，詩餘一卷。宋秦觀撰，明徐渭評（詩），鄧章漢編，明末刊。」此本似與段本相同。案段本目録之前列有校閲淮海全集姓氏名單，中有許吉人、鄧章漢、段斐君之錦，知爲同時代人。然則鄧本與段本一耶，二耶？日本横山弘先生並曾以鄧章漢輯淮海居士後集見寄，共三卷，然係長短句，而非詩文，與他本異。長短句及詩餘亦僅有句旁圈點而無眉批，與徐渭評點之段本亦不盡同，可見並非一板。然細校之，知長短句出於宋本，唯調下詞題乃據草堂詩餘所加，又間有附注，如江城子其一，迎春樂、踏莎行、浣溪沙其五，注文同於故宮本補鈔葉及張、李諸本。另宋本卷中首篇迎春樂，鄧本移置卷上之末。下卷調笑令十首，宋本題作「曲子」，鄧本則作「詞」。此種小異，並不妨礙其以宋本爲淵源耳。（復案：饒宗頤編校、龍門書店印行景宋乾道淮海居士長短句附録一淮海後集長短句即鄧章漢本，與横山先生所贈同）

〔一〇〕明末毛晉汲古閣刊本淮海詞。不分卷，有單行本及宋六十名家詞本二種。後者有跋，謂少游詞「雖流播舌眼，從無的本。余既訂訛搜逸，共得八十七調，集爲一卷」云云。所謂「從無的本」，似指無一底本爲據。然據其子毛扆所編汲古閣秘藏書目，曾有宋刊淮海集八册，册數正與宋刻明印（即乾道高郵軍學）本相符，殆爲一種。如是，則應有長短句在內，可能殘闕不全，故曰「無的本」也。又毛本調下附注常有「舊刻不載」等語，所指舊刻，當爲宋本；因毛本除「舊刻不載」「時刻不載」之外七十七首，皆如宋本數也。然目次業已打亂重編，以小令置前，長調在後；且調名時有不同，如如夢令作憶仙姿，醜奴兒作採桑子，醉桃源作阮郎歸。調下常加詞題，多半取自草堂詩餘；並時有附注，或注「舊刻（時刻）不載」，或注一作某調，一作某某撰，或引前人評注。所增篇目有憶仙姿二首（門外緑陰千頃、鶯嘴啄花紅溜）、昭君怨春日寓意、生查子（眉黛遠山長）、菩薩蠻（金風簌簌驚黄葉）、畫堂春（東風吹柳日初長）、海棠春、虞美人影（碧紗影弄東風曉）、□□□（案：即醉鄉春）、鷓鴣天（枝上流鶯和淚聞）等十首。毛本校刻精良，允稱善本。其所增補者，亦大部可信。

## 三

最後説清代刊本。清刊淮海集，多逕承明刊，亦有以宋本校者，兹臚列於後。

〔一〕康熙辛亥（一六七一）黄儀校本淮海長短句。黄儀，字子鴻。據葉恭綽宋本兩種合印淮海長短句附録黄子鴻跋所云，此本收詞七十七首，分上中下三卷，校語屢引宋本淮海琴趣及本集。唐圭璋宋詞四考云，黄儀校本蓋從毛斧季校本鈔出。曾藏南陵徐積餘家，現不知在何所。

〔二〕康熙己巳（一六八九）高郵學正余恭、訓導毛之鵬補刻淮海集。前有毛之鵬序云：「考其淮海前後二集，舊刻悉在郵學中，乃歷年既久，兵燹多故，不惟前集殘缺失次，而後集藏板，竟無有存者。」「會諸生中好古之士攜其家藏舊本以補刻請」，遂「校讎付梓，踰年告竣」。可見此本乃在張、胡、李本基礎上補刻前集之一部與後集之全部。

〔三〕乾隆四庫全書本詞曲類之淮海詞，全一卷，係單行，乃依汲古閣本而略加釐正。其提要云：「晉跋雖稱『訂譌搜逸』，而校讎尚多疏漏。如集内長相思『鐵甕城高』一闋，乃用賀鑄韻，尾句作『鴛鴦未老否』。詞匯所載則作『鴛鴦未老綢繆』，知詞匯爲是矣。又河傳一闋，尾句作『悶損人天不管』。考黄庭堅亦有此調，尾句作『好殺人天不管』，『悶損』二字爲後人妄改也。至『唤起一聲人悄』一闋，乃在黄州詠海棠作，調名醉鄉春，詳見冷齋夜話。此本乃闕其題，但以三方空記之，亦爲失考。」所言又增新錯，如黄州乃横州之誤，長相思尾句宋本乃「幸于飛鴛鴦未老，不應同是悲秋」。可見館臣猶未深考，主要原因在於當時未見高郵軍學本也。

〔四〕乾隆丁亥（一七六七）何廷模高郵補刻淮海集。前有何廷模序：「抑有所刻淮海集者，板藏學中，又皆殘缺漫漶，不可復讀。……因與諸生吴鉉、陳觀文、沈鐸别求善本，補其缺失，付之梨棗。」觀此數語，可知是在康熙已巳補刻本基礎上再行補刻者。

〔五〕嘉慶乙丑（一八〇五）徐源高郵補刻淮海集。據徐源跋稱，乾隆丁亥補刻本至是時「漫漶遺失復至數十板」，「適同學孫同銓、孫侃詢有家藏善本，亦即屬其校讎付梓」。

〔六〕嘉慶庚午（一八一〇）黄丕烈校淮海居士長短句，係舊鈔本，黄氏有跋云：「庚午人日，書客攜殘宋刻來，目録及上卷全，中卷止有第二、第四葉。挑燈手校。」所云「殘宋刻本」，即吴湖帆本。據曹元忠跋（見彊村叢書本淮海長短句卷末）云，殘宋刻本「除長相思畢曲『不應同是悲秋』句爲各本所無外，其餘勝處，舊鈔本悉與相同，惟稱淮海詞爲異。意丁松生藏書志所謂『明鈔淮海詞三卷』，後有嘉靖己亥南湖張綖跋者，當與此舊鈔本同出宋刊。……舊鈔本所出既同，又得蕘翁以宋刊殘帙校定，彌足珍已。」此本現藏南京圖書館。

〔七〕道光辛巳（一八二一）春金長福刊淮海詞鈔。封面題「紅唫館藏本」。首有秦太虚先生傳，署「淮南外史王應元撰」。文與郡志本傳同。「淮海詞鈔目録」下，鈐有「積學齋徐乃昌藏書」一行，楷體。正文首頁有「上海圖書館藏書」章。今藏平湖葛渭君先生處，以全帙複印見貽。黑框，十行，行二十字，版心勒口下爲書名、卷次、頁次。後有金長福跋，略云「原集久篡入四庫全書，坊間翻版流傳，寖失真面。茲特細加讎校，重付梓人，庶幾復原本之舊」。所謂「原集」「原本」，似指明高郵胡民表本，而以鄧章漢本等校改。細檢全書，訛誤尚多，如凡有其一、其二者，均作「又」，卷上望海潮調下分別題作「廣陵懷古」、「越州懷古」、「洛陽懷古」、「別意」。江城子「西城楊柳」一首末加附注云「詞人佳句……亦一法也」；卷中踏莎行末亦加「坡翁絶愛此詞尾兩句」凡十二行，皆與張、李、段、鄧、毛、秦、故宫本同，知以其中某一本或幾本校改也。又卷上長相思末缺「應同是悲秋」五字，卷下好事近末未附坡谷兩跋尾。此其犖犖大者，餘不一一。

〔八〕道光丁酉（一八三七）王敬之高郵刻淮海集。悉依張本、李本，正其脱誤，釐爲二十卷；前集十七卷，後集二卷，詞一卷。另有補遺一卷、續補遺一卷，道光辛丑復爲考證一卷。今收四部備要中。此書前有四庫全書總目提要二則，敕、宋史本傳、長編節録、秦瀛重編淮海先生年譜節要並補案，淮海閑居文集序，張綖、盛儀、李之藻、宋茂初諸人之序，重刊淮海文集條説，秦少游小像及東坡贊語；後有補遺序及跋尾。其補遺序云：「原版庋藏公所，司事者不慎，致厄於爨下，今年邑人議爲重刊。」王氏認爲淮海詞「毛氏所刻，僅八十七調，非其舊帙。……浙中段氏本卷末耑附補詞，僅就草堂詩餘所及編附，仍屬掛漏。……今據羣書補録，較毛本差多。」案王本補遺較毛本多出搗練子、憶王孫（萋萋芳草）、浣溪沙（青杏園林煮酒香）、阮郎歸（春風吹雨繞殘枝）、眼兒媚（樓上黄昏杏花寒）、柳梢青（岸草平沙）、蝶戀花（鐘送黄昏鷄報曉）、金明池、木蘭花慢、南歌子二首（樓迴迷雲日、靄靄迷春態）、宴桃源、憶秦娥等十三首，斷句二則。中亦混入他人之作，如憶王孫爲李重元作，柳梢青爲僧仲殊作，蝶戀花爲王詵作。實際增加十首，亦屬難能可貴。

〔九〕同治癸酉（一八七三）秦元慶家塾本淮海集，前集四十卷，後集六卷，長短句三卷，附録鄧章漢輯詩餘一卷。秦元慶跋云：「國朝（案：應爲明朝）段斐君刻於浙中，板最完善。慶高祖茂修公自吴遷楚，攜原槧本篋藏以示後人，令無墜先業。……（慶）復出所藏，精繕校刊，以竟先志。」可見悉依段本，然附以秦瀛重編淮海先生年譜一卷并錢大昕校正一文，尤富參考價值。

淮海詞在現代，影響較大者有二家：一爲朱祖謀上海刻（實爲南京刻）彊村叢書本，收詞七十七首，所據爲故宫本及吴湖帆本，并以黄丕烈曾據宋本手校之松江韓緑卿藏本校之，校印精審，頗爲詞壇所重；一爲唐圭璋全宋詞本，收詞七十七首，係據北京圖書館藏本宋乾道刻紹熙修本淮海居士長短句，缺葉據葉恭綽影印兩宋本；三本俱缺者，據北京圖書館宋本中汲古閣影宋鈔補各葉。另以黄儀、毛扆等手校汲古閣本淮海詞校之，亦極精審。此外尚有添春色（即醉鄉春）、南柯子（靄靄迷春態）、畫堂春（東風吹柳日初長）、木蘭花慢、御街行、青門飲、夜游宫、醉蓬萊、滿江紅、一斛珠等十首並斷句三則列入正本。末附存目詞，對淮海詞之研究提供較爲全面之資料。

解放後，業師龍榆生教授編有蘇門四學士詞，其中之淮海居士長短句一九五七年由中華書局出版。龍師於後記中云：「今依兩個殘宋本（按：指故宫本及吴湖帆本）和張、毛、王諸本，逐一勘定，或者可以作爲一個比較完善的本子。王敬之翻刻本附有補遺，於各書輯得詞二十三首。現在我又從花草粹編續得五首，並依篇幅長短，重新編排次序，供給研讀秦詞者參考。」此書前有弁言，略述編印宗旨；後附參考資料，計有傳記、年譜簡編、詞話、序跋等項，校勘精審，内容豐富，於我後學，孳乳寖多。唯補遺中之蝶戀花其二（曉日窺軒雙燕語）爲重出（已見卷中）。又以爲三卷本之淮海居士長短句「是在宋乾道間（一一六五——一一七三）杭州刻淮海集時附在後面的」（見後記），所云「杭州刻」，蓋從葉恭綽先生之説，因不知有高郵軍學本故也。

綜上所述，特將淮海詞之版本源流列成系統表附後。

# 淮海詞版本系統表

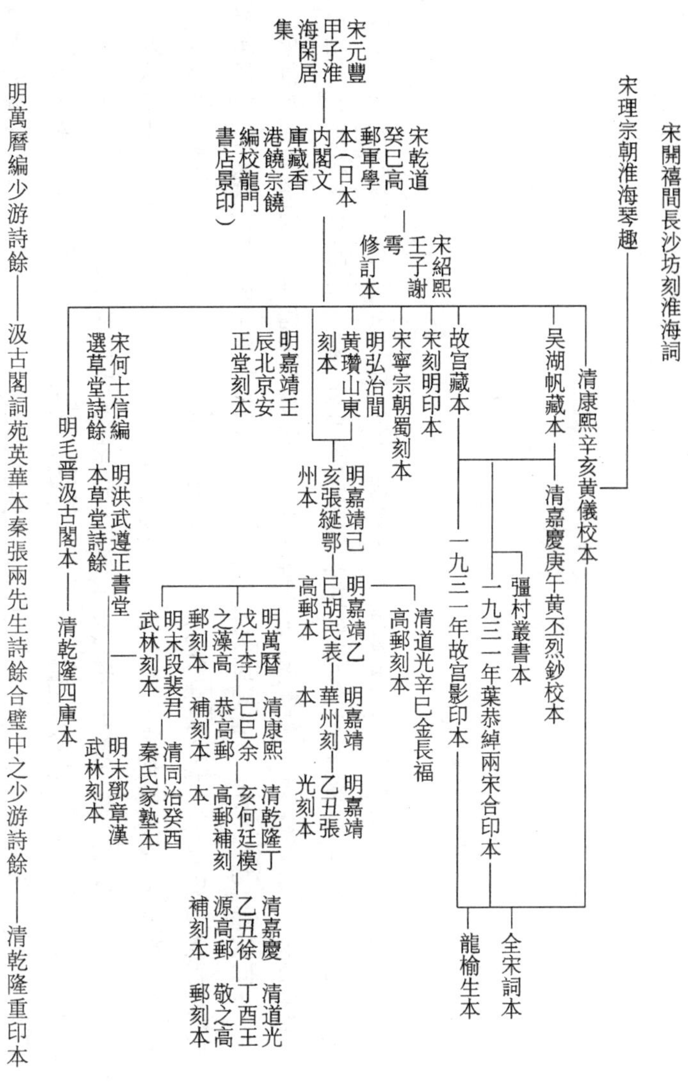
宋開禧間長沙坊刻淮海詞
宋理宗朝淮海琴趣
宋元豐甲子淮海閑居集
宋乾道癸巳高郵軍學本（日本內閣文庫藏香港饒宗頤編校龍門書店景印）
宋紹熙壬子謝雩修訂本
清康熙辛亥黃儀校本
吴湖帆藏本
故宫藏本
宋刻明印本
宋寧宗朝蜀刻本
明弘治間黃瓚山東刻本
明嘉靖壬辰北京安正堂刻本
宋何士信編選草堂詩餘
明毛晉汲古閣本
清嘉慶庚午黃丕烈鈔校本
彊村叢書本
一九三一年葉恭綽兩宋合印本
一九三一年故宫影印本
全宋詞本
龍榆生本
明嘉靖己亥張綖鄂州本
明嘉靖乙巳胡民表高郵本
明嘉靖華州刻本
明嘉靖乙丑張光刻本
清道光辛巳金長福高郵刻本
明萬曆戊午李之藻高郵刻本
清康熙己巳余恭高郵補刻本
清乾隆丁亥何廷模高郵補刻本
清嘉慶乙丑徐源高郵補刻本
清道光丁酉王敬之高郵刻本
明末段斐君武林刻本
清同治癸酉秦氏家塾本
明洪武遵正書堂本草堂詩餘
明末鄧章漢武林刻本
清乾隆四庫本
明萬曆編少游詩餘
汲古閣詞苑英華本秦張兩先生詩餘合璧中之少游詩餘
清乾隆重印本

謹案：在二〇〇〇年復旦大學宋代文學研討會上，香港城市大學劉衛林先生以龍門書店印行饒宗頤教授編校景宋乾道高郵軍學本淮海居士長短句見貽，後附鄧章漢及詞苑英華本。其中宋本淮海居士長短句，與前述横山弘先生所贈，出於一版，兹不多贅。饒先生爲國學大師，余有幸於一九九八年十二月在臺北南港拜謁，并合影留念。先生當面索拙著淮海集箋注，余回滬後即寄奉。先生來函稱：「大著淮海集箋注三册，功力湛深，誠邗溝之輔車，足以俯視百代，佩仰曷極。」辱承謬奬，不勝惶愧。先生復告以寧波天一閣藏有吴孟暉編淮海長短句，並蒙賜書條幅，詩云：「東行萬里有情風，天外娉婷似夢中。芳草危亭多少恨，嘉興一帙意何窮！」筆暢墨酣，現仍珍藏篋中；然限於條件，吴氏所編，迄今未能一睹，實愧對先生之關愛也。此次修訂拙著，重讀先生編校之宋本，有如親聆教誨，因恭録先生有關序跋，置諸書中，當亦增輝也已。是爲記。二〇〇八年，一月。

# 【附録二】

## 秦觀詞年表

宋仁宗皇祐元年己丑(一〇四九)一歲

秦觀,字太虛,改字少游,別號淮海居士,又號邗溝居士,學者稱淮海先生。先世居江南,中徙揚州,爲高郵武寧鄉左廂里人。大父承議公,諱某。父元化公,諱某,師事胡安定先生瑗,有聲太學。母戚氏。是歲,承議公赴官南康,道出九江,少游生。

至和元年甲午(一〇五四)六歲

始入小學。父元化公游太學,歸觀,言太學人物之盛,數稱海陵王觀高才力學,遂以其名名先生。

嘉祐三年戊戌(一〇五八)十歲

通孝經、論語、孟子大義。

嘉祐八年癸卯(一〇八三)十五歲

父元化公卒。

宋英宗治平四年丁未（一〇六七）十九歲

娶潭州寧鄉縣主簿高郵徐成甫女，名文美。

宋神宗熙寧二年己酉（一〇六九）二十一歲

作浮山堰賦。

熙寧三年庚戌（一〇七〇）二十二歲

叔父定登葉祖洽榜進士第，後授會稽尉。

熙寧五年壬子（一〇七二）二十四歲

讀兵家書，作單騎見虜賦，書屯田郎中俞汝尚墓表于湖州。

熙寧七年甲寅（一〇七四）二十六歲

聞東坡爲時文宗，欲往游其門，未果。會東坡自杭倅移知密州，道經揚州，少游預作公筆語，題於一寺中。公見之，大驚，及晤孫莘老，出少游詩詞數百篇，讀之，乃歎曰：「向書壁者必此郎也。」遂結神交。

熙寧九年丙辰（一〇七六）二十八歲

同孫莘老、參寥子訪漳南老人於歷陽之惠濟院，浴湯泉，游龍洞，謁項羽祠，得詩三十首，湯泉賦一篇。歸來時，過金陵秦淮河，賦木蘭花慢詞。

家居期間，曾賦迎春樂、促拍滿路花、品令諸詞，以鄉土語言寫戀情。

熙寧十年丁巳（一〇七七）二十九歲

作寄老庵賦及游湯泉記。沁園春詞敍揚州冶遊，似作于熙寧、元豐間。

元豐元年戊午（一〇七八）三十歲

舉進士，報罷，退居高郵，作掩關銘；謁東坡於彭城，贈之詩。時賦南鄉子，詠崔徽半身像。歸後作黄樓賦，東坡以爲「有屈宋姿」。

元豐二年己未（一〇七九）三十一歲

春，將如越省大父承議公及叔父定於會稽。會東坡自徐州徙知湖州，遂與偕行。過無錫，游惠山，與東坡、參寥子作和唐人韻詩。經松江，至吴興，泊西觀音院，遍游諸寺。途中曾賦夢揚州，寄託對翠樓燕游之憶念。

端午後，别東坡，赴會稽。

七月，東坡因烏臺詩案下詔獄，少游聞訊急渡浙，至吴興；未幾，返越。

復過杭，中秋後一日，月夜，航船至普寧，遇參寥子，賦滿庭芳（紅蓼花繁）詞，寫「相與忘形」情致。謁辯才於龍井潮音堂，作龍井題名記及龍井記。

還會稽，游鑑湖，訪蘭亭，謁禹廟，憩蓬萊閣，與州守程公闢相得歡甚，酬唱百篇，作會稽唱和詩序。賦有望海潮（秦峯蒼翠）、滿庭芳（雅燕飛觴、山抹微雲）、南歌子（夕露霑芳草）、虞美人（行行信馬横塘畔）、滿江紅（姝麗）諸闋，或懷古，或紀游，或寫燕集，或抒戀情，創獲至豐。

歲暮離越，除夕抵高郵家中。

元豐三年庚申（一〇八〇）三十二歲

鮮于子駿侁爲揚州守，少游爲作揚州集序，並賦望海潮（星分牛斗）詞，詠揚州古迹；賦滿庭芳（曉色雲開）詞，抒寫戀情；賦醉蓬萊詞，詠瓊花。途經邵伯斗野亭，賦八六子詞。又作虞美人（高城望斷塵如霧）。

作與李樂天簡。

東坡弟子由轍將赴高安，過高郵，少游相從兩日。

邵彥瞻爲揚州從事，與子由作游金山詩，少游和之，並賦雨中花詞，寫幻境。

東坡謫居黄州，作書唁之。

秋黄庭堅過高郵，爲少游書龍井、雪齋兩記，寄杭州勒石。

冬，得東坡書。

## 元豐四年辛酉（一〇八一）三十三歲

叔父定自會稽得替，赴京改官。少游侍承議公還高郵，與弟覿、覯習制科之文。

秋，西行赴京，應試。答蘇黄州書。

## 元豐五年壬戌（一〇八二）三十四歲

應禮部試，罷歸。賦畫堂春（落紅鋪徑水平池）詞，寫落第心情。

過南陽新亭，有詩寄王子發。

如黄州，候東坡，作吊鎛鐘文。

大父承議公卒。

## 元豐六年癸亥（一〇八三）三十五歲

輯精騎集，作序以自勵。

于揚州劉太尉家親一妹，賦御街行。阮郎歸（宮腰裊裊）亦當作于元豐間。

元豐七年甲子(一〇八四)三十六歲

在鎮江，賦長相思詞，抒不遇之感。東坡作書薦少游於王安石。安石復東坡書，稱譽其詩。東坡爲少游小像作贊，謂「其行方」、「其言文」。自編詩文十卷，號淮海閑居集。

元豐八年乙丑(一〇八五)三十七歲

登焦蹈榜進士第。

除定海主簿，未赴任；授蔡州教授，奉母赴蔡州任。

東坡召爲禮部郎中，作啓賀之。

哲宗元祐元年丙寅(一〇八六)三十八歲

慕馬少游之爲人，改字少游，陳無已師道爲作字序。

元祐二年丁卯(一〇八七)三十九歲

在蔡州任。東坡在翰苑。四月，復制科，東坡與鮮于子駿以「賢良方正」薦於朝，被召至京師。弟少章覿客京師，游張文潛、黄魯直之門，魯直以「寄寂」名其齋。少游亦以詩寄覿、覯兩弟。

作鮮于子駿行狀。

元祐三年戊辰(一〇八八)四十歲

在京爲忌者所中，復引疾歸蔡州。後有水龍吟詞贈婁東玉、南歌子(玉漏迢迢盡)贈陶心兒。

東坡、孫覺同知貢舉，弟覯與李廌並落第。

元祐四年己巳(一〇八九)四十一歲

在蔡州。作贈女冠暢師詩，又賦南歌子（香墨彎彎畫）、（愁鬢香雲墜）二詞。

夏四月，東坡以龍圖閣學士出知杭州，弟子由代爲翰林學士。是時，洛蜀相攻，頗構隙。

六月，范純仁罷相，出知許州，特薦少游堪備著述之科，檄至，少游作書以謝。

## 元祐五年庚午（一〇九〇）四十二歲

五月，被召至京師，應制科，進策論。除太學博士，爲秘書省校對黄本書籍。子處度湛在都下應秋試未出，少游獨坐興國浴室院，有詩。

弟少章在杭别東坡而歸。

## 元祐六年辛未（一〇九一）四十三歲

在京師，供職秘書省，七月，由校對黄本書籍遷正字；八月因賈易詆其「不檢」，罷正字，依舊校對黄本書籍。弟少章登馬涓榜進士第，調仁和主簿，少游作詩送之。是歲，東坡召爲翰林承旨，得請外郡，出知潁州。先生賦一叢花詞，詠妓師師；賦滿園花詞，以俚語寫豔情。賦南歌子，贈東坡侍妾朝雲。

## 元祐七年壬申（一〇九二）四十四歲

在京師，上巳日，詔賜館閣官花酒；以中瀚日，與二十六人同游金明池、瓊林苑。作西城宴集詩、金明池詞。賦滿庭芳（北苑研膏）茶詞，紀燕集之盛。

在京期間，受教坊及瓦子藝人影響，作調笑令十首，乃當時流行之「轉踏」體。

賦虞美人（碧桃天上栽和露）詞，以贈某貴官之寵姬。

八月，東坡以兵部尚書召還。

元祐八年癸酉（一〇九三）四十五歲

在京師，遷國史院編修，授左宣德郎。

上元，東坡作扈從三絶帖子詞，少游和之。

與黄庭堅、張文潛、晁無咎並列史館，時人稱「蘇門四學士」。少游以才品見重，日有硯墨器幣之賜。

九月，高太后崩，哲宗始親政。

是時，東坡復請外郡，出知定州。

紹聖元年甲戌（一〇九四）四十六歲

春三月，執政吕大防、范純仁、蘇轍、范祖禹皆罷。少游坐黨籍，出爲杭州通判。行前賦江城子（西城楊柳弄春柔）、望海潮（梅英疏淡）二詞，憶舊遊、抒離思。既行，賦風流子，寫惜别情懷。

至汴上，有赴杭倅至汴上作詩一首。

至陳留客舍，作艇齋詩。

經高郵邵伯埭，與家人告别，賦臨江仙（髻子偎人嬌不整）詞。

又坐御史劉拯論增損神宗實録，道貶監處州酒税。到處州，有題務中壁詩。

是時，東坡自定州徙英州，再貶惠州安置； 門下侍郎蘇轍落職，知汝州，徙袁州，再謫筠州； 黄魯直出知鄂州，再謫黔州； 張文潛出知潤州，徙宣州； 晁無咎謫監信州酒税。

紹聖二年乙亥（一〇九五）四十七歲

在處州。擇山下隱士毛氏故居有文英閣，少游嘗寓此賦詩。又點絳脣（醉漾輕舟）詞，亦當作于此時。

## 紹聖三年丙子（一〇九六）四十八歲

春，在處州，游府治南園，賦千秋歲詞，至衡州，録呈孔毅甫。後范成大愛其「花影亂，鶯聲碎」之句，即其地建鶯花亭。又于夢中作好事近詞。既罷職，乃修懺於法海寺。坐謁告寫佛書，削秩，徙郴州。

行前，賦河傳（亂花飛絮）詞，喻處境突變。將赴湖南，作祭洞庭湖神文。

舟經瀟湘，賦阮郎歸（瀟湘門外水平鋪）及臨江仙（千里瀟湘挼藍浦）詞。

在湖南，賦木蘭花（秋容老盡芙蓉院）詞，寫閨情，似與長沙義妓有關。又賦減字木蘭花（天涯舊恨）詞，抒遠謫愁懷。

深秋，至郴陽道中，題古寺壁二絶句。

冬，賦如夢令（遥夜沉沉如水）詞，寫旅邸凄涼。歲暮，抵郴州。

是歲，竄范祖禹於賀州。

## 紹聖四年丁丑（一〇九七）四十九歲

在郴州。

春暮，賦如夢令（池上春歸何處）、（樓外殘陽紅滿）二闋，寫遠謫心情與孤館況味。又賦踏莎行詞，寄寓被謫後凄楚難言之隱衷。後東坡絶愛其尾二句，自書於扇云：「少游已矣，雖萬人何贖？」又賦鼓笛慢及滿庭芳（碧水驚秋），借戀情寫萬里歸思。

除夕，賦阮郎歸（湘天風雨破寒初）詞，寫貶逐日遠、羈愁日深之情緒。

奉詔編管橫州，感而録歐陽修之冬蚊詩。

是歲，東坡自惠州徙瓊州，范純仁謫永州，范祖禹自賀州徙賓州。

## 元符元年戊寅（一〇九八）五十歲

自郴州赴横州，既至，寓浮槎館。城西有海棠橋，橋南北皆海棠，書生祝姓者居之。少游嘗醉臥其家，明日作醉鄉春詞題于柱。

賦青門飲詞，似遥贈長沙義妓。

是歲，范祖禹自賓州再徙，卒於化州。

## 元符二年己卯（一〇九九）五十一歲

自横州徙雷州。先是蘇轍自筠州徙雷州，是時已改循州。東坡尚在瓊州，隔海相望，時通音問。先生作雷陽書事詩三首，海康書事詩十首。

## 元符三年庚辰（一一〇〇）五十二歲

正月，哲宗崩，皇弟端王佶即位，是爲徽宗，向太后臨朝。

少游在雷州。春，自作挽詞，言甚哀。

五月，赦令下，遷臣多内徙。東坡量移廉州，六月，相會於海康。少游賦江城子（南來飛燕北歸鴻）詞，寫久别重逢心情。又出挽詞示東坡，相與嘯詠而别。

未幾，少游被命復宣德郎，放還，賦和陶淵明歸去來辭。遂以七月啓行，踰月至藤州，中暑臥光華亭，家人以一盂注水進，笑視之而卒，實八月十二日也。子湛聞耗自旅次來奔喪，扶櫬北還。

## 徽宗建中靖國元年辛巳（一一〇一）

子湛奉靈柩停殯於潭州橘子洲。

崇寧元年壬午(一一〇二)

詔立黨人碑,少游與焉。

崇寧二年癸未(一一〇三)

詔毁范祖禹唐鑑,蘇軾、黄庭堅、秦觀文集。

崇寧四年乙酉(一一〇五)

詔除黨人父兄子弟之禁。子湛奉父喪歸葬於廣陵。政和間,遷葬於無錫惠山西二里之璨山。

# 【附録三】

## 傳記序跋題辭

### 宋史本傳

秦觀，字少游，一字太虛，揚州高郵人。少豪雋，慷慨溢於文詞。舉進士，不中。强志盛氣，好大而見奇。讀兵家書，與己意合。見蘇軾於徐，爲賦黄樓。軾以爲有屈、宋才，又介其詩於王安石。安石亦謂清新似鮑、謝。軾勉以應舉爲親養。始登第，調定海主簿、蔡州教授。元祐初，軾以賢良方正薦於朝，除太學博士，校正秘書省書籍。遷正字，而復爲兼國史院編修官，上日有硯墨器幣之賜。紹聖初，坐黨籍，出通判杭州。以御史劉拯論其增損實録，貶監處州酒稅。使者承風望指，候伺過失，既而無所得，則以謁告寫佛書爲罪，削秩徙郴州，繼編管横州，徐案：一作黄州，依殿本改又徙雷州。徽宗立，復宣德郎，放還。至藤州，出游華光亭，爲客道夢中長短句，索水欲飲，水至，笑視之而卒。先自作挽詞，其語哀甚，讀者悲傷之。年五十三，有文集四十卷。觀長於議論，文麗而思深。及死，軾聞之歎曰：「少游不幸死道路，哀哉！世豈復有斯人乎！」弟覿，字少章；覯，字少儀，皆能文。

徐案：清道光辛巳高郵金長福刊淮海詞鈔，載秦太虛先生傳，又同治癸酉秦氏家塾重刊淮海集，載有郡志本傳，皆係淮陰王應元撰，其實本宋史而稍加附益。其主要不同處有：宋史「有文集四十卷」，郡志作「淮海文集三十卷，淮海閑居集十卷，淮海詩餘三卷。」宋史「弟覿」以下，郡志均已改寫，作：「弟覯，字少儀，元祐六年進士，工於詩，官至臨安主簿。覿，字少章，亦能文。黄魯直詩云：『秦氏多英俊，少游眉最白。頗聞鴻雁行，筆皆萬人敵。吾早知有覿，而不知有覯。』覿子湛，字處度，亦以文名，仕爲宣教郎，嘗注吕好問回天録。」考秦覯字少章，覿字少儀。宋史本傳及王應元傳俱誤，應正之。

## 詩林廣記小傳

蔡正孫

少游名觀，蘇子瞻以賢良薦於哲宗，除博士，遷正字。紹聖坐黨，編置郴州。長於議論，文麗而思深，當世重之。東坡嘗有書薦少游於荆公，云：「向屢言高郵進士秦觀太虛，公亦粗知其人。今得其詩文數十首，拜呈。詞格高下，固已無逃於左右。外此，博綜史傳，通曉佛書，若此類未易一一數也。」黄山谷詩云：「東南淮海維揚州，國士無雙秦少游。欲攀天關守九虎，但有筆力回萬牛。」荆公答東坡書云：「示及秦君詩，適葉致遠一見，亦以爲清新婉麗，鮑謝似之。公奇秦君，口之而不置。我得其詩，手之而不釋。」呂氏云：「少游過嶺後詩，嚴重高古，自成一家，與舊作不同。」朱文公云：「山谷詩云：『對客揮毫秦少游。』蓋少游只一筆寫去，重意重字皆不問，然好處亦自是絶好。」臞翁詩評云：「秦少游詩，如時女步春，終傷婉弱。」

## 詞林紀事小傳

張宗橚

觀，字少游，一字太虛，高郵人。舉進士。元祐初，蘇軾以賢良方正薦，除祕書省正字，兼國史院編修官。紹聖初，坐黨籍，削秩，監處州酒税。徙郴州，編管横州，又徙雷州。放還，至藤州卒。有淮海集詞。

## 錫山秦氏宗譜小傳

第一世觀，字太虛，一字少游，學者稱淮海先生。高郵人，宋元豐八年乙丑進士，除蔡州教授。元祐三年，除左宣教郎、太學博士，校正祕書省書籍，遷正字。六年，擢國史院編修。紹聖初坐黨籍，出爲杭州通判，道貶監處州酒税，尋削秩郴州，旋編管横州，又徙雷州。元符三年庚辰，復宣德郎放還，卒於藤州，殯於潭，歸葬高郵。政和中，子湛通判常州，遷葬無錫惠山。先生生於皇祐元年己丑，卒於元符三年庚辰，年五十二。建炎四年追贈龍圖閣直學士。配徐氏，子一，湛；女一，適范元實，龍圖閣學士范祖禹子。明正德中，邵文莊寶先祀公於惠山之十賢堂，裔孫銳復請於督學御史張鰲山，檄建專祠於城中第六箭河，有司春秋致祭。

謹按：公墓舊譜沿元王仁輔及毘陵譜之訛作瓌山。今墓在惠山之三茅峯下，非瓌山，宋時失名。碑記亦稱葬惠山之原，謹改正。公墓旁近，故有祠，並建亭立石，刻建炎誥辭，後俱廢。嘉慶十年，裔孫瀛建屋三楹於三茅峯之祖師殿，刻淮海及少章少儀三公像並建炎誥，立石祀公，繼爲山風所敗。今移奉於惠麓雙孝祠之前楹。毓鈞按：洪楊亂后，公像復移奉於城中第六箭河專祠之詠烈堂。

徐案：一九八五年，筆者前往踏訪，先生墓乃在二茅峯電視塔南麓二百公尺處，有碑題作「秦龍圖墓」，已漫漶，仍可辨。得裔外孫顧毓琇資助，已修成簡樸墓園。非在三茅峯下也。

## 泗涇秦氏宗譜小傳

觀，字太虛，改字少游，稱淮海先生，揚州高郵人。宋元豐八年乙丑登焦蹈榜進士，除蔡州教授。元祐三年除左宣德郎太學博士，校正祕書省書籍，遷正字，明年擢國史院編修。出爲杭州通判，道貶監處州酒税，尋削秩，徙郴州。自郴州奉詔編管横州；未幾，又徙雷州。元符三年庚辰（卒），年五十有二。配徐氏；子一，名湛；女一，適范元實，祖禹之子。政和中，遷葬無錫之璨山。建炎四年，追贈直龍圖閣學士。餘詳見史傳年譜。

## 全宋詞小傳

唐圭璋

觀字少游，一字太虛，高郵人。生於皇祐元年（一〇四九）。舉元豐八年（一〇八五）進士，元祐初，除秘書省正字、兼國史院編修官。紹聖初，坐黨籍削秩，監處州酒稅。徙郴州，編管橫州，又徙雷州。元符三年（一一〇〇）放還，至藤州卒，年五十二。有淮海居士長短句三卷。

## 秦少游字序

陳師道

熙寧、元豐之間，眉蘇公之守徐，余以民事太守，間見如客。揚秦子過焉，置醴備樂，如師弟子。其時余病臥里中，聞其行道雍容，逆者旋目；論說偉辯，坐者屬耳。世以此奇之，而亦有以此疑之，惟公以爲傑士。是後數歲，從吴歸，見於廣陵逆旅之家，夜半，語未卒，别去。余亦以謂當建侯萬里外也。

元豐之末，余客東都，秦子從東來。别數歲矣！其容充然，其口隱然。余驚焉，以問秦子。

曰：「往吾少時，如杜牧之彊志盛氣，好大而見奇；讀兵家書，乃與意合，謂功譽可立致，而天下無難事。顧今二虜有可勝之勢，願効至計，以行天誅，回幽夏之故墟，弔唐晉之遺人，流聲無窮，爲計不朽，豈不偉哉？於是字以太虚，以導吾志。今吾年至而慮易，不待蹈險而悔及之。願還四方之事，歸老邑里如馬少游，於是字以少游，以識吾過。常試以語公，又以爲可，於子何如？」

余以謂取善於人，以成其身，君子偉之。且夫二子，或進以經世，或退以存身，可與爲仁矣。然行者難工，處者易持。牧之之智得，不若少游之拙失也。子以倍人之才，學益明矣，猶屈意於少游，豈過直以矯曲耶？子年益高，德益大，余將屢驚焉，不一再而已也。雖然，以子之才，雖不効於世，世不捨子，余意子終有萬里行也。如余之愚，莫宜於世，乃當守丘墓，保田里，力農以奉公上，謹身以訓閭巷，生稱善人，死表於道，曰：「處士陳君之墓。」或者天祚以年，見子功遂名成，奉身以還，王侯將相，高車大馬，祖行帳飲。於是乘庳御駑，候子上東門外，舉酒相屬，成公知人之名，以爲子賀，蓋自此始。

北京圖書館藏宋刻後山居士文集卷十六

## 淮海居士文集後序

林機

元祐中，海內之士望蘇公門墻，何止數仞！獨高郵秦君與黃魯直、張文潛、晁無咎四人者，以文章議論頡頏其間。而秦君受公之知爲最深，以賢良方正直言極諫科薦於朝，且上其文，汲汲焉不啻若己出。王介甫平時重許可，得其詩文於蘇公，自謂嘗鼎一臠。使奄而大嚼，飫味其餘，又不知作何等語也。抑由養之於中，博洽宏深，故發越於外，宜乎粹然一出於正，足以關治道而補名教者，具於淮海所載是也。至於感興詠懷，閑於歌詞，世之淺薄往往謂「尤長於樂府」，未見好德如好色者也。惜高郵薦更兵火，索囊善本，訛舛失真。里人王公定國之牧是邦，剸裁豐暇，開學校以先士類，謂捨匠石之園，而掄材於遠，天下之大弊。以公之文易於矜式，搜訪遺逸，咀華涉源，一字不苟，校集成編，總七百二十篇，釐爲四十九卷。板置郡庠，使一鄉善士，其則不遠。可謂知設教之序矣。嗚呼！士有窮而榮、達而拙者。公平生仕進，奇蹇不偶，竟不如志，一何不幸！至其爲文，有蘇公以主盟於前，王公以膏馥於後，將彌億載而愈光，又何其幸耶！乾道癸巳正月望日，左朝奉大夫試給事中兼侍講三山林機景度敍。

日本内閣文庫藏乾道癸巳高郵軍學刻淮海集卷末

徐案：據南宋登科録，紹興十八年省試，林機任點檢試卷官，稱左承奉郎樞密院編修官。所作後序揭示出淮海集及淮海居士長短句最早刊刻的時間、地點及編印主持人，甚有史料價值。

## 張綖跋

陳後山云：「今之詞手，惟有秦七、黄九。」謂淮海、山谷也。然詞尚豐潤，山谷特瘦健，似非秦比。此在諸公非其至，多出一時之興，不自甚惜，故散落者多。其風懷綺麗者，流播人口，獨見傳録，蓋亦泰山毫芒耳。字復舛誤，頗爲辨正。其有一二字不可校者，不欲以臆見輒易，存闕文之意，更俟善本正之。嘉靖己亥中秋日，南湖張綖識。

明嘉靖十八年己亥張綖鄂州刊淮海集

## 毛晉跋

晁氏云：「今代詞手，惟秦七、黄九。」或謂：「詞尚綺豔，山谷特瘦健，似非秦比。」朝溪子謂：「少游歌詞，當在東坡上。但少游性不耐聚稿，間有淫章醉句，輒散落青帘紅袖間。雖流播舌眼，從無的本。」余既訂訛搜逸，共得八十七調，集爲一卷，亦未敢曰無闕遺也。古虞毛晉記。

明汲古閣宋六十名家詞本淮海詞卷末

# 黄子鴻跋

辛亥七月二十三日，宋刻本集校，凡詞七十七首，分上、中、下三卷，章次亦此異。六月初十日讀，壬戌正月十一日重閲。儀。

葉恭綽案：「此節係從徐積餘所藏校汲古毛本録出。其『儀』字，據積餘云：『當是黄儀，字子鴻，康熙時人，有紉蘭别集詞。』校語屢引宋本琴趣及本集云云，當係曾見此兩種宋本者。」

葉氏兩宋合印本卷末

# 嚴秋水跋

右淮海先生集四十卷，後集六卷，吾錫秦氏世守本也。淮海集雕本先後四家：儀真黄中丞刻於山東，高郵張牧刻於鄂州，胡民表刻於高郵，最後李君之藻薈萃諸家，編次成帙，至今流傳坊間。而卷帙互異，篇次多不詮整。此本爲先生自定。自敍云十卷，本傳云四十卷。今分爲四十六卷，蓋北宋槧本，即雪洲黄氏所稱監本，惜歲久漫漶者也。先生二十四世孫對巖宫諭出以示余，爰識數語於卷尾。康熙戊戌春三月，舊史氏後學嚴繩孫。

葉恭綽案：「此從故宮本移録。」

葉氏兩宋合印本卷末

## 四庫全書總目淮海詞提要

淮海詞一卷，宋秦觀撰。觀有淮海集，已著録。書録解題載淮海詞一卷，而傳本俱稱三卷。此本爲毛晉所刻，僅八十七調，裒爲一卷，乃雜採諸書而成，非其舊帙。其總目注「原本三卷」，特姑存舊數云爾。晉跋雖稱「訂譌搜逸」，而校讎尚多疏漏。如集内長相思「鐵甕城高」一闋，乃用賀鑄韻，尾句作「鴛鴦未老否」；詞匯所載，則作「鴛鴦未老綢繆」。考當時楊無咎亦有此調，與觀同賦，註云：「用方回韻。」其尾句乃「佳期永卜綢繆」。知詞匯爲是矣。又河傳一闋，尾句作「悶損人，天不管」。考黄庭堅亦有此調，尾句作「好殺人，天不管」，自註云：「因少游詞，戲以『好』字易『瘦』字。」是觀原詞當是「瘦殺人，天不管」，「悶損」二字爲後人妄改也。至「唤起一聲人悄」一闋，乃在黄州詠海棠作，調名醉鄉春，詳見冷齋夜話。此本乃闕其題，但以三方空記之，亦爲失考。今並釐正，稍還其舊。觀詩格不及蘇黄，而詞則情韻兼勝，在蘇黄之上，流傳雖少，要爲倚聲家一作手。宋葉夢得避暑録話曰：「秦少游亦善爲樂府，語工而入律，知樂者謂之作家歌。」蔡絛鐵圍山叢談亦記觀婿「范温，常預貴人家會。貴人有侍兒，喜歌秦少游長短句，坐間略不顧温。酒酣歡洽，始問此郎何人。

温遽起，叉手對曰：『某乃「山抹微雲」女婿也！』聞者絶倒」云云。夢得，蔡京客；絛，蔡京子。而所言如是，則觀詞爲當時所重可知矣。

欽定四庫全書總目卷一百九十八集部詞曲類一

## 黄丕烈跋

嘉慶庚午人日，書友以社壇吴氏所藏諸本求售，中惟淮海居士長短句最佳，因目録及上卷與中卷之二葉、四葉猶宋刻也。余所見淮海集宋刻全本，行款不同，無長短句，蓋非一刻。而所藏有殘宋本，行款正同。内有錯入淮海閑居文集序第三葉，與此目録後所列序中三葉文理正同，知全集或有長短句本也。惜此已鈔補，然出朱卧菴家舊藏，必有所本矣。買成之日，復翁記。

葉氏兩宋合印本卷末

## 又

此册不止長短句之可寶也，前目録後有淮海閑居文集序四葉，尤爲可寶。此前集之序，偶未散失，附此以存，俾考文集顛末。後來翻刻鈔傳之本俱無有矣，勿忽視之。道光元年四月，重檢，並記。蕘夫。

葉恭綽案：「以上均從吴本移録。」

葉氏兩宋合印本卷末

又

嘉慶庚午人日，書客以江鄭堂舊藏諸本一單見遺，惟殘宋刻淮海居士長短句最佳，因手校此。餘舊鈔，未校入也。

又

庚午人日，書客攜殘宋刻來，目録及上卷全，中卷止有第二、第四葉。挑燈手校。復翁。

葉恭綽案：「此可證復翁所見者即吴本。」

又

淮海居士集前集四十卷，後集六卷，宋刻本，藏錫山秦氏。余從孫平叔借校，此甲子年事也。頃偶憶及，全集中不知有詞與否？因檢校本核之，彼第有詩文，不收詞也。可見殘宋本淮海居士長短句蓋專刻矣。甲戌二月三十日春分節，復翁記。時已斷九，寒猶未消，狂風震屋，密霰打窗。吴諺云「拗春冷」，今年更甚。

葉恭綽案：「此係復翁誤記，蓋此即故宫本，固明明有長短句也。」

以上皆見彊村叢書本淮海居士長短句卷末黄丕烈跋尾，并見葉氏兩宋合印本卷末

## 金長福淮海詞鈔跋

吾郵宋秦太虚先生撰淮海詩餘三卷。先生以異思逸才，爲趙宋詞人第一。當時劉徐案：應作陳後山雖以秦七、黄九並稱，而涪翁不逮。東坡居士，亦自謂不如。至柳耆卿詞應作辭勝乎情，其去先生尤遠甚。然則先生詞學，實能超軼古今，非徒爲吾郵一鄉之秀已也。原集久纂入四庫全書，坊間翻版流傳，寖失真面。兹特細加讎校，重付梓人，庶幾復原本之舊云爾。道光元年歲在辛巳孟春之吉，邑後學金長福刊竣跋後。

徐案：上世紀九十年代承平湖葛渭君先生以淮海詞鈔全帙複印本見貽，此次修訂舊著，據以校勘，獲益良多。此跋亦收録於此，特此致謝！

# 王敬之淮海集補遺序

今淮海集傳本爲明工部郎中仁和李公之藻彫板，蓋依邑人南湖張公綖舊本而未加增訂者，其中譌脱頗多。原版庋藏公所，司事者不慎，致厄於爨下。今年邑人議爲重刊，敬之不揣固陋，與同志校正其譌脱之顯然者。墨板已成，因思淮海集外之作，多散見於羣書，不可不亟爲補録。爰偕茆君雩水、金君雪舫共事搜輯，凡得賦、詩、文、詞若干條，録爲一編，斷句亦附其末。匪敢謂無缺憾，掇拾前人所未及，盡後學之責而已。

考少游遺文各體中，惟詞爲多，足爲「對客揮毫，不耐聚稿」之證。伏讀欽定四庫全書提要，淮海詞一卷，明毛晉所刻，僅八十七調，非其舊帙。案張本、李本所載長短句區爲三卷，詞止七十七調，則毛氏本已多十調矣。浙中段氏本卷末耑附補詞，僅就草堂詩餘所及編附，仍屬掛漏。且本集已載之詞，亦復引入，不足以稱善本。今據羣書補録，較毛補差多。繼補所見，其待諸將來乎？是爲序。

道光十有七年八月，後學王敬之拜序。

清道光十七年丁酉刻本淮海集

## 秦元慶跋

此先淮海公所撰著也。淮海公生宋仁宗之世，以翰林起家，不罄其施以歿。歿而淮海集始出，海内傳頌，幾乎家有其書。國朝段斐君刻於浙中，板最完善。慶高祖茂修公自吴遷楚，攜原槧本篋藏以示後人，令無墜先業。惟是楚南坊間，向無精本。先伯祖介景公欲重梓之，未果。咸豐初，賊蹂躪大江南北，凡書之善本在其地者，蕩軼無存。其存者亦皆剥蝕殘缺，不復可收拾。區區是集，其與存者幾何？嘗慨李義山集，歿數十年，始克成書，尋被族子纂去，百有餘年，而後行世。慶食舊德，今且數十世，恒愧無以迪前人光；而是書也，經兵燹，歷星霜，僅有存者，不思所以廣其傳，不幾重爲先人戚乎？爰出所藏，精繕校刊，以竟先志。又原刻未有年譜。年譜成於宗老大音先生，重訂於宗人小峴侍郎，復經少詹錢辛楣先生釐正，考據詳覈，尤爲可珍。兹從宗牒敬録，並付手民，登諸卷首，庶讀是書者，得所是證，藉以論世知人。昔昌黎韓氏新修滕王閣記，自以列名三王之後有榮幸焉。慶之爲是刻，既免爲義山族子，而先伯祖未逮之志，亦於是乎成。雖未敢擬迹昌黎，然記所謂「有善而弗知、知而弗傳」者，庶幾免於君子之所恥。斯則後世子孫與有榮幸者夫！爰述其顛末，綴數行，以志弗諼。同治癸酉暮春，裔孫元慶筱浦甫謹跋。

清同治十二年癸酉秦氏家塾重刊本淮海集

# 曹元忠跋

淮海居士長短句三卷，見書録解題。嘉慶間，蕘翁得江子屏家殘帙，以校舊鈔本，除長相思畢曲「不應同是悲秋」句爲各本所無外，其餘勝處，舊鈔本悉與相同，惟稱淮海詞爲異。意丁松生藏書志所稱「明鈔淮海詞三卷」，後有嘉靖己亥南湖張綖跋者，當與此舊鈔本同出宋刊；以張綖曾刻淮海集四十卷、後集六卷、長短句三卷於鄂州，即直齋著録本也。舊鈔本所出既同，又得蕘翁以宋刊殘帙校定，彌足珍已！彊村每言淮海詞無善本，因録此雲間韓緑卿前輩舊藏士禮居本寄之。癸丑六月庚子望，曹元忠客讀有用書齋寫記。

葉恭綽案：「以上均從朱彊村刊本録出。案：韓緑卿藏書目有淮海集兩種，均鈔本：一爲文集四十卷，後集六卷，淮海長短句三卷，又長短句補遺，有蕘圃手校，並虛止閣朱筆校；一爲淮海居士長短句三卷，經蕘圃以宋本校，並跋。韓氏藏書近方將出售，而不欲人參觀。將來此兩種不知尚能留存國内否也？恭綽記。」

葉氏兩宋合印本卷末，並見彊村叢書本

## 朱彊村丁卯跋

蕘翁得此，以校舊鈔本。淮海詞爲雲間韓緑卿所藏，老友曹君直手録遺余，刻入彊村叢書中。蕘翁跋稱：宋刻全集，但有詩文而不收詞，可見長短句爲專刻。此帙跋又稱藏有殘宋本，行款正同，内有錯入序文亦同，知全集或有長短句。其説兩歧。全集藏錫山秦氏，今不知尚存否？願湖帆求得之，以參斠其説也。丁卯歲寒，孝臧跋于思悲閣。

葉恭綽案：「此跋爲朱古微先生手書。」

葉氏兩宋合印本卷末

## 吴湖帆戊辰跋

第一卷宋刻本夢揚州換頭「長記」二字，誤刻於上疊過拍下。雨中花「滿空寒白，玉女明星迎笑」二句，「白玉」二字，誤刻「皇」字。「在天碧海」句，「在」字下應缺一字。長相思歇拍完全，各本皆缺。惟此調又見賀方回詞卷一，作望揚州。案：楊補之逃禪詞長相思：「己卯歲留塗上，追用方回韻。」第二卷菩薩蠻「翠幕」，應從毛氏本作「幔」。滿庭芳「搜攬」，應從毛作「攬」。第三卷臨江仙首句

「挼藍浦」，應從毛作「接」。此皆微有舛誤，應校正。集中勝處可校他刻者正多，亦無用余之贅述矣。戊辰冬日，吴湖帆跋於梅影書屋。

葉氏兩宋合印本卷末

# 吴梅跋

戊辰歲暮，湖帆出示此册，爲滂喜齋舊藏。計目録二葉，淮海閑居文集序四葉，長短句上卷七葉，中卷第二、第四兩葉，餘皆朱臥庵鈔補。先後爲明吴文定、文壽承、周天球、李日華、清朱臥庵、黄蕘圃、張芙川、沈韻初所藏，最後歸潘文勤，詳見滂喜齋藏書記中。余校讀之，「驚」字、「桓」字缺筆，足徵宋刊。而諸詞换頭皆提行書寫，又爲宋人刻詞之證。水龍吟「小樓連遠」不作「連苑」；滿庭芳「天連衰草」不作「天黏」，「寒鴉萬點」不作「數點」；長相思畢曲「不應同是悲秋」句亦完好無缺：此皆宋刊佳處。惟目録中桃源憶故人作桃源；夢揚州换頭「長記曾陪燕游」句，以「長記」二字屬上疊：此則微有疏舛，顧無害其爲精本也。臥庵補鈔，未明言所自出，鄙意當從張南湖本補録。余舊藏南湖刻淮海集，爲嘉靖己亥刊本。南湖名綖，即作詩餘圖譜者。集共四十卷，後集六卷，長短句三卷，刊于鄂州。據曹君直元忠云當依陳氏書録解題所著録本重刊者，是亦出於宋刊也。就此三卷中，較臥庵鈔補本，已一一符合。張本諸詞换頭，皆空一格。朱鈔自阮郎歸起，不空格，不提行；滿庭芳以下至終卷，換頭概空一格，與宋刊每首提行不同。同牌諸詞，張本書一「又」字，朱鈔作「其一」、「其二」，此亦略異。又調笑(令)十首，張本先書題目，次「詩曰」，次「曲子」朱鈔煙中怨一首脱「曲子」二字一行，後列「右一」、「右二」云云，其體亦與朱鈔同。然則臥庵所據，即是張本，而張本亦出宋刊，是此册彌足珍矣！蕘翁跋文推崇臥庵，頗爲有識，特未考明所據何本。因取舊藏張本斠校一過，并書鄙見於後。湖帆或不以爲非與？霜厓居士吴梅跋。

葉氏兩宋合印本卷末

## 吴湖帆七夕跋

己巳七月，番禺葉遐庵丈見視故宫善本書影，載淮海集總目一葉，文集首葉，長短句首葉，嚴秋水題跋一葉。案：嚴氏跋時康熙甲戌，藏無錫秦對巖宫諭處，淮海先生二十四世孫也。彊村老人跋云：「全集藏無錫秦氏，今不知尚存否？」朱氏應見秋水之跋，不知已歸内府，藏之位育齋，疑乾隆間四庫進本也。此册僅存長短句首葉，互校遠勝内府本之漫漶。嚴氏跋謂「北宋刻，即雪洲黄氏所稱監本，惜歲久漫漶」者也。兩本行款筆道全同，而此册之清楚精緻，令人神往；足徵内府本爲元印，此或北宋印也。「淮海集重雕本，先後四家：儀真黄中丞刻於山東，高郵張牧刻於鄂州，胡氏表刻於高郵，最後李之藻薈萃諸家，編次成帙，至今流傳坊間；而卷帙互異，篇次多不詮整。」此秋水跋中語。七夕大雨，燈下遣悶書。

葉恭綽案：「此亦吳湖帆所跋。」又案：「此四跋〔指朱彊村、吳湖帆戊辰及七夕、吳梅四跋〕均係從吳本鈔出。」

葉氏兩宋合印本卷末

## 吳湖帆題識

淮海居士丁元豐盛世，上承晏柳，下啓周辛，嘯傲蘇門，自擅雅操。雖「香囊」「羅帶」，見譏於眉山；而「飛蓋」「華燈」，盛傳於洛下。況「揮毫萬字，一飲千鍾」，其豪情豈讓「大江東去」哉？顧自北宋迄今，疊經喪亂，天水舊刊，幾等球圖。所傳長短句八十餘首，經張、黃、胡、李、段、毛諸家，各就所見，重梓行世。雖不失爲淮海功臣，而篇次錯雜，定非舊觀。此番禺葉丈遐庵所以有宋刻本淮海長短句合印之舉也。

案宋刻全集，惟故宫有之，而鈔補甚多，亦非足本。嚴秋水跋謂「歲久漫漶」者是也。其黃復翁、潘文勤公遞藏之殘宋本，今歸余所僅有。第一卷全，第二卷之第二、第四兩葉，前有閑居文集序，四葉而已。余嘗以故宫本對校，知同出一源，惟印刷較清楚耳。若木蘭花慢、金明池、喜春來諸闋，二書俱不載。疑所遺亦不止此耳。

遐庵又爲秋夢詞，係家學相承，綵翰不輟。近居滬，與余間日過從，譚藝甚歡。論及秦詞，世無定本，將以故宮及敝笈兩殘宋本合影印之；並以宋以後各家刻本十三種，彙校其字句異同，別附寫刻統系表及校勘記於後，凡數萬言。致力綦勤，於淮海可謂無遺憾矣。兩宋本得此爲延津之合，抑亦讀書諸君子之所快也！庚午十月，吴湖帆識於梅影書屋。

葉氏兩宋合印本卷首

## 朱彊村庚午跋

秦太虛淮海長短句，流傳善本甚稀。余往年校刊是詞，曹君直以所録松江韓氏本見貽，出自黄蕘圃據宋本手校，而所據宋本未得見也。後識吴湖帆，始得見潘氏滂喜齋所藏宋本，即蕘圃據以校勘者。今歲葉遐庵以影印故宮藏宋本見貽，始知錫山秦氏家藏宋本已入祕府，亦蕘圃所經見者。兩宋本同出一版，而詞集或有時別印單行，致蕘圃間滋迷惑，實則滂喜齋藏本亦即淮海全集中物也。遐庵既幸兩宋本之復見，又傷兩宋本之僅存，乃取兩宋本之屬於原版者，并合影印；其兩本皆缺者，則取潘氏本補葉，以其出朱臥庵手校精審也。遐庵又以歷代所刊淮海集今存者尚十餘種，乃鉤考其源流統緒及字句異同，爲淮海詞版本系統表、淮海詞經見各本概要表、淮海詞經見各本字句異同表、現存淮海詞兩宋本比較表各一；復別爲兩宋本校記及兩宋本各序跋摘要彙印於後，精密貫串，得未曾有。

余聞遐庵治事精幹，不圖治學翔實亦如此。遐庵先德，三世以詞名嶺海，家學所承，遠有端緒。其所作亦把臂前賢，成連海上，能移我情，載覽茲編，逌然神往已！庚午孟冬之月，朱孝臧跋。

葉氏兩宋合印本卷末

# 葉恭綽彙合宋本兩部重印淮海長短句序

秦少游淮海詞，宋刊可考者凡三種：一、乾道間杭郡所刊淮海全集之淮海長短句三卷本；二、南宋長沙所刊百家詞中之淮海詞；三、南宋某處所刊琴趣外編中之淮海琴趣。二、三兩種，今皆不可得見，世所存者只杭郡本二部而已：一爲故宫所藏原藏無錫秦氏，一爲吴縣吴湖帆所藏原藏潘氏滂喜齋，且皆非完璧。世曾兼見此二宋本者，殆只黄蕘圃見後幅按語。汲古閣輯詞最富，乃稱淮海詞「從無的本」，其他可知。乾隆修四庫諸臣，亦未一見宋本，致疑全集分卷爲張綖所亂而非原書之舊説見後幅。自秦氏藏本入宫，滂喜齋本又祕藏吴下，致朱彊邨、王幼遐、吴印臣、陶蘭泉四家刻詞時，均未得全見此兩本。朱氏跋吴本及陶氏刊詞敍録，均太息引爲慊事。

余居海上，數與湖帆往還，因得見滂喜齋一本。嗣袁守和同禮寓書，謂將影印故宫藏本，閲數月而寄滬。於是兩本原狀，皆得寓目。余審諦數四，覺宋刊佳處，不一而足，且可釋明清兩代校刻家無數之疑。因取所見淮海詞凡十三種，彙而校之，編爲四表：一、淮海詞版本系統表；二、淮海詞經見各本概要表；三、淮海詞經見各本字句異同表；四、現存淮海詞兩宋本比較表。條分縷晰，自謂頗極詳密，蓋前此固尚無人以此十三種本從事彙校者也。淮海詞經此整理，版本字句之異同變遷，胥可瞭然。因思宋本淮海詞，天壤間只存此二部，而所存原版葉數又不一，既同出一版，似不如裒兩本之屬於原版者，合而影印，以存其真。因商之袁、吳二氏，得其許可，印以行世，並附所擬四表暨校勘隨筆各條。其兩本内序跋識語之可資考證者，一并附入。至兩本原缺各葉，均經鈔補，而所從出不同。吳本似從張綖本出，且又出朱臥庵手，訛誤較少。故此次凡兩本無原版之葉，則用吳本之鈔補葉，而將故宫本異同注出，庶真相可稽，而淮海詞可據此爲比較最善之本。獨惜康熙時黄子鴻尚及見之淮海琴趣，今已了無蹤跡；長沙本久不可得見，無從爲最有力之校證，是可歎也！

至是書之校勘借録，多賴張菊生元濟、徐積餘乃昌、袁守和同禮、趙蜚雲萬里、趙叔雍尊嶽、龍萸生沐勛、吳瞿庵梅、吳湖帆諸先生之力。其繕寫則賴何君誌航、時君巽庵。合并聲謝。民國十九年十月，葉恭綽記於上海寓廬之遐庵。

葉氏兩宋合印本卷首

## 葉恭綽宋版淮海詞校印隨記

綽案：故宫所藏淮海全集，乃錫山秦氏家藏本。其以何因緣入清宫，今不可考。向疑朱古老跋内「全集存錫山秦氏」云云，似秦氏别有一藏本。今午晤詢古老，始知其曩時亦得自傳聞，並未目驗。然則故宫所藏，蓋即秦本之全璧，吴本僅單行長短句而已。淮海全集目録，確係自宋時即定爲四十卷，又後集六卷，長短句三卷。得此可以證明紀氏四庫全書總目以爲此種分卷，由于明嘉靖張綖重編，蓋屬不確。至文獻通考載「淮海集三十卷」，「三」字或「四」字之誤。宋史作「四十卷」，或只舉文集而言，或漏載後集，均未可知。長短句以三卷爲一卷，或因篇帙無多，三卷合裝一册，故遂以爲一卷。如此解釋，則一切可以貫通無滯矣。閑居文集自序在元豐七年，時公方三十六歲，所編卷數，不能以爲定本；故不必據以疑四十六卷及三卷之編訂也。直齋書録解題及李之藻、張綖、胡民表刊本均係四十卷，又後集六卷，長短句三卷。以意度之，淮海全集目録確自宋時即如此編定，不過印行時或有單行之舉，而文學家記述，有時亦欠周密，遂致參差。即如故宫本嚴秋水跋稱「右淮海集四十卷，後集六卷」云云，竟不提及長短句，而長短句固在該帙内。詎能因嚴跋漏載，遂謂當時未編入耶？

故宫本之鈔補葉，係根據何本，故宫原本未有聲明。然臆揣當是根據李之藻本。蓋以兩本相校，如八六子之「紅袂」誤作「紅社」，鵲橋仙之「傳恨」誤作「傅恨」，一落索之「空飛」作「飛空」，虞美人第三首之「夕陽」作「斜陽」：兩本皆同，而他本均與之不同，即其確證也。兩本同出一版，已無可疑。惟究係何時、何地所刊，尚無確證。然竊意主乾道間刊于杭郡者爲是。蓋兩宋公私書籍，刊於杭者最多，而南宋尤盛。宋亡，其版必偕他版同入西湖書院之庫，逮明初遂移入南雍。其不見於太學經籍志者，殆偶然疏漏耳。至由南監曾否移於北監，張綖序所謂「北監舊有集版」一語有無根據，現已無從考證。或者張序之「北」字，乃「南」字之訛，未可知也。

吴本鈔補葉，出自朱臥庵，當係據張綖本，較故宫本之鈔補葉爲佳。故此次付印，凡無宋版之葉，即用吴本之鈔補葉。第臥庵鈔手欠整齊，故屬何志杭君重爲謄録，而將故宫本之異同，悉注于上。又故宫本下卷末葉係原宋版，而依故宫本及吴本兩鈔補葉之行款，至末葉均不能與之吻合。余知鈔補葉之行款，必與宋本不同，致有此病。因悉心推敲，將各鈔補葉悉照原來宋版排比，如下半闋皆提行寫，及一調而有數首者，所有「其二」、「其三」等字，均提行寫，到末葉恰相銜接，一字不差，足證兩本之鈔補葉，均非照原版，而此悉重行鈔補爲較得其真也。又吴本調笑令之標題，如「王昭君」及「詩曰」、「曲子」、「右一」等字，其地位之高下，亦與原宋版不同。今據故宫本下卷第一葉原版格式，改歸一律。民國十九年十月，葉恭綽記。

葉氏兩宋本卷末

## 趙萬里跋

淮海居士長短句三卷，附刻宋本淮海集後集後。以諱字及刊工筆勢觀之，當係乾道中浙中刊本。其版至明季猶存。張綖序重刻淮海集云：「北監舊有集版。」疑「北監」乃「南監」之誤，然不見於黄佐南雍志經籍考。蓋至嘉靖間監中已無存矣。故傳世此本，以後印者爲習見。宋及元初印本，則希如星鳳矣。並世公私藏家如常熟之瞿、德化之李、吳興之蔣，及北平圖書館所藏殘帙，均不附長短句。潘氏滂喜齋藏書志有宋本淮海居士長短句三卷，今未知存亡。此本長短句赫然具在，雖間有鈔補，亦足寶也。持校明嘉靖間南湖張綖校刻淮海集附刻本，此本即張刻所自出，合者固十之八九；然亦有足訂張刻之誤者，如望海潮「茂草臺荒」，張本「臺荒」作「荒臺」；水龍吟「水〔小〕樓連遠横空」，張本「遠」作「苑」；「疎簾半捲」，張本「疎」作「朱」；滿庭芳「寒鴉萬點」，張本「萬」作「數」；一落索「楊花終日飛空舞」，張本「飛空」作「空飛」；阮郎歸「身有恨」，張本「身」作「更」；又「那堪腸已無」，張本「已」作「也」；滿庭芳「驟雨才過還晴」，「古臺芳榭」，張本「才」作「方」；「古」作「高」；又「開餅試、一品香泉」、張本「餅」作「尊」；調笑令詩，「越公萬騎鳴簫鼓」，張本「簫」作「笳」；曲子「舊歡新愛誰是主」，張本「是」作「爲」；虞美人「緑荷多少斜陽中」，張本「斜」作「夕」；臨江仙「獨倚危檣情悄悄」，張本「檣」作「樓」等均是。其他廣陵懷古、越州懷古、别意、春思諸題，宋本皆無之。張刻殆涉諸選本而誤，並當據以删正。昔歸安朱氏校刊淮海詞，據松江韓氏讀有用書齋藏黄蕘圃校鈔本入録，欲求宋槧一校，苦不可得；且並張綖刊本亦未逐校。今此本出，亦足彌朱氏之缺憾矣。

傳世秦詞，以毛氏汲古閣本爲最劣，其底本亦當自三卷本出，惟前後倒置，又妄據他書增入如夢令等十闋，除喜春來或確係淮海佚詞外，餘率據類編草堂詩餘及明人所輯續草堂詩餘、古今詞統内録出，實則均非秦作。其誤與毛氏所刻蘇子瞻、周美成、李清照詞均同，實無足怪也。試於宋人載籍中求淮海佚詞，則僅於陽春白雪卷一得木蘭花慢一首； 苕谿漁隱叢話前集卷五十引冷齋夜話今本夜話無此文及全芳備祖前集卷七海棠門得喜春來一首而已。 喜春來毛本已收之，而木蘭花慢，緣陽春白雪一書乃晚出，明萬歷間陳耀文輯花草粹編、清康熙間朱彝尊輯詞綜時俱未見。 故諸本並未及，然氣弱不似他作，姑附以存疑可也。 至直齋書録所載長沙坊刻百家詞，有淮海詞集一卷，乃宋時秦詞之別本，與三卷本有無異同，則不可知矣。 十九年五月海寧趙萬里跋。

北平景宋本淮海居士長短句

徐案： 此跋承浙江平湖葛渭君先生寄贈，并有函云：「寄上趙萬里跋民國十九年北平故宫博物院景印宋本淮海居士長短句一份，供參考。 宋本淮海居士長短句曾二次景印，前次刊本略大於後，有嚴繩孫跋，無趙萬里跋； 後刊有趙跋而無嚴跋，開本略小，版心相同。」葛先生對詞學殊有貢獻，曾以夏敬觀手批彊邨叢書供上海古籍出版社影印，嘉惠詞林，功業匪淺，書此數語，以志謝忱。

## 饒宗頤景宋乾道高郵軍學本淮海居士長短句序

宋刻淮海居士長短句，有單詞本及全集本兩種。 單詞本可知者有二： 一爲嘉定長沙書坊刊百家詞中之淮海詞本見直齋書録解題郭應祥笑笑詞下注。 據彊村叢書本嘉定元年滕仲因笑笑詞跋，知百家詞殺青於嘉定初年。一爲閩刻之琴趣本，季滄葦書目云有「歐陽文忠秦淮海真西山琴趣四本宋刻。」傳是樓書目亦載淮海琴趣一本，清初黄子鴻即據宋本琴趣以校毛晉刻本也。葉遐庵丈疑琴趣爲詞之彙集。考朱彝尊序水村琴趣，謂琴趣者取諸涪翁詞集名，尚不知爲坊間彙刻時所標之號。參吴師道禮部詩話。倉石武四郎有論「琴趣外編」一文，載支那學第四卷。琴趣刊有真西山詞，可推知彙刻殆在理宗時，比長沙百家詞稍後。此類單刻本，今皆無傳。

其全集本向爲人所知者，若宋寧宗時蜀刻淮海集板心有「眉山文中刊」字様，見於鐵琴銅劍樓藏書目，爲四十六卷本。瞿氏所藏乃殘帙，勘以日本内閣文庫藏乾道間高郵軍學本，爲淮海集四十卷，淮海居士長短句三卷，淮海後集六卷，則此蜀刻是否包有長短句三卷，尚難確知。國内庋藏宋刻淮海集長短句，向推故宫博物院及吴湖帆藏兩殘本，最爲有名，番禺葉丈彙而刊之，惜非全璧。内閣文庫此本，有昌平學及淺草文庫印，爲現存淮海集僅有之完本。天水舊槧，向所嘆如球圖者，今得重梓行於世，亦倚聲家所宜稱快也。刊印既成，遂書其顛末如此。乙巳清和饒宗頤。

香港龍門書店景宋本淮海居士長短句卷端

## 饒宗頤景宋乾道高郵軍學本淮海居士長短句跋

曩朱古微翁刻彊村叢書，苦淮海詞無善本，曹元忠因録松江韓緑卿藏淮海集鈔本貽之。韓本黄蕘圃曾據宋本手校，其宋本原帙，未得見也。蕘翁目覩之宋刻，爲社壇吴氏舊藏淮海長短句，有目録及上卷，中卷僅存第二第四(頁)，具詳其庚午跋語。又道光元年重檢題記，此本内錯入淮海閑居文集序，其缺葉則爲明朱臥庵鈔補者。是册曾經潘氏滂喜齋藏，後歸吴縣吴湖帆。故宫又有淮海長短句殘本，向爲無錫秦對巖家藏，黄蕘圃曾從秦氏借校。是本民國十九年影印問世。厥後番禺葉丈遐庵取故宫及吴氏兩殘宋本，合併付刊，題曰「宋本兩種合印淮海長短句」，由是海内咸推爲善本。惜兩原本皆有殘缺，以舊校鈔補葉，仍非完璧。一九五七年，龍榆生點校蘇門四學士詞，其中淮海居士長短句，即以葉本爲據。

葉本所據爲南宋刊淮海集附刻，刊於何時何地，因有缺葉，未諳其詳。葉丈定爲乾道間杭州刊本，蓋從集中宋諱缺筆推定，非别有碻據也。

去歲余在東京，讀書内閣文庫，見有宋槧高郵軍學本淮海集，内長短句三卷，友人清水茂教授以影本見貽，其前有淮海閑居文集序四葉，又淮海居士長短句目録二葉。目録中桃源憶故人「源」字從木作「桃榞」，與吴湖帆本相同，知原出於一本。卷下吴本、故宫本多爲補鈔，其末頁葉丈云故宫係出自原板，今細勘之，與故宫本多符，惟「微波澄不動」句故宫本誤作「徵波」，此則不誤；乃知故宫本末頁，殆出補刊，不及此本之善也。

此宋本又有一字可正補鈔之訛者，卷下品令「又也何須肐織」，「肐」字葉本補頁作「吃」。按吃訓日氣，文意不貫。玉篇「肐，身振也」，字在物韻，音迄，當以作肐爲是。此本雨中花白玉二字仍誤合爲「皇」，説已見蕘翁校語。其與張綖本胡民表本鄧章漢本及葉本歧異處，另詳校記。

最足珍異者，卷末有乾道癸巳正月望日三山林機景度撰淮海居士文集後序十九行，稱「里人王公定國牧是邦，校集成編，總七百二十篇，釐爲四十九卷，板置郡庠」。序後題記：「高郵軍學淮海文集計四百四十九板」。是此本明爲乾道癸巳高郵軍學刻本，吴本故宫本與此既相同，則向所疑爲杭郡刊本，應據訂正云。乙巳正月饒宗頤。

香港龍門書店景宋本淮海居士長短句卷末

# 饒宗頤鄧章漢本淮海詞跋

(日本)内閣文庫有明末錢塘鄧章漢編刊淮海集。目録所收不止一部其淮海後集上中下三卷，即長短句。鄧氏又從草堂詩餘輯出一卷，題曰詩餘。承李獻章博士影示，因附刊於後，俾便稽覽。鄧本雨中花「白」「玉」亦誤合爲「皇」字，品令之「肐」，則同高郵宋本。間有缺誤長相思缺「應同是悲秋」句，又二處木板壞脱。宋本卷中第一首迎春樂，鄧本移於上卷之末。卷上望海潮「洛陽懷古」等，與張綖、胡民表本悉同。朱氏詞綜因之。

鄧氏編淮海後集長短句三卷，大致同於宋刊，知取自全集本。據調下詞題，并宋本所無，如下卷點絳唇二首題曰「桃源」，宋本無之。乃據草堂詩餘增加者。又間附註語，惟好事近「夢中作」一首，録蘇黄兩跋，與宋本同。下卷調笑令十首，宋本張綖本胡民表本題作曲子，鄧本則并題曰「詞」，此其微異耳。

鄧本附補輯詩餘一卷，殆以取自草堂詩餘，故題曰「詩餘」，試取洪武遵正書堂本草堂、羣英詩餘參校，除搗練子「秋閨」此首見至正本草堂詩餘，則不注名氏。阮郎歸「春歸」此首亦見詞統卷六外，餘概見於是書，并題秦少游作。鄧刻所加詞題，大抵皆採自草堂，若南歌子「贈妓陶心兒」則見草堂引高齋詩話，凡此若干首，明初人多依草堂信爲少游作也。然據花庵詞選，憶王孫「萋萋芳草」乃李重元詞，眼兒媚「樓上黄昏」乃阮閲詞樂府雅詞拾遺作左譽，柳梢青「岸草平沙」乃僧揮詞，蝶戀花「鐘送黄昏」乃王詵詞。據樂府雅詞，如夢令「門外緑陰」乃曹組詞；而浣溪沙「青杏園林」乃歐陽修詞，見近體樂府。若複出之詞，不一而足，阮郎歸「旅況」、滿庭芳「春景」俱見卷中。特滿庭芳起作「晚兔雲開」，收句作「微映百層城」，略異他本。南歌子「贈妓陶心兒」，已見卷下。此種舛誤之處，道光王敬之於淮海集補遺序，唐圭璋於全宋詞跋尾均曾辨正，唐氏并收入附録中，謂補淮海詞者採之皆非，是也。

鄧補詩餘與洪武本詩餘，亦有異文，如憶王孫「深閉門」，草堂「深」作「空」，如夢令「月到碧梧」，草堂「月」作「行」，浣溪沙「清杏園林」，草堂「清」作「青」，是。阮郎歸「滿天風雨」，草堂「滿天」作「湘天」，桃源憶故人「眉黛不堪」，草堂「堪」作「忺」，南歌子贈妓「銀潢淡淡」，草堂誤作「銀横」，「襟間盈盈」，草堂「襟」誤作「禁」。茲并爲校出。同治癸酉秦氏家塾重刊淮海集，其淮海後集長短句，亦附詩餘，全依鄧章漢本。據秦元慶跋，其書乃復鍥段斐君本，則鄧本與段本實無二致。道光王敬之本，其淮海集補遺序稱「浙中段氏本卷末嵩附補詞，僅就草堂詩餘所及編附，仍屬挂漏」，已指出其紕繆。

此本原刻不易覯，故并附爲影刊，以見明人訓集之陋云。饒宗頤記。

香港龍門書店景宋本淮海居士長短句附録

# 饒宗頤詞苑英華本少游詩餘跋

全宋詞卷五十至五十二，共收淮海居士長短句八十首，又附録三十三首，内據景宋本收七十六首景宋本原七十七首、全宋詞删去山谷詞滿庭芳一首，又據冷齋夜話、甕牖閑評、陽春白雪、至正本草堂詩餘，各收一首，計共八十首。其附録者，或見他集，或見草堂詩餘，或見花草粹編，或見詞統，或見歷代詩餘，康熙詞譜，唐氏以不詳所據，疑非秦詞，悉入附録。

汲古閣刊詞苑英華本精槧，余曾見於南港中研院圖書館書庫，友人黄彰健先生出示所過録英華本少游詩餘，較諸六十名家詞多出五十六首，其中行鄉子等七首，全宋詞已據康熙詞譜、歷代詩餘、皖詞紀勝等書收入附録，尚有四十九首，未曾採入。

其附録康熙詞譜卷五所收憶秦娥二首，每首先有七言詩四句，而詞頭三字，即取自詩之末三字。今按淮海居士長短句下調笑令十首，每首先有七言詩八句，次爲曲子，其曲子起二字，即用詩末之二字，與憶秦娥塗轍略同，即所謂轉踏也。此憶秦娥亦見文苑英華本，是否出少游手，仍難遽定。

余既取乾道高郵軍學本淮海詞，付諸景刊，以存完璧。念英華本溢出之詞，多近明人胎息，雖不可憑信，且未詳所據，然全宋詞三百卷似宜收入附録，而竟缺載。因取黄彰健先生所過録者，并繫於此，俾嗜秦詞者共觀覽焉。乙巳正月，饒宗頤識。

香港龍門書店景宋本淮海居士長短句附録

## 題辭一

烏程 周慶雲

淮海無雙天下士，盛名當日已如此。别有傷心人不知，夕陽孤館鵑聲裏。我昔讀公詩，青蟲相對吐秋絲。我昔讀公詞，微雲山抹付紅兒。闃寂風流幾百載，髯翁涪翁今誰在？識字晁歸來，腸斷賀方回，争似君家述祖德，百城萬卷搜求力？苕溪漁隱不可作，垂虹亭長亦安托？收拾聲聞歸一編，珠林玉樹仙乎仙。著書早辦千秋筆，文游臺上老秦七。

秦國璋輯淮海先生詩詞叢話，以下十首同

## 題辭二

石門 沈焜

山抹微雲妙詞旨，蘇門乃有秦學士。迄今九百有餘春，文采風流猶未已。賢孫崛起繼高郵，香名藉甚梁溪里。斑管豪時對客揮，吟箋亂處呼兒理。誰知中有傳家集，摭拾遺編補殘史。小峴侍郎次年譜，網羅散失無餘矣。君今事外更搜求，腹笥便便誰得似？緊余幼習淮海詞，未得其門空仰企。文人落拓例屯蹇，造物忌才類如此。不然生當元祐年，更況坡翁是知己。海内争傳秦七名，一時才藻無倫比。如何垂老坐遷貶，鬱鬱古藤蔭下死。死而有後死猶生，零章斷句寶孫子。試問黄晁名與齊，可有抱殘賢後起？吁嗟斯文將喪時，瓦釜雷鳴黄鐘毁。枉拋心力溺詞章，他日知誰珍故紙？

## 題辭 三

吴江 葉楚傖

誰爲趙宋之瓊玖？端禮逐臣十八九。文章我數蘇與歐，騰驤踔厲豈無偶？淮海先生裼裘來，歌詞風骨世無有。自云天子念老臣，一謫再謫堅其守。中州之氣盡衡郴，蜿蟺磅礴窮而走。丹砂竹箭不可當，驚人好句如何朽。元祐以後一千年，先生之孫我之友，能讀詩書數古典，有懷拳拳不敢苟。得此狂笑入人間，一時神氣各抖擻。嗚呼！一時神氣各抖擻，先生幸而有賢後。

## 題辭 四

同邑 汪 煦

淮海詩孫文章伯，徵文考獻綿世澤。韻事微雲女婿傳，傷心子夜朝華出。蠹簡叢殘探索勞，名流逸事共搜集。藤陰醉臥又幾時？回首繁華白駒隙。春江花月足流連，獨抱閑情工著述。我來同時天涯客，海角羈栖歸未得。榿書愁聽浙江濤，網羅散失三嘆息。轅駒局促數朝夕，笑看天壤朱成碧。無奈前游意惘然，人生何事多屐蠟？與君攜手登高臺，兩情相對自脈脈。會見題辭滿海隅，不堪持贈歌無射。

**題　辭**　五

番禺　潘飛聲

孤村流水夕陽時，怕落耆卿格調卑。一抹微雲禪意在，只應琴操續填詞。樓頭燕子屬誰家？天女維摩好散花。不信先生偏薄倖，修真何事遣朝華？雙鬟傳唱感龍標，那似詩魂入夢遥？千古佳人殉才子，情根入地恐難銷。述祖文章兩代雄，藤花開落怨東風。千年不見秦淮海，繞扇歌雲想像中。

**題　辭**　六　減字木蘭花

常熟　龐樹柏

風流淮海，老去投荒名尚在。千里瀟湘，聽到鵑聲更斷腸。原注：用詞苑叢談語意。叢殘重理，堪喜劫灰寒不死。莫對秋鐙，彈淚秋風哭古藤。

## 題辭 七　前調

仁和　徐珂

微雲衰草，曲水亭邊秋漸老。原注：亭在無錫惠山。祖研留傳，鉛槧殷勤不計年。緣深文字，斷錦零縑憑料原注：去。理。珍重吟身，淮海風流有替人。

## 題辭 八　踏莎行原注：借碧山題草堂詞韻。

陽湖　劉炳照

皓月當時，微雲絶調。東流淘盡詞人少。扁舟幾度訪秦郵，文游臺下惟衰草。梅驛孤吟，藤陰幽抱。和天也瘦誰知道？銅駝巷陌換年華，乘風歸去懷坡老。

## 題辭 九　聲聲慢

江甯　陳世宜

微雲情緒，小石宗風，蟲絲夜吐秋深。月冷鉤殘，天涯無限傷心。瀟湘帶愁流後，賸黄鸝、長伴孤吟。寥落感，是人和天瘦，又到而今。重把珍聞收拾，對飛花片片，獨弔藤陰。劫火灰平，人間享帚千金。原注：淮海文字曾罹元祐黨禁之厄。方回一般腸斷，更西河、墨淚盈襟。芳草恨，算江南幽夢未沉。

## 題辭 十

齊天樂 正宮　　同邑 王藴章

淮海先生文章氣節，掉鞅一世，自後人以秦七、黄九並稱，或遂僅以詞人目之，失先生矣！東坡於四學士中最善先生，斜陽客館之思，明月瓊樓之什，興懷君國，易地皆同，沆瀣之合，有以哉！秦君特臣近有先生詩詞叢話之輯，余曩跋其詩，所謂「別親風雅，使花間説詩；偶落筌蹄，仿草窗談雅」者是也。展卷留連，意有未盡，再賦此解，以誌慨慕。

斷腸誰唱江南句？方回只今難問。孤館鵑聲，驛橋魚素，覓遍桃源無分。黨碑名姓，只山抹微雲，自傳幽恨。喚起紅紅，古香片片袖紅揾。　籤縢閑徵往事，風流原未墜、舊家疏俊。鳳紙言愁，烏絲界淚，賸有鶯花消領。原注：芮國器鶯花亭詩云：「人言多伎亦多窮，隨意文章要底工？淮海秦郎天下士，一生懷抱百憂中。」郭十三最賞之，嘗書作條幅懸諸座右。蟾蜍硯潤，更説與蕡洲，雅談堪並。門掩春寒，玉簫還譜韻。

## 少游像贊

蘇　軾

以君爲將仕耶？其服野，其行方。以君爲將隱耶？其言文，其神昌。置而不求君不即，即而求之君不藏。以爲將仕將隱者，皆不知君者也。蓋將挈所有而乘所遇，以游於世，而卒返於其鄉者乎？元豐甲子之秋，東坡居士撰于竹西舟次。

清道光十七年丁酉王敬之刻淮海集

## 少游像贊

風流才節，名埒蘇黄。爲有宋名臣，留淮海遺澤。厚德者昌，公之謂歟？

泗涇秦氏宗譜元字全集

# 【附録四】

## 總評

宋黄庭堅病起荆江亭即事十首之一：閉門覓句陳無己，對客揮毫秦少游。正字不知温飽未？西風吹淚古藤州。

宋張耒寄參寥詩五首其三：秦子我所愛，詞若秋風清。蕭蕭吹毛髮，肅肅爽我情。精工造奥妙，寶鐵鏤瑶瓊。我雖見之晚，披豁見平生。又聞從蘇公，復與子同行。更酬而迭唱，鐘磬日撞鳴。東吴富山川，草木餘春榮。悲余獨契闊，不得陪酬賡。

宋陳師道後山詩話：退之以文爲詩，子瞻以詩爲詞，如教坊雷大使之舞，雖極天下之工，要非本色。今代詞手，惟秦七、黄九爾，唐諸人不逮也。

宋葉夢得避暑録話卷三：秦觀少游亦善爲樂府，語工而入律，知樂者謂之作家歌，元豐間盛行於淮楚。「寒鴉千萬點，流水繞孤村」，本隋煬帝詩也，少游取以爲滿庭芳詞，而首言「山抹微雲，天黏衰草」，尤爲當時所傳。蘇子瞻於四學士中最善少游，故他文未嘗不極口稱善，豈特樂府？然猶以氣格爲病，故常戲云：「山抹微雲秦學士，露花倒影柳屯田。」「露花倒影」，柳永破陣子語也。

宋胡仔苕溪漁隱叢話後集卷三十三引李清照詞論：乃知（詞）别是一家，知之者少。後晏叔原、賀方回、秦少游、黄魯直出，始能知之。又晏苦無鋪敘。賀苦少典重。秦即專主情致，而少故實，譬如貧家美女，雖極妍麗豐逸，而終乏富貴態。黄即尚故實，而多疵病，譬如良玉有瑕，而價自減半矣。

又後集卷三十三：苕溪漁隱曰：「無己稱：『今代詞手，惟秦七、黄九，唐諸人不迨也。』無咎稱：『魯直詞不是當家語，自是著腔子唱好詩。』二公在當時，品題不同如此。自今觀之，魯直詞亦有佳者，第無多首耳。少游詞雖婉美，然格力失之弱。二公之言，殊過譽也。」

徐案：此條亦見詩人玉屑卷二十一；注謂引自復齋漫録。

又前集卷四十二引王直方詩話：東坡嘗以所作小詞示無咎、文潛，曰：「何如少游？」二人皆對云：「少游詩似小詞，先生小詞似詩。」

又前集卷五十引王直方詩話：元祐中，諸公以上巳日會西池，王仲至有二詩，文潛和之最工，云：「翠浪有聲黃帽動，春風無力綵旗垂。」至秦少游即云：「簾幕千家錦繡垂。」仲至讀之，笑曰：「此語又待入小石調也。」然少游有「已煩逸少書陳迹，更屬相如賦上林」之句，諸人亦以爲難及。

又後集卷三十九引藝苑雌黃：柳之樂章，人多稱之，然大概非羈旅窮愁之詞，則閨門淫媟之語；若歐陽永叔、晏叔原、蘇子瞻、黃魯直、張子野、秦少游輩較之，萬萬相遼。彼其所以傳名者，直以言多近俗，俗子易悦故也。

宋魏慶之詩人玉屑卷二十一引冷齋夜話：少游小詞奇麗，詠歌之，想見其神情在絳闕道山之間。

宋惠洪冷齋夜話：東坡初未識少游，少游知其將復過維揚，作坡筆語，題壁於一山寺中。東坡果不能辨，大驚。及見孫莘老，出少游詩詞數十篇，讀之，乃嘆曰：「向書壁者，定此郎也。」後與少游維揚別，作虞美人曰：「波聲拍枕長淮曉，隙月窺人小。無情汴水自東流，只載一船離恨向西州。

竹陰花圃曾同醉，酒味多於淚。誰教風鑒在塵埃，醖造一場煩惱送人來。」（見冷齋夜話）

徐案：此下詞苑粹編卷十二謂：「世傳爲賀方回作。山谷云：大觀中，於揚州見其親筆，醉墨超脱，氣壓子猷，蓋東坡詞也。」

宋王灼碧鷄漫志卷二：張子野、秦少游，俊逸精妙。少游屢困京洛，故疏蕩之風不除。

宋孫競竹坡詞序：昔蔡伯世評近世之詞，謂蘇東坡辭勝乎情，柳耆卿情勝乎辭，辭情兼稱者，唯秦少游而已。

宋楊萬里過高郵詩：一州斗大君休笑，國士秦郎此故鄉。

宋周必大益公題跋跋米元章書秦少游詞：借眼前之景，而含萬里不盡之情；因古人之法，而得三昧自在之力。此詞此字所以傳世。乾道己丑五月二十四日。

宋陳善捫虱新話：歐陽公不得不收東坡，所謂「老夫當避路，放他出一頭地」，其實掩抑渠不得也。東坡亦不得不收秦少游，黄魯直輩。少游歌詞當在東坡上。少游不遇東坡，當能自立，必不在人下也； 然提奬成就，坡力爲多。

宋劉將孫養吾齋集新城饒克明集詞序： 今曲而參差不齊，不復可以充口而發，隨聲而協矣，然猶未至於大曲也。及柳耆卿輩以音律造新聲，少游、美成以才情暢製作，而歌非朱脣皓齒，如負之矣。

宋王偁題書舟詞： 昔晏叔原以大臣子處富貴之極，爲靡麗之詞。其政事堂中舊客，尚欲其捐有餘之才，覬未至之德者。蓋叔原獨以詞名爾，他文則未傳也。至少游、魯直則已兼之。故陳無已之作，自云「不減秦七、黄九」，是亦推尊其詞矣。余謂正伯爲秦、黄則可，爲叔原則不可。

宋羅大經鶴林玉露卷六： 山谷云：「閉門覓句陳無已，對客揮毫秦少游。」世傳無已每有詩興，擁被臥床，呻吟累日，乃能成章。少游則杯觴流行，篇詠錯出，略不經意。然少游特流連光景之詞，而無已意高詞古，直欲追踵雅正，正自不可同年語也。

宋韓淲澗泉日記卷下： 少游在黄、陳之上。黄魯直意趣極高。

宋湯衡于湖詞序：昔東坡見少游上巳游金明池詩有「簾幕千家錦綉垂」之句，曰：「學士又入小石調矣。」世人不察，便謂其詩似詞，不知坡之此言，蓋有深意。夫鏤玉雕瓊，裁花剪葉，唐末詞人非不美也；然粉澤之工，反累正氣。東坡慮其不幸而溺乎彼，故援而止之惟恐不及。其後元祐諸公嬉弄樂府，寓以詩人句法，無一毫浮靡之氣，實自東坡發之也。

宋樓鑰黄太史書少游海康詩題跋：祭酒芮公賦鶯花亭詩，其中一絶云：「人言多技亦多窮，隨意文章要底工？淮海秦郎天下士，一生懷抱百憂中。」嘗誦而悲之。醉卧古藤，誠可深惜。宜人者宜於人，竟亦不免，哀哉！

宋張炎詞源卷下：秦少游詞，體製淡雅，氣骨不衰，清麗中不斷意脈，咀嚼無滓，久而知味。

又詞源序：舊有刊本六十家詞，可歌可誦者，指不多屈。中間如秦少游、高竹屋、姜白石、史邦卿、吴夢窗，此數家格調不侔，句法挺異，俱能特立清新之意，删削靡曼之詞，自成一家，各名於世。

明楊慎詞品序：詩詞同工而異曲，共源而分派，……宋人如秦少游、辛稼軒，詞極工矣，而詩殊不强人意。疑若獨蓺然者，豈非異曲分派之説乎？

明王世貞藝苑巵言：永叔、介甫俱文勝詞，詞勝詩，詩勝書。子瞻書勝詞，詞勝畫，畫勝文，文勝詩。然文等耳，餘俱非子瞻敵也。魯直書勝詞，詞勝詩，詩勝文。少游詞勝書，書勝文，文勝詩。

又弇州山人詞評：花間以小語致巧，世説靡也；草堂以麗字取妍，六朝陗也。即詞號稱詩餘，然而詩人不爲也。何者？其婉孌而近情也，足以移情而奪嗜；其柔靡而近俗也，詩嬋緩而就之，而不知其下也。之詩而詞，非詞也；之詞而詩，非詩也。言其業：李氏晏氏父子、耆卿、子野、美成、少游、易安，至也，詞之正宗也。温、韋豔而促，黄九精而險，長公麗而壯，幼安辯而奇，又其次也，詞之變體也。詞興而樂府亡矣，曲興而詞亡矣。非樂府與詞之亡，其調亡也。

明張綖詩餘圖譜凡例：詞體大略有二：一體婉約，一體豪放。婉約者欲其詞情藴藉，豪放者欲其氣象恢宏。蓋亦存乎其人。如秦少游之作多是婉約，蘇子瞻之作多是豪放。大抵詞體以婉約爲正，故東坡稱少游爲今之詞手，後山評東坡如教坊雷大使舞，雖極天下之工，要非本色。

又秦少游先生淮海集序：蓋其逸情豪興，圍紅袖而寫論，驅風雨於揮毫，落珠璣於滿紙，婉約綺麗之句，綽乎如步春時女，華乎如貴游子弟。

明王象晉秦張兩先生詩餘合璧序：詩餘盛於趙宋，諸凡能文之士，靡不舐墨吮毫，争吐其胸中之奇，競相雄長。及淮海一鳴，即蘇黄且爲遜席。蓋詩有别才，從古志之。詩之一派，流爲詩餘，其情郅，其詞婉，使人誦之，浸淫漸漬，而不自覺。總之不離温厚和平之旨者近是，故曰：詩之餘也。此少游先生所獨擅也。

明沈際飛草堂詩餘序：詩與詞幾不可强同，而楊用修亦曰：詩聖如子美，不作填詞，宋人如秦、辛，詞極工矣，而詩不强人意。

又：甚而遠女子，讀淮海詞，亦解膾炙，繼之以死，非針石芥珀之投，曷由至是？

明何良俊草堂詩餘序：然樂府以皦逕揚厲爲工，詩餘以宛麗流暢爲美。即草堂詩餘所載，如周清真、張子野、秦少游、晏叔原諸人之作，柔情曼聲，摹寫殆盡，正詞家所謂當行、所謂本色也，第恐曹、劉不肯爲之耳。

明俞彦爰園詞話：歐蘇黄秦，足當高岑王李。

明徐渭南詞敍録：晚唐、五代，填詞最高，宋人不及。何也？詞須淺近，晚唐詩文最淺，鄰於詞調，故臻上品。宋人開口便學杜詩，格高氣粗，出語便自生硬。其間若淮海、耆卿、叔原輩，一二語入唐者有之，通篇則無有。

清王士禛分甘餘話卷二：凡爲詩文，貴有節制，即詞曲亦然。正調至秦少游、李易安爲極致，若柳耆卿則靡矣。變調至東坡爲極致，辛稼軒豪於東坡而不免稍過，若劉改之則惡道矣。學者不可以不辨。

又倚聲集序：語其正則南唐二主爲之祖，至漱玉、淮海而極盛。……語其變則眉山導其源，至稼軒、放翁而盡變。

又高郵雨泊詩：寒雨秦郵夜泊船，南湖新漲水連天。風流不見秦淮海，寂寞人間五百年。

又秦郵雜詩之二：高臺幾廢文章古，果是江河萬古流。

徐案：高臺指文游臺，少游、蘇軾、孫莘老、王定國曾在此雅集。

氣味也。

清張宗橚詞林紀事卷六引樓敬思云：淮海詞風骨自高，如紅梅作花，能以韻勝，覺清真亦無此氣味也。

清世經堂康熙十七年殘本詞綜卷六秦觀名上眉批：淮海詞秀潤和雅，能言人意中事，而不趨尖刻一路，北宋自以此君爲第一。（見華東師大詞學第十八輯）

清鄒祇謨遠志齋詞衷：余嘗與（董）文友論詞，謂小調不學花間，則當學歐晏秦黄。花間綺琢處，於詩爲靡，而於詞則如古錦紋理，自有暗然異色。歐晏蘊藉，秦黄生動，一唱三嘆，總以不盡爲佳。

清賀裳皺水軒詞筌：少游能曼聲以合律，寫景極淒婉動人；然形容處殊無刻肌入骨之言，去韋莊、歐陽炯諸家，尚隔一塵。

又：長調推秦柳周康爲勰律，然康惟滿庭芳冬景一詞，可稱禁臠，餘多應酬鋪敍，非芳旨也。周清真雖未高出，大致匀净，有柳欹花嚲之致，沁人肌骨處，視淮海不徒娣姒而已。

清彭孫遹金粟詞話：詞家每以秦七、黄九并稱，其實黄不及秦遠甚，猶高之視史，劉之視辛，雖齊名一時，而優劣自不可掩。

清馮班鈍吟文稿：魯公作相，有「曲子相公」之言，一時以爲恥。坡公謂秦太虚乃學柳七作曲子，秦愕然以爲不至是。是豔詞非宋人所尚也。

清紀昀四庫全書總目提要淮海詞提要：觀詩格不及蘇黄，而詞則情韻兼勝，在蘇黄之上。流傳雖少，要爲倚聲家一作手。

清張惠言詞選敘：宋之詞家，號爲極盛，然張先、蘇軾、秦觀、周邦彦、辛棄疾、姜夔、王沂孫、張炎，淵淵乎文有其質焉，其盪而不返，傲而不理，枝而不物。柳永、黄庭堅、劉過、吴文英之倫，亦各引一端，以取重於當世。而前數子者，又不免有一時放浪通脱之言出於其間。後進彌以馳逐，不務原其指意，破析乖剌，壞亂而不可紀。

清董士錫餐華吟館詞序：昔柳耆卿、康伯可未嘗學問，乃以其鄙嫚之辭緣飾音律，以投時好，而詞品以壞。姜白石、張玉田出，力矯其弊爲清雅之制，而詞品以尊。雖然，不合五代、全宋以觀之，不能極詞之變也。不讀秦少游、周美成、蘇東坡、辛幼安之別集，不能擷詞之盛也。元明至今，姜張盛行，而秦周蘇辛之傳幾絶，則以浙西六家獨尊姜張之故。蓋嘗論之：秦之長，清以和；周之長，清以折，而同趨以麗。蘇辛之長，清以雄；姜張之長，清以逸。而蘇辛不自調律，但以文辭相高，以成一格。此其異也。六子者，兩宋諸家，皆不能過焉。然學秦病貧，學周病澀，學蘇病疏，學辛病縱，學姜張病膚。蓋取其麗與雄與逸，而遺其清，則五病雜見，而三長亦漸以失。（見齊物論齋文集卷二）

清李調元雨村詞話卷一：後山謂今詞家惟秦七、黄九，此語大不可解。山谷惟工詩耳，詞非所長。

又卷一：人謂東坡長短句不工媚詞，少諧音律，非也，特才大不肯受束縛而然，間作媚詞，却洗盡鉛華，非少游女孃語所及。

又卷三：當時黄秦並稱，大有老子韓非同傳之嘆。

清沈雄古今詞話詞話上卷：陳後山曰：「今代詞手，惟秦七、黄九耳，餘人不逮也。」然秦能曼聲以合律，形容處殊無刻肌入骨語。黃時出俚淺，可謂傖父。然黃有「春未透，花枝瘦，正是愁時候」，亦非秦所能及。（王奕清歷代詞話卷五與此同，唯未注陳師道）

清陳鱟燕喜詞序：議者曰：少游詩似曲（詞），東坡曲（詞）似詩。蓋東坡平日耿介直諒，故其爲文似其爲人，歌赤壁之詞，使人抵掌激昂，而有擊楫中流之心；歌哨遍之詞，使人心甘澹泊而有種菊東籬之興。俗士則酣寐不聞。少游情意嫵媚，見於詞則穠豔鮮麗，類多脂粉氣味，至今膾炙人口，寧不有愧於東坡耶？

清王博文天籟集序：樂府始於漢，著於唐，盛於宋，大概以情致爲主。秦晁賀晏雖得其體，然哇淫靡曼之聲勝。東坡、稼軒矯之以雄詞英氣，天下之趨向始明。

清汪懋麟棠村詞序：余嘗論宋詞有三派：歐晏正其始，秦黃周柳姜史李清照之徒備其盛，東坡稼軒放乎其言之矣。

清宋翔鳳樂府餘論：按詞自南唐以來，但有小令，其慢詞蓋起宋仁宗朝。中原息兵，汴京繁庶，歌臺舞榭，競賭新聲。耆卿失意無俚，流連坊曲，遂盡收俚俗語言，編入詞中，以便伎人傳習。一時動聽，散播四方。其後東坡、少游、山谷輩，相繼有作，慢詞遂盛。

清謝章鋌賭棋山莊詞話卷一：小調不學花間，則當學歐晏秦黄，總以不盡爲佳。

又卷三：元祐、慶曆，代不乏人：晏元獻之辭致婉約，蘇長公之風情爽朗。豫章、淮海，掉鞅於詞壇；子野、美成，聯鑣於藝苑。幽索如屈宋，悲壯如蘇李，固已同祖風騷，力求正始。……若夫學士微云，郎中三影，尚書紅杏之篇，處士春草之什，柳屯田「曉風殘月」，文潔而體清；李易安「落日」「暮云」，慮周而藻密：綜述性靈，敷寫器（氣）象，蓋駸駸乎大雅之林矣！

又卷九：余嘗謂稽之宋詞，秦柳，其南曲昆山腔乎；蘇辛，其北曲秦腔乎？此即教坊大使對東坡之説也。

又卷九：竹垞（朱彝尊）曰：「世人言詞，必稱北宋，然詞至南宋始極其工，至宋季而始極其變。」此爲當時孟浪言詞者。發其實，北宋如晏、柳、蘇、秦，可謂之不工乎？且竹垞之與李十九論詞也，亦曰「慢詞宜師南宋，而小令宜師北宋」矣。

又卷九：晏秦之妙麗，源於李太白、温飛卿。姜、史之清真，源於張志和、白香山。惟蘇、辛在詞中，則藩籬獨闢矣。

又卷十一：坡公謂秦太虚乃學柳七作曲子，秦愕然以爲不至是，是豔詞非北宋人所尚也。

又：僕又謂，詞體如美人含嬌，秋波微轉，正視之一態，旁觀之一態，近窺之一態，遠窺之又一態。數語頗俊，然此亦謂温李晏秦耳，若蘇辛劉蔣，則如素娥之視宓妃，尚嫌臨波作態。

又卷十二：北宋多工短調，南宋多工長調。北宋多工軟語，南宋多工硬語。然二者偏至，終非全才。歐陽、晏、秦，北宋之正宗也。柳耆卿失之濫，黄魯直失之傖。白石、高、史，南宋之正宗也。吴夢窗失之澀，蔣竹山失之流。若蘇、辛自立一宗，不當儕於諸家派别之中。

又續編三：南宋詞近耆卿者多，近少游者少，少游疏而耆卿密也。詞固必期合律，然雅頌合律，桑間濮上亦未嘗不合律也。律和聲本於詩言志，可爲專講律者進一格焉。

清江順詒詞學集成卷一引尤侗悔庵詞苑叢談序：唐詩有初盛中晚，宋詞亦有之。唐之詩由六朝樂府而變，宋之詞由五代長短句而變。約而次之，小山、安陸，其詞之初乎，淮海、清真，其詞之盛乎。石帚、夢窗，似得其中。碧山、玉田，風斯晚矣。唐詩以李、杜爲宗，而宋詞蘇、陸、辛、劉，有太白之氣。秦、黄、周、柳，得少陵之體。

又卷五引陶篁村自序云：「倚聲之作，莫盛於宋，亦莫衰於宋。嘗惜秦、黄、周、柳之才，徒以綺語柔情，競誇豔冶，從而效之者加厲焉。遂使鄭衛之音，氾濫於六七百年，而雅奏幾乎絶矣。」詒案：詞之壞，壞於秦、黄、周、柳之淫靡，非有巨識，孰敢議宋人耶！

又卷五引蔡小石宗茂拜石詞序云：「詞盛於宋，自姜、張以格勝，蘇、辛以氣勝，秦、柳以情勝，而其派乃分。然幽深窅眇，語巧則纖，跌宕縱横，語粗則淺。異曲同工，要在各造其極。」詒案：此以蘇、辛、秦、柳與姜、張並論，究之格勝者，氣與情不能逮。

又卷五引宗小梧司馬云：「香奩格非詞之正宗，可使大千世界迷人，同登覺路，吾欲比於洙泗正樂之功。」詒案：詞章之學，漢宋諸儒所不屑道。淫詞豔語，有害於人心風俗不少，未始非秦七、黄九階之厲。此姜、張所以獨有千古也。

又與黄子魯論詞書：故趙宋一代作者，蘇辛之派不及姜史，姜史之派不及晏秦，此故正變之推未窮，而亦以填詞爲小道，若其量之只宜如此者。

又卷六：包慎伯大令世臣月底修簫譜序云：意内而言外，詞之爲教也。然意内不可强致，言外非學不成，是詞説者言外而已。言成則有聲，聲成則有色，色成而味出焉。三者具，則足以盡言外之才矣。若夫成人之速者莫如聲，故詞名倚聲。倚聲之得者又有三：曰清，曰脆，曰澀。不脆則聲不成，脆矣而不清則膩，清矣而不澀則浮。屯田、夢窗以不清傷氣，淮海、玉田以不澀傷格，清真、白石則能兼之矣。六家於言外之旨，得矣。以云意内，惟白石、玉田耳！淮海時時近之，清真、屯田、夢窗皆去之彌遠。而俱不害爲可傳者，則以其聲之幺眇鏗磬，惻惻動人，無色而豔，無味而甘故也。

清胡薇元歲寒居詞話：淮海詞一卷，宋秦觀少游作，詞家正音也。故北宋惟少游樂府語工而入律，詞中作家，允在蘇、黄之上。

清田同之西圃詞説：北宋秦少游妙矣，而尚少刻肌入骨之語，去韋莊、歐陽修諸家尚隔一塵。黄山谷時出俚語，未免傖父，然「春未透，花枝瘦，正是愁時候」，新俏亦非秦所能作。

又：華亭宋尚木徵璧曰：吾於宋詞得七人焉，曰永叔秀逸，子瞻放誕，少游清華，子野娟潔，方回鮮清，小山聰俊，易安妍婉。若魯直之蒼老，而或傷於頹。介甫之劖削，而或傷於拗。無咎之規檢，而或傷於樸。稼軒之豪爽，而或傷於霸。務觀之蕭散，而或傷於疏。此皆所謂我輩之詞也。苟舉當家之詞，如柳屯田哀感頑豔，而少寄托。周清真蜿蜒流美，而乏陡健。康伯可排敍整齊，而乏深邃。……詞至南宋而繁，亦至南宋而敝，作者紛如，難以概述矣。

清先著詞潔卷三：詞家正宗，則秦少游、周美成。然秦之去周，不止三舍。宋末諸家，皆從美成出。

清周濟宋四家詞選目録序論：清真渾厚，正於鉤勒處見。他人一鉤勒便刻削，清真愈鉤勒愈渾厚。……少游最和婉醇正，稍遜清真者，辣耳。少游意在含蓄，如花初胎，故少重筆。然清真沉痛之極，仍能含蓄。……西麓宗少游，徑平思鈍，鄉願之亂德也。

又介存齋論詞雜著：良卿曰：「少游詞，如花含苞，故不甚見其力量。其實後來作手，無不胚胎於此。」

又：晉卿曰：「少游正以平易近人，故用力者終不能到。」

又：西麓不善學少游。少游中行，西麓鄉願。

又詞辨序：自温庭筠、韋莊、歐陽修、秦觀、周邦彦、周密、吴文英、王沂孫、張炎之流，莫不蘊藉深厚，而才豔思力，各騁一途，以極其致。譬如匡廬衡岳，殊體而并勝，南威西施，別態而同妍矣。

清郭麐靈芬館詞話卷一：詞之爲體，大略有四：風流華美，渾然天成，如美人臨粧，却扇一顧，花間諸人是也，晏元獻、歐陽永叔諸人繼之；施朱傅粉，學步習容，如宫女題紅，含情幽豔，秦、周賀、晁諸人是也；柳七則靡曼近俗矣；姜、張諸子，一洗華靡，獨標清綺，如瘦石孤花，清笙幽磬，入其境者，疑有仙靈，聞其聲者，人人自遠。

又無聲詩館詞序：詞家者流，其源出於國風，其本沿於齊梁。自太白以至五季，非兒女之情不道也。宋立樂府，用於慶賞飲宴，於是周秦以綺靡爲宗，史柳以華縟相尚，而體一變。蘇辛以高世之才，横絶一時，而奮末廣憤之音作。姜張祖騷人遺意，盡洗穠豔，而清空婉約之旨深。自是以後，雖有作者欲離去別見，其道無由。（見靈芬館雜著卷二）

清譚獻復堂詞話：淮海在北宋，如唐之劉文房（秦觀滿庭芳起句「山抹微雲」評語）。

清陳廷焯白雨齋詞話卷一：秦少游自是作手，近開美成，導其先路；遠祖温、韋，取其神不襲其貌，詞至是乃一變焉。然變而不失其正，遂令議者不病其變，而轉覺有不得不變者。後人動稱秦、柳，柳之視秦，爲之奴隸而不足者，何可相提並論哉！

又：唐、五代詞，不可及處，正在沈鬱。宋詞不盡沈鬱，然如子野、少游、美成、白石、碧山、梅溪諸家，未有不沈鬱者。

又：東坡、少游，皆是情餘於詞；耆卿乃辭餘於情，解人自辨之。

又：黄九於詞，直是門外漢，匪獨不及秦、蘇，亦去耆卿遠甚。

又：秦七、黄九，並重當時，然黄之視秦，奚啻碔砆之於美玉！詞貴纏綿，貴忠愛，貴沈鬱。黄之鄙俚者無論矣；即以其高者而論，亦不過於倔强中見姿態耳。

又：少游名作甚多，而俚詞亦不少，去取不可不慎。

又：張綖云：「少游多婉約，子瞻多豪放，當以婉約爲主。」此亦似是而非，不關痛癢語也。誠能本諸忠厚，而出以沈鬱，豪放亦可，婉約亦可；否則豪放嫌其粗疏，婉約又病其纖弱矣。

又卷二：少游、美成，詞壇領袖也。所可議者，好作豔語，不免於俚耳。故大雅一席，終讓碧山。

又：詞法莫密於清真，詞理莫深於少游，詞筆莫超於白石，詞品莫高於碧山，皆聖於詞者。

又卷五：宋七家詞選甚精，若更以淮海易草窗，則毫髮無遺憾矣。

又卷五：蓮子居詞話云：「蘇之大，張之秀，柳之豔，秦之韻，周之圓融，南宋諸老，何以尚玆。」此論殊屬淺陋。謂北宋不讓南宋則可，而以秀豔等字尊北宋則不可。如徒曰秀豔圓融而已，則北宋豈但不及南宋，并不及金元矣。至以耆卿與蘇張周秦并稱，而不數方回，亦爲無識。又以秀字目子野，韻字目少游，圓融目美成，皆屬不切。即以大字目東坡，豔字目耆卿，亦不甚確。大抵北宋之詞，周、秦兩家，皆極頓挫沈鬱之妙，而少游託興尤深，美成規模較大，此周、秦之異同也。

又卷七：熟讀温韋詞，則意境自厚。熟讀周秦詞，則韻味自深。熟讀蘇辛詞，則才氣自旺。熟讀姜張詞，則格調自高。熟讀碧山詞，則本原自正，規模自遠。本是以求風雅，何必遽讓古人。

又卷七：古人詞勝於詩則有之，如少游、白石皆然；未有不知詩而第工詞者。

又卷六：周秦詞以理法勝，姜張詞以骨韻勝，碧山詞以意境勝，要皆負絶世之才，而又以沉鬱出之，所以卓絶千古也。

又卷六：喬笙巢云：「少游詞寄慨身世，閑雅有情思。酒邊花下，一往而深，而怨誹不亂，悄乎得小雅之遺。」又云：「他人之詞，詞才也；少游，詞心也。得之於内，不可以傳。雖子瞻之明儁，耆卿之幽秀，猶若有瞠乎後者，況其下耶！」此與莊中白之言頗相合，淮海何幸，有此知己。

又卷八：東坡稼軒，白石玉田，高者易見；少游美成，梅溪碧山，高者難見；而少游美成尤難見。美成意餘言外，而痕迹消融，人苦不能領略。少游則義蘊言中，韻流弦外，得其貌者，如鼷鼠之飲河，以爲果腹矣，而不知滄海之外，更有河源也。喬笙巢謂「他人之詞，詞才也；少游，詞心也」，可謂卓識。

又：唐宋名家，流派不同，本原則一。論其派別，大約温飛卿爲一體，皇甫子奇、南唐二主附之。韋端己爲一體，牛松卿附之。馮正中爲一體，唐五代諸詞人以暨北宋晏、歐、小山等附之。張子野爲一體，秦淮海爲一體，柳詞高者附之。蘇東坡爲一體，賀方回爲一體，毛澤民、晁具茨高者附之。周美成爲一體，竹屋、草窗附之。辛稼軒爲一體，張、陸、劉、蔣、陳、杜合者附之。姜白石爲一體，史梅溪爲一體，吴夢窗爲一體，王碧山爲一體，黄公度、陳西麓附之。張玉田爲一體。其間惟飛卿、端己、正中、淮海、美成、梅溪、碧山七家，殊塗同歸。餘則各樹一幟，而皆不失其正，東坡、白石，尤爲矯矯。

又：詞有表裏俱佳，文質適中者，温飛卿、秦少游、周美成、黄公度、姜白石、史梅溪、吴夢窗、陳西麓、王碧山、張玉田、莊中白是也，詞中之上乘也。

又詞壇叢話：秦柳自是作家，然却有可議處。東坡詩云「山抹微云秦學士，露華倒影柳屯田」，微以氣格爲病也。

又：秦寫山川之景，柳寫羈旅之情，俱臻絶頂，有不可以言語形容者。

清沈祥龍論詞隨筆：詞有婉約，有豪放，二者不可偏廢，在施之各當耳。房中之奏，出以豪放，則情致絶少纏綿；塞下之曲，行以婉約，則氣象何能恢拓？蘇辛與秦柳，貴集其長也。

又：詞之言情，貴得其真。勞人思婦，孝子忠臣，各有其情。古無無情之詞，亦無假託其情之詞。柳秦之妍婉，蘇辛之豪放，皆自言其情者也。

又：詞之蘊藉，宜學少游、美成，然不可入於淫靡；綿婉宜學耆卿、易安，然不可失於纖巧。雄爽宜學東坡、稼軒，然不可近於粗厲。流暢宜學白石、玉田，然不可流於淺易。此當就氣韻氣味求之。

清張德瀛詞徵卷一：釋皎然詩式謂詩有「六至」，……以詞衡之，至險而不僻者，美成也；至奇而不差者，稼軒也；至麗而自然者，少游也；至苦而無迹者，碧山也；至近而意遠者，玉田也；至放而不遷者，子瞻也。

又卷五：同叔之詞温潤，東坡之詞軒驍，美成之詞精邃，少游之詞幽豔，無咎之詞雄邈。北宋惟五子可稱大家。

又卷六：汪蛟門謂宋詞有三派：歐晏正其始，秦黄周柳姜史之徒極其盛，東坡稼軒放乎其言之矣。

清陳鋭褒碧齋詞話：讀姑溪詞而後知清真之大，讀友古詞而後嘆淮海之清：四君者，極相合者也。由其相合以求其分，庶見廬山真面。

清李慈銘越縵堂讀書記卷八文學四：余於詞非當家，所作者真詩餘耳，然於此中頗有微悟。蓋必若近若遠，忽去忽來，如蛺蝶穿花，深深款款；又須於無情無緒中，令人十步九迴，如佛言食蜜，中邊皆甜。古來得此旨者，南唐二主、六一、安陸、淮海、小山及李易安漱玉詞耳。屯田近俗，稼軒近霸，而兩家佳處，均處淵微。

清況周頤歷代詞人考略載王鵬運論詞：北宋人詞，如潘逍遥之超逸、宋子京之華貴、歐陽文忠之騷雅、柳屯田之廣博、晏小山之疏俊、秦太虚之婉約、張子野之流麗、黄文節之俊上、賀方回之醇肆，皆可模擬，得其仿佛。唯蘇文忠之清雄，敻乎軼塵絶迹，令人無以步趨。

又蕙風詞話正編卷二：有宋熙豐間，詞學稱極盛。蘇長公提倡風雅，爲一代山斗。黄山谷、秦少游、晁無咎皆長公之客也。山谷、無咎皆工倚聲，體格於長公爲近。唯少游自闢蹊徑，卓然名家。蓋其天分高，故能抽祕騁妍於尋常濡染之外，而其所以契合長公者獨深。張文潛贈李德載詩有云：「秦文倩麗舒桃李。」彼所謂文，固指一切文字而言。若以其詞論，直是初日芙蓉、曉風楊柳；倩麗之桃李，容猶當之有愧色焉。王晦叔碧雞漫志云：黄、晁二家詞，皆學坡公，得其七八。而於少游獨稱其俊逸精妙，與張子野並論，不言其學坡公。可謂知少游者矣！

又卷二：唐賢爲詞，往往麗而不流，與其詩不甚相遠。劉夢得憶江南云：「春去也，多謝洛城人。弱柳從風疑舉袂，叢蘭浥露似霑巾，獨坐亦含嚬。」流麗之筆，下開子野、少游一派。

又蕙風詞話續編卷一引王文簡（士禛）倚聲集序：詩餘者，古詩之苗裔也。語其正則南唐二主爲之祖，至漱玉、淮海而極盛，高、史其嗣響也。語其變則眉山導其源，至稼軒、放翁而盡變，陳、劉其餘波也。有詩人之詞，唐、蜀、五代諸人是也。有文人之詞，晏、歐、秦、李諸君子是也。有詞人之詞，柳永、周美成、康與之之屬是也。有英雄之詞，蘇、陸、辛、劉是也。至是，聲音之道，乃臻極致，而詩之爲功，雖百變而不窮。

清蔣兆蘭詞説：詞家正軌，自以婉約爲宗。歐晏張賀，時多小令，慢詞寥寥，傳作較少。逮乎秦柳，始極慢詞之能事。其後清真崛起，功力既深，……冠絶古今，可謂極詞中之聖。

清劉熙載藝概卷四詞曲概：秦少游詞，得花間、尊前遺韻，却能自出清新。東坡詞雄姿逸氣，高軼古人，且稱少游爲詞手。山谷傾倒於少游千秋歲詞「落紅萬點愁如海」之句，至不敢和。要其他詞之妙，似此者豈少哉？

又：叔原貴異，方回贍逸，耆卿細貼，少游清遠。四家詞趣各别，惟尚婉則同耳。

又：少游詞有小晏之妍，其幽趣則過之。梅聖俞蘇幕遮云：「落盡梅花春又了，滿地斜陽，翠色和煙老。」此一種似爲少游開先。

清謝朝徵白香詞譜箋卷二：蘇籀云：秦校理詞，落盡畦畛，天心月脅，逸格超絶，妙中之妙。議者謂前無倫而後無繼。

清沈曾植菌閣瑣談二手批詞話三種（龍榆生輯）：詞筌：「長調推秦柳周康爲協律。」（沈）先生批云：「以宋世風尚言之，秦柳爲當行，周康爲協律，四家并提，宋人無此語也。」

清馮煦蒿庵論詞：少游以絶塵之才，早與勝流，不可一世；而一謫南荒，遽喪靈寶。故所爲詞寄慨身世，閑雅有情思，酒邊花下，一往而深，而怨悱不亂，悄乎得小雅之遺。後主而後，一人而已。昔張天如論相如之賦云：「他人之賦，賦才也；長卿，賦心也。」予於少游之詞亦云：他人之詞，詞才也；少游，詞心也。得之於内，不可以傳。雖子瞻之明儁，耆卿之幽秀，猶若有瞠乎後者，況其下邪。

又：宋至文忠歐陽修文始復古，天下翕然師尊之，風尚爲之一變。即以詞言，亦疏儁開子瞻，深婉開少游。

又：淮海、小山，真古之傷心人也。其淡語皆有味，淺語皆有致，求之兩宋詞人，實罕其匹。

清樊增祥樊山集卷二十三東溪草堂詞選自序：少游俊朗，世罕其儔，婉約多諷，嘽緩入律，慢令雙美，靡得而聞。

清高佑釲迦陵詞全集序引清顧咸三（仲清）：宋名家詞最盛，體非一格：辛、蘇之雄放豪宕，秦、柳之嫵媚風流，判然分途，各極其妙；而姜白石、張叔夏輩以冲淡秀潔，得詞之中正。

王國維人間詞話：馮夢華宋六十一家詞選序例謂：「淮海、小山，古之傷心人也。其淡語皆有味，淺語皆有致。」余謂此唯淮海足以當之。小山矜貴有餘，但可方駕子野、方回，未足抗衡淮海也。

又：梅聖俞蘇幕遮詞：「落盡梨花春事了，滿地斜陽，翠色和烟老。」劉融齋謂少游一生專學此種。

又：豈創者易工而因者難巧歟？抑人各有能有不能也？讀者觀歐、秦之詩遠不如詞，足透此中消息。

又：詞之雅鄭，在神不在貌。永叔、少游雖作豔語，終有品格。方之美成，便有淑女與倡伎之別。

人間詞話删稿：詩至唐中葉以後，殆爲羔雁之具矣。故五代、北宋之詩，佳者絶少，而詞則爲其極盛時代。即詩詞兼擅如永叔、少游者，亦詞勝於詩遠甚，以其寫之於詩者不若寫之於詞者之真也。

又：唐五代之詞，有句而無篇。南宋名家之詞，有篇而無句。有篇有句，唯李後主降宋後之作及永叔、子瞻、少游、美成、稼軒數人而已。

又：詞之最工者，實推後主、正中、永叔、少游、美成，而後此南宋諸公不與焉。

樊志厚人間詞序：温韋之精豔，所以不如正中者，意境有深淺也。珠玉所以遜六一，小山所以愧淮海者，意境異也。……夫古今人詞之以意勝者，莫若歐陽公；以境勝者，莫若秦少游。

徐珂清代詞學概論：止庵（周濟）又以少游多庸格，爲淺鈍者所易託。

鄭文焯大鶴山人論詞手簡五：比嘗見並世詞人……亦往往爲律所縛，頓思破析舊格，以爲腔可自度，黠者或趨於簡便，藉口古人先我爲之，此「畏難苟安」之錮習使然，甚無謂也。然則今之妄託蘇辛，鄙夷秦柳者，皆巨怪大謬，豈值一哂耶！

夏敬觀吷庵手批山谷詞：後山稱「今代詞手，唯秦七、黄九」。少游清麗，山谷重拙，自是一時敵手。至用諺語作俳體，時移世易，語言變遷，後之閲者漸不能明，此亦自然之勢。試檢揚子雲絶代語，有能一一釋其義者乎？以市井語入詞，始於柳耆卿，少游、山谷各有數篇，山谷特甚之又甚，至不可句讀。若此類者，學者可不必步趨耳。

又映庵手批淮海詞：少游詞清麗婉約，辭情相稱，誦之回腸蕩氣，自是詞中上品。比之山谷，詩不及遠甚，詞則過之。蓋山谷是東坡一派，少游則純乎詞人之詞也。東坡嘗譏少游：「不意別後，公却學柳七。」少游學柳，豈用諱言，稍加以坡，便成爲少游之詞。學者細玩，當不易吾言也。

蔡嵩雲柯亭論詞：少游詞雖間有花間遺韻，其小令深婉處，實出自六一，仍是陽春一派。慢詞清新淡雅，風骨高騫，更非花間所能範圍矣。

陳匪石聲執卷下宋詞舉：秦觀爲蘇門四學士之一，而其爲詞，則不與晁黄同賡蘇調，妍雅婉約，卓然正宗。

吴梅詞學通論第七章概論二兩宋：諸家論斷，大抵(以秦觀)與子瞻并論。余謂二家不能相合也。子瞻胸襟大，故隨筆所之，如怒瀾飛空，不可狎視。少游格律細，故運思所及，如幽花媚春，自成馨逸。其滿庭芳諸闋，大半被放後作，戀戀故國，不勝熱中，其用心不逮東坡之忠厚，而寄情之遠，措語之工，則各有千古。

夏承燾天風閣學詞日記一九三八年三月二十日：點淮海詞一卷，婀娜中含剛健，此其擅長。

龍榆生師蘇門四學士詞秦觀：「婉約」一路，即宜抒男女思慕，或流連光景之情。故論淮海詞之風格，要爲「得花間、尊前遺韻，却能自出清新」（藝概）。而其内容，却不免牽於俗尚，未能别開疆土。衍樂章之餘緒，而以和婉醇正出之；此其所以能於耆卿、東坡二派之外，别樹一幟也。

又：淮海詞中，大率調外多不標題，約與樂章爲近，惟其以協律入歌爲主，故於修辭必求婉麗，運意多爲含蓄。然即以此，未能風骨高騫。

日本伊豫長野確孟確松隱快談：杜少陵詩甚巧，蓋由苦吟得之，觀太白「飯顆山頭」之詩，可以見焉。太白天才，所謂以不用意得之者。陳後山有詩，急歸擁被，臥而思之，呻吟如病者。家人爲之逐去貓犬，嬰兒皆寄别家，可謂苦心篤好矣！古人有句云：「閉門覓句陳無己，對客揮毫秦少游。」無己蓋少陵之流，少游蓋青蓮之流。

兩當軒集 [清]黄景仁著 李國章校點
惲敬集 [清]惲敬著 萬陸、謝珊珊、林振岳標校 林振岳集評
茗柯文編 [清]張惠言著 黄立新校點
瓶水齋詩集 [清]舒位著 曹光甫點校
龔自珍全集 [清]龔自珍著 王佩諍校點
龔自珍詩集編年校注 [清]龔自珍著 劉逸生、周錫䪖校注
水雲樓詩詞箋注 [清]蔣春霖著 劉勇剛箋注
人境廬詩草箋注 [清]黄遵憲著 錢仲聯箋注
嶺雲海日樓詩鈔 [清]丘逢甲著 丘鑄昌標點

| | |
|---|---|
| 李玉戲曲集 | [清]李玉著<br>陳古虞、陳多、馬聖貴點校 |
| 吴梅村全集 | [清]吴偉業著　李學穎集評標校 |
| 歸莊集 | [清]歸莊著 |
| 顧亭林詩集彙注 | [清]顧炎武著　王蘧常輯注<br>吴丕績標校 |
| 安雅堂全集 | [清]宋琬著　馬祖熙標校 |
| 吴嘉紀詩箋校 | [清]吴嘉紀著　楊積慶箋校 |
| 陳維崧集 | [清]陳維崧著　陳振鵬標點<br>李學穎校補 |
| 屈大均詩詞編年校箋 | [清]屈大均著　陳永正等校箋 |
| 秋笳集 | [清]吴兆騫撰　麻守中校點 |
| 漁洋精華録集釋 | [清]王士禛著<br>李毓芙、牟通、李茂肅整理 |
| 聊齋志異會校會注會評本 | [清]蒲松齡著　張友鶴輯校 |
| 敬業堂詩集 | [清]查慎行著　周劭標點 |
| 納蘭詞箋注 | [清]納蘭性德著　張草紉箋注 |
| 方苞集 | [清]方苞著　劉季高校點 |
| 樊榭山房集 | [清]厲鶚著　[清]董兆熊注<br>陳九思標校 |
| 劉大櫆集 | [清]劉大櫆著　吴孟復標點 |
| 儒林外史彙校彙評 | [清]吴敬梓著　李漢秋輯校 |
| 小倉山房詩文集 | [清]袁枚著　周本淳標校 |
| 忠雅堂集校箋 | [清]蔣士銓著　邵海清校<br>李夢生箋 |
| 甌北集 | [清]趙翼著　李學穎、曹光甫校點 |
| 惜抱軒詩文集 | [清]姚鼐著　劉季高標校 |

| | |
|---|---|
| 唐寅集 | [明]唐寅著　周道振、張月尊輯校 |
| 文徵明集(增訂本) | [明]文徵明著　周道振輯校 |
| 震川先生集 | [明]歸有光著　周本淳校點 |
| 海浮山堂詞稿 | [明]馮惟敏著<br>凌景埏、謝伯陽標校 |
| 滄溟先生集 | [明]李攀龍著　包敬第標校 |
| 梁辰魚集 | [明]梁辰魚著　吴書蔭編集校點 |
| 沈璟集 | [明]沈璟著　徐朔方輯校 |
| 湯顯祖詩文集 | [明]湯顯祖著　徐朔方箋校 |
| 湯顯祖戲曲集 | [明]湯顯祖著　錢南揚校點 |
| 白蘇齋類集 | [明]袁宗道著　錢伯城校點 |
| 袁宏道集箋校 | [明]袁宏道著　錢伯城箋校 |
| 珂雪齋集 | [明]袁中道著　錢伯城點校 |
| 隱秀軒集 | [明]鍾惺著　李先耕、崔重慶標校 |
| 譚元春集 | [明]譚元春著　陳杏珍標校 |
| 張岱詩文集(增訂本) | [明]張岱著　夏咸淳輯校 |
| 陳子龍詩集 | [明]陳子龍著<br>施蟄存、馬祖熙標校 |
| 夏完淳集箋校(修訂本) | [明]夏完淳著　白堅箋校 |
| 牧齋初學集 | [清]錢謙益著　[清]錢曾箋注<br>錢仲聯標校 |
| 牧齋有學集 | [清]錢謙益著　[清]錢曾箋注<br>錢仲聯標校 |
| 牧齋雜著 | [清]錢謙益著　[清]錢曾箋注<br>錢仲聯標校 |
| 牧齋初學集詩注彙校 | [清]錢謙益著　[清]錢曾箋注<br>卿朝暉輯校 |

| | |
|---|---|
| 東坡詞傅幹注校證 | [宋]蘇軾著　[宋]傅幹注　劉尚榮校證 |
| 欒城集 | [宋]蘇轍著　曾棗莊、馬德富校點 |
| 山谷詩集注 | [宋]黄庭堅著　[宋]任淵、史容、史季温注　黄寶華點校 |
| 山谷詩注續補 | [宋]黄庭堅著　陳永正、何澤棠注 |
| 山谷詞校注 | [宋]黄庭堅著　馬興榮、祝振玉校注 |
| 淮海集箋注 | [宋]秦觀撰　徐培均箋注 |
| 淮海居士長短句箋注 | [宋]秦觀著　徐培均箋注 |
| 清真集箋注 | [宋]周邦彦著　羅忼烈箋注 |
| 石林詞箋注 | [宋]葉夢得著　蔣哲倫箋注 |
| 樵歌校注 | [宋]朱敦儒著　鄧子勉校注 |
| 李清照集箋注(修訂本) | [宋]李清照著　徐培均箋注 |
| 陳與義集校箋 | [宋]陳與義著　白敦仁校箋 |
| 蘆川詞箋注 | [宋]張元幹著　曹濟平箋注 |
| 劍南詩稿校注 | [宋]陸游著　錢仲聯校注 |
| 放翁詞編年箋注(增訂本) | [宋]陸游著　夏承燾、吴熊和箋注　陶然訂補 |
| 范石湖集 | [宋]范成大撰　富壽蓀標校 |
| 于湖居士文集 | [宋]張孝祥著　徐鵬校點 |
| 稼軒詞編年箋注(定本) | [宋]辛棄疾撰　鄧廣銘箋注 |
| 姜白石詞編年箋校 | [宋]姜夔著　夏承燾箋校 |
| 後村詞箋注 | [宋]劉克莊著　錢仲聯箋注 |
| 雁門集 | [元]薩都拉著　殷孟倫、朱廣祁校點 |
| 揭傒斯全集 | [元]揭傒斯著　李夢生標校 |
| 高青丘集 | [明]高啓著　[清]金檀注　徐澄宇、沈北宗校點 |

| | |
|---|---|
| 樊川文集 | [唐]杜牧著　陳允吉校點 |
| 樊川詩集注 | [唐]杜牧著　[清]馮集梧注 |
| 温飛卿詩集箋注 | [唐]温庭筠著　[清]曾益等箋注 |
| 玉谿生詩集箋注 | [唐]李商隱著　[清]馮浩箋注<br>蔣凡校點 |
| 樊南文集 | [唐]李商隱著　[清]馮浩詳注<br>錢振倫、錢振常箋注 |
| 皮子文藪 | [唐]皮日休著　蕭滌非、鄭慶篤整理 |
| 鄭谷詩集箋注 | [唐]鄭谷著<br>嚴壽澂、黄明、趙昌平箋注 |
| 韋莊集箋注 | [五代]韋莊著　聶安福箋注 |
| 李璟李煜詞校注 | [南唐]李璟、李煜著　詹安泰校注 |
| 張先集編年校注 | [宋]張先著　吴熊和、沈松勤校注 |
| 二晏詞箋注 | [宋]晏殊、晏幾道著　張草紉箋注 |
| 乐章集校箋 | [宋]柳永著　陶然、姚逸超校箋 |
| 梅堯臣集編年校注 | [宋]梅堯臣著　朱東潤編年校注 |
| 歐陽修詩文集校箋 | [宋]歐陽修著　洪本健校箋 |
| 歐陽修詞校注 | [宋]歐陽修著　胡可先、徐邁校注 |
| 蘇舜欽集 | [宋]蘇舜欽著　沈文倬校點 |
| 嘉祐集箋注 | [宋]蘇洵著　曾棗莊、金成禮箋注 |
| 王荆文公詩箋注 | [宋]王安石著　[宋]李壁箋注<br>高克勤點校 |
| 王令集 | [宋]王令著　沈文倬校點 |
| 蘇軾詩集合注 | [宋]蘇軾著　[清]馮應榴注<br>黄任軻、朱懷春校點 |
| 東坡樂府箋 | [宋]蘇軾著　[清]朱孝臧編年<br>龍榆生校箋 |

| | |
|---|---|
| 王梵志詩集校注(增訂本) | [唐]王梵志著　項楚校注 |
| 盧照鄰集箋注 | [唐]盧照鄰著　祝尚書箋注 |
| 駱臨海集箋注 | [唐]駱賓王著　[清]陳熙晉箋注 |
| 王子安集注 | [唐]王勃著　[清]蔣清翊注 |
| 陳子昂集(修訂本) | [唐]陳子昂撰　徐鵬校點 |
| 孟浩然詩集箋注(增訂本) | [唐]孟浩然著　佟培基箋注 |
| 王右丞集箋注 | [唐]王維著　[清]趙殿成箋注 |
| 李白集校注 | [唐]李白著　瞿蜕園、朱金城校注 |
| 高適集校注(修訂本) | [唐]高適著　孫欽善校注 |
| 杜詩趙次公先後解輯校 | [唐]杜甫著　[宋]趙次公注<br>林繼中輯校 |
| 杜詩鏡銓 | [唐]杜甫著　[清]楊倫箋注 |
| 錢注杜詩 | [唐]杜甫著　[清]錢謙益箋注 |
| 杜甫集校注 | [唐]杜甫著　謝思煒校注 |
| 岑參集校注 | [唐]岑參著　陳鐵民、侯忠義校注 |
| 戴叔倫詩集校注 | [唐]戴叔倫著　蔣寅校注 |
| 韋應物集校注(增訂本) | [唐]韋應物著　陶敏、王友勝校注 |
| 權德輿詩文集 | [唐]權德輿撰　郭廣偉校點 |
| 韓昌黎詩繫年集釋 | [唐]韓愈著　錢仲聯集釋 |
| 韓昌黎文集校注 | [唐]韓愈著　馬其昶校注<br>馬茂元整理 |
| 劉禹錫集箋證 | [唐]劉禹錫著　瞿蜕園箋證 |
| 白居易集箋校 | [唐]白居易著　朱金城箋校 |
| 柳宗元詩箋釋 | [唐]柳宗元著　王國安箋釋 |
| 柳河東集 | [唐]柳宗元著　[宋]廖瑩中輯注 |
| 元稹集校注 | [唐]元稹著　周相録校注 |
| 長江集新校 | [唐]賈島著　李嘉言新校 |
| 三家評注李長吉歌詩 | [唐]李賀著　[清]王琦等評注 |

# 《中國古典文學叢書》已出書目

| | |
|---|---|
| 詩經今注 | 高亨注 |
| 楚辭今注 | 湯炳正、李大明、李誠、熊良智注 |
| 司馬相如集校注 | [漢]司馬相如著　金國永校注 |
| 揚雄集校注 | [漢]揚雄著　張震澤校注 |
| 張衡詩文集校注 | [漢]張衡著　張震澤校注 |
| 阮籍集 | [魏]阮籍著　李志鈞等校點 |
| 陸機集校箋 | [晉]陸機著　楊明校箋 |
| 陶淵明集校箋(修訂本) | [晉]陶潛著　龔斌校箋 |
| 世説新語箋疏(修訂本) | [南朝宋]劉義慶撰　余嘉錫箋疏　周祖謨等整理 |
| 世説新語校釋 | [南朝宋]劉義慶撰　[南朝梁]劉孝標注　龔斌校釋 |
| 鮑參軍集注 | [南朝宋]鮑照著　錢仲聯增補集説校 |
| 謝宣城集校注 | [南朝齊]謝朓著　曹融南校注集説 |
| 江文通集校注 | [南朝梁]江淹著　丁福林、楊勝朋校注 |
| 文心雕龍義證 | [南朝梁]劉勰著　詹鍈義證 |
| 詩品集注(增訂本) | [梁]鍾嶸著　曹旭集注 |
| 文選 | [梁]蕭統編　[唐]李善注 |
| 玉臺新咏彙校 | 吴冠文、談蓓芳、章培恒彙校 |